|红色经典丛书|

# 谁是最可爱的人

魏 巍 著

图书在版编目（CIP）数据

谁是最可爱的人 / 魏巍著. —南京：江苏凤凰文艺出版社，2018.6

（红色经典丛书）

ISBN 978-7-5399-9928-9

Ⅰ.①谁…　Ⅱ.①魏…　Ⅲ.①报告文学—作品集—中国—当代　Ⅳ.①I25

中国版本图书馆 CIP 数据核字（2017）第 021398 号

# 谁是最可爱的人

魏巍　著

出 版 人　张在健
总 策 划　汪修荣
责任编辑　蔡晓妮
封面设计　马海云
责任印制　刘　巍
出版发行　江苏凤凰文艺出版社
　　　　　南京市中央路 165 号，邮编：210009
网　　址　http://www.jswenyi.com
印　　刷　阳谷毕升印务有限公司
开　　本　880 毫米×1230 毫米　1/32
印　　张　9.5
字　　数　235 千字
版　　次　2018 年 6 月第 1 版
印　　次　2021 年 1 月第 8 次印刷
书　　号　ISBN 978-7-5399-9928-9
定　　价　45.00 元

# 目录

# 朝鲜同志

年轻的朋友们，请你告诉我
在艰苦的日子里
什么是这世界上最珍贵的东西？

## 一

我有着许多可爱的老战友，都像拴在我的心上一样。不定在什么时候，他们就微笑着，隐隐出现在我的眼前。

今年，自从朝鲜战争爆发以后，最引我怀念的，是我的一个朝鲜籍的老战友——老金。当我翻开报纸，看到朝鲜人民军勇猛进军直迫釜山的时候，就好像看见他骑着一匹马，带着一支队伍，沉着地、气昂昂地疾进着。有时候，又像看见他在阵地前沿的战壕里，严肃地举着望远镜，望着面前密密麻麻的工事在思考。可是，当我又看到美国侵略者在仁川登陆的消息，就像看见他——老金，又瘦了些、黑了些，在费力地指挥着队伍，掩护着，艰难地撤退。特别是，我看到美国侵略者向朝鲜倾下千百吨燃烧弹的消息，就好像看到老金和他的队伍，在无边的大火里奋战、呼喊……

老金，我的战友！现在我翻看着你今年夏天给我的一封信，还有你在多年前留下的一把小刀。这把小刀，早已经长满了厚厚的红锈。可使我更想起艰苦的日子，想起了你！

## 二

一九四二年的春末，我们正处在艰苦的反“扫荡”中。有一天，为了跳出敌人的合击圈，直走了一整夜，才到了宿营地——在半山坡上，一个只有两户人家和一个羊圈的小山庄。困得我也不知道是枕在同志的腿上还是膀子上，很快就睡熟了。

睡梦里，我跟日本鬼子搏斗着，被日本鬼子摔倒骑在身上，往我嘴里塞石头子。我挣扎着醒来，一看不知道是哪个同志的一条又肥又粗的大腿，正横在我胸脯上。我搬开它坐起来，才发觉，我是这么饿呵，腿是这么疼呵，再也睡不下去。我心里念叨着：“怎么还不开饭呢！炊事员是搞什么鬼呢！”加上我平素对司务长印象不好，不知怎地，就肯定是司务长光睡觉不负责任。越想越有气，就顺手找了个小棍拄着走出来。

走到院里一看，做伙房的小屋还没冒烟呢。我就冒了火，冲进去，劈头就说：

“司务长，你这叫负责任不负责任？”

司务长正掂着一条小米袋儿十分为难地思量什么，一听，也急了：

“我为什么不负责任？”

“你说！为什么到这工夫还不做饭不点火？”

“你不调查研究，你主观！”他竟然做了结论，又气昂昂地说，“部队一到宿营地，老乡就说，米叫日本鬼子烧了，小半瓮酸菜也叫倒在茅坑里啦。我马不停蹄地到了小张庄，粮库主任也叫鬼子杀啦，谁也不知道粮食在什么地方藏着。来回二十里，我屁股还没沾地，你……”他越说越气粗：“烧火！你叫谁烧火？四个炊事员，夜黑价两个跑了坡，这工夫还没上来。这儿井也没有，离河二里地，炊事员上上下下抬到这会儿，才抬了半缸。不知道你钻到哪儿睡了一觉，就跑到这儿来撒野啦！”

我讨了没趣，气也消了，有气无力地问：

“那么，怎么办呢？”

“怎么办？反正够不够就是它！”他掂了掂手里的那条小米袋，又说，“小李！假若你是这个司务长，看你的锦囊妙计吧。”

我们俩就大眼瞪小眼地呆了起来。

这时候，两个炊事员，吃力地抬着一大桶水走了进来。他们一边喘气一边兴奋地说：

“司务长，咱们有办法啦！”

司务长闷着头。我忙问：

“有什么办法呢？”

他们一边往锅里倒水，一边说：

“金干事跟通讯员，背了两大篓野菜回来啦！”

我和司务长三脚两步地跑了出去。只见老金跟通讯员一个人背着一个大篓子，曲着身子正吃力地从沟底向庄上爬。看得出来，特别是老金已经再也走不动了。我们一边喊一边跑了下去，看见老金黄黄的脸，因为几天不洗变得黑乌乌的，汗珠在下巴上挂着。他们俩的鞋头，全飞了花，露出的脚趾头，用布裹着，凝着紫红的血痂。我们俩赶忙把两个篓子从他们冒着热气的背上接过来，呀，满满的两篓子野菜，什么野韭菜啦、萋萋芽啦、老鸹筋啦、水芥子啦，全是绿盈盈的，还像用它绿星般的小眼看人一样。我们看看野菜，笑眯眯地看看他俩。司务长拉着老金的手，不知说什么好。老金一时喘不上气，但也看出他的眼睛在微微笑着。

我们把两篓子绿盈盈的野菜往院里一放，大家都围上来，也是笑眯眯地看看野菜，看看他俩。

通讯员红红的脸上，亮着明闪闪的眼睛，喘着气说：

“咱们金干事，真是比不了呀，一到这儿，他打听了一下老乡，就把我喊走了。”他指了指对面那座郁苍苍的山峰，说，“我们就爬了上去。金干事用小刀，我用手指头，就比赛起来啦。急得金干事把小刀都碰坏了。”说着，他举起一把明光光的小刀。我接过来一看，小刀果然碰了两个口子。通讯员又说：“可是，金干事的歼灭战打得真彻底，连石头缝里的野菜，都叫他剔下来啦。他爬到一个悬崖上，要不是我拉着他，差点把他摔下去。”

“这一下老金可解决了问题啦。快烧火吧！我的肚子早提抗议啦。”

“会餐吧，同志们！”

“我烧火！”

“我摘菜！”

大伙嚷着，一齐动了手。老金也抓了一大把野菜，靠墙坐着，伸着两只开花鞋，摘起来。

不一会儿，同志们围着热气腾腾的一大锅菜粥，用着各色各样树枝儿、草棒儿做成的筷子，狼吞虎咽地吃起来。

谁也不能够形容，它是多么香甜啊。

那时候，现在写诗的红杨树也跟我们一起当干事，他当时还写了这么一首诗呢：

谁说野菜苦，
我说野菜香：
野菜长在荒岭上，
不怕山穷露水冷，
石头缝里也生长。

谁说野菜苦，
我说野菜香：
野菜长在高山上，
不管连夜暴风雨，
星星一落见太阳。

朝鲜同志上山去，
野菜跟他到队上；
吃罢野菜高声唱，
人人都说野菜香……

当天晚上，支部给了我一个任务，叫我培养老金入党。

现在，忘在我挎包里的那把长满厚厚的红锈的小刀，就是老金当初挖野菜的小刀啊。

## 三

连续几个月的反“扫荡”，我的身体已经拖垮了。我发着很重的疟子，还得了夜盲症。有一次，我们在大山上被敌人整整包围了一天，没吃一口饭，没喝一滴水。黄昏，部队突围了。下了山我再也站立不住，就昏昏迷迷地倒在了小河边。

队伍从我身边迅速地奔驰过去。我知道我已经没有可能跟随部队突围了。我把头伸到绿汪汪的溪水上，拼命地喝起来，想增加一点点力量，以便应付意外情况。

“别喝啦，小李！”

我听见有人喊我。抬头一望，见老金离开队伍，急忙忙地向回返。他走到我跟前，摸摸我的头，说：“怎么样，小李？支部书记叫我留下来照顾你！”

“老金！”我叫了一声。在这样情况下，听见了他的这种语声，是最让人动感情的。我说，“你快走吧，我，我不能连累你！”

他拉我坐了起来，柔声地说：“不要动感情嘛，同志。看你烧得像火炭儿一样，我没有病，怎么也好说。”他思索了一下，说：“我搀你到老乡家里先缓缓劲儿，有敌情也好对付。”说着，就搀我往山坡上的一个小庄儿走去。我的头像着了火似的，歪在他的肩头上，晃晃荡荡地走着。

我们刚走到村边儿，就看见老乡们乱纷纷地，拉着毛驴的、背着小孩的、提着包袱的正往沟里卷。一个白头发老太太拉住我们说：“哟，同志呀，你们还不快走，敌人离这儿不远啦！”

老金细问了一下，思忖了一会儿，就决定到最险要的摩天岭上；因为这儿敌人从来没有上去过。

这当儿，天已经黑了。

我仍旧趴在他的肩头上，可这样高高低低的羊肠小路，两个人怎么能够并着膀儿走呢。走几步，不是我跌倒，就是他跌倒，再不两个人一块儿滚在地上。我要自己走，他又不答应，怕我跌下黑森森的山沟。最后，他把绑腿解下来，拴到我的皮带上，牵着我。就是这样地走着呀，我望着他那白背包，听着他那破水壶磕碰的叮咚的声音走着。

走了不过十几里路，我就觉着像是走了百十里路一样。我觉着像有一股冰水在我的脊梁沟儿里开始流着——哦，我知道我的疟子又袭来了，接着打抖。我站不住，坐在地上。老金赶忙回身搀我，可我怎么也挣不起来。我迷迷糊糊地，觉得老金把我抱在怀里，还听他喊：“小李！小李！是疟子来了吧？”我嗯了一声。他又说：“那么，咱就在这儿歇一会儿。”说着，他也坐在地上。

这当儿，“哒哒哒，哒哒哒……”头顶的山头上，突然响起了一梭子机枪声。回声在山谷里嗡嗡响着。

我猛然一惊。稍微清醒了些。老金很敏捷地掏出了驳壳枪，往山头上望了望，然后，在我耳朵边轻轻地说：“有敌人。”

就处在这样的一种关头呀！

同志们，你们想，我怎么能让老金因为我一个病得这样的人轻易地牺牲呢？……我紧紧地攀着老金的脖子，对着他的脸，几乎用了我整个生命的声音，悄悄地恳求他：

“好老金！好同志！我永远忘不了你，我的好战友。我恳求你放开我走吧，我只要你留下一颗手榴弹啊！”

在星光下，我看见老金的脸，从来没有过这么严肃。他几乎带着恼怒地说:“胡说!”说着,就站起来,四面望了望,马上把驳壳枪往腰里一插,不由分说地就把我背起来。不知道从哪里来的一股精神和力量,振动着他的全身,他背着我昂然地向回路走。我虽然迷迷糊糊,但我觉得出,在我下面的,是一种多么坚定和沉着的步伐!

在一个山拐角的地方,不知道是他的脚蹬空了,还是被一块石头绊住了脚,我们猛然跌倒了。我还在他的身上压着。急得我赶忙滚到一边,看见他的头正摔在一块尖石上。我轻轻地唤着他,他也不答应,只是呼哧呼哧地喘气。我摸了摸他的头、他的脸,黏津津的,头发也湿漉漉的。我知道他流了血。我浑身摸索着,找出了一个救急包。正给他缠着,他“唔”了一声,醒了。接着他叫:

“小李!小李!”

“我在你身边呢。”我说。

“把你摔伤了没有?”

他呀,摔成了这样,还先问我呢。我嗓子里像梗塞着什么热辣辣的东西,回答了一声。

我把绷带打好,他就坐起来。他摸索着,把摔掉的驳壳枪拾起,在衣服上擦了一下,又说:“我估计敌人,刚才并没有发觉咱们。不过……”他指了指三星,“你看,天快过半夜了,我们今天夜里是走不出多远了。不如找一个好隐蔽地藏在那里,他要来就跟他拼!”他征求我的意见,“小李,你看呢?”我点点头。他站起来又要背我,我强硬地拒绝了他。他不得不又用绑带牵着我走。我们拐进一个更狭窄的山沟里。

边走他边摸着,把驳壳枪一会儿拿出来,一会儿又掖到腰里。绕了好几个弯儿,又走了一截儿,他忽然站住,用手一指兴奋地说:“小李!你看。”我仔细一瞧,黑森森的,是一个山洞。他伸着枪,猫着腰儿,摸索着爬了进去。“好地方!好地方!”他在里面连声叫着,“小李!把背包打开吧,这块石头平一点。”我把背包解开,也猫着腰儿爬了进去,黑洞洞的,一点也看不见,四处一摸,有小半间房子大小。他接过我的被子，给我铺上。他像完全忘记了自己的创痛一样，拍着我的腿，说："你还呆什么呢，快睡！明天好应付情况。"他扶我躺下来，然后就靠着石壁坐在洞口。这时候，我发疟子的冷劲儿过去了，又开始发热，慢慢又被烧得昏迷起来。开头还听见他揭手榴弹盖子的声音，以后就什么也不知道了。

每当我昏昏迷迷睁开眼睛的时候，就恍恍惚惚地，看见一个伟大奇丽的巨影：一个人，头上扎着绷带，紧攥着一颗手榴弹，坐在洞口，两眼凝视洞外守护着我。我像躺在母亲怀里的婴儿一样在酣睡着。我心里似乎想说："老金，你休息休息吧。"可是，我不知道是不是说出了，我是烧得完全昏迷了。

当我醒来的时候，天已经亮了。看看洞里空落落的，只剩下我一个人。看看我手里还握着一颗手榴弹。看看四围都是石壁，地上还仿佛有什么毛茸茸的东西卧过的样子。这是一个狼窝吧，我猜想着，更觉得孤单焦急起来。老金到哪儿去了呢？……我耐不住，爬到洞口一望，外面是披满茂草的山峰，风吹得山草呜呜地呼啸着、摇摆着，什么也看不见。

这时啊，我多么想看见一点点同志的影子，听见一点点同志的语声，特别是老金同志的一点影子、一点语声。

好大一会儿，才看见从山头上走下一个人来。晴蓝的天衬着，看得十分清楚。他头上扎着一条白绷带，手里提着一包什么，一拐一拐地走着。我认得出的，这就是老金啊。我向他摆着手，几乎喊出声来。等走近了，我看见他只剩下一只露着脚趾头的烂鞋，光着一只脚，在乱石上碰得血糊糊的。可是不知道为什么他那样兴奋，一见我就笑着说："小李！等急了吧？"我一把把他拉到洞里，几乎把他拥抱起来。

我看着他的脸，他方方的黄脸，已经黑瘦了，颧骨也高了，眼窝也深了；但那深陷在眼窝里的眼睛，却时时散出微笑的光芒。我问他干什么去了，他像没听见，只是忙着解开提来的小手巾包。手巾包打开了，是十多块黄灿灿的蒸南瓜。他连忙说："吃吧，吃吧。"然后才回答我说，“我不是告诉你啦？”我说：“没有啊！”他又笑起来，“唉，准是你烧昏了。我一直守着你，直到天快明了，我怕敌人天亮搜山，想先侦察一下敌人的动静，就把你摇醒，怕发生意外，还交给你一颗手榴弹呢！”他又递给我一块南瓜，也拿了一块自己吃着；可是看得出，他一次只咬一小口。他接着说：“侦察回来，我正想给你找点东西吃，你说多么巧啊！在那边山窝窝里，正碰上昨天那个老大娘。她给了我这么多蒸南瓜，还打听你的消息呢。吃吧，小李。”

我一连吃了几块蒸南瓜，精神也好了些；怕不够，没敢再吃，马上被他看破了，又递给我一块。我问起敌情，他像竭力向我隐瞒着什么，说：“吃吧，不管它！”我一直追问，他才告诉我：四外山头上是敌人的帐篷，山下头村子里是灯笼火把，乱嘈嘈的，特别是房子没有烧，这是敌人没有撤退的最可靠的征候。这些征候表明：敌人在今天搜山是确定无疑的了。

“老金！”我带着感叹的声音说，“只要我有一颗手榴弹，只用一颗，我不管在什么地方都会拼个够本，也会保全我的民族气节。只可惜我连累了你！”听了这话，老金立刻目光严峻，不满地说：“我根本不同意你这个说法！怎么会是连累？……不要看我是一个朝鲜人。我老金为了一个战友牺牲，为中国人民牺牲，不管牺牲在任何一个中国的山头上、村子边，是决没有遗憾的！”他显然因此激动起来，接着说：“小李！我不知道你是用什么眼光看我！……我认为我这一生，如果能看到你们解放啦，我的祖国也解放了，倘若我还能成为一个共产党员，就是我最大的幸福！”

这样严肃，使我们沉默了半晌。

洞外，起了大风，山草呜呜地叫着，下起小雨来。

“老金，你跑了一夜，咱们躺到一块儿暖暖吧！”

他答应了。当他向下解手榴弹袋的时候，我看见有一颗手榴弹的把儿上像有一行字。我拿过来一看，金黄的木把儿上写着：

“为世界无产阶级的解放事业流最后一滴血！”

我像被一种什么巨大的热流冲荡着，马上想起支部书记给我布置的任务。

“老金!”我叫着抱住了他,看着他扎着绷带的头、瘦黑的脸,说,“我愿做你入党的介绍人!”

老金也把我抱住。在这个狼窝里,虽然外面的天是那么阴暗,洞口的山草在摇摆,风雨不绝地袭击我们,但我们感到是多么的温暖啊。

我的心在低唱着:

在这艰苦的日子,
亲爱的朋友!
请你告诉我:
什么是这世界上最珍贵的东西?
……

## 四

一九四三年秋天,我调到另一个地区以后,就失掉了老金的讯息。解放张家口,我才听说,他已经回到他解放了的祖国去了。直到今年八月,才接到他捎给我的一封信。捎信的还说他在朝鲜人民军的某个师里当师长,他那个师打得还很不错。

那封信是这样写的:

亲爱的老战友:

我们不见面,算来已经六七年了。在这样长的日子里,我并没有忘掉你和许多的中国同志。直到我归国以后的前几年,还不断梦见我们从前山沟里的老房东们。我甚至想,在我们胜利后再去看看那些地方。同志!这几年你的情况怎样啊,你结婚了吗?做了父亲吗?……这一切,我一点都不知道。

我自从回国以后，仍旧在军队里工作。在团里呆了几年，去年又调到师。我时常想，我所以今天能为我的祖国、为朝鲜人民负这样的责任，是同过去我们共同从事的伟大斗争分不开的。假若没有这点，我还不仍旧是被皮鞭追赶着的小工吗？这是我这一生永远不能忘记的。……

我要向你报告的不幸的消息是：我的老母亲和我的大孩子（十四岁），已经在上月美国鬼子的轰炸里炸死了，连尸首都没有找到。我的妹妹也参加了部队，有一次，她曾经冲上敌人的坦克，用手榴弹把敌人炸死。但是前两天，她也在一次冲锋里牺牲了。现在我只剩了一个四岁的女儿，由她母亲在乡村里带着，我的老婆也参加了抗美斗争。同志，现在我的祖国，我的故乡的许多村子，正像当年我们一起在北岳区的那些乡村一样，差不多被烧完了。……这就是华尔街的强盗们在我的国土上造的“业绩”！

老战友，请你不要难过。铁和火从来不能使一个国家的人民屈服，而只能激起更猛烈、更顽强的战斗。我们一定会更勇敢更机智地战斗下去。请你相信，老战友，我过去不怕日本帝国主义，我现在也决不会怕美国强盗。我们终将最后地击败它们，把它们一个不剩地赶出我们的国土。我老金的眼睛，是不能看到有一匹野兽蹲在我的故乡的。朝鲜人民的解放事业必定会获得最后的胜利！

因为连日的战斗，恕我不多写了。我最后希望你千万要来信，把你和一些老战友们的情形写来。因为在前线上，我也不断地想念着你们！

……

## 五

现在，我的面前，放着这一封信，和一把长满红锈的小刀。它使我记起我们经历的艰苦的日子又交织着朝鲜战场的火光。

老金，我的同艰苦共患难的战友！

我怀念着你。

我不能忘记：在中国人民艰苦斗争的日子，是谁爬在那高山的悬崖上挖取野菜；是谁在黑夜里牵着我、扶着我、背着我离开那死亡的影子；是谁缠着白绷带、拿着手榴弹警卫着我……特别是，是谁叫我懂得了什么是这世界上最可珍贵的东西。

老金，我的同艰苦共患难的战友！

请你等着我吧，在不久的时候，鸭绿江就会看见，你的老战友和你并着肩立在那燃烧着火光的地方！

一九五〇年十二月十五日夜于北京

# 火与火

在朝鲜，倘若你是一个从前并没有到过朝鲜的人，你已经再也不能看到朝鲜原来是什么样子了。多少城镇和乡村，在敌机滥炸下，已经成了混着白雪的焦土。勤劳的朝鲜人民，他们世世代代建筑的居住的这些地方，他们的子女歌唱过舞蹈过的这些地方，现在只是在军用地图上留下了一个名字。可是，我要告诉你，它给朝鲜人民的，决不是恐惧和凄凉，而是另一种东西。这种东西，像朝鲜那些倔强的无尽的峰峦一样，站立在全朝鲜的每一块地方，它的名字叫做“仇恨”。

在一个雪夜，我们赶到了熙川。它过去曾是热闹的城市；现在，在拥着白雪的焦土上，只能看到一座孤零零的钟楼和几扇断墙。即使这样，据说敌机每天还要轰炸几次，我真不知道它们还要在这里轰炸什么东西！

为了找一个歇脚处，我们不得不在附近的山沟里找了一个人家。这个“家”，是熙川的老百姓临时在山坡上挖了几个坑，用树枝和稻草搭成的窝棚。

在这里，我们遇到了一个名叫刘秉烈的孩子。这个孩子，虽然只有十三岁，但却像成年人一样地沉默着坐在我们的身边。他跟我们说，战前，他的父亲是工人，他就在附近的中学校里读书。那时他曾想过：要好好学习，成为一个有用的人，把自己的国家，建设成为一个没有穷人的国家。但是,他的学校被炸毁了,他失了学。接着,他的家又被炸毁了。在被炸的那一天,他第一次看到了三十多具零乱的尸体,倒在他的周围。说到这里,他的眼睛射出火光。他狠狠地说:"他们毁灭了我们的城市和乡村,连不会说话的小孩子也炸。我要把那些家伙,全打死,全咬死!"他用手指着熙川说:"你们看吧!那不是我的家吗!"同志们又看了看那一片高高低低的土堆,还有那座孤零零的钟楼……有人问起他今后的希望,他毫不犹豫地说:"我要当一个人民军的战士。"可是我们说:"你的年龄是不够的呀!"他愁闷地低下了头。仇恨使这个十三岁的孩子成熟了。他的眼光照射着我们,是这样地沉郁和坚强;使我们不敢相信,坐在我们身边的是一个孩子。

在顺川北二十里,一个叫金谷里的小庄,我遇到了一个七十岁的老妈妈。当我们住在她家里的那天夜里,她怀里抱着她的孙子,一整夜坐着,给我们盖好从身上滚落的大衣。等到第二天我们醒来的时候,她还像母亲般地守着我们。她穿着白衣白裙,头发也已经白了。

我问她家里还有些什么人,老妈妈往我身边凑了凑,眼睛望着我们,带着极痛苦的表情。她说:她的二十七岁的儿子,被美国鬼子杀死了。他们是把他从山沟里找出来,打得眼珠都不转的时候,又用石头砸死的。她用两只枯老的手比划着她儿子惨死时的情景。她回想着,反复地叙说她的儿子是那样一个又聪明又老实的人,一天和和气气的、有说有笑的,村里人谁都爱他、夸他。他们家是那样幸福地生活着。可是,现在只剩下了她和她的媳妇跟一个不会说话的孩子……说到这里,老妈妈身向前倾,两只干枯的手紧紧地攥住我的两只手,对着我的脸大声地说:"孩子们!孩子们呀,你们快抓住杀我儿子的凶手吧,你们把他们打死、撕碎吧!"她好像怕我们听不清楚,又攥住每个人的手,拍着每个人的胸口说了一遍。她的老年人的干枯的眼窝里,有几粒似乎闪着火光的眼泪,滴到我们的袄袖上。我知道这不是普通的眼泪,这是仇恨的火珠。

在平壤附近，我还遇到一个朝鲜的新闻记者。他的名字叫金路丁。他的炸伤的手缠着绷带，靴筒上留着弹痕。在撤退的时候，他和人民在一起，徒步跋涉了二十五天，走了一千七百里路，被包围了二十次，都被他冲了出来。当我们问到他的家，他说，他有着一个年轻可爱的妻子和两个孩子。他的妻子是朝鲜一个有名的歌手。可是直到现在还不知道他妻子和孩子的消息。当他叙述这些情形的时候，他是那么痛苦，可是他是在笑着说的。他又说："我们辛辛苦苦建设了五年，现在却被敌人炸毁了。我现在只有一支枪，一支笔，一个本子。我现在也不想家，也不想我的爱人和孩子，心里只有一个东西，就是复仇和胜利。"这是一个朝鲜知识分子的声音，是包含着痛苦和仇恨的刚强的声音。

在朝鲜战场上，愚蠢的敌人，以为用他的铁和火可以征服这个穿白衣的民族。但他们不知道，他们扔下的每一颗炸弹，从他们的弹片上滴落的每一滴血，都变成了无边的仇恨。朝鲜人心里的仇恨的火焰，比侵略者的燃烧弹更要强烈得多。就是这种火，推动着每一个人民军和志愿军的战士，不顾生死地前进。就是这种火，使得无数的朝鲜妇女和老人，穿着单薄的衣服和草鞋，在冰天雪地里修路、运输，来支援军队，歼灭美国侵略者。就是这种火，使得千千万万朝鲜的母亲们，献出她们的儿子。我亲眼看到：在温井，一个送过两个儿子参军的母亲，当着我的面，又指着她的一个十六岁的儿子和一个十八岁的姑娘，也要把他们送到人民军去。就是这种火，这种火要一直把侵略的野兽们烧死为止。这不是星星之火，这是无边的火，排山倒海的火，任何力量都不可能扑灭的火。

一九五一年一月十四日寄自朝鲜中部某地

# 前线童话

这里，我要记下两个真实的而又像是童话般的故事。

## “志愿军”

一月十七日，我们住在顺川北二十里的一个小山庄，名叫金谷里。房东是一个朝鲜妈妈和一个朝鲜少女。她们俩坐在我们的身边，一边逗着两个多月的孩子，一边和我们亲热地谈着。那个少女抱着的是一个非常可爱的孩子，肥肥胖胖的，睁着两个大眼，不断地望望这个，望望那个，笑眯眯的。我不由得接过他来，抱在怀里，话题也就很自然地落到这个小生命的身上。

朝鲜妈妈激动起来，指指孩子，望望我们，不断地感叹着。孩子的姐姐和她母亲争着，抢先述说了下面的故事。

当美国侵略军向北疯狂进犯的时候，正是她弟弟降生的第六天。她们背着这个孩子，跑到七十里以外的亲戚家。刚到不久，就突然遭到了敌机的空袭。等她们跑到附近的防空洞，才发觉急忙中把她的弟弟撇下了。她要回去找，她母亲眼看着那间小屋的附近全起了火，怎么肯答应呢？……这时候，有几个中国人民志愿军的战士走过来，问明了缘故，立刻就奔向那燃烧着大火的地方。紧挨那间小屋的一间房子，已经炸毁了，还冒着火苗。战士们冲进小屋里，小孩子已经蹬开了被子，光着身子滚在炕席上哇哇地哭着。一个战士连忙解开扣子，把孩子抱在怀里，又穿过烟火，送给了他的母亲和姐姐。可是战士们不等她们母女说出心里的谢意，又匆匆地走了。

这位朝鲜少女说完这个故事之后，又从我手里接过孩子，笑眯眯地望着他，亲着，并且说："等你懂话的时候，我要第一个告诉你，你的生命是怎样得来的。"大家的目光，也都集中在孩子的身上。朝鲜妈妈感叹地说："同志！这孩子的再生父母就是中国人民志愿军呀！"

有一个同志问："这小孩叫什么名儿？"

"还没有起呢。"朝鲜妈妈回答。

"妈妈，就叫个'志愿军'吧。"

那朝鲜少女微笑着征询似地望着她的母亲，朝鲜妈妈很严肃地点了点头。这时候，小孩儿已经在他姐姐的肘弯儿里睡着了，嘴角里流露着甜蜜蜜的笑容。

## 捉麻雀

在南朝鲜抱川郡东豆川里，有一个十三岁的孩子，名叫金守孙。他很快便跟中国人民志愿军一个姓陆的战士成了亲密的朋友，好像我们国内那些千千万万的孩子们跟解放军战士们的友情一样。

一天，这个战士害肚痛病倒了。小孩子赶忙去找他的妈妈要肚痛药。妈妈告诉他：烧麻雀蘸芝麻盐吃，是一个很好的偏方。他马上像一匹忙碌的小马似的，东邻串西舍，这家到那家，搬凳子，扒房檐，一个黄昏掏了四只唧唧喳喳的麻雀，高兴极了。妈妈帮他做好，他就欢天喜地端到战士那儿。

姓陆的战士看了好半天，才看出是几只烧麻雀，哭不得，笑不得，他正肚痛得厉害，怎么肯吃这只有调皮孩子为了开心才吃的东西呢？孩子见他的朋友不吃，说又说不通，听又听不明，急得想哭；最后再三比划，几乎是强迫他的朋友吃了下去。可是他却像完成了一桩重大任务似的快乐，跳着蹦着，回到他妈妈那儿。

谁知道，这个奇怪的偏方，倒真使得战士的肚子不痛了。

第二天，部队要出发打仗去了，这个姓陆的战士正要去找他的小朋友致谢、道别，他的小朋友又端了三只烧好的麻雀走来了。战士摇摇手，指指肚子，意思是肚痛已经好了。但是小孩子也比划了几下，意思是，你的肚痛好了，咱就一块吃吧。说着，就拉着他的朋友，攀着他朋友的脖子，两个人像爱人分吃苹果那样地分吃了三只烧雀子。吃完，又一块唱了一支歌：《金日成将军之歌》。

一九五一年一月二十二日草于朝鲜某地

# 在风雪里

## 一

我听说这故事的当儿，汉江前线正打得紧着呢。

天下着鹅毛大雪，志愿军一队一队地正往前线上开。同志们急急忙忙地赶路，可谁也没有注意：有一个十二三岁的朝鲜小姑娘，紧紧地追着他们。

部队一住下，这个小姑娘，不知怎的，一摸摸到我们一个机枪连的连部来了。同志们一看，这是哪里跑来的一个小姑娘啊，这冷的天，只穿着单裤单褂儿，束着一条很脏的小白裙子，一双浅口薄底的小胶皮鞋也破了。头发乱蓬蓬的揉成一团，上面还粘着草棒儿，仔细看，脖子上还有被炸弹片炸伤的地方。她抱住这个的手，握一会儿，说一阵儿；又抱住那个的手，握一会儿，说一阵儿。可是联络员不在，谁也不知道她说的是什么，她是从哪里来的呀？

直到联络员来了，大家才知道：这是一个失掉了家的孩子。她已经流浪了二三百里路了，今天这儿住一宿，明天那儿住一夜，今天这儿找点吃的，明天那儿找点吃的。这天，她正钻到一个草窝窝里睡觉，一看咱们的志愿军队伍过来了，她就追来了。

志愿军同志们听了这种情形，争着给小姑娘洗脸，盛饭，接着安排小姑娘睡了觉。

谁知道，第二天小姑娘倒不愿意走啦。她跟连长说："叔叔！我要跟你们走！"

连长笑了笑说："小姑娘！你跟我们走干什么去呀？"

小姑娘说："我别的干不了，我给你们烧点水，端个饭还不成吗？我在家还帮妈妈做过饭哩！"

"可是，我们一两天就要打仗的呀！"

小姑娘很勇敢地说："打仗？怕什么！我不能打，我还不能看？眼看着你们打死美国鬼子，我才高兴哩！"

可是，想想吧，小朋友，志愿军怎么能把一个小姑娘带到火线上去打仗呢！扔下她不管，也不肯啊，这怎么办呢？

连长就去找指导员商量。

到底还是想了一个办法，就是让房东把她收下。房东当面答应下来了，又跟小姑娘好说歹说，才把小姑娘安插在房东家里。谁知道，到了半夜，小姑娘又跑到连部里来了。她说，房东把她关到一间小冷屋里，还说等队伍开走了，要砸死她。……原来，那家房东是个地主。

这村子一共三家人，其余两家又没人在家，连长跟指导员都急得没有主意。第二天中午，营长打来了电话：让部队加紧战斗准备，还说夜里就可能进入战斗。这更让连长跟指导员发愁呀。连长的眉头皱成了一个疙瘩，指导员额上的青筋也鼓起来了。两个人，在最危急的战斗里，也没这么着急过呀。

可是，小姑娘还在一边说："好叔叔！我知道你们答应了我啦。什么时候出发呀？"一边说，还一边指着蹲在一旁的重机枪说："嘟嘟嘟，嘟嘟嘟！打死那些'米国撒拉米'①！"

这真让连长跟指导员哭笑不得呀！连长看了看表，表滴滴答答轻快地好像跑步似的走着。

---

① 朝鲜话：美国人。

## 二

连长只好给营里打电话请示。

教导员像在电话里考虑了好一会，才回答说：

“关于这个朝鲜小姑娘的问题，你们不要着急，要很好地照顾她。待一会儿，我亲自去处理。”

果然，隔一会儿，营教导员来了。

营教导员是一个高个儿的年轻人，是一个很和蔼、很可爱的人哩。连长、指导员、战士们都赶过来向他敬礼。小姑娘是个多聪明的孩子呀，也学着大家的样儿行了一个举手礼。

连部里挤满了一屋子的人。

教导员指了指小姑娘说：“你们说的就是这个小姑娘吗？”

连长点点头说：“是呀，就是她一定要跟我们走呀！”

小姑娘看出来是在谈她哩，就跑到教导员的身边，好像见了妈妈似的，把她那乱蓬蓬的头歪在教导员的膝盖上，两只小手抓着教导员的皮带；接着又抬起头，指指自己脖子上的伤口，一双大眼望着教导员。她说起自己是怎样被美国飞机炸伤的，怎么才从着火的房子里跑出来，她找到爸爸，看见爸爸倒在牛棚外面，给牛煮的草扔在一边，她摇摇爸爸，爸爸不理她，爸爸被炸死了。她又在厨房里找到妈妈，妈妈大概是正在淘米吧，米撒了一地，她摇摇妈妈，妈妈不理她，妈妈不会再理她了。她去看哥哥，哥哥还握着搓的麻绳，脸上有一片血。她去看嫂嫂，嫂嫂手里还拿着给她做的新衣服，也倒在地上不动了……就这样，小姑娘美好的一个家庭，就剩下她一个人。小姑娘在爸爸妈妈的跟前哭了一阵，又到哥哥嫂嫂的跟前哭了一阵，最后把眼泪擦干就出来了。

当联络员给大家翻译的时候，联络员也是一个朝鲜人呀，他讲着，讲着，大大的泪珠就滚下来了。大家的头都低了下去。教导员的眼也湿润润的，强压制着自己没有掉下泪来，他叹息着。

接着，小姑娘又把脸抬起来，两只大眼望着教导员，要求着：

“叔叔，你千万让我跟着你们走吧。我要报仇！我什么都能学会。我还会唱中国歌儿呢，不信，我给你们唱唱！”说着，她望了望全屋子的人，就唱起来了：

东方红，太阳升，
中国出了个毛泽东。
……

她唱着，唱着，教导员一把就把她抱在怀里，不知为什么，教导员的泪珠，就再也止不住滚下来了。这时候，全屋子的志愿军同志都哭了。有的背过脸去抹眼泪，还有擤鼻涕的声音。

“同志们！”教导员向大家严肃地问，“你们说这孩子可爱不可爱呢？”有谁会说这孩子不可爱呢？教导员又说：“是呀，这孩子可爱得很。跟我们祖国那些千千万万可爱的孩子一样。可是这孩子叫敌人害得多苦啊！要是美国强盗打到我们的祖国，我们祖国那些可爱的孩子，会怎么样呢？……”

大家静静地听着。祖国的那些千千万万的孩子，那些在城市里的，在乡村里的，戴红领巾的，没有戴红领巾的，像田野里一眼望不到边的谷穗一样，活蹦乱跳地出现在眼前。大家想着，想着，眼睛睁得圆圆的，望着教导员。

教导员又接下去说：

“可是，同志们！我们决不让我们祖国的那些幸福的孩子，像这小姑娘一样；我们还要使这个小姑娘，使千千万万的朝鲜孩子，像我们祖国那些孩子一样幸福。你们说对不对？”

“对！”大家齐声说。

“好，同志们！我们就是为了他们战斗的。今天晚上我们就要开始战斗了。你们的机关枪擦好了没有？”

“擦好了！”

"六〇炮呢?"

"也擦好了!"

"好,同志们!那么,要打就要狠!越狠越好!就让那些野兽们尸体堆成山,血流成河,统统死到我们的阵地前面吧!"

"可是,这个小姑娘到底怎么办呢?"连长插嘴问。

教导员说:

"你们连很好地照顾这个小姑娘,这是很好的。我要表扬你们。至于这个小姑娘,让她跟我走吧,我来想办法。"说着就拉着小姑娘的手,站起身来。

小姑娘看见教导员要带她走,高兴得蹦蹦跳跳的,小脸儿笑得像开了花似的,说:

"好叔叔,走吧,你带我到天边,我也是要去的。"

## 三

山路上铺满了白雪,漫天遍野刮起了白毛旋风,天多么冷啊。教导员把大衣脱下来,给小姑娘披在身上。开始,小姑娘不穿,教导员装做生气的样子,小姑娘才穿了。大衣拖着地,踢里吐噜地走着;可是,她心眼儿里着实高兴哩。这时候,要是路上有旁的人,她一定会骄傲地说:"你们看看吧,我也成了志愿军啦!"

他们到了营部,除副教导员不在,营长、副营长全在家。教导员做了介绍,小姑娘就赶忙抢过去握手。副营长的眼睛真尖,一下就看见小姑娘的脖子上有伤,马上喊:

"通讯员!你们搞什么呀,快找卫生员给小孩子上药!"

教导员问战斗准备工作是不是全搞好了,营长说全准备好了。教导员松心地笑着说:"咱们怎么样欢迎咱们的小客人哪?"

营长拍拍小姑娘的头,哈哈地笑起来,他笑得真响呀。他说:"小姑娘,你的运气真好!我刚才买了一个小鸡,准备吃了打仗有劲,你就来了,就算欢迎你好啦!"

卫生员把小姑娘的伤口洗了洗，上了药，通讯员就把饭端上来了，鸡也煮好了，冒着热气。

小姑娘不好意思吃，每次只夹一点点，又惹得营长哈哈地笑起来："嘿，还客气哩！当战士要能吃、能走、能打才行哩，来！"说着，他夹起肥肥的一块鸡腿，油珠啷当地给小姑娘放到碗里。

小姑娘今天怎么才能说出心里的高兴呀！

吃过饭，天气已经不早了。团里通讯员送来了命令：晚上八时出发。营长悄悄地在教导员耳朵边说：

"怎么办呀，老刘？你打算……"

教导员也对着营长的耳朵，小声地说：

"我早让副教导员去安插她了。"

原来，教导员没有到机枪连以前，就告诉副教导员把她安插在附近的老百姓家。

大家正在屋子里说说笑笑，忽然嗡嗡嗡——敌人的飞机来了，在村子上转开了圈子。小姑娘很勇敢地站起来，嚷着："叔叔！趴下！趴下！"可是志愿军叔叔们早跟美国飞机作战惯了，谁也不怕。她看他们全不动，就走上去摁着，强迫他们趴下。她是多么爱志愿军叔叔们呀。

美国飞机走了的时候，副教导员回来了，后面跟着好几个朝鲜老百姓。有一个弓着腰的白胡子老汉，还有一个朝鲜老太太，她手里还拿着一件小棉袄。

副教导员一进来，就兴奋得大声地说：

"教导员！办成功啦！他们几家都争着要收下这个小姑娘哩。"说着，又摸摸小姑娘的头，拉拉小姑娘的小手。

那个朝鲜老太太连忙抢上来要给小姑娘穿小棉袄，弓着腰的白胡子老汉摆摆手，往前挤着说："不，不，同志，你叫她跟我走吧。"

小姑娘一看这种情形，就连忙跑到教导员跟前，急得要哭，她说："叔叔，你们不是答应了我跟你们走吗？怎么又要把我送走呢？"

教导员、营长一齐着急地说："好孩子！我们马上就要打仗啦！"

"可是，我出来就是要报仇的呀！"

唉，这一下可把一圈子的人给难住了，谁也没想到这小姑娘这么硬啊。到底怎么办呢？

正在这当儿，忽然，听到门外有一个女人的声音：

"这儿是营部吗？"

接着就进来一个年轻女人，剪发，穿着制服，背着挎包。她说："志愿军同志！我是这个面[①]的女性同盟干部。我是来给你们筹备粮食的。"

营长不由得又用很响的声音笑起来说："好呀，你来得好呀！我们的粮食已经筹备好了。你来处理处理这个问题吧。"说着，他就出去准备出发的事情去了。

那女干部问明了情形，就把小姑娘抱起来亲着，亲热地解释着："好，你要报仇，你就到我们那里工作去吧。"

教导员趁这个机会说道："是呀，到那里工作，也是打美国鬼子呀！"说着，又装做生气的样子说："你再不听话，叔叔以后见了你，再也不理你啦！"

这时候，这小姑娘才慢慢地低声地说："好，我听叔叔的话。可是以后我还是要跟叔叔打仗去！"

这时候，响起了很尖很响的集合号声。部队集合出发了。小姑娘又最后地跑上去跟营长、教导员，还有许多战士们握了握手。等队伍走出好远，她还站在一块高坡上，用她那响亮清脆的声音喊着："叔叔，再见吧！叔叔，再见吧！……"

一九五一年六月

① 面，相当于中国的区。

# 汉江南岸的日日夜夜

在祖国已经是春天了，可是在这儿一切还留着冬季的容貌。宽阔的弯曲的汉江，还铺着银色的冰雪，江两岸，还是银色的山岭，低沉的流荡的云气也是白蒙蒙的，只有松林在山腰里、峡谷里抹着一片片乌黑。——这就是汉江前线的自然风色。

敌人离汉城最近处不过十五公里，离汉江还要近些。美国侵略军的指挥官们早可以从望远镜里看见汉城了，如果开动吉普车，可以用不到二十分钟。可是他们不是用了二十分钟，他们是用了九个多师的兵力，用了二十天的时间，用了一万一千多暴徒的血，涂满了这些银色山岭上的冰雪，可是他们从望远镜里所看到的汉城，并不比二十天以前近多少。

这是为什么呢？为什么这个大名鼎鼎的帝国主义，二十多万军队二十多天连十多公里都走不了呢？

是他们的炮火不行吗？不是。他们的炮火确实凶恶得很。他们能够把一个山头打得白雪变黑雪，旧土变新土，松树林变成高粱楂子，松树的枝干倒满一地。假若他们能够把全世界上的钢铁，在一小时内倾泻到一块阵地上的话，也是不会吝惜的。

可是，他们还是不能前进。

是因为他们的飞机不多吗？不行吗？或者是它们和地面的配合不好吗？也不是。他们的飞机独霸天空，跟地面的配合也并不坏。他们可以任意把我们的前沿阵地和前线附近的村庄，投上重磅炸弹和燃烧弹，使每一块阵地都升起火苗，可以把长着茂草的山峰，烧得乌黑。

这样，他们能够前进了吗？仍然不能！

那么，是因为他们攻得不疯狂吗？更不是。一般说，当他们的第一次冲锋被击溃之后，第二次冲锋组织得并不算太迟慢。开始他们每天攻两三次，以后增加到五六次、七八次，甚至十几次。在我们阵地前，尽管美国人的死尸已经阻塞了他们自己进攻的道路，但他们还是用火的海、肉的海，向我们的滩头阵地冲击。最后，他们的攻击，已经不分次数，在我们弹药缺乏的某些阵地上，他们逼着李伪军和我胶着起来，被我打退后，就停留在距我五十公尺外修建工事，跟我们扭击。他们的飞机、炮火，可以不分日夜，不分阴晴，尽量地轰射。夜间，他们拉起照明弹、探照灯的网。最后，他们又施放了毒气。你们看，除了原子弹，他们所有的都拿出来了，他们所能够做的，都毫无遗漏地做了，他们的攻击可以说是不疯狂吗？

可是，他们前进了没有呢？没有。

那么，到底是因为什么呢？原因很简单，这就是在敌人面前，在汉江南岸狭小的滩头阵地上，隐伏着世界上第一流勇敢的军队，隐伏着具有优越战术素养的英雄的人！

当然，战斗是激烈而艰苦的。——这并不像某些人所想的，我们的胜利像在花园里、原野上随手撷取一束花草那么容易。这儿的每一寸土地，都在反复地争夺。这儿的战士，嘴唇烧干了，耳朵震聋了，眼睛熬红了。然而，他们用干焦的嘴唇吞一口炒面，咽一口雪，耳朵听不见，就用结满红丝的眼睛，在滚腾的硝烟里，不瞬地向前凝视。这儿团、师的指挥员们，有时不得不在烧着大火的房子里，卷起地图转到另一间房子里去。这儿的电话员，每天几十次地去接被炮火击断的电话线。在弹药打光的紧急时刻，他们就用被炮火损坏的枪把、刺刀、石头，把敌人拼下去。

某天夜晚，我到达某团指挥所的一间小房子里。一张朝鲜的小圆炕桌上铺着地图，点着一支蜡烛。飞机正在外面不断地嗡嗡着。副师长和团长、政治委员在看地图。他们研究妥当以后，副师长——一个中年军人，打开他那银色的烟盒，给了我们每人一支香烟。我们正在蜡烛上对火，突然随着嗵嗵两声巨响，蜡烛忽地跳到地上熄灭了。蒙着窗子的雨布也震落下来。照明弹的亮光像一轮满月一样照在窗上。

但谁也没有动。团长把蜡烛从地上拾起，又点着了。政治委员拂去地图上震落的泥土。警卫员把雨布又蒙在窗上。我们又点起了香烟。

团长像征求别人同意似的笑着，瞅着副师长，说："副师长！你看我们的战斗有点像《日日夜夜》吧？"

副师长沉吟了一下，声音并不高地说："是的，我们正经历着没有经历过的一场战争。我们，不——"他纠正自己，指了指地图上画着的一条粗犷的红线，"这儿的每一个人都在经历着'日日夜夜'似的考验。"他停了一下，忽地弹掉烟灰，微笑着，"不过，我们的沙布洛夫是不少的！"

在战斗最紧张的一天，在师指挥所，我听到师政治委员——他长久没有刮胡子，眼睛熬得红红的，在他每次打电话给他下级的时候，总要提到这几句："同志们！你们辛苦了吧？"他似乎并不要下级回答，紧接着说，"我知道你们是辛苦的。"然后，他的声音又严肃又沉重，"应该清楚地告诉同志们坚守的意义：我们的坚守，是为了钳制敌人，使东面的部队歼灭敌人。没有意义的坚守和消耗，我们是不会进行的。你们都清楚，我们一定要守到那一天。"停了一停，又说："还要告诉同志们，有飞机大炮才能战胜敌人算什么本事呢？从革命的历史来看，反革命的武器总是比我们好得多；然而失败的总是他们，而不是我们。不要说在这方面超过他们，假若一旦平衡，或者接近平衡，他们就会不存在了！今天，我们的武器不如敌人，就正是在这样条件下，我们还要战胜他。我们的本事就在这里!”他把耳机移开,似乎要放下的样子,但又迅速拿回来,补充了一句:“我们的祖国会知道我们是怎样战胜敌人的!”

在阵地上,战士们就是以政治委员的同一英雄意志,进行着战斗。

这里,我要记下一段两个人坚守阵地的故事。其中一个名叫辛九思,我亲自访问了他。我很快发现他是一个别人说半句话,他就懂得全句意思的聪明青年,今年才二十岁,黑龙江人,是一个刚入党两年的共产党员,现在是副班长。在出国以后的战斗中,他像许多战士一样,裤子的膝盖、裤裆都飞了花,但他补得很干净。站在那儿,是那样英俊而可爱。某天傍晚,当他到前哨阵地反击敌人回来以后,见自己排的阵地上,许多战友都坐在自己的工事里,还保持着投弹射击的姿势,但是却牺牲了。只剩下战士王志成一个人,聚精会神地蹲在工事里,眼往下瞅着。神色仍然很宁静,半天才打一枪。敌人不知道这儿有多少人,也不敢上来。辛九思爬到王志成的身边悄悄地问:“你还有弹药吗?”王志成指指仅剩的两粒子弹,悄悄地幽默地答:“只有他兄弟两个啦,你呢?”辛九思用大拇指和食指比了一个圆圈。这时,天已经黑了。敌人的哨音满山乱响。敌人的炮已经进行延伸射击。后面的连阵地上,也哇啦哇啦地说着外国话。——显然,连的阵地已经后撤了。王志成说:“副班长,连的主力已经撤了,怎么没有送信来呢?”辛九思说:“是呀,怎么没送信呢?可是没命令,我们就不能撤。我们不是给班长表示过,只要有一个人就要守住阵地,有两个人还能丢掉阵地吗!”王志成点点头说:“那当然。我的决心早下了。人家很好的同志都为祖国牺牲了,我们死了,有什么关系!”辛九思马上纠正他说:“哪能死呢!天塌大家顶,过河有槎子。敌人上来咱们砸他一顿石头,往坡下一滚,那些胆小鬼不会找着咱们的。我刚才就是这样滚下来的。”说到这里,王志成像忽然想起了一件事情,说:“副班长,咱们俩还是快蹲到两个工事里吧,炮弹打住一个,还有一个守阵地的!”说着,两个人就蹲到两个工事里了。辛九思又探过头去鼓励地说:

"王志成！好好坚守，回去给你立功啊！"王志成在星光下笑了一笑，点了点头。他们就是这么沉着，一点也不慌乱，一会儿看看前头，一会儿听听后面。这时，敌人的炮，已经向阵地的后方，打得更远更远了。四处的阵地上，敌人乱糟糟的。这里已经像一座海水中的孤岛，但敌人仍旧不敢上到这个给他们打击最严重的阵地。几个钟头过去了。夜深风冷，他们的身上、枪上结满了霜花，冻得在战壕里跺着脚。王志成又招呼辛九思："副班长！咱们这儿怪冷清的，咱们吃炒面吧，别叫饿着。""好吧。"辛九思答应着。两个人就把炒面袋子解开，风呜呜吹着，吞一口炒面，就要把口儿连忙捂住。直等通讯员踏过膝盖深的白雪来叫他们的时候，他们才按着北斗星的指示绕过敌人走回来。

当这个战士叙述完他的故事之后，他用他年轻人特有的明闪闪的眼睛看着我，又补充说："出国以来，人家非党群众还那样坚决，都提出立功入党呢；我是个党员，又有什么可怕的呢！假若战争打到东北，打到咱们的祖国，"说到这里，他的眼睛像生起一片阴云似的暗了一下，随手一指面前一个背着小孩还希图在烧焦的房子里找出什么东西的朝鲜老妈妈说，"我们的父母还不跟她一样的吗！……你不知道，我是个最不爱流泪的人。我认为男子流泪，是羞耻的。在旧社会的时候，我母亲把我卖给别人，我母亲哭得像泪人一样，但我没有掉一滴眼泪。可是这一次到朝鲜，我看见朝鲜老百姓被美国鬼子害得那么苦，我哭了。现在，已经春天了，老百姓的地还没有种上，他们将来吃什么呢？……要是美国鬼子打到我们的祖国，像这样的炸，像这样的烧，咱们国家人是那样多，村庄又是那样稠啊！……"

战士们，他们就是这样地战斗着，就是怀着这样伟大的不可战胜的心灵坚守着。

因此，你可以明白：敌人在这样的战士面前，虽然拥有火力优势与空军的助战，是必定不能打胜的。而且，还要特别指出：在敌人这样的炮火下，敌人的死伤，总是远远地超过了我们。

这里我要举一个并不出色的连队来做例子。这个连队正因为不出色，以致常遭其他连某些年轻战士的嘲笑，甚至给他们加上一些诨号。这次阻击，人们又以为这个连打得不好。据团首长亲自到该连的阵地上检查，该连某个排的阵地前，就有五十一具美国鬼子的尸体。这个排虽然最后只剩下六个人，其中还有两个负伤的，但正是这六个人，还使冲到面前的十六个美国人做了俘虏。

在汉江南岸的日日夜夜里，我们英雄的部队，他们并不只是用坚强的防守，使敌人在我们的阵地前尸堆成山，血流成河；重要的，他们还不断用强烈的反击，夺回阵地，造成敌人更惨重的伤亡。我不断听到指挥员告诉他们的部队："不能在敌人面前表现老实，你们不应该挨打，应该反击，坚决地反击！"

某次，敌人进攻部队的一个营，已经进到距我某师指挥所不足一千公尺。当天晚上，我们某部就进行了一个强大的反击。他们切断了这个美国营的归路，几乎将这个美国营全部歼灭，活捉了八十多个俘虏，仅有少数敌人逃窜。据这个部队的一位负责同志告诉我："当我们的部队一听说去反击敌人的时候，你不知道从哪里来的那股劲儿，就好像春天头一回放青的马子一样，连缰绳你都拉不住了。那天晚上，很远很远，我就听见炮兵排长喊：'预备——放！''预备——放！'营长骂他们：'你们声音这么高干什么用呢？'他们还是：'预备——放！''预备——放！'他们真是兴奋得连别人的话都听不见了。有一个失掉联络的尖兵班，别人都不知道哪里去了，结果是因为他们走得太快，一直钻进敌人的心脏里消灭了敌人一个班，还带回来五个俘虏，大家才找着了他们。你看莽撞不莽撞？最有趣的，是我们的一个排长张利春同志，他是立过五个大功的战斗英雄。这次，当他扑到敌人阵地上的时候，他看到有四个美国兵都把下半截身子装在睡袋里。他急了眼，来不及等后面的同志，先打死了一个，接着就扑上去，用脚踏住一个，两只手抓住另外两个家伙的头发，摁了个嘴啃泥，一边狠狠地说：'中国人过去总是在你们的脚底下，今天，你们该低低头了！'两个家伙又不懂他的话，只是翻着白眼。……你看看咱们的同志，哪个不像个小老虎呢！”

在激烈而艰苦的阻击战中，无论指挥员和战士都像盼望跟最亲爱的人会面一样的，盼着这一天的到来，即二月十二日，这一天是我汉江东段部队出击的日子。果然，这一天，一秒钟，一秒钟，接近了，来到了。马上，不出三天，就传来横城歼敌两个师的消息。这两个胜利汇在一起，就是我们祖国人民所看到的——汉江前线歼敌两万三千余人——那个凝结着无数英雄故事的数目字。这时候，前线的战士们，拍拍身上那日日夜夜的尘土，就跨过将要解冻的银色的汉江，井然有序地回到汉江北岸休息了。可是胆怯的敌人，在我们撤退的后两天，还不敢踏上那闪射着英雄光辉的银色的山岭。

一九五一年三月十六日

# 火线春节夜

在汉江南岸的日日夜夜里，谁会想起这一天就是春节呢。阵地上，山草燃烧过的地方，还是黑乌乌的，打落的松树枝干，到处散落着，有什么不同会使人想起这一天就是春节呀！

黄昏，战斗停下来。这块阵地上的一小片松树林，只剩了三棵。一棵烧黄了一半，一棵歪着脑袋折下来，垂在地上；但是，有一棵还完整地黑森森地站在那儿。

经过一天的激战，早晨送来的饭一时咽不下去，人们就扯起乱谈来了。

有一个战士说：

“你们说，到底是渴难受呢？还是饿难受呢？”

“是渴难受呀！”

“我也说是渴难受！饿，我倒满不在乎。”

但一种论调的出现，总是会有另一种论调来反驳的。马上有人说：“你们说渴难受，可飞虎山五天五夜只吃了两顿饭，地上掉的六七个生棒子粒儿，你们都捡起来吃了。你们为什么裤腰带勒一把又一把，皮带眼儿不够了，又往上钻新眼儿呢？”

马上又有人反驳他：“你说渴不难受，敌人的炮把雪打黑了，你为什么抓一把就塞到嘴里，吃得那么香呀？”

正争论着，忽听山坡上有一个粗壮的、嘹亮的、愉快的声音喊：

“同志们！今天是大年初一呀，我给你们送肉来了！”

大家一看，是炊事员老张，正背着一个大口袋，从侧后面的山坡往上爬。他呼呼地喘着，简直像架风箱似的，可是还上气不接下气地喊：

“同志们！我代表……伙房，我还，还代表司务长给同志们拜年啦！”

大家一听，都带着几分惊奇、几分恍然大悟的神气说：“哦，今天就是大年初一呀！”

有人似乎不相信，还在那儿屈指算着，最后才肯定：“一点不错，今天是大年初一！”

炊事员老张走上来，满脸笑嘻嘻的。他对同志们确是非常亲爱的哩。他把口袋往地上一放，掏出许多红红绿绿四四方方的纸包。有的包着肉，有的是咱们老张他用朝鲜方法做成的大米面打糕。他双手捧着给每个人分了两包。当他把肉分给每一个人的时候，还特别加上一句：

“同志，不要轻看，这是祖国来的哩！”

“真是祖国来的？”

“真是祖国来的咧！”他梗着脖子，骄傲地说。

有的战士，马上把肉块子举得高高地喊：

“同志们！你们看，这是从祖国来的！”

有的战士，熬红的眼睛亮晶晶的，看着手里的肉笑着；有人马上就咬了一口；有人小心翼翼地放到工事里，生怕谁把它碰着似的。

春节来了，祖国又送来了慰劳品，能叫人不高兴吗！

阵地上，马上热闹起来。

班长立刻分派有的人去捡小松枝生火盆；有的人去用刺刀刮开被炮火打黑的雪层，挖出干净的白雪；有的人到山下头河沟里背冰块；自己用缠着绷带的手找出雨布，把洞口蒙上，防止漏出火光。不大工夫，一缸子一缸子的白雪，小白铁锅盛着冰块，就在火盆上炖起来。大家挤着围着，轮换着用小刀把肉一片一片地切开。小火苗的光，霍闪霍闪，照着每一个年轻的脸，红艳艳的。

有人指着自己的一缸子白雪、几片肉、一块朝鲜打糕，还有早晨剩下的米饭说：

“你看，这还不是好几个菜吗！这年过得蛮不坏哩！”

又有人从另一个洞口探出头来，悄悄地叫：

“到我这里来吧，我还有一个小鱼儿，比你们还多一个菜哩！”

这时候，像往日一样，晚班的敌机又来了，沿着我们的阵地，丢了一长串照明弹，间隔一般般远，荡荡悠悠的，在那儿悬着，像是天灯似的。敌人的炮，半天打一下，一声近，一声远。

可是，战士们除了专门警戒的人以外，他们还是要度自己的春节呀。

已经有一缸子冰雪炖化了。他们端着，像名酒一样珍贵，自己只喝一小口，就亲热地传给别人。吃肉的时候，总是捏起一片，先瞅瞅它，然后才轻轻地送进嘴里，一小口，一小口地吃着，像生怕把它一下吃完，再不能品祖国的味道似的。

有一个战士，像忽然想起了什么，把茶缸子从嘴边移开，说：

“今天，在咱们祖国，不定多热闹呢！”

“是呀，秧歌不定扭得多欢哩！”

有人插嘴：“你们是留恋后方的和平生活吧！”

这话，真让刚才说话的同志不高兴。他马上把茶缸子放到火盆边上：“我要是留恋后方生活，我就不出来！我要是想让咱们的祖国变成朝鲜这样子，一个村，一堆火，光光的马路不能走，把脸贴到地皮上钻洞，吃雪，我出来干什么？我出来，就是为了我们的祖国天天像赶集那么热闹，扭秧歌，打花鼓，种田，唱歌，学文化，在马路上随便走！”

班长说：“算啦，算啦，这是过年，又不是开讨论会。”

有一个粗声粗气的声音，好像要武装解围似的，说：“什么热闹不热闹，我看哪儿的鞭炮也比不上咱们这儿热闹哩，又用不着花钱买!”

这个班里,可就是有一个人不说话,托着腮巴子。

班长说:“你怎么不说话哩?”

“我说什么?”他抬起头,把手放下来,“你们张口合口祖国,祖国,你们都是有脸回祖国的人啦,咱们班立功的立功,入党的入党,就剩下我一个落后的人啦!”

大家赶忙解释:

“你也不算落后呀!”

“是呀!你今天成绩也不错呀!一个人抱着机枪打,打坏了,又用卡宾枪打,你今天不是打死七八个敌人吗?”

班长也说:“你的成绩,已经报告给连长了;再说支部现在正讨论你的问题呢。”

一个战士,紧紧凑近他的脸,用一副逗笑的样子,说了一段快板:

小伙子,你别悲观,
愁眉苦脸多难看。
只要你的决心大,
立功入党不困难。

大家哄地笑起来。

“我并不是悲观,也不是单纯为了立功、入党;”他脸上似乎走过笑纹,解释着,“我是埋怨自己对祖国、对朝鲜人民的贡献太小,比起同志们太落后了。这次出国,我看到朝鲜人民实在被美国强盗害得太苦;就是朝鲜解放了,你们都挂着奖章回去,我在这儿帮助朝鲜老百姓盖房,也要争取多出些力……”

忽然,洞口的雨布一动,探进一个头来,紫黑的脸膛上,蒙着一层灰泥,几乎可以说他只是戴了半个帽子,另外半个被烧去了一大块。大家一看,嘿,这不是排长吗!

大家亲热地招呼着：

“排长，年过得好呀！”

“你们班过得好呀，同志们。”

有的给排长端水，有的给排长拿肉，又一齐挤着给排长腾地方，可排长只能挤进来大半个身子。

排长说：“同志们，注意！我传达连部的一个指示。”大家静下来。排长接着说：“刚才指导员到我们那里宣布，营里今天表扬我们连打得好，有许多同志立了功。你们班长负伤不下火线，领导全班打垮敌人十二次冲锋，立一小功。”大家都注视着班长，班长的脸稍稍一低，似笑非笑地看着自己缠着绷带的手。只有那个未入党的同志，眼睛圆圆的，看着排长。排长又继续说：“另外，支部还宣布王瑛同志候补党员转正。”那个未入党的同志眼睛瞪得更大了。排长这才注视着他，说：“支部还批准王淑金同志，成为中国共产党的候补党员！”

呀！大家的眼睛刷地全瞅着王淑金啦。假若是王淑金独自个儿在这个洞里多好呢，偏偏有这么多的人，叫人怎么表示好呢，应该说什么呢，手应该放在哪儿呢，决定不笑吧，脸上已经笑出来了，决定沉静一点吧，脸上已经发烧了，大概是红了，他应当怎么好呢？

“王淑金，你怎么不说话呀！”

“王淑金，表示表示态度呀！”

“我，我，”王淑金脸红着，结结巴巴地，“同志们，我，我会对得起‘共产党员’这四个字的！”

“同志们，为了庆祝你们立功，入党，”排长从口袋里摸出了一个大半截香烟头儿，说，“咱们营长从团长那儿拿来了两支烟，营指挥所合抽了一支，剩下一支给了咱们连长，连长、指导员抽了小半支，就把这半截给了我。”

见了这半截烟，抽烟的人眼珠子都快掉出来了，但还是客气地说：

“排长抽吧。”

排长在火盆里小心地点着，抽了一口，就递到王淑金的手里，又拍了拍他的肩膀，叽叽嘎嘎地笑着走了。

王淑金没有抽就递给班长，班长强迫他抽了一口，然后，每一个人又各抽了一小口。淡淡的烟环，你是带着多少日日夜夜的辛劳，带着多少光荣愉快的心，在这个小洞里撞击着、舞动着呀！人们瞅着你，似乎听出你撞击着的银铃一样的声音啊。

……正在这时候，大家同时听到外面有一阵呜啦呜啦的怪响。

班长爬出洞口，大家也跟着爬了出去，谛听着。

一阵怪响过后，只听山坡下面喊：

“共军兵士们！今天我要对你们讲几句话。……”

大家知道：这是敌人又进行阵前广播。那广播匣子又继续叫：

“今天过年了，你看你们在山上多苦哇，吃不上饭，喝不上水，脚也冻肿啦……”

马上有人骂：“去你娘的蛋！”

但那广播机，还照样说它的：

“我们联合国军队，是为了拯救朝鲜来的；联合国已经宣布了你们是侵略者……”

“乓！”不知道是谁忍不住开了一枪，接着骂：“我们进屋不脱鞋，还要自我检讨哩，我们是侵略者？”

班长跳起来喊：“打这个蒋介石派来的狗杂种！”

乓乓乓乓乓乓……阵地上响起了从美国人缴来的卡宾枪、自动枪声。

那广播机还继续着：

“你看我们有飞机大炮，你们有什么呢？快快投降吧！你们可以从小路过来……”

战士们有好几个声音同时骂，有的还用手指着敌人：

“有飞机大炮，你们为什么冲不下来老子的阵地呀！”

“老子就是没飞机，也把你们追到这里啦！”

“老子要有飞机，早把你狗日的撵到南海里喂王八去啦!”

“投降？先缴给你些子弹头吧!”

又是一排乓乓的自动枪声。

但广播机还在响。这时，王淑金走到班长的面前说：

“报告班长，我去搞掉狗日的广播机。”

“我也去!”王瑛说。

“我也去!”

“我也去!”

“听命令!”班长严肃地说，“王淑金和王瑛两个人去。”

两个人把手榴弹盖咬开，把子弹也摸了一摸，顺着山坡走了下去。

三十分钟以后，只听轰隆轰隆几声响，那广播机正说到“如果不然，我们一定要消灭你们……”的时候哑然无声了。

可是等了一个钟头、两个钟头，也不见他们俩回来。

班长是多么的焦急呀，他让大家回洞里休息，自己蹲在哨兵旁边等着。

下半夜，听见下面的松树枝叶簌簌地响。一看，影影绰绰地，好像有五六个人影往山上爬。仔细一听，嘀里嘟噜的，似乎还有外国人说话。

班长悄悄地招呼哨兵：“准备好!”说着把手榴弹弦挂在手指上。

“谁?”

“我。”是王淑金的声音。

班长惶惑着，但警惕性是很高的，他大声喊：“为什么人那么多?”

“是我们捉的俘虏。”王瑛答。

班长一阵高兴，不由得喊：“同志们，他们捉了活的来啦!”说着，加快脚步迎上去，班里的人也争着钻出洞口跑过来。

只见王淑金和王瑛每个人背着七八支卡宾枪，站在后面；前面是四个俘虏;另外还有一个穿便衣的也拿着枪站在一边。那几个俘虏,好像一个个没有长着枝叶的秃树桩子待在那里。

班长兴奋地说:“同志,你们怎么搞的呀?”

那个穿便衣的抢着说:“这是班长吗?我还要向你道歉哩!……我是师部的侦察员,上级叫我去‘捉舌头’[①],我发现这四个家伙,”他指了指那四个秃树桩子,“正躲在一个小屋里,钻在睡袋里打鼾哩。可一个人真不好下手,正巧,碰上你们这两个大将啦,我请他们帮忙,就把这几个家伙给擒来啦。也没有经过你同意,真对不起!”

班长早已经乐得不行,连说:“那没有什么,没有什么!”

那几个俘虏,见人们都跟班长说话,就扑通扑通给班长跪下了,边磕头边用手掌锯着脖子,嘀里嘟噜地咕噜着,引得大家一阵乱笑。战士们也用手锯锯脖子,摇摇手,他们才一个个拘拘谨谨地站起来,又像半截秃树干似的待在那里。

王淑金和王瑛走到班长面前,把肩上的枪放在地上。王淑金说:“报告班长,我们把广播喇叭炸坏啦,以后又配合他们捉俘虏。回来,我们看见山底下,有一堆二十多个尸首,都是被咱们白天打死的美国强盗,我们一共捡回卡宾枪十三支,临回来我们把狗日的一个个都翻了个脸朝上……”

“那是为什么呢?”班长问。

“为什么?”王淑金气昂昂地说,“狗日的明儿个敢进攻,就让他进攻的时候看看吧!”说着,又指着地上的枪,“班长看看这枪好使不?”

班里的同志们争着拿起枪来,班长也拿起了一支,枪上面结满了霜花。他用衣袖拭了拭,朝着敌人的方向,乒乒打了几枪。战士们也都手痒得禁不住打一枪,喊一句:

“小子们!看明天的吧。”

---

① 去捉俘虏了解敌情。

“小子们！看明天的吧。”

枪声在山谷里清脆悦耳地响着。

夜风呜呜地吹着，启明星已经升起。

在汉江南岸的日日夜夜里，谁会想到这一天就是春节呢。可是春节不回避任何艰苦的地方，它在战士们的阵地上，像在祖国一样，用它愉快的脚步走过了。

一九五一年三月二十五日

# 谁是最可爱的人

在朝鲜的每一天，我都被一些东西感动着；我的思想感情的潮水，在放纵奔流着；它使我想把一切东西，都告诉给我祖国的朋友们。但我最急于告诉你们的，是我思想感情的一段重要经历，这就是：我越来越深刻地感觉到谁是我们最可爱的人！

谁是我们最可爱的人呢？我们的战士，我感到他们是最可爱的人。

也许还有人心里隐隐约约地说：你说的就是那些“兵”吗？他们看来是很平凡、很简单的哩，既看不出他们有什么高明的知识，又看不出他们有丰盛细致的感情。可是，我要说，这是由于他跟我们的战士接触太少，还没有了解到我们的战士：他们的品质是那样的纯洁和高尚，他们的意志是那样的坚韧和刚强，他们的气质是那样的淳朴和谦逊，他们的胸怀是那样的美丽和宽广！

让我还是来说一段故事吧。

还是在二次战役的时候，有一支志愿军的部队向敌后猛插，去切断军隅里敌人的逃路。当他们赶到书堂站时，逃敌也恰恰赶到那里，眼看就要从汽车路上开过去。这支部队的先头连就匆匆占领了汽车路边一个很低的光光的小山冈，阻住敌人。一场壮烈的搏斗就开始了。敌人为了逃命，用了三十二架飞机、十多辆坦克和集团冲锋向这个连的阵地汹涌卷来，整个山顶的土都被打翻了，汽油弹的火焰把这个阵地烧红了。但勇士们在这烟与火的山冈上，高喊着口号，一次又一次地把敌人打死在阵地前面。敌人的死尸像谷个子似的在山前堆满了，血也把这山冈流红了。可是敌人还是要拼死争夺，好使自己的主力不致覆灭。这场激战整整持续了八个小时。最后，勇士们的子弹打光了。蜂拥上来的敌人占领了山头，把他们压到山脚。飞机掷下的汽油弹把他们的身上烧着了。这时候，勇士们是仍然不会后退的呀，他们把枪一摔，身上、帽子上呼呼地冒着火苗，向敌人扑去，把敌人抱住，让身上的火，也要把占领阵地的敌人烧死……据这个营的营长告诉我，战后，这个连的阵地上，枪支完全摔碎了，机枪零件扔得满山都是。烈士们的遗体，保留着各种各样的姿势，有抱住敌人腰的，有抱住敌人头的，有掐住敌人脖子把敌人摁倒在地上的，和敌人倒在一起，烧在一起。还有一个战士，他手里还紧握着一个手榴弹，弹体上沾满脑浆；和他死在一起的美国鬼子，脑浆迸裂，涂了一地。另有一个战士，嘴里还衔着敌人的半块耳朵。在掩埋烈士们遗体的时候，由于他们两手扣着，把敌人抱得那样紧，分都分不开，以致把有些人的手指都掰断了……这个连虽然伤亡很大，他们却打死了三百多敌人，更重要的，他们使得我们部队的主力赶上来，聚歼了敌人。

这就是朝鲜战场上一次最壮烈的战斗——松骨峰战斗，或者叫书堂站战斗。假若需要立纪念碑的话，让我把带火扑敌和用刺刀跟敌人拼死在一起的烈士们的名字记下吧。他们的名字是：王金传、邢玉堂、井玉琢、王文英、熊官全、王金侯、赵锡杰、隋金山、李玉安、丁振岱、张贵生、崔玉亮、李树国。还有一个战士，已经不可能知道他的名字了。让我们的烈士们千载万世永垂不朽吧！

这个营长向我说了以上的情形，他的声调是缓慢的，他的情感是沉重的。他说在阵地上掩埋烈士的时候，他掉了眼泪，但他接着说："你不要以为我是为他们伤心，我是为他们骄傲！我觉得我们的战士太伟大了，太可爱了，我不能不被他们感动得掉下泪来。"

朋友们，当你听到这段英雄事迹的时候，你的感想如何呢？你不觉得我们的战士是可爱的吗？你不以我们的祖国有着这样的英雄而自豪吗？

我们的战士，对敌人这样狠，而对朝鲜人民却是那样地爱，充满国际主义的深厚热情。

在汉江北岸，我遇到一个青年战士，他今年才二十一岁，名叫马玉祥，是黑龙江青冈县人。他长着一副微黑透红的脸膛，高高的个儿，站在那儿，像秋天田野里一株红高粱那样淳朴可爱。不过因为他才从阵地上下来，显得稍微疲劳些，眼里的红丝还没有褪净。他原来是炮兵连的。有一天夜里，他被一阵哭声惊醒了，出去一看，是一个朝鲜老妈妈坐在山冈上哭。原来她的房子被炸毁了，她在山里搭了个窝棚，窝棚又被炸毁了。回来，他马上到连部要求调到步兵连去，正好步兵连也需要人，就批准了他。我说："在炮兵连不是一样打敌人吗？""那，不同！"他说，"离敌人越近，越觉着打得过瘾，越觉着打得解恨！"

在汉江南岸的那些日子里，有一天他从阵地上下来做饭。刚一进村，有几架敌机袭过来，打了一阵机关炮，接着就扔下了两个大燃烧弹。有几间房子着火了，火又盛，烟又大，使人不敢到跟前去。这时候，他听见烟火里有一个小孩子哇哇哭叫的声音。他马上穿过浓烟到近处一看，一个朝鲜的中年男人在院子里倒着，小孩子的哭声还在屋里。他走到屋门口，屋门口的火苗呼呼的，已经进不去人，门窗的纸已经烧着。小孩子的哭声随着那滚滚的浓烟传出来，听得真真切切。当他叙述到这里的时候，他说："我能够不进去吗？我不能！我想，要在祖国遇见这种情形，我能够进去，那么，在朝鲜我就可以不进去吗？朝鲜人民和我们祖国的人民不是一样的吗？我就踹开门，扑了进去。呀！满屋子灰洞洞的烟，只能听见小孩哭，看不见人。我的眼也睁不开，脸烫得像刀割一般。我也不知道自己的身上着了火没有，我也不管它了，只是在地上乱摸。先摸着一个大人，拉了拉没拉动；又向大人的身后摸，才摸着小孩的腿，我就一把抓着抱起来，跳出门去。我一看小孩子，是挺好的一个小孩儿呀。他穿着小短褂儿，光着两条小腿儿，小腿儿乱蹬着，哇哇地哭。我心想：'不管你哭不哭，不救活你家大人，谁养活你哩！'这时候，火更大了，屋子里的家具什物也烧着了。我就把他往地上一放，就又从那火门里钻进去。一拉那个大人，她哼了一声，我就使劲往外拉，见她又不动了。凑近一看，见她脸上流下来的血已经把她胸前的白衣染红了，眼睛已经闭上。我知道她不行了，才赶忙跳出门外，扑灭身上的火苗，抱起这个无父无母的孩子……"

朋友，当你听到这段事迹的时候，你的感觉又是如何呢？你不觉得我们的战士是最可爱的人吗？

谁都知道，朝鲜战场是艰苦些，但战士们是怎样想的呢？有一次，我见到一个战士，在防空洞里，吃一口炒面，就一口雪。我问他："你不觉得苦吗？"他把正送往嘴里的一勺雪收回来，笑了笑，说："怎么能不觉得？咱们革命军队又不是个怪物。不过咱们的光荣也就在这里。"他把小勺儿干脆放下，兴奋地说："就拿吃雪来说吧。我在这里吃雪，正是为了我们祖国的人民不吃雪。他们可以坐在挺豁亮的屋子里，泡上一壶茶，守住个小火炉子，想吃点什么就做点什么。"他又指了指狭小潮湿的防空洞，说："再比如蹲防空洞吧，多憋闷得慌哩，眼看着外面好好的太阳不能晒，光光的马路不能走。可是我在这里蹲防空洞，祖国的人民就可以不蹲防空洞呀，他们就可以在马路上不慌不忙地走呀。他们想骑车子也行，想走路也行，边溜达、边说话也行。只要能使人民得到幸福，也就是我们最大的幸福。所以，"他又把雪放到嘴里，像总结似的说，"我在这里流点血不算什么，吃这点苦又算什么哩！"我又问："你想不想祖国呀？"他笑起来，"谁不想哩，说不想，那是假话，可是我不愿意回去。如果回去，祖国的老百姓问：'我们托付给你们的任务完成得怎么样啦？'我怎么答对呢？我说'朝鲜半边红，半边黑'，这算什么话呢？"我接着问："你们经历了这么多危险，吃了这么多苦，你们对祖国对朝鲜有什么要求吗？"他想了一下，才回答我："我们什么也不要。可是说心里话，——我这话可不一定恰当呀，我们是想要这么大的一个东西……”他笑着，用手指比个铜子儿大小，怕我不明白，又说：“一块‘朝鲜解放纪念章’，我们愿意戴在胸脯上，回到咱们的祖国去。”

朋友们，用不着繁琐地举例，你已经可以了解我们的战士是怎样一种人，这种人是什么一种品质，他们的灵魂是多么的美丽和宽广。他们是历史上、世界上第一流的战士，第一流的人！他们是世界上一切善良人民的优秀之花！是我们值得骄傲的祖国之花！我们以我们的祖国有这样的英雄而骄傲，我们以生在这个英雄的国度而自豪！

亲爱的朋友们，当你坐上早晨第一列电车走向工厂的时候，当你扛上犁耙走向田野的时候，当你喝完一杯豆浆、提着书包走向学校的时候，当你安安静静坐到办公桌前计划这一天工作的时候，当你向孩子嘴里塞着苹果的时候，当你和爱人悠闲散步的时候……朋友，你是否意识到你是在幸福之中呢？你也许很惊讶地说：“这是很平常的呀！”可是，从朝鲜归来的人，会知道你正生活在幸福之中。请你意识到这是一种幸福吧，因为只有你意识到这一点，你才能更深刻了解我们的战士在朝鲜奋不顾身的原因。朋友！你是这么爱我们的祖国，爱我们的伟大领袖毛主席，你一定会深深地爱我们的战士，他们确实是我们最可爱的人！

一九五一年四月一日夜草

# 战士和祖国

这里我不准备再说更多的英雄故事，朋友们，你们已经知道得不少了；虽然，你们所知道的不过是千百件中的一件。

我想说的是，当志愿军现时还拿着劣势武器的时候，为什么敌人凶残的炮火、飞机吓不倒他们，并且表现了世界人类最大的勇敢、最强的战力？而能够把世界上帝国主义中最强大的美国侵略军打得落花流水、一败再败？换一句话说，这个部队的每一个成员，是一种什么伟大的力量在支持着他们？或者说，英雄们的心灵深处，到底是怀藏着一种什么奇异的东西呢？

这个问题，我是慢慢得到答案的。

在我们部队开到汉江北岸休息的时候，一次，我到一个班里去开一个座谈会。坐在我身边的这些战士，他们身上披满了日日夜夜的灰尘，有的军衣上还有被燃烧弹烧着的痕迹。他们并不骄矜地，而是谦逊地注视着我。我看到他们这样淳朴可爱的面貌，心想，这就是跟全世界最凶残的帝国主义作战的战胜者呀！这就是那些打到一个人也要守住阵地的坚定的人、勇敢的人啊。我不由得带着敬意说：

“同志们！你们辛苦了。”

可是话音还没有落地，就立刻听到他们几乎是同时的回答：

“为了祖国，这算不得辛苦！”

“为了祖国嘛。”

“我们，为了祖国！！！”

还有一个又高又大的战士，把他一双带着血茧的大手，伸到我的面前，笑嘻嘻地说：

“我这双手，就是为了咱们的祖国干活的呀！”

说过，他们一齐用眼睛注视着我。

我，我怎么能够一下说出这声音里是含着什么一种东西啊；我只是觉着这种声音的分量，强烈地把我震撼着。

……座谈会结束了，战士们还不愿意散。有一个战士，又打量了我一下，问：

“同志，你是从北京来的吗？”

“是呀。”

“那么，”他注视着我说，“你知道咱们的毛主席怎么样啊，他的身体好吗？”

我还没有回答，就有人插嘴说：“我想，他那样忙，他的身体一定会瘦些。”

“是会瘦些的。”有几个战士点着头。

我回答说：“毛主席当然很忙，可是毛主席的身体很健康。”

这时候，年轻的战士们，越发显得愉快活泼起来，问这问那。有人问起天安门，有人问起东北的工厂，有人问故乡的土地改革，有人问学生的参军，有人问祖国去年庄稼的收成，有人问祖国某条铁路线的双轨铺到哪里，一直问到我平常毫不注意的一些问题。总之，他们是在关怀着我们祖国广大国土上的一切。他们醉心地谈着，就好像谈着一个最亲密最心爱的人，愿意连她的头发都要谈到。

我笑着说：“嘿，你们是这样爱谈祖国的呀！”

“嘿，不光我们，我们的指导员还作了一首诗呢！”

“什么诗啊？”我忙问。

有一个战士背诵着：

中华儿女扛起枪，
抗美援朝出边疆；
流血牺牲全不怕，
我为祖国来增光！

会后，我把战士热爱祖国的感情告诉了团政治委员。他点了点头，说整个部队差不多全是这样，并且给我讲了这么一段故事。

某团有一个班长，名叫姜世福，他又是党的支部委员。处处坚持真理，刚强得很。不管是什么人要有一丝一毫违犯纪律的现象，叫他看见了是不行的。这次在汉江南岸景安里战斗中间，他打死了许多敌人，自己也负了重伤。眼看这个刚强可敬的战士就要与世长辞了。他的脸色和平时一样，不过当他看同志们的时候，眼睛里含着更加深厚的感情。卫生员赶过来给他包扎伤口，他摇摇头，声音很低地说：

"同志们，我不能跟你们就伴了。"

同志们凑近他的脸，说：

"老姜，你还要留下什么话吧？"

他摇摇头，握住离他最近的一只手，说：

"只要祖国人民知道我是怎样牺牲的，我就……"

说着，他的脸上露出一丝恬然的微笑，眼睛从容地慢慢地合上了……

当政治委员说完这段故事之后，他严肃地沉思着说：

"当然，在我们没有出国之前，谁也知道是为了祖国，可是当出国之后，看到种种情形，好像才更加知道什么是祖国，更知道她的可爱！"他又说，"就拿我们团长来说，不也是这样的吗！……二次战役，我团在连战几昼夜之后，又受命迂回敌人，要一气赶一百四十里路。部队来不及吃饭，就连明彻夜地赶。走了九十多里，部队就又困又饿拖不动了。有的困得前仰后合地向前走；有的脚上打满了泡，摇摇晃晃地走；还有一个营，坐下休息了。可是我们的团长呢，他年纪那么大了，身子又弱，当他看到一个营停下了，他就喘吁吁地，很吃力地赶上去责备那个营长；随后，站在那里，提高声音，对大家说：

‘不要忘记，我们是从什么地方来的！——我们是从鸭绿江北面来的！’大家伙看着他，一个说话的也没有。说着，他又用手指了指北方，非常严峻地问：

‘同志们，鸭绿江北岸是什么地方？’

‘是祖国！’队伍回答。

‘是啊，是祖国。’团长用深沉的语调重复着，又问，‘那么一百四十里路，我们走了九十就休息了，把敌人放跑，我们对得起祖国吗？……’”

政治委员说到这里，不由得笑着，又说：“你说怪不怪，一提‘祖国’，就有这样大的力量！部队没有休息，一直插到目的地。”

祖国，祖国，你在战士们的心灵上，是有着多么大的力量啊！你不仅仅是挂在战士们的嘴边，你是在战士们的心灵深处生根、发芽和开花了。

为了进一步了解英雄们的心灵，我在继续地留意着。

某天黄昏，我要到前线去，看到前面村头上围着几个人。只听一个高高的声音说：

“老乡！我不愿意下来嘛，他们硬让我下来啦！”

我走上前去一看，见是几个东北担架队的老乡，正围着一个躺在担架上的伤员在那儿说话。那个伤员，不过二十一二岁，看来是我们队伍中一个很平常的战士，并没有什么惹人注意的地方。他头上团团地缠着绷带，两只手也缠着绷带露在被头外面。老乡看我站在那里，有一个就向我惊叹地说：

“小伙子真是好样儿的哩！”

“骨头真硬，真够得上是一个志愿军！”另一个补充着，“他一个人打死了好几个美国鬼子哩。一颗大炮弹落到他旁边，他头上带花了，把他震得昏昏迷迷的。可是卫生员给他绑扎好，正要往下背他，他醒来了。他说：‘你们让我下去干什么哩？我不下去。’又抱着一挺机枪打；第二次，他又被子弹打掉了一个手指头。指导员让他下去，他又说：‘人这么高，这么大，少一小块肉算什么哩！我不能打枪，我还能压子弹。’因为战斗很激烈，也就允许了他；可是第三次，他的另一只手又在撇手榴弹的时候挂花了。他怕指导员催他下去，先走到指导员面前说：‘指导员！请你千万让我留在这儿。我们的班长已经牺牲了，无论如何我是不能下去的。我的手不能用，我的嘴还可以说话，我要求当通讯员！’听人说，在他说话的当儿，手上的血顺手指头向下滴着，他的脸色变都没有变呀。指导员安慰他，劝他下去，他还是不肯。最后指导员给他下命令：‘下去！这是党的决定！’哈！这小伙子才捏着鼻子下来了，你不听，刚才还念叨哩！”

“是呀，”那个躺在担架上的伤员，也许是太兴奋了，他还想打手势，可是他的手没法动得了，只是他的肘弯儿微微欠动了一下，说，“我不下来，满能完成通讯任务的嘛！”说完，他的眼睛闪着明亮的青春的光辉，照射着我，似乎说：“同志，你以为我做得对吗？”

我走近他的身边蹲下来，安慰他说：“同志！你真是一个好样儿的，你打得真勇敢！”谁知道这话倒使他不好意思起来了，他的明亮的眼睛，似乎流露出一滴年轻人的羞怯，微微笑着。

我把他的被头掀起，把他露在外面的手盖上。然后，我注视着他，追问他到底是为什么这样的勇敢。

他笑了一笑，接着严肃地回答：

“同志，我能含糊么？你想想，自打过了鸭绿江的那天起，我们看到的都是些什么！”接着，他就叙说起从鸭绿江到汉江，他们走过的不是一片片焦土，就是一片片大火，有时候就在两边烧着大火的街道上穿过，或者是在被杀死的朝鲜人的身边宿营。说到这里，他的声调特别沉痛，他说：“有一次，我们住在一个庄子，晚上到的时候还是好好的，老百姓亲热地照顾我们。你说多巧，我们住的那家房东，有一个朝鲜老妈妈，和我母亲的样子一样，也是四十多岁，不过就是穿着白衣白裙罢了。那天我困极了，我就好好地睡了一觉。当我醒来的时候，我发现我裤子挂破的地方，不知道是谁给我缝好了。我一问同志们，才知道是这位老妈妈，让她儿媳妇端着灯，她俯在炕上给我缝好的。我真觉得她和我的妈妈一样呀！可是到了白天，我执行任务回来的时候，就看到这个村子起了大火，房屋全被炸塌啦。到我住的房东家一看，老妈妈的儿媳妇炸死了，老妈妈的腿也被炸断，还抱着她的小孙子，正跪着半截腿爬呢。老妈妈看见我就哭了，我的眼泪也就掉下来了。我赶忙把小孩子解下来抱着，把老妈妈背到卫生所去。我们班的人，有的恨得跺脚，有的跳起来骂，有的掉着泪。这一整宿，我没有睡着，我翻过来倒过去地想：帝国主义是什么心呀！他为了侵占朝鲜，是不怕朝鲜人灭种的呀！我又想到了自己身上，过去日本鬼子杀死了我的爹，蒋介石抓走了我的哥哥，我只剩下母亲。幸亏毛主席领导得好，胜利了，咱们中国人民翻了身，新中国成立了。我也分了几亩地，娶了媳妇，养了儿女。我不再到别人家里放猪放牛、挨冻挨饿了。我有了家，也有了国。可是，假若让美国鬼子到了咱们中国，我的老娘还会活着吗？我的老婆跟孩子，还会活着吗？他们不光要杀死她，烧死她，他们会把我的房根脚也要挖出来的呀！”说到这里，他稍停了停，他的年轻的眼睛带着痛苦的表情，似乎又回到当时的情景。他又继续说：“那天晚上，我一闭眼就好像看见我们人民的国家是多么好啊，是多么大啊，人是多么稠啊。如果让美国佬那样地炸、烧，把在朝鲜的这一套搬到咱们那里，你想想咱们的祖国会变成什么样子呢？……”他又用充满热情的声音叫我：“同志！再说我们的新中国建立起来是容易的吗？为了她，不知道有多少同志流了血，从南打到北，又从北打到南，算不清走了多少路，打了多少仗，也不知道在各式各样地形上挖过多少散兵坑！有时候为了争夺一间小小的房子拼过命，为几公尺的土地流过血，到现在，多少人的血肉里还包着美国子弹。新中国，这是我们一块肉一片血换来的呀！……这次出国，路过东北的时候，我看见那工厂的大烟囱跟小烟囱，像小树林子似的，突突地冒着烟，我的心哪，就像开了花似的。你不知道我心眼儿里多乐，想得多远！难道我们人民的天下，愿意叫它再变了吗？难道我们的建设，愿意叫它变成一堆灰吗？不，狗种们想碰我们的祖国一根毛，我都要叫他们流血！我要叫他们知道他们的脑袋是不是肉做的！”他激动得禁不住又把缠着绷带的手露在外面。“我就想，只要能保住我们的新中国，使我们的人民安全，我个人死到国外算什么！这次打仗负了几次伤，他们就让我下火线，死都没有关系，为祖国，为受苦受难的朝鲜人民流一点点血又算得什么呢？……”

朋友，这就是我要告诉你的，在朝鲜前线上战士们可贵的思想历程，英雄们不可战胜的伟大心灵。这就是在任何残酷艰苦的战斗中点起胜利火花的那种东西。

朋友，让我们更加热爱我们的伟大祖国吧！对于取得革命胜利的中国人民来说，“祖国”，这不是一个普通的词儿，这是一个至亲至爱的名字，崇高的名字。“什么是祖国？”过去总没有一个人能把她用一句话或者几句话恰切地说出来，我想，这的确也是不可能的。“祖国”，当人们提起她的时候，也许有人想起的，是勤劳纯朴的人民；也许有人想起的，是壮丽的山川和灿烂的文化；也许有人想起的，是天安门上那面染了无数先烈热血的迎风飘舞的红旗；也许有人想起的，是快乐地舒放着烟花的工厂；也许有人想起的，是充满歌声的美丽的园林。当然，他们共同想到的，还有一个人，这个人像他们的父亲，又像他们的朋友，日日夜夜在思虑着，怎样把革命推向前进，怎样使他们避免灾难，得到可能谋取的幸福，——这就是他们值得骄傲的英明的舵师。可是，不管他想什么，他想的会是这一切吧！因此，祖国啊！你不能不让人乐于为你而生，勇于为你而死，为了你而奋发前进！

一九五一年三月二十一日深夜

# 年轻人，让你的青春更美丽吧

青春是美丽的。但一个人的青春可以平庸无奇；也可以放射出英雄的火光。可以因虚度而懊悔；也可以用结结实实的步子，走到辉煌壮丽的成年。

年轻的朋友们，这里，我要向你们报告，毛泽东教导下的知识青年们，在朝鲜战场上，怎样度着自己的青春。

青年团员戴笃伯，他，二十四岁，是湖南的一个中学生，在志愿军某连当文化教员。他碰到的第一次战斗，是飞虎山战斗。他带着一个担架组抢救伤员。当部队冲上又高又陡的山头，跟敌人展开了激战，他还在山脚下蹲着。这时候，像一般初上战场的人一样，他觉着敌人的每一颗炮弹，每一颗子弹，都像冲着自己飞来。但是，他想："我能够这样地害怕战争吗！我为什么老蹲在这里？我不是在决心书上写过，要迎接对我的锻炼和考验吗？"他这样想着，就站起来，往山上爬。他刚钻进一个小树林里，忽然，炮弹正落到一棵大树上，把大树炸断了。他又连忙蹲下。这时候，在炮火闪闪的红光里，他看见山头上，一个战士滚下来，不知道是被子弹打中的呢，还是被石头绊倒的。可紧接着，那个战士又从山坡上爬起来，高举着手榴弹，像在喊着什么，又冲上去了。年轻的戴笃伯心里想："难道我就不能够这样吗？"他又站起来，带着担架小组爬了上去。这时候，阵地已经被我们攻占了。连长一见戴笃伯来了，急忙关切地问:“怎么样啊,戴笃伯?你这是大姑娘坐轿,头一回哩!”戴笃伯笑了笑,就准备把阵地上的一个伤员抬下去。可是,山陡,路小,没法抬。戴笃伯就说:“那么,让我来背。”连长不答应,想让别人来背。戴笃伯急得红着脸说:“连长,我的决心书不是白写的呀!”他说着,就把那个伤员背起了。可是,在陡坡上没有走下多远,就满头满脸的汗,跌跌撞撞地走不动了。又挣扎着走了几步,觉得心慌口渴,头昏眼花,腿又酸又软,每迈一步,腿上都像有千把斤重。他想:“一个人怎么这样重啊,我休息一会儿才好呢。”这当儿,也不知道怎么把伤员碰着了,只听背上“哎哟”了一声。这使他的心比受了最严厉的责备还要难过啊。他只扶着一棵小树定了定神,就脸冲着山,手扒着陡坡,咬着牙背了下去。……他到底把伤员背到了绑扎所。

当戴笃伯第二次赶往阵地去的时候,已经不害怕了。他还把战士们的水壶灌满了水,叮叮当当背了一身。战士们接到水壶,几乎乐得跳起来,拉着他的手,笑着,叫着。敌人开始冲锋了,大家劝戴笃伯下去。他说:“不!我一定要打一个手榴弹!”敌人冲到面前了,到底戴笃伯跟战士们的手臂一起,扔出了平生第一颗手榴弹。这不是一颗普通的手榴弹,这是一颗光彩的手榴弹,这是中国知识青年的锻炼决心!这颗手榴弹,在世界黑暗势力的面前爆炸了;而且,年轻的戴笃伯,他亲自听见了这颗手榴弹爆炸的声音。

事后,他对人说:

“这是我戴笃伯平生最快乐的一天!”

这里,我还想说一说那些女青年们的情形。

从跨过鸭绿江的那一天起,她们就背起了多少东西啊!每人背着背包,背着十斤干粮、十斤米、一把小铁锹,有的人还背着一把提琴。有一夜,行军九十里,男同志还有人掉队,但是她们咬着牙,带着满脚泡,连距离都没有落下。过冰河,她们也像男同志一样,卷起裤脚哗哗地蹚过去,冰块划破了腿,就偷偷地包上,也不言声。露营了,就在山坡上用松树枝支起一块小雨布,挤在一起;夜间冻醒，就蹦一蹦、跳一跳再睡。第二天早起，她们的头发上结满了霜，男同志们笑她们说："嘿，你们演'白毛女'都不用化装了！"她们也笑男同志："还说哩，你看，你们不是'白毛男'吗！"二次战役时，她们有不少人到野战医院做护理工作，立了功。

我曾经向伤员们问起她们的情形。有一个伤员兴奋地说："这些女同志，可不简单哩。虽说人家以前是些学生，没经过什么锻炼，可是决心真大！自打她们到这儿来，给我们洗血衣呀，捉虱子呀，打水、打饭、喂饭呀，一天到晚，饭都顾不得吃。有些人给我们洗衣服，手都泡肿了。我们就说：'同志呀，歇会儿吧！在家里，你的衣服还是你妈妈给你洗呢，你看，我们的衣服又是血什么的，你不嫌脏吗？'可是，她们翻翻眼说：'同志，你别再说这个。你们的血是为了谁流的呢？这是世界上最干净的东西！'另外还给我们捉虱子。我们说：'这该怎么谢你呢！'她们就又开玩笑地说：'美国鬼子那么老大个子，你们还百儿八十地捉呢，难道我连几个小小的虱子都不该捉吗？'可是，无论如何，我们不让她们端大小便；谁知道又叫她们看破了。她们就反问我们：'你们不是常说阶级弟兄吗，为什么分得这么清呢？实说吧，这些天，我已经忘记了我是个女的了。'就这样，她们白天忙一天，夜间还要拿着枪去担任警戒哩！"

"嘿，还有一个女同志，她是个团员，提起她我一辈子都忘不了！"另一个躺着的伤员挣起身子坐起来说。"那时候，敌人的飞机天天来，轻伤员能走出去，可是我们重伤员怎么办呢？她就把我们往防空洞里面背。有一次，敌机一共来了四五架，又是打机关炮，又是扔炸弹。我们屋里一共三个重伤员，她背走两个，第三趟回来背我。我看见她满头满脸又是汗，又是泥，浑身上下都是灰土，不知道她在外面跌了多少跤啊。我不让她背。她不由分说，又把我背起了。她摇摇晃晃地，刚一露头，一梭子机关炮咕咕咕打在我们旁边；附近的房子也炸着了，烟腾腾看不见人。我就说：'同志，快把我放下吧，不要让我连累了你！'她扭过头来严肃地说：'别这样说！'这时候，也实在背不出去了，她就把我靠屋墙根放下来，然后趴在我的身上护着我，并且说：‘要是敌人把房子炸倒，先压住我。我宁可负伤，也不能再让你负第二次伤！’当时，我的泪都流出来了。同志，你说她够不够一个青年团员！……”

有一天晚上，在行军中，我跟一个女同志走在一起。她个儿不很高，看样子不过十六七岁。肩膀上挂着干粮袋，还有一把二胡。两个小辫子，在军帽下垂着，悠打悠打的，活泼而轻快地走着，还轻轻地哼着什么歌儿。

我问："你是文工团的吗？"

"是呀。"她回答。接着就告诉我她是才从一营回来的，她们那个小组在那儿待了四天。说着，又继续轻轻哼着她的歌儿。

我打断她，又问："这四天，你们做了些什么呢？"

"我们哪，第一天搜集英雄例子，第二天就编，第三天就排，第四天就演。今天刚刚演完，就出发了，你看，弄得我化的妆还没有洗呢！"说到这儿，咯咯地笑起来。也许是怕我看见她脸上涂着的油彩，连忙伸手抓了一把雪，往脸上搓着。

对她们这种战斗式的工作作风，我称赞着。

她说："可是粗糙得很哩！……不过，我们想起到作用就是了。你想，咱们的战士们哪有闲空儿，你光去‘绣花’能行吗？所以我们就来快的、简单的。没有灯，就在月光底下。没有台子，就在院子里，田野上。行军的时候，战士们一边走，我们就一边给他们说唱。……我们反对树林子里头耍大刀！"

"你们的文艺工作可做得真不少啊！"

"不只文艺工作哩！我们哪，是什么也做，碰到什么做什么。我还做过炊事员呢！"

"炊事员？"

"呃，前方炊事员可忙哩，他们又送饭又送水，还要送弹药。我看他们忙不过来，就要求当炊事员。另外，我还……"

"怎么样？"

"我还当了两个月俘虏营的排长哩！"

我看着她那小小的个儿，说话那种孩子气，不由得笑起来。

“你笑什么！”她正正经经地说，“你别看他们那么老高个子，他们不服从我管理行吗？我叫他们站着，他们就不敢坐着！”

我不敢大声笑，只在心里笑着。这时候，忽然哨音一响，部队休息了。一眨眼，看不见她。一会儿，听见远处一个石崖上，她用年轻而清脆的声音喊道：

“同志们，我们唱个歌儿好不好？”

下面齐声说：“好！”

歌声起了。在汉江对岸敌人探照灯的亮光里，她的臂膀在轻捷地舞动着打着拍子。

歌声一落，她走过来，端着两缸子从小河里舀来的水。给了我一缸子；另一缸子，她咕咚咕咚就喝了下去。喝过，两只手在脑后一叉就仰着休息起来，两条辫子垂在积雪上。

我不禁揣想着：半年或者一年之前，她们还是没有经过锻炼的学生，在父母面前，还是平平常常的孩子。而现在竟然在离前线几里路的地方，这样的坦然、愉快，在全世界斗争最激烈最尖锐的战场上做了这么多工作。这是多么叫人羡慕的一件事情！我不由得感叹地说：

“同志！你们的进步是多么快啊！”

“那，靠党的教育，也要靠自己有决心。”

“可是，你的决心是什么呢？”

“我呀？”她羞涩地笑着，低头看着自己的脚，没有说下去。待了半晌，才又说，“和别人的也差不多！”

“那么，是要决心入党啊？”

她笑了。

这时候哨音一响，部队又前进了。她抖了抖头发上的雪，我们又走在一起。

“不过，我们进步得快，还有一个原因哩！”她说，“我们和战士们常在一起，和英雄们在一起，我们自己也就勇敢起来了。”她非常有兴味地谈着:开始出国的时候,她背的东西很多,觉得走不动;可一看战士们比她们背得还重,还边走边说快板,自己也就走得轻快了。敌机打照明弹,自己觉得很害怕;可战士们却说,“给咱们点起天灯啦,真好走!”自己也就不那么害怕了。有一次,她看护伤员,别的伤员乐呵呵的,有一个突破三八线战役下来的伤员却唉声叹气。她问他为什么不高兴,那个伤员说:“唉,同志,我流了点血,没有什么说的;只是我觉得我应该冲到三八线以南负伤,不该在三八线以北就负了伤……”另一次,她到前方参加战斗:敌人的炮火打得正猛烈的时候,有几个战士却在那儿满不在乎地缝鞋子。她惊讶地想,为什么炮火连天的时候,战士们干这不相干的事情呢?一问,战士们笑着回答:“不缝鞋子,等一会敌人垮了,怎样追击呢!”她说到这里,赞叹地瞧着我说:“你看咱们的战士是不是英雄!在他们负伤以后,还想的是前进;在敌人的炮火最猛烈的时候,想的是追击!我们跟这样的英雄在一起,怎么会不勇敢起来呢!我们将来,也会……”

“也会怎样啊?”我追问。

“也会……”她低声又笑了一阵,好像很不容易直说出来。

“说呀!”

“也会成为他们那样的人!”她鼓足勇气,说出了她的心灵里美丽的秘密。然后,她用力踢开一块脚下的石子,抬起头来。在黑夜里,也可以看出她的眼睛里闪着青春的火星。她严正地说:“你以为这是不可能的吗?”

“能够的,当然能够的。”我连忙点头说。

“一定能够的。”她肯定而严肃地说,“当然,我们很年轻,我们懂得的事情还很少,我们是在平平静静的环境里长大的,我们还没有经过什么严格的锻炼和考验;正是这样,我必须把我放在炉火里,看看我是不是块钢铁。当老同志们谈起他们那时代的艰苦斗争和英雄事迹的时候,是多么吸引我!它把我的心全部地吸引了。我总是想,我什么时候才能当一个像他们那样的人呢?才能给我的祖国作一点什么贡献呢？我又想，他们究竟是怎么闯过来的呢？他们真伟大真了不起啊，这种生活是多么有意义啊！……可我今天呢，也是在这样做着了，我能不感觉快乐吗？我们的老团长看见我蹦蹦跳跳的，总是说：‘小黄毛丫头！一天乐呵呵地乐什么哩？’我就是乐的这个呀！”

年轻的朋友们，他们就是这样沿着和工农群众结合的道路，在火热的斗争中度着青春的。这是快乐的青春，美丽的青春，英雄的青春！毛泽东时代的年轻人，谁不愿意有这样的青春呢。朋友们，青年团员们！我知道你们是那样地喜爱丹娘、保尔和我们祖国的英雄们。你们常常谈着他们，甚至把保尔的话写在自己的日记上。你们常常向自己发问：“我能不能做一个这样的英雄呢？”可见你们对英雄行为是多么向往，你们年轻的生命是多么强烈地愿意闪出英雄的火光。而今天朝鲜战场上的青年们，已经给你们做出了光辉的榜样。当你们读到这篇英雄事迹的时候，我想提醒你：在半年或者一年之前，他们是跟你们一样的人；那么，他们可以这样做，你们也是完全可以这样做的。朋友们，为做一个全心全意为中国人民和世界人民服务的英勇战士而奋发努力吧，不会有比这再光荣的了。让千千万万的岗位上，出现千千万万这样的战士吧！让我们伟大的祖国革命英雄主义的花朵遍地齐放吧！

一九五一年五月六日

# 冬天和春天

春天，已经来到全世界光明与黑暗斗争着的朝鲜前线了。在这个季节之前，中朝人民部队经历了整整一个冬季的并肩作战，把世界人民的一个垂死的头号强敌——美帝国主义打败了，戳穿了“纸老虎”的虎皮，击破了美帝国主义不可战胜的神话。但对人民来说，这一段艰苦而又胜利的路程，只不过是一个迎接更大胜利的准备。丰收的冬季，孕育着更加伟大的、辉煌的春天。

下面，让我用一位指挥员的谈话来说明吧。

那是在一个晚上，我和一位团指挥员坐在一间小屋里。从窗外吹进来的风，蛮有春天的味道。我们就纵谈起来。

“你问我部队在冬季作战的收获吗？那，真是蛮丰富的。”他兴奋地说。接着，指了指墙上挂着的电发卡宾枪，“首先，就拿最明显的来说吧。这新式的卡宾枪，是美国人在这次朝鲜战争里才开始使用的；可是，当他们和我们接触的那一天起，就源源不断地交到我们手里。从敌人手里缴获的炮，现在已经和我们的炮排在一起。我觉得我们能拿这些东西回手来打敌人，是一件多么快活的事！你想，我们今后作战的火力，不会加强些吗！”

“其次，我觉得很可珍贵的是，我们在和近代化装备的敌人作战中，丰富了自己，提高了自己。”他似乎很想强调这一点，“也许，对我个人讲来，更觉得明显些。在几个团的干部中，我是最年轻的一个。因此，这几个月里，我的脑子简直没有真正休息过，我完全沉在实战学习里面。现在，我感觉到自己是提高了，所得的东西，也许比上几年军事学校还要多些，还更加属于我自己。在指挥上，我一次比一次觉得更有把握些。这个收获的可贵，也许一般人体会不到，而对一个指挥员说来，是比农民看见满囤满仓的粮食还要欢喜哩。"说到这里，他忽然用爽朗的声音笑着说，"你说怪不怪，这几次战役是这么巧，好像有意地在各方面锻炼我们一下：第一、二次战役——锻炼了我们的运动歼敌，第三次战役，锻炼了攻坚，第四次战役又来了一个阻击。过去，我们战术上的优越性已经使敌人惊讶了，今后，我想还会使敌人更加惊讶的。"

说到这里，他非常兴奋，脸上放出一种奇异的笑容。这种笑容，是只有指挥员在战斗胜利结束的时候才有的。他接着说：

"在收获中有一种有形的东西，比如刚才说的卡宾枪、榴弹炮，这是可以看到的；还有一种你在表面上不容易看到的东西，无形的东西，这就是人的思想和意志。可是你决不要轻视这种无形的东西，当炮声响起来以后，你就可以看到这种东西的力量是惊人的。这是决定战争胜负的主要因素之一。这次出国作战，我感到我们部队的每一个人都读了两个重要的'课本'。一个是'决心课本'，一个是'信心课本'。一过江，同志们先读了一个'决心课本'，这个课本，是美国侵略者用他们的炸弹、燃烧弹和朝鲜老百姓的鲜血给我们写成的。当我们渡过鸭绿江以后，看到满地瓦砾、遍地被残杀的朝鲜人民，每一个人不但认识了美帝国主义者的面目，而且认识了它的骨髓是用什么做成的。一提起美帝国主义，大家痛恨得眼珠子都变成了红的。我们认识了朝鲜人民今天的境遇，也认识了祖国所受的威胁。我们更加热爱自己的祖国和兄弟的朝鲜人民。这个'课本'，使我们愿意粉身碎骨，只要能消灭侵略者。另外，经过这四次战役，在上面的决心支持下，我们一直成为战胜者，在这里面就又读了一个'信心课本'。这个'信心课本'上说：'美国侵略者及其帮凶是完全可以被打败的；尽管敌人装备精良，保有海空优势，也仍然是可以被打败的。’这两个‘课本’，不是用墨水写成的，是用血写成的。我们在过去的条件下，就已经战胜了优势装备的敌人；随着今后装备改进、战术技术的继续提高，必定能创造未来的更大胜利，把美国侵略军及其帮凶军埋葬在朝鲜半岛上！”

当他说完这段话的时候，显得很严肃，停了好几分钟之久。

“此外，我觉得，在我们方面还有一个重要收获。”他说，“这就是中朝人民的友谊越来越巩固、越深厚。这种团结已经不是用普通名词所能形容的了，已经不是用任何力量所可以分开的了。我总想，一个国度同另一个国度的人，竟能这样的亲密，真是历史上的奇事。关于这个因素，我想你不会轻视，这是另一个歼敌制胜的决定因素哩！……我的见解就是这样。”

当我们谈话结束的时候，门外有一个严肃而有力的声音喊道：

“报告！”

团指挥员把身子正了正说：“进来。”

雨布掀开，通讯员送进来两封信。团指挥员马上拆开，看着看着，不禁自言自语地微笑起来：“又是两份！又是两份！”

“什么？”我问。

“要求下次战役担任主攻任务的请求书。”

说过，他把请求书搁在桌案上。

春天来了，所有指挥员的桌案上，都摆满了这样的请求书。这是渴望着更大规模战斗的请求书，这是渴望着更大胜利的请求书，这是春天的请求书。你到各连去看吧，战士们都像燕子一般地繁忙着：磨刺刀呀，擦新缴获的枪呀，补磨破的衣服呀，趴在窗口写新的立功计划呀，独自个儿坐在山坡上写入党、入团的申请书、志愿书呀。……一切都说明：春天，已经来到这个全世界光明与黑暗斗争的前线了。这个春天，必将是我们祖国人民、朝鲜人民欢腾呼喊的春天；而对敌人来说，则是一个可怕的春天。因为我们有了丰收的冬季，难道还没有辉煌的春天吗！

一九五一年四月二日

# 挤垮它

## 一

早晨，雾气很大，满山的栗树林子，向下滴水。大雾里，我和师政治委员坐着小吉普车，要赶到前方指挥所去。昨天晚上，他就跟我说，他们这里正在组织一次小的战斗，今天晚上就要打响。我就是因为这个来的。小吉普车在山谷的小公路上，像个撒了欢的小牛犊似的奔跑着。过了一道道哗哗响的小河，一座座青青的山冈子，没多大工夫，我们的衣服就被雾气打湿了。

车子停在一个很陡的山坡下面。政治委员指了指说："就是这里！"我们下了车，往坡上爬着。坡上草深露浓，一簇一簇的小松树，有点发绿，又有点发黄。政治委员说，这树是去年敌人用燃烧弹烧的，草也是今年才长出来的。说着，我们拐进一簇比较浓密的树丛里，只听树丛那边一个洪亮的声音说道：

"叫他们讲道理出来！为什么无缘无故给我伤一个人？"

这声音过后，只听另一个较低的声音说："我让他们在今天晚上把检讨报告送来。"

"要深刻检讨。"那个洪亮的声音着重地说，"一定要接受教训！在下午五点钟以前把报告送到我这里！"

一听，就知道是我们那位年轻师长的声音。虽然几年没见，他，可是我的老朋友啦。我们出了这座小树林子，就看见靠着一面峭壁搭着一间小房子，房子前面有炕席那么大的一块平地，师长就在那里站着，一个参谋也站在那里。听见脚步声响，师长机警地转过身来："啊！你们来啦！"他亲热地叫着，我们也赶忙迎上去同他握手。他看着我，笑了笑说："我听说你来啦！"我仔细地端详着他。像过去一样，他浑身上下都很清洁、整齐，保持着军人的习惯和风度。可面容却显得有些苍老了。额上添了几道皱纹，眼睛里布着红丝而又显得深奥，可以看出来他在深沉的思虑中度着日子。

我们把几个木凳子放倒坐下，警卫员端过茶来。我望着师长说："你的身体还好吧？"他闪着红丝的眼睛笑着，说："要论爬山、看地形，我们这里的几个团长，哪个也跟不上我！"政治委员接着对我说："在这一方面，他倒是可以吹一下，我们师的人，都管他叫'爬山虎'呢！"站在一边的参谋同志，用不同意的口气补充说："昨天夜里，他出来散步，一下就晕倒在我们现在坐的地方。还是哨兵发觉了，才把他架到屋里去，有好一会儿，他才清醒过来。"师长马上不服气地分辩着说，这不过是睡眠不足，偶然的现象罢了。他伸出手来指着年轻的参谋说道："别看你年轻，你到了我这年龄还不定怎么样，我在朝鲜再磨多久，美国鬼子也磨不垮我！别揭我的短啦，快把地图拿来！"

参谋把地图拿来，他亲手铺在地上，把凳子向前移了移，望了望政治委员又望着我说："来！我先把这个战斗的具体部署讲一下，等会儿我还要开炮兵会议。今天敌人的飞机、坦克，是对我没有什么大办法的，可是，对敌炮的斗争，制压敌炮的斗争，却要费费脑筋！"他不自觉地摘下了帽子，放在膝盖上，我这才看见他的光头已经有些谢顶。他用手指轻轻地搔着他的稀疏的头发，好像要从那里搔出什么东西似的。停了半晌，他才像把思想从沉思里收回来，指着地图上敌人的前沿，说："今天晚上，我就要他这一块！他不让我插进一只脚去是不行的！"他把兵力、火力的布置讲了以后，又抬起头来，两个眼睛的深处，像闪出两小朵火光似的，谁也没看，只望着头顶上的一个松树枝说："这就是今天的朝鲜战争！——你要是不想公平合理地解决问题，我就要不断地向前搬家，我一口气吃不了你，我一口一口地吃！杀死你一个，你就少一个！你在板门店的桌子上拖，我就在这里跟你磨。挤垮你！"

他正要把地图折起，另外一个更年轻的参谋从作战室里走来报告说：今天拂晓，敌人向我们一个班的阵地进攻，被我们打死十几个，现在敌人正拖死尸。他听了，马上瞅着那个参谋的眼睛说：

"那么，你指示了部队什么呢？"

那参谋像是怕受什么责难似的，只是忽闪一双孩子气的眼睛，因为他实在并没有指示什么。师长立起身来，膝盖上的帽子掉在地上，他说：

"告诉部队：给敌人点教训。"

"敌人放了烟幕——"

"放了烟幕，给我朝烟幕里打！用六〇炮打！"

参谋答应了一声，转身要走，他又叫住了他：

"告诉他们团长：不能让敌人大模大样抬死尸，注意组织火力教训敌人，抬一个换一个。我们阵前不是四马路，不能让这些客人自由旅行！"

他坐下来，把地图折好交给参谋拿走，又把帽子拿起来，打了打土：

"这些东西们，在几个月以前还疯狂得很哪，每天向我们进攻，这都不说，竟然在阵地上，在我们的面前搂着女人跳舞！……可是现在呢？你去看看吧，我是已经欣赏过了，过来过去在阵前爬着走，撅着个大屁股像狗似的那么爬！变成爬虫类啦！哈哈！……让政治委员同志给你详细谈谈吧。"他哈哈大笑起来。政治委员也笑出声音来了。

开炮兵会议的人们已经来齐了。政治委员等一会儿也要忙别的，我就赶忙趁政治委员的空儿，一同到他的房间去。这时，轰轰几声巨响，是敌人的炮打在山脚下，灰蓝色的烟缓缓地上升着。大雾已经离开地面，跟山顶上的云合在一处。往东一看，太阳已经出来了，把山岭照得红通通的。

## 二

政治委员的这个洞子，有一间普通房子那么大小，里面壁上糊着报纸，非常整洁。床上挂着蚊帐。靠着桌子的墙上，挂着一幅毛主席像。桌子上的空酒瓶里，插着一束朝鲜山野常见的金红色的野百合花。

他是不抽烟的，只把烟递给我一支。我们并膀儿坐在他的铺上。从门里朝外望去，看得见有八架敌机，正在轰炸附近的一座桥梁。敌机的身边，不时开放着高射炮的烟朵。

政治委员是一个很老练稳重的人，或者说多少有点儿斯文。他的话不紧不慢，好像织布梭一样有节奏地把他的思想准确精密地表达出来。

“老魏同志，志愿军出国不久的朝鲜战场你是来过的，这次入朝，一定感觉变化不小吧？”他用微笑的眼睛巡视了一下他那令人满意的房间，这又是住家户又是办公室的房间，他那束金红的野百合花开得多鲜艳哪。我马上回想起我上次入朝时的困难情景，弯着腰钻防空洞的情景。他接着说：“是的，‘打过三八线，凉水拌炒面’的时期已经过去了。今天，我们装备、技术的改善，虽然某些方面还是赶不上敌人，可是因为我们建立了巩固的阵地，老实说，敌人想赶走我们，想让我们离开这个地方，”他用脚踏了踏脚下的土地，“决不可能！”

他停了停，又说：“这是为什么呢？这是因为我们已经摸熟了敌人的脾气，有了思想准备了。过去刚出国作战的时候，我们有些性子急的同志，连两瓶牙膏都不肯带，好像这么一个帝国主义，还不如他的一瓶牙膏的寿命长。可是，现在人们懂得了，一个早晨是不能打垮一个帝国主义的。现在,人们已经不是那时单纯的燃烧的热情,而是一种沉毅的、坚韧的、不屈不挠的战斗意志。你看,我们凡在一个地方住上一个月,就要把房子修建起来,安起了家。横竖我们不住兄弟部队住,我们走了朝鲜人民住。好些地方过去是战场,今天是后方。我们的桌子、凳子和好多日用家具,都是木匠出身的战士同志造的。战线就是我们的家。来,老魏,你欣赏欣赏我这个箱子!"

我把屋子里看了一遭,并没发现有什么箱子。

他看着我左望望、右瞅瞅的神气,不禁笑了起来,指了指我面前的桌子说:"就在你的面前嘛,还看不见!"他连忙把桌上的花瓶拿起,把盖子打开,里面满满地装着书籍文件,哦,我这才明白,原来这是个长了四条活腿的"箱子",安上了四条腿就是一张办公桌,桌箱两用,我也不由得哈哈大笑起来。

他盖上了箱子盖,又说:"当然,这不过是一个小例子;你还可以到处看到很多。这就表明了一个思想,一个意志——持久作战的意志!大家都习惯了战地为家。如果美国鬼子不要和平,我在这里坚决奉陪。"

我开玩笑地说:"你坚决奉陪,我倒要听听你的陪法呢!"

"嘿!陪法吗?你看到我那位伙计没有?"我知道他指的是师长,"我们师里有了他,哪个敌人在我们前面,哪个敌人就喘不过来气。他这个火车头,把我们自己也拉得连个加煤上水的工夫都感到不大够用了。"

他停了一下。

"半年以前,我们初上这块阵地的时候,"我知道他要讲半年以来跟敌人的斗争过程了,"那时候,敌人确实猖狂得很,工事修得马马虎虎,仗着他的炮火,在阵地上跳舞,做柔软体操。我们的师长亲自到前沿看了看这种情形,他就告诉部队:'不能光让我们憋在工事里,也要把敌人摁到工事里。我们得想办法,不能让他们那么舒服。'这一下正投合了战士们的心思。战士们早就憋不住劲了,白天打，月亮底下也打，大家叫这个是‘打活靶’，见了敌人一个影子，就好像馋猫一样，眼睛瞪得多大。时间不久，美国鬼子，也就龇牙咧嘴地抬木头修起工事，憋在工事里头老实了。谁知道我们这位伙计这时候反倒不高兴起来了。”

“那是为什么呢?”我问。

“为什么?——这就是我们师长的积极作战精神。敌人在他面前猖狂了，他是不能忍受的；而敌人老实了，也不能令他满意。他要把敌人挑逗起来，好进一步地杀伤敌人，挫折敌人的斗志。他跟我说：‘伙计，我们不能老蹲在这里，防御并不等于老蹲在这里，我们要往前挤！马蜂不敢螫你，你就要捅马蜂窝，马蜂自然就要出来螫你，这样就可以更多地打死马蜂！’——这就是他的道理。于是他就一天在地图上，和到前沿上去找空子。一瞅准就挤下一块。敌人果然不服气，就拼死命争夺，争夺的结果是敌人丢了人又丢了阵地。这样，我们就完全跟敌人扭在一起，最近处甚至离敌人几十公尺；有的山头，敌人占着一半，我们占着一半，彼此说话都听得见。这个时节，我们就夜夜袭击他们，敌人真是讨厌死我们了。可是我们的师长这时候却给部队讲——”政委兴奋得站起身来，稍稍提高了声调，“‘哪个干部让敌人最讨厌，他就是最好的干部！哪个兵让敌人最讨厌，他就是最好的兵！’”

“那么敌人向后撤了么?”我问。

“是的，”政委回答说，“不过，开始他是扭扭捏捏的。有些阵地，他白天来晚上走。这时候，我们又用伏击的方法来消灭他。我们的侦察员可有些愣家伙，有时候伪装得活像一棵树，就钻到敌人的侧后去，甚至离放哨的敌人几步远，敌人扔罐头盒子扔到他脑瓜子上他也不动，把敌人侦察得一清二楚。这样的伏击，往往使敌人连个回去报丧的都没有。敌人才觉得离我们近了实在没有什么好处，这才往后缩了缩。一方面加强坦克的活动，一方面添设了多到十几道的铁丝网，还遍设了地雷、跳雷、挂雷、照明雷等等的地雷阵，让这些法宝去保护他。”

“那么,这么多地雷,是叫人有些恼火的。”我说。

“是的,开始是这样。”政委点点头。这时他递给我一块糖,说是他老婆从祖国捎来的,他自己也剥开一块放到嘴里,又继续着说:

“关于打坦克,我想不要多说啦,仅仅我们师,三个月共敲掉敌人的坦克四十多辆。有一个火箭炮手因为没轮着自己打,现在还嘟囔着。凡是打坏的坦克,我们就指示部队再装上炸药去炸烂,决不让敌人拉回东京再修理。关于地雷,虽然我们的步兵战士没有经验,但是他有伟大的自我牺牲精神。有的战士一发现了地雷,就瞪着它,指着它说:‘你有什么了不起!你当我们不敢惹你吗?我偏偏惹惹你看。你就是老虎我也要拔掉你两个牙!你就是大象我也要扯掉你的鼻子!同志们,站开一点,仔细看我的动作,我如果这么拔牺牲了,你们就接受我的经验,改个办法!’很快,敌人的地雷法宝就破了产。人们起雷起得着了迷,也有了经验,战士们就像到了瓜地里一样,一口袋一口袋地往我们阵地上扛。扛来以后,就给他来了一个地雷大搬家,有的埋在我们的阵地前头,有的就埋在敌人出没的地方。有一次敌人到了山顶,中了一颗地雷,就抢着往山脚的防空洞钻,轰,轰,防空洞的地雷也响了,几个敌人全炸死在那里。地雷扫清了,这时我的伙计又在电话里嚷起来:‘同志们呀!这个地方蹲的时间不短啦,往前挤一挤呀!’我们师长有个脾气,爱把挤出来的地方种上棒子作纪念,战士知道这个。你猜战士听见师长的话以后又怎么讲呢,战士的话比我们总是生动得多——”

“怎么讲呢?”我着急地问。

政委笑了笑:“他们讲,好消息!咱们的师长又叫咱们开地种棒子啦,各人都种上点吧,头伏萝卜,二伏菜,三伏种荞麦,得快些啊。”

我笑得几乎把糖吐出来,我说:

“那么,今天又去开庄稼地啦!”

这时,我们的谈话告了一段落。可是那边的炮兵会议还没有结束，只听师长那洪亮的声音讲道：

“就这么办！不管敌人的炮群怎么多，射程怎么远，不要忘记，一个根本的弱点——怕死，他是不能克服的！现在我们炮兵装备加强了，祖国人民捐献我们多少大炮呀！敌人的步兵可以被打得像狗爬，敌人的炮兵就不会被打得像狗爬吗？……”

一阵满堂哄笑在峭壁间回响。

## 三

上午八点钟的时候，我和司令部通讯科长到前面去。还有一个热情的通讯员领着我们。小通讯员黑乎乎的小圆脸，一笑还有两个酒窝儿。他穿着一双合脚的黄胶鞋，背着一支冲锋枪，几乎是跳跃着走在前面。

我们沿着一条隐在山沟的小公路向前面走。飞机在头上转，我们也不理它。一路走来，两边都是青青的山岭，很美的山岭。满坡的栗子树，玉棒般的栗子花落了遍地，放着甜香，野海棠像一片碎银子撒在河边，小河水戏着小鱼哗哗流去。可是，走不多远，就看见前面冲起一道黑烟，拐过山脚，看见一间房子正起着火。离房不远，还有一座跟中国一样样的美丽的小钟鼓楼，也被炸得歪斜在那里。这不定是朝鲜的什么古迹！

我们从着火的房子走过不远，又有两三间房子，这几间房子还算完整。但其中的一间，也被炮弹掀走了一角。房子前面的打谷场上，有一个须发斑白的老汉，光着膀子，赤着两只脚正在打场。看见我们，用老花眼望了一望，点了点头，又继续打。门里边，一个妇女背着一个小孩正在切菜，还有一个十二三岁的女孩，穿着已经破了的海军式制服，正在看书。

“不好!”突然，通讯科长惊呼了一声，又猛拍了我一下肩膀说：“你看!”话音没落，只听轰通一声巨响。

响声去处，升起一团黑烟。原来，一颗炮弹正落在稻田里那几个正在插秧的朝鲜妇女附近。只见那几个妇女连忙朝一边跑了十多步远，蹲了一会儿，擦了擦溅到脸上的泥，又回到原地插起秧来。我清清楚楚地看到：这是两个穿白衣白裙的，一个穿淡青小袄束着黑裙的朝鲜妇女，在水平如镜的稻田里，映着她们三个弯着腰插秧的影子，也映着她们背后青山的山影。

“咦！”通讯科长赞叹了一声，说，“你再往前边去，还可以看到很多。我们往前面打，朝鲜人民就紧跟着我们在后面种！我们往前挤一块，他们就在后面种一块。仅仅是‘真空地带’没有他们。在我们最前面那个连的后面，就有他们！虽然，他们也有的被炸死在稻田里！他们的血也流在稻田里！……”

通讯科长的声音有些嗄哑：

“而且，你看，他们种的稻垄子多直多齐啊！这是慌慌促促种的吗？你看不出来，就是这种情况下种的。”

我看了看那很直很直的稻垄子，又望了望那几个插秧的朝鲜妇女：有两个弯着腰，一个正往田埂上走，大概是去取稻秧。

“了不起的人民！”通讯科长边走，深有所感地说，“每天都有这种情形：一个人去前线种地被炸死了，亲人们就当天掩埋了他；揩干眼泪，又接着去种。有的泪也不滴，就又扶起犁把子。老魏，这是种地吗？这不是种地，这是作战！多么顽强的战斗精神啊！朝鲜人民就这样跟我们在一起，和敌人磨着、斗争着……”

忽然，通讯员回头说道：

“注意，前面是敌人的炮火封锁区……”

话没说完，只见前面升起一团团黑烟，接着轰隆轰隆像炸雷一样响了一阵，这是敌人的排炮。

“首长！”小通讯员的脸绷得连酒窝儿也没有啦！瞪着两个小黑眼珠，望着通讯科长，也看看我，说，“别的时候我服从您，这当儿您听我！我要对您负责！”

我们俩微笑地看着他。

他把通讯科长和我的雨衣，都不由分说地拿过去夹好，以便我们能跑得轻快些；然后一提枪把，眼睛盯着前面。待了两三分钟，轰隆隆，轰隆隆，又是一阵排炮打在原处，这时候只听他喊了声："快跑！"我们就跟着他猛跑过去。我们跑的这段路，满是大大小小的弹坑，小坑是炮弹坑，大坑是炸弹坑，有的里面是水。除此以外，就是稻田溅过来的稀泥和榆树皮似的炸弹片。地皮都熏黑了一层。

"好啦！可以慢慢走啦！"

小通讯员很为他的"指挥"胜利而得意，卖弄了一个鬼脸。一边掏出手巾擦汗，一边又向我们笑了笑，两个小酒窝儿又露出来了。

通讯科长故意沉着脸，用上级对年轻战士的那种亲昵的语调说："真调皮！你以为这就指挥了我们啦！"

"嘿！不管怎样，我完成任务啦。——前面那个山头就是！"

## 四

我们进入了交通壕。啊，这交通壕多长，多远啊！它曲曲弯弯地绕过山头，盘过山腰，下到谷底；接着，像我们祖国的长城一样，又飞上陡峭的山岭！有几处纵横交叉，路线连结，四通八达，伸向各处。你不知道它是通到人民军、志愿军的多少营连，多少阵地和多少指挥所啊！从东海岸到西海岸，它把所有的这一线高山大岭盘结在一起，串联在一起！

"这是怎么挖的啊，真像我们祖国的长城一样。"我赞叹着。

"你还没有看到真正的'长城'哩，"通讯科长说，"假若你看到我们的战士，用自己的双手，不，用自己的意志，创造的'地下长城'，你才更加惊讶呢。"

正说着，只听那边传来有节奏的沉重的敲击声。

我们向前赶了几步，只见交通壕的一边，搭着一个小棚子；棚子底下，两个战士光着膀子，通身是汗，正在抡着大铁锤子打铁。

另外一个战士蹲在那里拉风箱，添煤，小火苗呼呼地欢叫。小棚的柱子上，贴着“小小铁工厂”几个字。

我们停住脚步，仔细一看，那风箱小得很，一看就知道是用子弹箱改造的。那铁砧子是一个什么铁砧子呀，那是一个二尺来长的美国八英寸炮的臭炮弹！弹头的尖头，在地下埋着，这就成了铁砧子。两个光膀子的战士，一个用钳子夹着一个烧红的镐头，一个抡着铁锤狠狠地砸着。旁边扔着好几十把大大小小的镐头，有磨秃了嘴尖的，有拦腰受伤剩了一半的，还有的只剩了几寸长。我马上想起，这不就是在北京展览过的那种镐头吗？是啊，就是那种镐头，那种赶做阵地工事，从鸭绿江挖到汉江，又从东海岸挖到西海岸的镐头！为祖国，为朝鲜人民的幸福建筑防线的镐头！那曾感动得人们滚下热泪的志愿军的镐头！

掌钳子的战士，又把一块红通通的秃镐头，带着小火苗夹起；拉风箱的战士，又捡了一把秃镐头放到炉火上，风箱忽嗒忽嗒地吹奏着，火苗又呼呼地欢叫着。

我们正看着，忽听有人喊道：

“给我们班快点打呀！里面的镐又磨成鸭子嘴啦！”

我们顺着声音看去，一个战士手扶着洞口正向这边张望。这个战士手脸乌黑，好像才从煤窑里钻出来似的；由于沉重的劳动，脸也有些瘦削。他用力地呼吸着新鲜空气。

这个战士，怎么这么黑呀？我很纳闷。我们跟这个战士打了个招呼，想进洞去看看。刚一进去，里面黑得什么也看不见，只闻着有一股松木的香味。觉得走了很远很远，才看见有一点火光。走近一看，原来地下烧着几块松木“明子”，松木起着黑烟，烧得嗞嗞冒油。我们这才知道战士的手脸就是被这松烟熏的。走了不远，又是一堆堆烧着的松木“明子”。借着火光，看见一个战士，正坐在那里举着镐刨着。我仔细一看，周围全是坚石。这个战士的镐头落下去，就冒出一股火星，落下一些碎末。有时落下去，只啃了一道白印，好几镐才下来核桃大的一块。这个战士就是这么刨着，咬着嘴唇，一镐一镐地刨着。

“同志，您辛苦啦!”

他把脸扭过来，看了看我们说：“家常便饭啦!”说着，又要去刨。我敬了他一支烟，握了握他的手，只觉着他的手面上疙疙瘩瘩的，仔细一看，上面有三四个紫葡萄似的血泡。还有一个破了的，浸着血。我说：

“看你的手面上全成了血泡啦!”

他把烟在松木“明子”上燃着，抽了一口，笑了笑，幽默地说：“不要紧，一门榴弹‘泡’也没有，都是小六〇‘泡’!”

通讯科长说：“他们最辛苦啦。有的战士打了泡还保守秘密呢，班长跟他们说话的时候，就把手藏在背后，为的是怕别人换下他们!”

为了不耽误他的工作，我们就走出洞来。

这时，只见山头上，顺着交通壕跑过一个人来，他头上戴着一顶用树叶做成的防空盔，背着一个金色的黄铜喇叭，喇叭上飘着红绸子。他兴冲冲地走着，红绸子在身后飘着，手里提着一包什么，一边走一边嚷：

“又来了一个嘴啃泥!”

那几个打铁的战士，把铁锤放下，截住他忙问：“司号员，落到哪儿啦?”

“就落到咱们这个大山脚下啦，翅膀摔断啦，飞机身子钻到地里头好几尺深，驾驶员成了肉饼子啦! 你们看……”司号员说着，在洞口打开了他的手巾包。

我们也赶快走过去。

这是什么手巾包呀，这是一面斑斑点点的美国国旗。国旗里面包着：美国女人的照片，打着红嘴唇印子的情书，还有这个家伙得意扬扬抱着日本女人的合照，此外，还有非常精致的美金收入登记簿，一个断了表带的手表。还有……

我们拿起一面折叠得很好的白布。展开一看，上面印着好几国的文字,有日文、朝文、中文、俄文,还有不大认识的其他文字。每国的文字排成一小方块,都是同样的八九句话。那一小方块中文,上面写的是:

> 这里有人帮我的忙吗?
> 我饿了!
> 请给我一点热东西吃,给我点热水喝!
> 我是来帮助你们的。
> 请你们藏庇我,不给共产党害我……

我给大家念了一遍,战士们全都哄声大笑起来。那个抡大锤的战士,笑得咯咯的:"生活要求很不低呀,还想吃热的东西呢!"拉风箱的战士紧接上说:"唉,人家又不天天吃饺子,藏着你这个肉饼子干什么呢?"更引得大家笑了一阵。

那个正在挖洞的战士,也钻了出来。

这时司号员说:"你看,你们只顾笑,还有个最精彩的东西,你们就不看!"说着,从那个皮夹里掏出来一小片纸。

大家一看,正是今天日本东京某戏院的夜场戏票。

"你们看巧不巧?"司号员晃着那张戏票说,"今天晚上我们正要开快板晚会,这个戏票可是个编快板的好材料,我找文化教员去啦!"说罢,整理好他的手巾包,顺着交通壕一溜烟跑走了。

那个手上起有血泡的战士,拉了一下他的同伴说:"回去挖吧,伙计,这个买卖合算,手上多几门'泡'没关系,咱们就这么跟他磨!"

他们又回到洞里,小小铁工厂又响起了沉重的锤声。

## 五

我们在一个山坡上,到达了今晚要参战的那个连队。

通讯科长忙着去检查通讯工作。在这里我遇见了副指导员。他刚开完支部大会，现在正蹲在那里帮助战士绑飞雷。见我来了，他站起来敬了一个礼。多年轻啊，最多不过二十一二岁。脸被太阳晒得说红不红，说黑不黑。我给他道了辛苦，这年轻人黑黑的睫毛忽闪忽闪的，似显不显地露出一点年轻人的拘束和羞怯。

他给我搬了一个子弹箱子让我坐下。我擦着汗，一阵凉风吹来，着实凉爽得很。这也许是前线上最宁静的时候，头上只有几架敌人的炮兵校正机，不死不活地飞着，敌人时断时续地打一两发冷炮，谁也不理睬它。这时附近一排洞子里，传出了一阵阵的歌声。

这是多么引人的歌声啊，这是战士们的歌声！

我说，我要去看看战士们。副指导员马上派人领我进了一个班的洞子，又忙着绑飞雷去了。一进洞口，我看见一边壁上，平扯了四五道铁丝，铁丝上满挂着书，像丰收的豆荚，一本挨着一本。那些有彩色封面的连环图画，封面上多半写着："赠给志愿军叔叔。"字儿歪歪扭扭的，却歪扭得那么可爱，好像刚学挪步的孩子。另一边的壁上，靠上面挂着一溜儿慰问袋：有葱绿色的，有淡青色的，也有米黄色、粉红色的……战士们把它挂得一般般远，一点尘土都没有。有的虽然已经洗过，但上面绣的字儿、花儿，还是十分鲜艳。风一吹进来，它们就像架上垂着的葫芦一样微微地摆动。再下面是战士们自己的墙报，墙报上是表扬模范的快板，和战士自己贴上去的决心书。一边靠墙还支着一块小木板，上面是战士们的饭碗和用敌机的破片制成的筷子和小勺。靠里的墙上还挂着用蛇皮蛙皮制成的胡琴……这些那些，真真是个住家户的样子！

"是谁在门口呀，请别挡着亮儿，进来吧！"

我连忙走进去，坐下。洞里很暗，待了一刻，才看清楚了战士们，正在缝手榴弹袋。虽然我们的大炮多了，炮火强了，但跟敌人打交手仗的时候，这还是好东西哩。他们怕在节骨眼上四个手榴弹不够用，这里他们要缝一种能装十四五个的大手榴弹袋。

一会儿，我们就熟得像老朋友一样啦。

他们都是这么年轻壮实:穿着衬衣,有人露着粗粗的膀臂,有人露着紫铜色的胸膛,一个个坐在地铺上,挤在一起,边缝边唱。唱的全不一样,各人唱各人喜爱的,声音高低也不一样,横竖主要是缝手榴弹袋。

也有的没有唱。——这是第一次参战的新战士,他还不知道战斗到底是什么样哩。可是那些老战士,却好像自己从来就是老战士似的,多少有点傲然自得的神气,唱得比别人都响。

一个小圆脸战士唱得最快活,他大概是四川人吧,光着个脚板子,一边唱还一边用脚板子一动一动地打着拍子。

我说:“小鬼,你怎么这么乐?”

“嘿,打仗还不乐!”

他回答了我,马上就有一个年纪稍大的战士插嘴说:

“同志,还没有给您介绍:这是我们班最快乐的人啦,人家这几天,就接连碰见两件大喜事!”大家都停了歌唱,很有兴趣地望着小鬼。

“什么大喜事?”我忙问。

小鬼脸红红地抢着说:“有客人在这儿,可别胡开玩笑!”

“什么玩笑,这是事实嘛!”那个年纪稍大的战士越发起劲地往下讲,“第一件喜事,是前天晚上接到他老父亲一封信,信里说:你不要惦记家里啦,土地改革实行啦,房也分啦,地也分啦,不住小茅草屋啦,搬到地主家的正堂上去啦。家里头过去不和,现在也和美啦,你要好好地为人民立功!还说,你媳妇……”

“他娶了媳妇?”

小鬼的脸更红了,沉着小圆脸威胁地说:“你再说!你再说!”

但那个战士还是照样说下去:“怎么!现在你媳妇成了村里的妇联会主任,这还要保守秘密!”

那小鬼反驳地说:“咱们连有几个没得到这样的信?你们为什么单挑出来说我!”

另外又一个战士插了嘴:“说说你有什么不好!光许你藏到墙

角里独自个乐!”

“喂,别吵!别吵!这是第一件喜事,还有第二件哩。”那个战士又继续说道,“这第二件喜事更大!——咱们班里的人,一天吵着要见毛主席,谁也没见过,可是他见到了毛主席……”

“在画报上!”有人插嘴。

“不,前天晚上,我放哨回来的时候,点上灯,正要睡下,听见他喊:‘毛主席,毛主席……’我推醒了他,问:‘你做什么梦呢?’他揉着眼,怔了好一会才说:‘我梦见立了功去见毛主席啦!毛主席正握着我的手跟我谈话呢!’”

小鬼报复地说:“还说我呢,你昨天晚上不也是做梦参加庆功会?刚上台要报告立功事迹咧,就被人家鼓掌鼓醒啦。战斗还没开始,你就先参加了庆功会!哈哈!”

正在这时,听见排长在洞口上喊:“手榴弹兜儿缝好了没有?连长待一会儿就来检查啦!”

大部分战士的袋子都缝好了。手榴弹,叮叮咣咣地往兜儿里装。他们简直像穿炸弹背心一样,披挂起来,好不威风!

连长来检查过之后,连部又传来通知,青年团员们到连部集合。不大会儿,到前面去指挥作战的团长也从交通壕里匆匆地走过去。战斗的时刻,围猎的时刻,一分钟,一分钟地迫近了。

## 六

太阳已经落山,战斗快要开始。

通讯科长检查完了工作,我们爬到一座较高的山上,在这里可以看到战斗是怎样进行的。

我望了望脚下的这块阵地上,这是多少双带着血茧的手,一镐一镐挖出来的阵地啊!正是这块阵地,这一块连一块的奇迹般的地下长城,使得具有优势装备的数十万侵略暴徒不能前进一步,惊惧在我们的战威之下。多伟大多倔强的阵地啊!我就站在这样的一块阵地上!

前面,这是清清楚楚的两列连绵的山岭。两列山岭之间,是长满荒草的山谷。山谷中间是一条弯弯曲曲的细流。

通讯科长用手一指:“那条小河你看见了吗?”

“看见了。”

“好!”他说,“这比你看地图要清楚得多,河这边就是革命阵营,河那边就是侵略阵营!不过,河那边有几个发黄的山包子,你看到了没有?”我仔细一看,敌人那列山岭下面,果然有几个发黄的山包子。

他继续解释说:“这几个发黄的山包,都是最近向前挤的。如果你分不清敌我的阵地,你便看看山头是发绿的还是发黄的,就可以知道。发绿的多半是敌人的,发黄的多半是我们的,因为敌人的炮火多,把我们的山头打成黄的。可是,还有一个规律:你看看,黄山头,一直是向前的;绿山头,一直是向后的。你从团部经过,看见他们团长种的一小块棒子吗?——那是当时挤的新阵地,可是现在那棒子地早成了大后方了。”

我没有回答他什么,一直望着河那边的几个黄山包。那几个黄山包,有多少可爱的战士守在那里啊。他们在那里正做些什么,我不知道也看不见,但只看见那几个黄山包,在山谷那边,在河那边,在敌人绿色的山头下,对抗着敌人密密麻麻的地堡,是多么顽强地站立着!

渐渐看不见了,天黑了。突然间,听见背后一阵呼啸着的炮弹出口声。回头一望,只见火光闪闪,照亮天空,是我们的大炮开始射击了。接着前后左右的炮兵阵地,像打闪一样,都开始了急袭。成群的炮弹像几千飞扑的猛禽,嗞嗞地从头上飞过去,飞过去!飞过去!

战斗开始了。

我一看表,分针正指到炮火急袭的时刻上!

只见敌人的一线山头,大大的火团,血红的火团,一明一灭,接着是一阵阵炸雷撕裂天空的爆炸声。那声浪呼隆隆隆、呼隆隆隆地滚动着。敌人接连地打起一个个照明弹，照明弹在山头上空飘飘坠坠地垂着。敌人的探照灯像一条白色大蟒似的晃动，把山头照得雪亮。

看吧，今晚一定要有一场激烈的炮战！我预料着……

这时，通讯员从交通壕走过来，告诉我们说：突击连已经突过了第三道铁丝网！

过去三道铁丝网，还有七道呢！这时我想起了突击连的同志们，特别是我们年轻的副指导员，还有那个小黑圆脸的战士。他们现在是怎样地向铁丝网里爬着啊，前进啊！炮火延伸射击了，前面响起了激烈的手榴弹和机关枪声。

按战斗常识，已经进入了你死我活的肉搏战。

敌人的飞机，轰轰隆隆地飞过来，声音很沉重，一听就知道是重轰炸机，很显明，他们要来轰炸炮兵阵地。因为我们炮兵发射的火光这么大，我真为他们担心。

重轰炸机，围绕着我们的炮兵阵地盘旋起来。等它看好，正要准备投弹的时候，我们的高射机枪，红色的曳光弹像一条条火龙似的迎了上去。重轰炸机就急忙折到另一个炮兵阵地，但等它遇到同样拦阻射击的时候，就远远地飞到不知什么地方去了。

后面响起了一阵沉重的爆炸声。

"怕死鬼！"通讯科长轻蔑地笑着，"你看这几架轰炸机，本来是来炸我们的炮兵阵地，可是高射炮火一去迎接，它就不知到什么鬼地方扔弹去了！敌人不管什么兵种，怕死这个特点都是一样。过去敌人的炮多凶多猛啊！现在我们一制压，他就大部不敢发言了。"

敌人的炮，果然，除少数在进行还击外，大部都变了哑巴。我忽然想起师长在炮兵会议上的讲话，心里不由得生起一种敬意；他多日的辛劳，得到了成果。

这时，忽然通讯员又跑过来喊道："科长！副教导员叫我告诉你们：阵地已经占领了，敌人消灭了，叫你们进洞子休息呢！”

我们回到营部的洞子里。

电话铃叮叮响着，副教导员拿起了耳机。接了电话，他把耳机一放，对我们说：

“咱们师长的工作抓得真紧哪！”

“他说了些什么？”

“他说：明天上午要把战斗报告送去，晚上就要把战斗的经验教训总结送去，一定要打一仗，进一步！小战斗也不能随随便便！下次挤阵地就会挤得更好！你看战场还没打扫呢，战后工作就布置下来了，你说他抓得紧不紧！……”

这时，忽然听见门外有人唱歌，用那样高亢的声音唱着：

炮火震动着我们的心，
胜利鼓舞着我们……

副教导员马上脸色一沉：“这不是突击连的副指导员吗？战场还没打扫，为什么他先下来啦！”说着，我们出去一看，只见从那边过来一副担架，有一个人躺在上面，他还在继续唱着：

中朝人民亲兄弟，
并肩作战打击敌人……

啊！是他！是副指导员！是那个脸被太阳晒得说黑不黑说红不红的年轻人！

我差不多和副教导员一块迎上前去。副教导员拉了一把担架员的膀子，悄声地问：“伤得怎么样？”担架员回答说：“腿上，伤得不轻！”谁知却被他听见了，他想挣起身子，没有挣起来，他说：

“副教导员！您放心吧，过不了一个星期就回来啦！”

我和副教导员握了握他的手，这刚才打过手榴弹的手，这还带着烟火气息的手。在星光下，我多想再看看他，多想清清楚楚地看看他！这个可爱的年轻人！

担架过去了，慢慢地转过了山弯。小风吹着，又传送着他的歌声，这是这块阵地上发出的歌声啊。听着这歌声，我回想起我在这块阵地上所经历的一切。……这一切，是一个意志，一个声音，它像洪亮的号召一样，在我的耳边响着：坚韧地斗争下去吧，以你更大的雄心去压倒敌人吧，能前进一寸就前进一寸，前进一寸也不算少；能杀死一个，就杀一个，杀死一个野兽就少一个！让野兽们更加害怕我们，更加厌恨我们吧！要是侵略者不想和平，撒赖逞凶，战士们，活活地熬死他们！挤垮他们！

一九五二年九月十二日于朝鲜西海岸

# 前进吧,祖国!

炮火声里,栗子树朴素的花穗,又落遍了朝鲜。这是朝鲜战争的第三个年头。朋友,你们一定很羡慕我,在这里,我又看到了我们可爱的战士们。他们,离开可爱的祖国已经两年了。在这两年中,他们付出了多大的辛苦啊!两年的时间不算很长,可是我看见许多的指挥员,他们的额上添了皱纹,有的人鬓角上添了几丝白发。战士们,千千万万的战士们,他们的双手都磨起了厚厚的血茧,他们就是这样,用自己的双手,劈开了、掏通了从东海岸到西海岸的崇山大岭,连成密如蛛网般的地下长城。他们就站在这道长城上,打击着、折磨着那些还没有斩尽杀绝的野兽;也是在这道长城上,他们回头望望北方——那是自己的祖国。

祖国,对于一个离开她两年的战士,是多么的叫人神往啊。谈起祖国,当然,他们在怀念着自己的母亲,怀念着自己的妻子和朋友;可是他们却更忘情地谈着一件事,人人都在谈着,处处都在谈着,在那所有的弯弯曲曲充满硝烟的战壕里,都在谈着一个迷人的字眼——祖国的建设。你可以看见,在许多指挥员的房子里,在插着一束野花的瓶子旁边,挨着他们的军事地图,贴着劳动英雄的彩色照片,治淮工程的照片,成渝铁路通车的照片。在战士们的掩蔽部里,也贴着这些画片:有许许多多微笑的孩子,也有第一次出现在祖国农业合作社的拖拉机,还有突突冒着烟的工厂。就是那些为了祖国为了朝鲜人民而光荣牺牲的人们，他们的身上，也有着跟决心书一起被鲜血染红的这些照片啊。

祖国在前进。祖国一日千里的建设，是多么激动着为她战斗在国外的儿女们。祖国啊，在炮火弥天的战线上，人人都在想着你，人人都在听着你，甚至从一封短短的家信里去猜着你。人们虽然望不见你，可像能听见你一样；因为你奔腾前进的脚步，在震动着你的儿女们的心啊。你使得多少战士，在接到新的枪支、炮弹的时候，惊奇着，赞叹着；你使得多少战士，为你的每一个成就奔走相告；你又使得多少战士，在低吟了家信之后，一连许多天，脸上都保留着动人的笑容啊。遥远的祖国啊，你知道吗，你知道你的奔腾前进，是怎样地激动着那些为了你拿起枪来的儿女们！

某个连队进行爱国教育的时候，有一个战士站起来说："报告指导员，我有两句话跟大家说一说吧。"这个战士得到指导员的允许，就走到队前，从口袋里掏出了两封家信，还有一张照片。他眼里含着泪圈，高高地举起了这张照片，激动得声音都有些嘶哑了。他说："这是我妹妹的相片，你们看好不好呢？"大家一看，这是个年轻的女孩子，真好啊，又壮实又好看，一双明亮的大眼，梳着两个发辫，发辫上还结着两个蝴蝶哩。

"同志们，可是她从前不是这样的呀！"同志们望着这个战士，他边想边说，"她以前给地主家当丫头，浑身上下被打得青一道紫一道的，拖着一个小干巴辫子，脸黄黄的不像人样。她三天两头哭着跑回家来。爹娘撇下了我们俩，我连我的妹妹都养不住！我们俩只有守着奶奶去哭，守着叔叔去哭，可是他们又有啥子办法？"说到这里，泪珠滚了下来，他又说："我一跺脚出来这多年了，谁成想我的妹妹还活着呢？可是，祖国变啦，家乡也变啦，信上说，靠近我们家，工厂建设起来啦，她已经进厂当工人啦。我奶奶、叔叔都分了地，成立了互助组，说不定，再有上几年，大拖拉机也在我们那里呜噜呜噜地耕种啦。她还说，要我坚决在前面打，她在后边努力建设，要跟我比赛哩。你们看看相片上她那乐呵呵的样儿！"

同志们又一齐望着照片，望着那个发辫上结着蝴蝶的女孩子。这个战士又像询问别人似的说："同志们！你们说，这是怎么回事？这些天，打起仗来，我两条腿老是不由自主地往前钻；干起活来，只嫌时间短。连大铁锤都砸成了圆疙瘩，尺半长的大镢头磨成了织布梭，可是我呢，困也不觉困，累也不觉累，越想越高兴，越干越有劲，你就不知道这股劲头有多大！"

这是一个普通战士的家庭变化，也是万千个普通战士的家庭变化。祖国近年来的大发展，给人多大鼓舞啊！如果说，当我们的战士跨过鸭绿江的时候，是美国侵略者对朝鲜惨无人道的摧残，是那些废墟，是那些血和火，惊醒着人们，激怒着人们，为保卫祖国奋不顾身地战斗；那么在今天，战士们的浑身就更增添了新的无穷的力量：这就是祖国的建设，祖国一天比一天的美好，以及新的迷人的美景，格外地吸引着人们，燃烧着，真的是燃烧着人们的心！

当成渝铁路通车的喜讯，传到了朝鲜战场，特别使得四川籍的战士们轰动了。正在行军中的战士扭起了秧歌舞；阵地上的战士，拍着他们怀里的枪支唱起了家乡的"金钱板"。有一个战士的家紧挨着成渝路，他更以深沉的感情告诉人们：他家的门前有一条小河，小时候打草打柴过来过去，就看见河两边插着两个小木牌，听人讲，这就是要修的"成渝路"。可是等到自己长大了，二十多年过去了，小木牌早已烂掉了，父亲也被迫着修路受难死了，可谁也没有看到什么"成渝路"。他说："谁会想到，解放不到三年，成渝路就通车了呢！我现在常常梦见家门前的小河上，架了一座又结实又漂亮的大铁桥，火车冒着烟嘟嘟地从那边过来了，我的母亲正穿着新衣裳看火车呢！"另一个四川籍的战士插嘴说："可不是吗！我也做过一个梦。梦见坐上了祖国的火车，不知道怎么东扭搭西扭搭地就拐到成渝路上。我一看，真好啊！这成渝路真比哪条铁路都漂亮。火车嘟嘟地走着，一走就走到离我家四十里的车站停下了。从车窗里向外一望，哈，变啦！我出来的时候，这儿还是一片荒草地，工人们正在那里铲草，怎么沿着铁路一大片一大片全是一般般高的三层楼房呢！工厂的烟囱像小树林子似的，全突突地冒着烟。那边还有一个飞机场，一架挨着一架停满了白晃晃的战斗机。我的家乡变得多美呀！我正在望着望着，忽听有人说：‘你在这儿尽望什么，快到你家啦，还不下车?!’我下车一看，送我参军的亲戚朋友们全来欢迎我了。我正想要背起背包走呢，一个亲戚说：‘傻孩子，你为什么不坐汽车走呢?’我说：‘我出来的时候，全是小道儿，大石头乱绊脚，怎么能走汽车?’亲戚说：‘这么难修的成渝路都修好了，难道公路还没有修吗，快上汽车吧，一直送到你大门口！’我乐得坐上一辆红油漆的大汽车刚要走呢，就听有人喊我：‘快上岗吧！’我睁眼一看，原来是我们班长……”——这是一个梦，应该说这不是一个梦，这是祖国正在前进的真正美景。我们的战士，就是在艰苦战斗以后的睡梦里，也在渴想着描画他们的祖国，他们的家乡现在的、未来的美景。

某天，当我沿着交通壕走向某连阵地的时候，听见前面一排洞子里，传出来一片沉重的锤声，跟那“杭唷”“杭唷”的呼喊。而且还听到有两个声音在一递一句喝唱着：

我给它加一块砖！
我给它加一块瓦！
我给它再加一个螺丝！
我给它再加一个烟囱！

我顺着这声音，走到一个洞里，只见有两个战士正在坚石上打眼。一个掌着钎子，他的“虎口”被震裂了，裂纹里浸着血；另一个抡着铁锤，汗水湿透了衬衣，下巴上的汗珠扑扑地落到地上。为了节约灯油点起的松木“明子”，把他们的脸上、身上熏得乌黑。就是他们俩一递一句地低声喊着。

我说：“同志们，你们给什么地方加一块砖、一块瓦呀?”

“给毛泽东城！”

“毛泽东城?”

“是呀,”抡铁锤的战士收了铁锤,擦了擦汗说,“同志,你没听说吗,在我们祖国要修一座毛泽东城?这座城,把好几个城市连在一起,方圆好几百里!城里头的烟囱,要像这山上的树林似的。马路有八十多公尺宽,能并排走下四十辆汽车,比北京还大!”

“不,能并排走四十八辆汽车,这个城比你说的还大哩!”掌钎子的战士纠正地说。

拿铁锤的战士,用他那双充满光彩的眼睛望着我,继续说:“同志,你说这座毛泽东城修起来该多好,它也许比一切城市都美!能给它放一块砖,添一块瓦多光荣啊!我们俩叮叮当当地打着,打着,高兴起来啦,就觉着自己是在那儿修毛泽东城一样。所以我们俩就吆吆喝喝地唱起来啦!”说过,小伙子把汗水湿透的衬衣一脱,两手一拧,拿到洞口迎风一抖,又穿起来,一边喊:“伙计,干吧!”马上又举起了那柄八磅重的大铁锤……尽管,建筑毛泽东城只不过是战士们的传说和幻象,但是它却产生在对伟大领袖毛主席无限热爱和对祖国建设无比关切的感情中。祖国啊,你能告诉我吗,你的未来的道路究竟有多宽,多远,多美啊,你是以多大的魅力在吸引着人们!

每逢祖国新造的武器运到了朝鲜前线,更引起人们的欢喜和疼爱。某个年轻的师长,一听祖国造的无后坐力炮来到了,就马上喊参谋:“快打电话,让他们先送一门来我看看。”炮,架在他的门口,人们很少看见他用这么轻柔的动作抚摩着那乌亮乌亮的炮身,像以前抚摩他的战马一样。他低着头,足足看了有好几分钟,才又亲手给它穿上炮衣,让人抬走。他还眼送着那门炮,自言自语地说:“如果我的小玲子还活着,我发给他这门炮,有多少坦克敲不烂它!”人们告诉我,小玲子是跟了他好几年的通讯员,如果活着,今年是十九岁了,是这里通讯员里最小最逗人爱的一个。五次战役当中,有一次,敌人的坦克快爬到师指挥所,警卫排布置向坦克猛打,但机枪、步枪,所有的火力,都挡不住坦克的前进。小玲子急了，就提着两个手榴弹冲了上去，像小燕子似的，一下子就爬到了坦克顶上。他先朝履带上插手榴弹，手榴弹滚掉了，把他也炸伤了。他脸上流着血，又去揭坦克的盖子，想把手榴弹投进去，可是怎么也揭不开，把人们急得棉衣都叫汗湿透了。据师长后来告诉人，他那时候，看着他的小玲子，恨不得替他咬开盖子，让他把手榴弹投进去。……后来，盖子从里面打开了，伸出了一支手枪，对着小玲子的胸脯乒乒就是几枪，小玲子是胸脯上带着好几粒子弹硬把手榴弹填进去的，坦克炸毁了，可是小玲子也躺在了那辆坦克上。——我，我这才明白：今天祖国造的这么好的炮，是怎样地牵动了我们这位师长的感情。当我跟师长谈起这事，师长感叹地说："我今年三十多岁了，战争生活占了我年龄的一半。在这多年的战争里，我敢这样说，无论哪一个敌人，在勇敢上，在吃苦上，在接受作战经验上，都不能比得过我们，赶得上我们。美国鬼子更加差得多。可是我们却少一条，就是缺少现代化的装备。假若这样的一支军队，像小玲子这样的战士，加上充分的现代化装备，你不能想象它是多么的强大！有多少战士这样讲啊，他们说，不要说有超过敌人的装备，如果我们有跟敌人差不多的装备，我们就可以给他指定日子让他滚到大海里去。"他停了停，又继续说："反过来说，不也是这样的吗！敌人所以还敢这样逞凶耍赖，难道不正是因为我们还没有强大的工业，充分的现代化装备，他觉得我们在这一点上还不如他吗？可是，现在祖国的建设是多么快，大规模的经济建设就要开始了。当我接到一门炮，即使一支手枪也好，我也觉得那么可爱，这不是一门炮，一支手枪，这是我们整个的祖国向着新的历史前进啊！"

隔了些日子，在一个晚上，我又去见我们的师长。在灯光下，他正支着腮微笑着，听参谋报告无后坐力炮初试锋芒的战果。这一天激烈的反坦克战，把敌人出动的三十多辆坦克，击毁了十八辆。参谋还兴奋地说，其中有一个炮手，他自己一个人就击毁了五辆。据连里报告，在这个战士刚准备开炮的时候，接连好几发坦克炮弹落在他的附近，就把他打得负了伤歪倒在战壕里。这时候，他手扶着无后坐力炮的脚架直起身子，又望着自己的炮，低声唤着也已负伤的伙伴："这是祖国新造的一门炮呀，还没打住一辆坦克，我们就随随便便地下去？不能！这样，我们对不起那些工人同志们！"那五辆坦克，就是他这样带着伤，血顺着袖子流着，连绑扎也没有绑扎的时候接连击毁的。事后，指导员找他去填立功喜报，他说："指导员，你不该先给我立功，你该先给他们立功！"指导员说："你说的是给谁立功呢？"他说："给谁？给造这门炮的工人老大哥！这门炮真好使，起码，这个功劳应该他占一半，我占一半。"过后，这个战士还一直打听这门炮是哪里造的，他想写信去感谢他。师长听到这里，不由得笑了起来，点着头说："难道这炮是几个人造的吗？应该感谢祖国所有的工人老大哥们，将来，他们会把这些小老虎子，一个个都给插起翅膀来的！"

祖国的朋友们，祖国的父老们！从夏天到秋天，我在朝鲜战场上遇到的千万个战士，都让我转告你们：他们对您是多么地感激。临津江还没有解冻的时候，就送来了单衣，秋风刚刚吹起，又收到暖暖的冬装；白发苍苍的老妈妈含着热泪献出了多年的积蓄；刚会写信的孩子，一口一声志愿军叔叔；这是多么地叫人动心啊。而且，他们特别感激的是，你们在他们出国的两年间——只两年啊，把祖国，把他们的家园建设得这么美好。他们知道你们是辛苦的。他们知道你们在机器旁，在矿井里，在田野上，在森林中，在人烟稀少的荒山大岭，是多么的辛勤劳苦。因此，他们也知道，在你们的双手上展开的美景，是多么的可贵，他们知道需要用什么去保卫，值得用什么去保卫。他们还要我转告你们：他们对祖国再没有什么令人猜不到的要求，只是挂心着祖国的生产建设。如果你们相信你们的子弟是英勇的话，请你们放心吧，能用多大的力气就用多大的力气去建设吧，他们一定要把三八线上的地下长城守好。他们自豪地称自己是"三八线上的哨兵"，他们要给祖国站岗，给朝鲜站岗，给亚洲站岗，给全世界站岗，直到圆满地完成这个哨兵的责任。而且他们还要不放松一分钟一秒钟的时间去逼敌人，挤敌人，折磨敌人，努力地把阵地推向前去。他们知道：多向前推一寸，战争和灾难就离祖国远一寸；多向前推一个山头，朝鲜人民就多一个可耕种的山头，多一个幸福的山头；三八线上的炮声，就离我们幸福的孩子、歌唱的机器、茂盛的庄稼更远。祖国的父老们，你们是这样热爱你们的孩子啊，假若你们愿意知道志愿军的声音，志愿军的心愿，这就是他们的声音，他们的心愿！

祖国，我们万无一失的领袖引导着的祖国啊，我们五万万颗爱国心燃烧着、沸腾着的祖国啊，你的大规模的经济建设就要开始了。你将一天比一天可爱，一刻比一刻可爱，没有人知道你究竟蕴藏着多大的力量，没有人知道你的前途究竟是多么美丽、广阔和辽远。为这样的祖国效忠，为这样英勇仗义高举国际主义旗帜的祖国效忠，是多么的愉快，多么地扬眉吐气，即使鲜血涂地也是多么的光荣啊。朋友们，祖国的朋友们，党中央的号召，在我们的耳边响着，战士们用鲜血和生命争取的时间，又是这么宝贵，在这伟大建设的信号发起的时候，你是怎样地去迎接我们祖国的新的历史任务呢？……两年来，从祖国到朝鲜，我看见一面是热火朝天的建设，一面是在炮火弥天中奋不顾身的战斗，好像两个齐头并进的战场一样。让这两个战场相互鼓励也相互比赛，共同地把我们的祖国推向前进吧：在朝鲜的儿女们，必将以不断的胜利，奉献给祖国的人民；祖国的人民，特别是工人同志们，也请你们用花园一样美丽的祖国，来迎接有一天早晨胜利凯旋的战士们！

一九五二年十月于朝鲜西海岸

# 祝　贺

姑娘回到娘家，总是欢喜的。我这次入朝来到某军，正像姑娘回到娘家一样，心里有一种说不出的感情。因为这是我革命的家，战斗的家，长期培养我、教育我的家啊！

这支部队，从她跨过鸭绿江的那天算起，到现在已经一年多了。在这一年多的日子里，同各兄弟部队一起，同朝鲜人民一起，她迎接了，勇敢地迎接了她从未经历过的这场战争。这对她不能不说是一个考验。然而，她经得起了这个考验。特别是在可歌可泣的涟川、铁原阻击战中，现代战争的烈火，检验了她优秀的战斗品质。一个部队有着这种战斗品质，这是多么光荣和可贵啊。当我听到各方面的良好反映，我心里也觉得暗暗高兴。

当然，我知道这些荣誉的得来是不容易的。我来到这里的三个月中间，看到许多指挥员和干部，我所熟悉的老战友们，他们是多么勤恳，多么辛苦！有的人头上开始添了几丝白发，有的人添了几道皱纹，有的人，他的面容比起他的年龄已经显得苍老。然而，他们的精神，他们的战斗意志，却仍然是那样年轻，像春天的杨柳那样年轻，像奔腾的流水那样年轻。战友们，亲爱的战友们，我知道你们是辛苦的，战争能夺去你们的青春，但它却夺不去你们永远朝气蓬勃的战斗意志。你们的每一丝白发，你们的每一道皱纹，都和祖国人民的幸福联系着，都和祖国荆江分洪的水闸，淮河的庄严工程等等一日千里的建设联系着，都和我们千千万万孩子们的可爱的笑脸联系着，和世界革命联系着。

我也看到了一些年轻的战友，他们过去或者被人喊做“小张”或者被人喊做“小李”，虽然今天仍然有人这样亲昵地唤他，但是在党的亲切教导下，他们已经开花了，已经结果了，已经不是一株小树，而变成一株大树了。他们的战斗经验、工作经验更加丰富了，他们的风度也更加老练了，他们在各个战斗岗位上，都成了有力的支柱。

更可贵的，我还看到了几个老炊事员同志。他们现在还做着炊事员的工作，虽然这个单位的人员不知流动了多少次，但他们依然像从前一样地忙碌，紧张地切菜，小心地淘米，辛勤地挑水，勤恳地征求每一个同志对伙食的意见。当我握着他们满是茧子的两只大手的时候，能不让人动心吗？而且他还要这样战斗下去，不论什么险恶的环境，也不论到什么时候，他都要这样跟下去，一直到实现了他的崇高美丽的理想为止。虽然功臣榜上不一定有他的名字，庆功会上也不一定有他的发言或报告，但他向人们宣示了平凡而又伟大的真理，他们是忠臣，是党的忠臣，人民的忠臣，国际主义的忠臣，人们同样会从他们那里得到鼓舞，会感到做不好工作就对不起他们。

还有一些战友，可爱的战友，我没有见到他们，而且我永远看不到他们了。他们为了完成光荣而艰巨的任务，为了尽到自己的责任，为了自己伟大的理想，在战斗中间，和党和人民和他的老战友们永别了。有一天，我骑着一匹黑马到某地去，饲养员告诉我，这就是老战斗英雄、团长邓仕均同志生前骑的那匹黑马。这匹黑马，跟英雄的邓仕均同志好多年。我骑到这匹马上，望着这匹马黑色的鬃毛，想着邓仕均同志战斗的一生，心里是如何地悲痛，而又对敌人是如何地仇恨。仕均同志和别的牺牲了的战友们！虽然我们不能相见了，但是你们的顽强的战斗意志，和你们的声音笑貌一起留在我们的记忆中间。这次在保卫开城的坚守防御中，你们团和其他团狠狠地打击了敌人，这不是你们留下来的战风吗？就是这种战风，在任何的战斗里，要把敌人压倒，使敌人纵有优势的装备，也要屈服在我们的战威之下。牺牲的同志们，祖国人民和朝鲜人民都永远忘不了你们的好处。

这次我回到军里，还看到了更多的我不熟悉的同志们。这些同志，来自丰饶的四川，来自四时如春的云南，来自繁华的上海，也来自广阔平坦的中原和祖国的东北……他们都是在抗美援朝的号角下拿起枪来的优秀儿女。他们都是这么有觉悟，有生气，有着饱满的战斗热情，叫人一看就心里头欢喜。他们的到来给这支部队注入了新的有生命力的血液，也从这支部队中很快地接受了优良的战斗作风，立下了累累的战功。看到他们的战功，你真难相信不久以前，他们还只是一个普通的工人和农民。看到了他们，更使我感到了“娘家”日子的兴旺。

我来到这个军已经有三个月的时间了。在这三个月中间，我感到这个军在各方面都有新的进步。最使人高兴的，是整个部队的革命英雄主义，有了进一步的发扬。这是一个很大的成就，很重要的成就。

我参加了军、师的英模会和庆功会。我和很多的英雄、模范和功臣同志们见了面，谈了话，听了他们的报告，从他们那里受了很大的感动和教育。有许多英雄已经成了我亲密的朋友。这里，我不去一一歌颂他们的英雄事迹了，这是几句话说不完的。我要很好地去体会它，以便能很好地歌颂它。这些英雄们创造的英雄事迹，没有一件是轻而易举地创造出来的，没有一件不是用自己对祖国对党对人民的全副忠诚、全副热情，用生命和血创造出来的，因此，文艺工作者也必须同样用自己的全部生命，耗干自己的血去歌颂他。

我这里想提一提一个有意义的数字。在这个军，作战的一年半以来，包括郭恩志等许多志愿军的英雄在内，全军涌现了四百一十五个立功单位，和八千多个人民功臣。这一个数字在一个军的范围来说，是颇惊人的。这不是一个人两个人，也不是几十或几百个人，而是八千多人！像各个兄弟部队一样，这个数字，表示了整个部队爱国主义与国际主义的觉悟是多么高！他们的革命英雄主义精神是多么旺盛！

祖国鼓舞着我们。党和毛主席鼓舞着我们。在毛主席的领导下，我们伟大可爱的祖国，我们充满着青春的祖国，正以一日千里之势奔腾前进。她一天比一天可爱，一时比一时可爱，她使一切优秀的儿女，都甘愿为她牺牲自己的一切。这就是我们部队革命英雄主义的无穷源泉。今后，在共产党的坚强领导之下，在英雄、模范、功臣同志们的带头之下，在这支政治素质优良的部队里，在这支战斗作风顽强的部队里，在这支各种工作朝气勃勃的部队里，革命英雄主义必将形成更强大的洪流。

而这样，恶贯满盈的美国侵略者必将受到更沉重的惩罚！中朝人民必将获得更加伟大的胜利！

这就是我的祝贺。

一九五二年九月二十日于朝鲜

# 这里是今天的东方

三年前今天的夜晚，迎着整个土地都在燃烧的陌生的战场，志愿军跨过了鸭绿江桥。

他们将会遇到些什么，他们将会做出些什么，他们做出来的事情，将会有何等深远的意义，这是不容易即刻就被人全部理解的。

然而，他们，这些腿上的泥土还没有洗净的农家孩子，这些衣服上满是油泥的普通工人，跟满身战伤、脸孔被战火熏黑的老战士夹在一起，跟已经四十岁还没有结婚的老指挥员夹在一起，背着他们的母亲赶着送来的一双布鞋，背着他们的步枪和手榴弹，带着破旧的电话机和刚刚发下来的朝鲜地图，才从大车上、犁耙上解下来的骡马，拉着过去缴获的老式山炮和野炮，跟在他们后面，是的，他们还背着一袋炒面，就是这样，他们踏上了将要决定东方人民命运的鸭绿江桥。

可是，他们在这个气势汹汹的头号帝国主义，这个兽中之王，跟他的一列帮凶们之前，他们会做出来一些什么呢？他们将以怎样的果实，呈献给祖国的父老和危急的朝鲜人民呢？他们将把天安门前飘起了一年的红旗，连同刚刚冒烟的工厂，连同刚刚把土地证领回家去的人们放置在什么境地？他们将对东方，对世界说些什么？而东方和世界又会怎样地去看待他们？

不能不使人担心。

全世界的朋友们，凝望着鸭绿江桥。

事情会这样发生的：我们国内的一些好心肠的老人，也在悄悄地慨叹着和劝阻着：

“我们的国家还太年轻。我们的创伤没有平复。我们的财政经济这样困难。只凭步枪跟手榴弹，能够顶得住这个最凶恶的敌人吗？”

当然，实情确是这样。一九五〇年的秋天，新中国刚满一岁。虽然这个秋天，跟我们祖国今年的秋天是一样的美丽，南方的橘子林跟北方的柿树林，照样升腾着旺盛的火焰，可是我们的国家，却是带着怎样的一身创伤与贫穷啊。荒废的工厂，高高的炼铁炉上刚刚砍去长着的小树；我们的农民兄弟，还有三万万以上的人口，没有来得及解决土地问题；为了节省国家开支，战士们放下还在发热的枪筒，拿起十字镐，走上了荒山野岭；另一部解放军正在极其艰苦的进军西藏的中途；许多反革命残余、土匪，还在到处骚扰；有些人的心里，还隐伏着作为殖民地耻辱标记的崇美、恐美的暗流。只要稍稍回忆一下，在朝鲜人民遭遇最严重考验的时刻，我们的国家，不正是这样的吗！

是的，正是这样。难道从这样的国家里走出来的一支带着步枪和手榴弹的队伍，他们果真能够打退那个兽中之王跟他的那一列帮凶吗？

然而，他们在东方巨人的明亮无比的目光所照亮的道路上，勇敢地、坚决地、誓无反顾地踏上了鸭绿江桥。这是只有毛泽东和中国共产党才有的那种智慧和勇气所能够做出来的，也是像中国这样具有传统的革命气概和国际主义精神的人民所敢于去从事的，真真可以称得起是英明的、果敢的行动。正因为这样，在今天，我们每一个人，都会很清楚地从我们的身边看到：它给我们避免了什么和带来了什么，它给我们整个的祖国，给朝鲜人民，给东方，给世界避免了什么和带来了什么。

它给我们带来的，是多么不同的一切啊！

三年来的事实，是无须多说了。从傲慢的侵略者冲向鸭绿江的时候脸上堆着的笑容，到板门店的桌子旁边哈利逊歪着脑袋所吹的口哨，到最后，在一次丧失了十二万多人以后，他们在一个上午签了字的颤抖的手：这就是事情的进程和结果。我们和我们英雄的朝鲜兄弟一起，在世界革命人民的支持之下，就这样打败了他们，让他们在全世界的面前丢够了脸。在二十世纪，在东方，不，就是在我们的身边和刚刚过去的日子里，是发生了怎样一个新奇的、美妙的、你不相信也不行的神话啊！

我是多么想说一说，这段神话的创造和它对我们的意义。

我们究竟是依靠了什么能够越战越强，能够打得退、顶得住、战得胜这群恶兽呢？

这就要说到英雄的朝鲜人民了，这就要说到我们中国人民的爱子——志愿军英雄们了。是他们，怀揣着几个冻硬的山药蛋，站立在成吨的钢铁和弥天的烈火中，纵使剩下一个人，还擎起石头不后退一步；是他们在朝鲜的雪地上，迈着冻肿的双脚，一步一个血印，爬上了堆满炮火与冰雪的山岭；是他们，夜夜手扶舵盘，坦然地走遍了满是定时炸弹的朝鲜战场；是他们，挑着饭担子，在炮火封锁的道路上，伴着自己的笑容，每月要走一千里以上的路程；在危急的战斗中，一边打机关枪，一边高唱着战歌的是他们；在自己的战友全部阵亡时，抱起炸药包、爆破筒，毫不回头地扑向敌人的是他们；用年轻的胸膛，堵住敌人的射口，用自己负了重伤的肉体，俯在铁丝网上，让同志们从上面踏过去，去进攻敌人，而在临死时，口里默默念着“祖国”，念着伟大领袖的也是他们……是他们，啊，这是何等的英雄气概！正是这种英雄气概，敌人才把朝鲜的山岭，唤做“伤心岭”！正是这种英雄气概，敌人才把朝鲜战场唤做“无底洞”！正是这种英雄气概，才使我们年轻的新中国经得起这个无情的考验，并且给我们夺取了我们面前可以看到的一切。

我曾两次到过朝鲜。当我面对着他们的时候，我曾默默地落过几滴眼泪。这是什么泪？这是一个中国人的生命凝结成的感叹。我感叹英勇的朝鲜人民，她是可爱的人民，顽强的人民，放到她肩上一千斤她也是那样，放到她肩上一万斤她也是那样的出色的人民。我也感叹我们自己的人民，她又是怎样的一种人民啊！就拿黄继光来说吧，他不过是中国茅屋里的一个普通的青年，当他的生命放射出震撼人心的火光的时候，他不过才二十一岁，离他参军的时间不到两年，离他入团的时候不到一年，他怎么有这样伟大的气概，这样叫人感泣的胸怀！千千万万的黄继光们，他们是把我们劳动人民的这种气概，这种品质，集中地发挥到怎样的高度！这是你仰起头来都不能看到的高度啊！这是我们这个世界上最古老的民族，历经深重的苦难不曾灭亡的证据！这也是中国人民注定必然要对世界有所贡献，必然要走向幸福道路的证据！不也是由于这种精神，使得我们的国内似乎是在一个晚上就改变了她的面貌吗？我们的祖国，当她开始挑起这副战争重担的时候，似乎看来是力不胜任的；何况她所挑的还不只是一副重担而是战争与恢复的两副重担。但她在宽广的大路上，昂首阔步，走得是那样的好，那样地叫人感到喜悦和惊奇。谁能告诉我，我们的人民究竟是潜藏着多么大、多么深厚的精力呢？像万年的荒野下深深埋藏着的亿万年的矿藏，自从毛泽东的巨手掘开了压着她的地层之后，她所燃烧起来的冲天的力量，连我们自己都有些不认识她了，连我们自己都感到惊奇，像一个巨人对着自己的影子一样。没有人会知道，她还要对全人类做出些什么，打击侵略者，支持人类进步事业的抗美援朝战争，不过是她开始的一件罢了。

人们永远不会忘记：当第一面五星红旗迎风展开，从天安门前飘飘升起的时候，我们的伟大领袖向全世界所宣告的那一句话，那一句使中国人听来不能不热血沸腾的话："中国人民从此站立起来了。"是的，站立起来了！灾难深重的人民站立起来了！在这次铁和火的考验中，向全世界显示了：站立起来的中国人民，是怎样的人民；显示了，站立起来的中国人民，是怎样对待落在她肩上的历史责任，用什么态度，用什么气概去完成她的历史责任！抗美援朝战争的胜利，使得我们有权利这样说："老爷们！这里是今天的东方！"志愿军的每一个战士们，你有权利这样说；黄继光的母亲，罗盛教的父亲，祖国千千万万的父老们，在棉纺机旁的郝建秀和所有的工人同志们，你们每一个人都有权利这样说："这里，是今天的东方！"

三年以来的朝鲜战场，朝中部队歼灭了一百万以上的敌军。但任何数字，都不能概括这个胜利和志愿军这个巨大的英雄行为的意义。这种意义所展示的方面，有的我们可以看到，有的却藏在南洋海岛上的渔人们的心里，藏在广岛的农夫的心里，藏在我们难以看到的东方和西方，只有等到某一天，我们才能够看出这个战斗所发射出来的火花。但是，仅就对我们自己来说，志愿军的英雄行为，对我们的人民是提出了怎样一种崭新的道德面貌，一种行动的规范和一种前进的动力啊！当我们用这种志愿军式的英雄气概，去生活，去工作，去学习，去做一切似乎是不可能做到的事情，去从事伟大的祖国建设的时候，可以设想，它的攻无不克的力量，是会多么迅速地把我们的祖国推向幸福的前程啊！

秋天的鸭绿江水，正在孩子们的钓鱼竿下，安静地向大海里流去。鸭绿江桥正默默地度着这个最光荣的日子。今天，人民的激越的脚步声，又盖上了另一座桥，通到社会主义社会的大桥。这座桥，更宽，更远，它更深刻地联系着我们伟大人民幸福的未来。这不是一座普通的桥，这是一座金桥、银桥。这仍然是我们亲爱的领袖，用他百战百胜的手，指给我们的胜利的桥。

朋友们！我们的先烈和抗美援朝的英雄们，他们为了这个神圣美丽的理想所洒下的鲜血已经不少了。这座桥，现在就在我们的脚下，只要我们多流一滴汗，我们就靠近它一步。我们有这样伟大的党，这样伟大的领袖，这样伟大的人民，什么看来是不可能的事情，我们都是会做出来的。朋友们，紧紧掌握党的总路线，用志愿军式的英雄气概跨过这座桥吧。一个站了起来的中国人，应该这样，也必须这样。不会有一个诚实的革命战士，如果是真正诚实的话，他愿意空着手走到社会主义。

一九五三年十月二十五日

# 勇士镇守在东方

一提起朝鲜人民军，就在我们心里唤起一种深深的感情。这是因为我们是蹲过一条战壕的同过生死的战友。虽然朝鲜战争的风暴已经停息下来，但我们之间的战友情谊，却同朝鲜战场上无边的风雪、漫天的火光交织在一起，而使我们终生难忘。

朝鲜人民军诞生了十个年头。十年的时间不算很长，但它却经历了一场很大的战争。这是一场严厉的考验。在这场考验里，这支军队不但没有被削弱，而且经受了伟大的锻炼，成为战斗力很强的一支军队，对世界和平做出了伟大的贡献。我们可以骄傲地说，我们的战友——朝鲜人民军，是镇守东方的勇士！

一九五二年秋季，我曾到守卫延安半岛的一支人民军部队里进行过访问，给我留下许多难忘的印象。我深深感觉到人民军是一支觉悟很高的部队。那时候，他们的生活十分艰苦。战士每月领到的津贴费，只够买一盒火柴。夏天只有一套军衣，无法洗换，只有跑到僻静的河边洗好晒干，才穿着回来。就在这种情况下，我看到他们保持着高度的乐观精神，军营里飘着歌声。当我同他们谈起这些困难的时候，他们都不愿意多谈。他们说："我们的苦是很多的，可是我们了解自己国家的情况。"

人民军的干部同战士，对美帝国主义、对李承晚都有着刻骨的仇恨。他们之中约有三分之一甚至有一半人的家属，遭到了敌人的残害。还有些战士的家庭，一口人也没有剩下。一个战士对我说:“朝鲜人并不是不掉眼泪,可是炸死的太多了,人的泪也就被仇恨的火烧干了。我们做工作的时候,什么也不想,一到过年过节,或是看到老年人,就想起自己被杀的父母来了……”说到这里,他愤恨地说:“敌人一定得彻底消灭!”这些战士最挂心的就是渴望战斗,哪怕面前布满地雷,也要冲到最前面去。这就可以了解到,为什么美国强盗把朝鲜的山岭唤做“伤心岭”,因为在朝鲜千千万万座山岭上,都立着这些一无所惧的复仇的战神!

在这支部队附近,住着志愿军的一个侦察排。有一天,我同这伙子活泼的侦察兵谈起了对人民军的印象。他们跟人民军接触得比较多,一谈起来,那种兴奋的乐呵呵的样子,我现在还能够记得。有人谈到,和人民军的同志见面,他们总是说你“顶好”“辛苦啦”,亲热得很;有人谈到,晚上宿营没有房子,人民军就睡在外面,把房子腾出来给他们住;有人谈到,和人民军住在一起,常常半夜醒来,发觉身上盖上了人民军的蚊帐;有人谈到,他们没有菜吃,人民军的同志往往奔走半天,找到几条咸鱼给他们吃。还有一个战士谈到,一次他们迷失了道路,找到人民军的侦察队。那里有一个执行了一昼夜任务的朝鲜侦察兵刚刚睡下,又不忍心把他叫醒。后来还是把他叫醒了,他还埋怨说:“为什么不早把我喊起来呢!”我同这些侦察兵们整整谈了半天,我深深体会到这两支军队兄弟般的感情,也认识到朝鲜人民军是一支国际主义教养很好的军队。

朝鲜人民军的同志们!我的这篇短文,是很难概括尽你们这支军队的优美素质,也很难描写尽中国人民、中国军队对你们的感情的。我只是向你们寄上一片诚挚的祝贺。我想说,我们中国人民解放军十分幸运有你们这样亲密的战友,英雄的战友。你们已经对世界和平和人类的进步事业做出了伟大的贡献,今后还会要做出更大的贡献。你们的责任很重。我们希望你们更加强大。让美帝国主义和李承晚这帮丑类瞧瞧吧,让他们去轻举妄动吧,看我们的勇士镇守在东方……

一九五八年二月七日

# 写在凯歌声里

志愿军回来了。让我们来给你洗一洗战尘吧，同志们。从一九五〇年烽烟告急的秋季，到现在已经七年了。在这七年里，你们朝朝夕夕都在怀念着自己的祖国；就是在战壕里，在向敌人冲锋陷阵的时候，只要提起她的名字，你们就涌起了奋不顾身的力量。同志们，好好看看久违的祖国吧，今天，你们已经回到了她的身边。

你们回来了。你们是迎着朝鲜战场上的漫天大火，慷慨而去，今天是云散天开，凯歌还乡。同志们，你们披着风尘，也披着不朽的光荣。是你们，同朝鲜人民在一起，用英雄的臂膀击退了敌人，使我们年轻的祖国，经受了严酷的考验；使无家可归的朝鲜老人和孤儿，又重度和平的生活。同志们，我们国家里无数新起的工厂，无数明镜般的水库，都有你们的功劳一份；在朝鲜，在填平的弹坑上，新长起的庄稼和花草，都充满对你们的感激。

你们回来了。你们走过了多么艰苦的路程！祖国人民将永远不会忘记：你们用雪水拌炒面的日子，用石头跟敌人厮拼的日子，在成吨的炸弹嘶啸中，你们高喊着口号，把敌人打得头破血流的日子。同志们！这一切都将载入史册，永远激励我们的后代。我们民族的血管里，将百代不衰地奔腾着你们的精神！

你们回来了。让我们永远记住长眠在那里的战友吧。没有他们的慷慨献身，就不会有今天的一切。他们已经不能再回到自己故乡了，但他们的精神，却筑成了一座国际主义的高塔。这座高塔光芒四射地照亮了世界人民大团结的道路，这种大团结，将把一切帝国主义及其走狗彻底埋葬！

你们回来了。让我们永远记住并肩作战的朝鲜人民吧。在你们离开祖国的七年中，我知道你们时时都在系念着祖国的一切，可是当你们要离开那里的人民，你们又是那么依恋。临走你们收起了一把朝鲜的土，又撒种上满山的马尾松。你们对爱护你们、支援你们的朝鲜父老是怀着何等的深情啊！同志们！认真学习朝鲜人民的好品质，也永远珍视我们两国人民的友谊吧，只有人民的友谊，才是我们最可靠的长城！

你们回来了。你们由牧童变成了坚强的战士，你们由普通的庄稼汉，变成了我们祖国的英雄和功臣。同志们！是谁领导我们取得了震撼世界的胜利？是谁鼓舞着我们以低劣的武器战胜了强大的敌人？是党。凯歌声里，让我们齐声歌唱伟大的党！

你们回来了。同志们！你们不是疲劳的兵士走到了宿营地，你们是精力充沛的战士，从一个战场开到了另一个战场——社会主义革命的战场，社会主义建设的战场。在你们的面前，你们马上可以看到这个大战场动人的场景。这种场景，很快就会唤起你们新的献身的渴望。同志们，投到这个新的战场上来吧，凭你们的英雄气概，你们一定可以克服新的困难，创立新的功勋！

同志们！你们回来了。我们祖国优秀的儿女，全国人民最可爱的人，你们回来了。全国人民都在欢迎你。你的新老战友也在欢迎你。人们用来欢迎你的，不止是鲜花与欢呼，还有千百座新的工厂、新的楼房、新的街道、新的市区，以及繁星一样布满祖国的兴旺的农业合作社和他们纵横交织的水渠。这就是祖国人民用双手给你们编织起来的凯旋门！

一九五八年三月十六日

## 依依惜别的深情

我在凯歌声里来到了朝鲜。我又看到了这里的人民，这里的山水。多明丽的秋天哪，这里，再也不是焦土和灰烬，这是千万座山冈都披着红毯的旺盛的国土。那满身嵌着弹皮的红松，仍然活着，傲立在高高的山岩上，山谷中汽笛欢腾，白鹭在稻田里缓缓飞翔。在那山径上，碧水边，姑娘们飘着彩色长裙，顶着竹篮、水罐，走回开满波斯菊的家园。看到这种种情景，回想起朝鲜人民的遭遇，真叫人说不尽的激动，说不尽的欢欣！

可是，在这些日子，在志愿军就要跟他们分手的日子，深深的离情却牵着他们的心。他们可以承担一个浩大的战争，可以承担重建家园的种种艰辛，可是却承担不了如此沉重的离情。志愿军也是这样。他们在远离祖国的八年中，时时想着祖国，念着祖国，可是，当他们一旦要离开这结下生死之谊的人民，却是无限地依恋。

用什么来表达自己的心意呢，战士们又有什么呢，他们只有一双结着硬茧的手，一颗赤诚的心。在这离别以前的有限时刻里，我看见他们在日夜辛忙。人民军的战友们就要接防来了，他们把营房刷了一遍又一遍，就是墙上溅了几个泥点，也要重新刷过，就是一把水壶，也要把它擦亮。为了美化营地，他们简直成了传说中炼石补天的女神。他们从东山爬到西山，从北岭奔到南河，采来了红石、白石、黄石、绿石，还挖来了苔藓的青茸，给每座房舍的四围都镶了花边，给每座院心都修了花坛，说是花坛，实在是一幅幅绣在地上的彩画。这里有龙、凤、狮、虎，有白兔、彩蝶，有水中青莲，有雪地红梅，还有白云缭绕的天安门和牡丹峰。如果你走近细看，就更会看出战士们的苦心：他们是用手电泡涂了红漆，做成小白兔的眼睛；把瓶口切下来，镶上花瓷碗片，做成了蝴蝶翅上的花点；就是在那漱口池里，也砌了红日、雄鸡和“早晨好”的祝辞。正像战士诗里说的“园地道路作锦绸，摆花好似坐绣楼”，这里的一花一叶，都渗透着战士们的汗水和深情！

此外，战士们还把最心爱的东西，留赠给人民军的战友，在每一座礼品室里，都袒出了他们的一颗颗红心。就是我这在部队多年的人，也从没有赏识过战士们这么多的机密。这些赠品，都是他们从来不舍得用，从来不拿给人看，一直藏在小包袱的最里层的，都是包藏多年，跟他们跋山涉水，在水里火里就是牺牲生命也不肯丢的。这次，为了离开这块国土，为了最珍贵的友谊，他们的机密泄露了。这里有爱人分手时连夜做成的手帕，有一参军就背着的绣花袜底，有家传几代的瓷碗，有姐妹的绣花荷包，有洞房花烛之夜的合欢杯，还有未婚妻用红毛线织成的腰带。这些爱物，就是他们本人，也只是在没人的时候，才取出来看一下，接着又匆匆藏起，可是，今天他们拿出来了，而且用红纸题了诗句，摆在这里。有一双做得异常精美的绣花袜底，上面附着一首这样的诗：

妻子做袜千针线，临别赠我在江边。
爱情绵绵如江水，永远常流水不断。
此袜爱在我心间，藏在包内整四年。
转送战友表心意，两心相盼永相连。

这些动人心弦的赠礼，使得另一些战士们难熬了。战士胡明富等三个同志，决定亲手做绣花手绢给人民军。他们没有布，就扯了包袱皮，又找来颜料，染了几束彩线，染的时候还放了碱，让它永不褪色。杀敌勇士就这样拿起了绣花针，变成了绣花姑娘。绣啊，绣啊，两条绣花手绢终于绣成了。他们还题了下面的诗：

粗手绣花夜更深，绣了一针又一针。
针针线线心相印，中朝友谊比海深。

在这有限的时刻里，战士们还多方寻思着，为当地的父老们尽一点力。他们思虑着：哪些溪涧在山洪到来时不好通过，就架起一座座石桥和板桥；哪些人家离河太远，就在散居的村舍边，挖下一口口水井；哪些水井靠近大路，又在水井上加了井盖。他们还挨家挨户去看，看谁家的房子漏雨，就苫上新草；谁家的灶台裂了缝，用灰泥把它抹好。他们还拾来美国的炸弹片，生起炉火，打成了镰刀，割下山藤编成筐篮，按照朝鲜式样做成活腿的小圆桌，然后把它分赠给朝鲜的阿爸基和阿妈妮。另一些心灵手巧的战士们，他们还为孩子们制作了小手枪、万花筒和滑冰用的小冰车；为年迈的老人雕制了龙头拐杖。当这些饱经沧桑的老人把拐杖接到手里，他们昏花的老眼涌出泪水，他们感慨活过了几个时代，从来没有见过这样的军队，这制作万花筒和龙头拐杖的军队！他们称颂着，中国共产党和毛主席教导得好，这些中国孩子的心，简直是金子一般的心，银子一般的心，水晶石一般晶莹玲珑的心！

在阳德郡日岩里，我看见战士们正急急忙忙赶修着一座朝鲜式样的房子。原来村里有一个驼背的孤苦的妇人，带着四个孩子，十年来没有一间住房，在这儿那儿借居着。这房子就是为她修的。战士们怀着深切的爱，把廊柱染成红的，还在飞檐下绘了鸟虫花卉，绘了两国人民并肩作战的彩画。直到出发前一天，他们才把房子刚刚烘干，用白纸裱好。搬家时热闹非常。部队出动了好几十名战士，有人端锅碗，有人抱坛罐，有人扛木头，有人背草袋，有人赶小猪，小猪吱吱叫着，锣鼓敲着，排成了一长队，热热闹闹，把这一家送进新居。接着,战士们手拉手,围着房子,围着这位朝鲜妈妈跳起舞来,朝鲜妈妈伏在战士肩上,倾流着自己的眼泪。这时候,她的老母亲也从阳德赶来了。这位头发斑白的老人,斟满一杯酒,捧到政委的唇边,说昨天晚上她做了一个梦。她说她梦见一条天龙从天上下来了。这条天龙在空中悠悠冉冉,消失了,就听见一派乐声。乐声里,从四面八方拥来了不知道多少志愿军,向她的女儿走来,围着她的女儿跳舞,就像今天战士们围着她女儿跳舞的情景一样。她说,在梦境里,她的女儿用双手提起了裙子,志愿军就争着向她的怀里投着鲜花。那些花朵,看来很轻,可是一落下来,每一朵都沉甸甸的,把裙子都坠沉下来。……深情的人民啊,你对我们的军队作了多么美丽的歌颂!可以想见,人们要离开这样的一支军队,怎么会不深深地依恋!

可是,志愿军的行期,仍然是一天天地迫近了。朝鲜父老们,他们白天做活也安不下心去,夜里也不能安静睡眠。他们再三探问志愿军的行期,唯恐人们悄悄离开,一听见汽车声响,就要推开门窗来,张望一回。如果哪个战士到了他们家里,阿妈妮们就会端出一铜碗一铜碗的栗子,再不就从鸡窝里慌忙地抓出发热的鸡蛋,拿来敬客。他们还把熟识的战士请到家里,杀鸡,买酒,眼看着你吃到肚里,仿佛才能宽舒一下他们的离情。温井里有二十二个老妈妈,她们集了钱,准备酒食,请了几十个战士去谈心,这一夜,她们向中国孩子们倾吐了自己的感情。有的说,你们走了,就像我掉了一扇膀子;有的说,你们走了,就像是吃饭时缺少了盐;有的说,要是背得动,妈妈要把你们背着送过鸭绿江!她们带着泪,把头上的银簪拔下来,把戴了几十年的结婚戒指取下来,把传留几代的跳舞时带在身上的小铜铃拿出来,塞向战士的怀里,戴在战士的手指上。她们还把菜一口一口夹到战士们的嘴里,有的人含着热泪咽下去了,有的人背过身去,把阿妈妮喂到嘴里的栗子又悄悄吐出来,用纸包好,小心地放在衣袋里,作为对朝鲜母亲终生不忘的纪念。战士们激动地说:“如果美帝敢再动手,就是我活到八十岁,胡子三尺长，我也要带着儿孙们来抗美援朝！”

朝鲜人民的深情厚谊，就是这样叫人终生难忘。温井里有一个瞎老妈妈，自她的女儿被日本人抢走，她的一双眼睛，就被那年年月月的泪水沤瞎了。当二十几个战士去向她告别的时候，老妈妈动情地说：“你们在这儿住了几年，我也没看见过你们的模样儿。你们帮我修好了房子，我也看不见修房子的是谁。天哪，要是叫我的眼睛睁开，看你们一眼，就是立刻死了我也甘心！”她拍拍自己的心，又摸摸战士们的胸口，“孩子，我看不见你们，让我摸摸你们吧！”说过，她把二十几个战士，从头到脚都摸了一遍。

在这惜别时刻，简直无一处不是友谊的诗，感人的诗。人们编成许多诗歌来赞颂这珍奇的友谊。在古阳德的枫林柴门中，住着一位满头白发的无名诗翁。我去访问了他。谈到志愿军的撤离，老人异常惋惜地叹了口气，拔笔写下几个汉字：“完似股肱，人民全部之言。”老人还递给我五六个自糊的白纸信封，信封上都写着：“平安南道阳德郡东阳里七十八岁翁朴仁俊谨奉”的字样，打开来，都是赠给志愿军的送行诗章。其中有一首是：

还乡千里路，雁叫三月秋。
两国兄弟谊，苍江不尽流。

还有一首：

夜霜红深千林树，可作明朝欢送情。
戴白头髻车下满，连呼万岁动山城。

在这惜别时刻里，朝鲜人民对牺牲在这块国土上的中国人民志愿军烈士们，尤其怀有深深的感情。

在修建东阳里九龙江桥的时候，流送的木头常常被石头堵住，为了排除阻塞，年轻的蔡定琪，奋身跳进急流，不幸被卷进旋涡而牺牲了。这也许是志愿军牺牲在朝鲜的最后一人。牺牲后，就葬埋在志愿军的烈士陵园。可是，东阳里的人民，坚持要把他葬在东阳里，并且选择一块最好的向阳墓地，按朝鲜仪式重新安葬。深情的人民啊，他们要东阳里的男女老幼，抬起头就能望见蔡定琪的坟墓，也让蔡定琪，能够望见他所献身的九龙江桥。志愿军答应了这个请求。移葬那天，东阳里的男男女女都参加了葬仪。下葬前本来是极好的天气，可是在下葬时，忽然间送来了一片乌云，下了一阵大雨，这时候，在墓地上空，现出了一弯美丽非凡的彩虹。下葬完了，彩虹又渐渐隐没。事后，在东阳里居民中，流传着一段神话式的解说，说这是中朝友谊感动了天地，所以才出现了这样美丽的彩虹。

离别的日子，终于不顾人们深重的离情来临了。行李装上了汽车。大车套上了骡马。大炮着好了炮衣。营门上已经换上了人民军的哨兵。战士们最后一次扫净了院子，挑满了水缸，拍一拍身上的尘土，打好了行囊。

这一夜，有多少朝鲜人家没有合眼，有多少人家午夜三点就亮起了灯，他们再一次整理好花束，把礼物放进竹篮，坐等着集合号就要响起的拂晓。拂晓，这是深秋的拂晓啊，可是人们已经走出来了，穿着单薄的衣裳走出来了。老人们戴着高高的乌纱帽。妇女们顶着竹篮，背着孩子。人们都拿着枫叶。就是背上的孩子，小手里也拿着枫叶。他们站在大路边，站在寒气袭人的晓风中。

部队集合了。妇女们打开竹篮，分赠着礼物。孩子们爬上大炮，把红叶插上炮口。小吉普也被无数的彩纸条和成串的纸花缠成了花车。阿妈妮们，孩子们，姑娘们，她们做这些事情的时候，统统没有哭。昨天晚上，战士们就告诉他们说不要哭。里[①]干部们也告诉说，为了不使志愿军难过，让他们不要哭。他们很听话，他们真的制止住了，在做这些事情的时候，统统没有哭。

---

① 里：即村。

出发号响起了。战士们背起背包，挎上了枪，走向夹道欢送的人群。“万岁”声响起来了，火红的枫叶举起来了，孩子们奋力地撒着纸屑的花雨，欢呼着：“荣光—伊斯达！”“荣光—伊斯达！”[①]志愿军的脚步移动了，人们的眼睛潮湿了，但谁也忍着，竭力喊着口号，仍然没有哭。

可是，当战士们握着老妈妈的手，叫了一声：“阿妈妮，再见！”不知道是哪个老妈妈忍不住了，捧着战士的手，第一个哭出了声。接着是姑娘们、孩子们哭出声来，然后是那些男人们无声的眼泪，低低的啜泣。这时候，战士们简直是在朝鲜人民送行的泪雨中行进，这不是哪一个人在哭，这是全朝鲜人民在捧着赤心送着他们至亲至爱的友人！

我的一滴泪，也止不住滴在这千行泪雨中。啊，亲爱的、可敬的朝鲜人民！在纷飞的战火中，你是那样刚强！敌人把你的城镇变成了废墟，你没有哭；敌人把你的家园烧成了灰，你没有哭；敌人杀死了你的亲人，你没有哭；敌人把你绑在大树上，烧你，烤你，你没有哭；你真是一把拉不断的硬弓，一座烧不毁的金刚！可是今天，当你的战友——中国战士们要离开你的时候，你却倾洒了这样多的眼泪！仿佛要把你们每个人一生一世的眼泪，都倾洒在今天！你是多么刚强而又多情多义的人民！

请收起眼泪吧，亲爱的、可敬的人民！你的泪是这样倾流不止，已经洒湿了你们的国土。我知道，你是为中国战士的鲜血而痛惜，为中国战士的一点点工作而感怀。你今天的泪，是对中国战士的最崇高的评价，是给予中国战士的无上的光荣！我知道，这泪雨中的每一滴，都不是普通的眼泪，一颗，一颗，都是万金难买的友谊的珍珠！

在这送行的泪雨中，中国战士们也个个垂泪，一小时已经过去了，还没有走出二里路。这时候，在送行人的行列里，不知是谁喊

---

① “荣光—伊斯达！”：即“光荣啊！”

了一声："不要哭了，替他们背背包啊！"人们才像忽然醒转过来，擦擦泪，去夺战士们的背包。小孩子也把背包抢过去背在肩上，妇女们把夺过的背包，高高顶在头上，飘行在战士的身边。这时的队伍，已经不分行列，不分军民，不分男女，错错落落，五光十色，互相搀着扶着，边说边走。这是什么队伍啊！也许这不像队伍吧，可是这确是世界上最强有力的队伍，这是心连着心、肩并着肩的友谊的巨流！这支巨流，行进着，行进着，越过了一道道水，一道道山，他们行进在枫林烧红的山野，行进在社会主义的东方……

一九五八年十一月七日晚

# 风雨路上
## ——记戴笃伯[①]

在全国财贸会议的前夕，我又见到了戴笃伯同志。他作为这条战线的代表之一，来参加这次空前的盛会了。

他住在北京一家普通的旅馆里。我在一个晚上去看望他。天气有些闷热，他穿着白衬衣和一条褪了色的绿军裤，站起来热情地迎接我。在灯光下，我看见他，戴着一副黑框眼镜，脸上现出微笑。他的个子很魁伟，略微有些发胖，看去，仍然很壮实。屈指算来，他今年已经四十八岁了，但那额上的黑发还是齐崭崭的，真是"踏遍青山人未老"呵。

我们坐下来，话匣子很快就打开了。我们谈到朝鲜战争的年月，也谈到"文化大革命"以来的经历。他谈到激动处，也许有泪水涌出的缘故，就摘下那副一千度的眼镜，从右眼里取出人造眼球，用手帕擦一擦，又重新放到眼眶里。而我则沉入深深的感动中，因为我的这位老朋友，在不断革命的征途中，又留下一长串闪光的脚印！

他温和、安详、谦逊、淳朴，毫无虚狂之气；就是发出笑声，也不那么响亮。只从表面上看，你可看不出他是那么刚强的人物。

---

① 戴笃伯——志愿军战士，文化教员。作者的《年轻人，让你的青春更美丽吧！》记叙了他的事迹。

在我们谈话中间，霍地一阵狂风把窗户吹开，粗大的雨点洒到我的笔记本上，原来外面已经电闪雷鸣，下起暴雨来。我把窗子关上，耀眼的闪电仍然不断地射到屋里，好像炮火的闪光一般。它使我不禁想起二十八年前的朝鲜战场。那时戴笃伯才刚刚二十岁，还是一个青年团员。作为一个入伍不久的知识青年，第一次战斗就那么勇敢，这是很可贵的。可是严峻的斗争，好像故意考验这个青年人似的，在一九五二年十月的一次反击战中，他就负了重伤，成为一个双目失明的人。出了医院，他被安置在荣誉军人学校，由国家养起来。这对戴笃伯的革命生涯，很可能成为一个终点。如果他就此安于这种平静的生活，那是不会有人责怪他的。但是，当他想到伟大的社会主义革命和建设才刚刚开始，一个共产党员，年纪轻轻，怎么能心安理得地躺在这里休养呢？这样，经过他一再申请，组织上才批准他回到家乡湖南汉寿县搞商业工作。至于究竟行不行，先"试验"三个月再说。因为这时，他的一只右眼被挖去，换成了假眼，左眼经过治疗，只恢复到零点零一的视力，身上和头部还有没被取出的八块弹片。正是从这时起，戴笃伯革命生涯的终点又变成了新的起点。

不要说一个重残人，就是一个健康人，刚转业到地方，工作生疏，困难也是很多的。不久，他那零点零一的视力也消失了，眼前只有一点点模糊的光感。有一次他出去汇报工作，经过一条小巷时，竟掉到了水井里。幸而水井不深，他带着湿淋淋的棉衣又攀了上来，但是他并未因为种种困难而灰心。除了工作，他还孜孜不倦地学习毛主席著作，自己不能看，就用结交学习朋友的办法给自己读。学了就身体力行。他见同志们忙不过来，就帮助他们到井上挑水。谁知水桶放到井里就离开了挽篙，钩也钩不着，很着急，后来他就想出了办法，把桶用绳子系在挽篙上。尽管他挑上百把斤重的担子，一脚高，一脚低，上台阶，过门槛，显得很吃力，腰上腿上的旧伤隐隐作痛，但他的脸上却是笑眯眯的。别人说："你少做点事，哪个能说不应该？"他却说："那不行！多做点事，我心里倒觉得好过些。”

他的这段经历，我是一九六五年末才知道的。自他负伤后，我一直不知道他的消息。当我在街头散步，偶然从贴报栏里看到他的这段事迹时，泪水模糊了我的眼睛，心里很是感动。我写了一封信给他，他也回了一封热情的信。这两封信，在一九六六年初的《人民日报》上发表了。

一九六五年，戴笃伯同志来京治疗眼疾。由于同仁医院的回春妙手，使他的左眼恢复到零点零三的视力，配上一千度的眼镜，能模模糊糊看到一点东西了。一个明朗的世界又呈现在他的眼前。意料之外的疗效，使他兴奋异常。十三年来，只凭一点模糊的光感，他看不清人的面孔。只是凭自己的听觉来识别他周围的人。据说，他回到汉寿时，看到许多同志的面目，都忽然不认识了。只有当他们开始说话，才能辨别是谁。他回到自己的院里，看见一个中年妇女在晾衣服，旁边有三个小孩。他正在猜想这个妇女是谁，小孩扑过来喊他爸爸，他这才知道是自己的孩子，自然那个中年妇女是自己的妻子了。

接着，“文化大革命”展开了。这对戴笃伯是一场极其严峻的考验。一开始，他是拥护这场大革命的。他写了“向我开炮”的大字报，但是由于否定一切的极左思潮，竟把戴笃伯说成是“黑样板”，拉出来多次揪斗，还让他坐在烤人的太阳下检讨，跪在瓦碴上思过，以致把膝盖骨都跪坏了。如果是一个意志薄弱的人，他也可能就此消极，可是戴笃伯没有倒下，他认定“活着就要干革命”，他还要继续前进。自一九六九年恢复工作后，他又将大把大把的汗水，献给他热爱的党，热爱的人民，热爱的商业工作。

下面就是他这几年的故事。

一

那些年的经济工作是很难做的。戴笃伯一向非常重视毛主席

“发展经济,保障供给”的总方针,可是贯彻起来却遇到了很大的困难:想发展一种经济价值较高的品种吧,被说成是“金钱挂帅”;扶植社队发展多种经营吧,又被说成是“不以粮为纲”;鼓励社员搞点正当家庭副业,发展一点小宗商品吧,又被指责为“支持资本主义自发势力”。戴笃伯拿起放大镜,一遍又一遍地学习毛主席著作,怎么也看不出取消商品生产的意思来。他在供销系统的大小会议上,大声疾呼:现在的商品生产不是多了,而是少了。一定要毫不动摇地把帮助社队发展经济当做商业部门的重要任务。

为了把工作做得更好,一九七一年,戴笃伯深入到岩咀公社供销社蹲点学习。这个供销社,帮助社队发展多种经营搞得很好,很快就把一个“山缺竹木,水少鱼虾”的穷社,变成了五业兴旺的先进单位。戴笃伯回来以后,信心更足了,他亲自带领调查组,深入山村水乡,一个公社一个公社宣传,一片一片山坡搞调查,作出了全县发展多种经营的规划,建立了一支两百多人的生产培植队伍,常年蹲在社队培植生产。几年来,戴笃伯跑遍了全县的每一个公社,汗水洒遍了家乡的土地!

这里,先说说他发展小群鸭的故事。原来汉寿县麻鸭的生产历来是比较好的,鲜蛋的收购曾经达到三万八千多担。但自一九六七年以后开始下降,到一九七一年棚鸭竟由十六万多只下降到六万多只,鲜蛋收购减少到一万八千多担。这是什么原因呢?原来“左”的干扰搞乱了思想,把发展养鸭说成是“搞资本主义”,再加上有些地方对鸭群管理不善,吃了集体的粮食,就刮起了一股砍集体群鸭的歪风。有的地方,甚至提出消灭尖嘴巴(鸡)、扁嘴巴(鸭),限制秃嘴巴(猪)的荒谬口号。为了解决这个问题,戴笃伯亲自到集体养鸭好的周文庙公社新民大队作调查。这个大队积极发展生产队的小群鸭,平均每年向国家交售鲜蛋四百多担,为集体提供资金两万多元。他们坚持就地放牧不出队,注意加强管理,既不至于发生别的问题,又利于稻田除虫,增加肥料,促进粮食生产。戴笃伯和同志们把调查的情况写了《坚持大方向,发展小群鸭》的报告，县委非常重视，立即批转全县各社队，麻鸭的生产很快又发展起来。到现在鲜蛋的生产已经达到四万五千担了。

这里再说一个给蓖麻“平反”的故事。蓖麻油是一种高级的润滑油，有很高的经济价值，但是很长时间蓖麻的生产上不去，全县每年收籽只有五六十担，原因是有人认为，蓖麻好是好，就是生虫子，对粮食作物危害大，究竟蓖麻是不是生虫？戴笃伯到州口、文蔚等公社一带蓖麻生产好的生产队作了调查。社员群众说，蓖麻并不生虫，倒是它那高大翠绿的枝叶，经常把稻田里的一些害虫，如斜纹叶盗蛾引来产卵。因为这种虫子喜欢绿色和通风的地方。只要适时摘除卵块，反而能大量诱杀害虫。戴笃伯把这一发现向县委汇报，县委书记立即在一次公社书记会议上，大讲种蓖麻可以集中歼杀害虫的道理，才给蓖麻“平了反”，蓖麻的种植也就在全县推广开来。

多种经营逐渐发展，像乌桕、茶叶、蓖麻、苎麻等等都扩大了种植面积。到一九七七年，全县多种经营面积达到三十五万多亩，比一九六五年增加二十二万七千万亩，公社、大队两级种植、饲养、加工企业发展到一千五百多个，多种经营总收入四千三百四十九万元，占农副业总收入的百分之四十二点三，每人平均收入七十三元。而这些都是顶着“四人帮”的逆风完成的呵！

## 二

戴笃伯同志的群众观点很强。他经常能从一些细微的事情里体察到群众的需要；而一旦弄清楚，就立刻动手来解决。

一次，他下乡搞调查，来到金牛山下。因为在崎岖的山路上走得十分口渴，就找到一户人家想要点水喝。一位老妈妈热情地接待他，立刻从缸里舀水给他动手烧茶。戴笃伯听到舀水时水缸发出磕碰的响声，立刻问：“老妈妈，你舀水用钵呀，为什么不用瓢呢？”

“咳！”老妈妈叹口气说，“我好几次上街买瓜瓢，营业员总说没有。一年要碰破两三个钵嘞！”

“噢，老妈妈，这是俺的工作没做到家。”戴笃伯深感抱歉地说。

这使他联想起一九七二年的一件事。那天，他要到长沙去开会，临行前问岳母要捎什么，岳母说要一个发网。戴笃伯惭愧地想道：“我是县商业局长，竟没有想到还有七十多岁的老妈妈买不到发网，自己为人民服务做得很不够啊。”此后，他就发动同志们到工厂、机关、学校、家庭去搞调查。结果发现缺少的东西还多着哩。例如农机站缺维修工具，买把钳子还要跑到县里；学校的孩子们缺乏运动器械，连跳绳也买不到。于是，戴笃伯提出要扩大小商品的经营。一年以后，百货公司从三千多个品种扩大到六千个品种，公社供销社日用杂货从几十种增加到两百多种。这样，虽说给群众带来了不少的方便，但离群众的要求还是很远呀！戴笃伯想到这里，感到很难过。他认为这些看起来是小事，实际上却是党群关系的问题，是关系到党的威信的问题。怎么能够不重视呢！

戴笃伯回到机关，就派人下去培植芦瓜，由供销社收购，因地制宜地办芦瓜瓢加工厂。一年以后，金牛山脚下的那位老妈妈就再也不要用钵子舀水了。

今年春节前夕，戴笃伯来到日用杂货门市部帮助售货。他看到一个农村青年，东望望，西瞅瞅，最后带着失望的神态正要离开店铺，他就走上去，问这个青年到底要买什么。青年告诉他要买打豆腐的石膏。原来这地方群众的习惯，过年都要打豆腐的。戴笃伯对此早已作了布置，就满有把握地说：“石膏，有。”不想营业员插话了：“是没有，我们没有去提货。”戴笃伯就建议这个青年到别的门市部去看看。“也没有。”小伙子摇摇头说。他告诉戴笃伯：为了这点石膏，他父亲昨天进了一趟城，今天又差他来，两个人把全城的门市部都跑遍了，没有一家有石膏卖。

戴笃伯觉得奇怪，立刻陪着这个小伙子到各个门市部去看，确实没有，就来到了生产资料公司仓库，嗬！一大堆雪白的石膏摆在眼前。戴笃伯真想发火，粉碎“四人帮”一年多了，竟还有这样的事！这说明拨乱反正是多么艰巨的任务呵！他立刻找了一个帮手，亲自拉了一大板车石膏给每个门市部送货，每到一处，就把这个青年买石膏的经过说上一遍。干部职工们也都感慨地说：“戴主任的眼睛比我们差，可是为人民服务的心却比我们热呵……”

不久，戴笃伯为了整顿经营管理问题，举办了一个实物和图片的展览：有从外地盲目采购造成积压浪费的一万双草鞋；有不负责任损坏的成筐成堆的瓷器；有因保管不善造成严重损耗的商品；还有用图片和数字显示出来的不知去向的物资。办这样的展览，戴笃伯不是没有思想斗争的。他开始想，这样做会不会刺伤一些同志呢？但马上打消了自己的顾虑：恶果是“四人帮”造成的，就是要敢于把它公之于众。让大家进一步看清“四人帮”祸国殃民的不良后果，看到整顿企业的经营管理是多么必要。

## 三

戴笃伯由于眼睛伤残，看书学习困难很大。为了能看清字句，他配了副一千度的眼镜，加上五倍的放大镜，每次看十多分钟，眼珠就胀痛流泪。尽管这样，十多年来，他仍然勤奋地学习马列著作和毛主席著作。现在他的视力已经由治疗后的零点零三减退到零点零一了。同志们劝他千万保住这个零点零一。戴笃伯说：“这零点零一确实宝贵。可是活着就要干革命，干革命就要学习马列和毛主席著作，零点零一用在这里最值得。”

戴笃伯是一个理论紧密联系实际的人。他学了就做。留在他体内的弹片，经常引起身上发疼，有一块弹片还嵌在大脑皮层，常常引起头脑发涨，恶心呕吐；但他每年至少有一半时间深入基层。他视力不好，一动脚就免不了跌跌撞撞。有一次，他碰到电线杆上，额上凸起了鸡蛋大一个青包，同志们心疼地望着他，他却笑着逗趣地说：“走路打盹，也该惩罚惩罚。”还有一次，去检查工作，正赶上社员送粪，他也干起来，竟摔在粪池里。人们把他拉起来，要他回去换衣服，他还拍拍脏衣服笑着说："到田里去洗一洗，正好多送一瓢粪。"几年来，他先后摔断两根肋骨，碰破三根脚趾骨。县委两次派通讯员来照顾他，都被他安排了其他工作。就是这样，戴笃伯还处处严格要求自己，不断在各方面找差距。一位同志说："老戴，你这个差距，可是不能再找了呀！"戴笃伯笑了笑说："矛盾是一切事物发展的动力，不找差距，怎么坚持革命呢！"

有一年，正值双抢季节，一种名叫钩端螺旋体的病流行起来。病人挤满了医院。这种病，主要是下水感染，城郊的书院巷生产队还死了两个人，人们就不敢下田插秧了。眼看许多田就要荒掉。这时，戴笃伯想："我是共产党员，在战场上不怕死，现在搞建设还怕牺牲吗？"他就组织了一百多人，擦了防护药，自己带头跳到水田里。在他们的影响下，群众也就下田了。

他经常下田参加劳动。有一次帮助史家嘴生产队扯秧，因为弯腰时间长了，他头上、腰上、腿上的伤痛就一齐发作。汗水流进了眼眶，使右眼的人造眼球滑落下来，掉到泥水里。汗水越发往眼眶里流。眼肌受了刺激，疼得钻心。他就一手捂着右眼，一只手探到泥水里摸那个人造眼球。一个小青年见他落了伍，回过头好奇地问："戴主任，你在摸泥鳅呀？"戴笃伯怕人发现，就连忙"嗯"了两声。他后边的一个小青年说："戴主任，你眼睛不好，让我来抓！"戴笃伯急了，连声说："不行，不行，莫把它摸得不见了。"这时，人们才发现是他的假眼球掉了。还是别人帮他摸起来，递到他手上；他在泥水里涮了涮，在衣服上擦了擦，又嵌到眼眶里……

在整整一个上午的劳动中，带着泥浆的假眼球几进几出，眼也发炎了。戴笃伯就干脆把眼球装起来，用手帕蒙上眼继续扯秧。同志们看着实在心疼，叫他回去休息，他又不肯。中午炊事员送饭来，有人同炊事员耳语了一阵，炊事员就点点头，编了个假情况，说："戴主任！县委通知你去开紧急会议！"戴笃伯这才洗干净两腿泥巴，急匆匆地走了。他跑到县委，书记们全下乡去了，这才弄清楚是怎么回事，心里十分感动。这时，天刚好下起雨来，他就收集了同志们的雨伞，捆了一大捆背上，冒着雨又返回了刚才劳动的稻田里。

前几年，种种不正之风也刮进了商业部门。戴笃伯对此进行了坚决的抵制。他掌握着成千上万种商品，却从不为自己开一次方便之门。一次，他的哥哥受生产队之托，想通过戴笃伯买点农药、化肥。哥哥知道弟弟原则性强，开始很犹豫，但转念一想，这又不是贪污，买东西照样拿钱，也许这点方便弟弟是会给的。于是他进城来找弟弟讲了此事，最后说："你的血水泼在清水坝，二十多年你没给过一点照顾，这回你可要对得起乡亲们嘞！"戴笃伯心里斗争开了，他想，自己手中的化肥堆得像小山似的，给家乡人几千斤，人们也不至于会说什么。但又一想，这个门可万万开不得，一开可就堵不住了。过去战场上，自己面对敌人的炮火都没有退却逃跑，为什么对这种旧的习惯势力却顶不住呢？想到这里，他断然地说："不行，这些都是计划分配的物资，我没有随便分配的权力。"哥哥说："为什么别人搞得，你就搞不得？"戴笃伯说："这是一股歪风，咱们大家都要顶住！"他给哥哥讲了许多道理，哥哥才满意地回家去了。

这些年，以物易物，犯法交易成风，国家分配的物资，不拉关系，不拿东西，往往到时候取不来货。采购员觉得工作难做，就找到戴笃伯说："咱们还是来个心红手黑吧！"戴笃伯觉得这不是一般问题，是社会主义商业的方向路线问题，就召开了总支会议专门进行讨论。大家认为，只认物资不认计划，不是社会主义的搞法，决定坚决不搞。一九七六年冬，县生资公司采购员到外地调子篾，遇到类似情况，来找戴笃伯。戴笃伯说："子篾要调，拿物资去换不行，办法是依靠当地党组织和干部群众。"后来，采购员向当地党组织反映了情况，取得了支持，亲自下到三十多个生产队辅导大家学习子篾生产技术，使当地供销社超额一倍完成了收购任务，他们的计划也如数完成了。

戴笃伯每次到基层去，同志们都很热情，总要给他加点菜，劝也劝不住。戴笃伯觉得，自己作为一个领导干部，如果接受这种招待，就是做了个坏样子，势必要带出个坏班子。为了杜绝这种歪风，他专门召开了党委会议，议定了几条措施：下文制止，逢会必说，进门就讲，弄了不吃。从此这种现象也就制止住了。

听了戴笃伯同志的这些故事，我沉在深深的思索里。这时外面的暴风雨还没有停息下来，雷电的闪光不绝地透过玻璃窗，照着戴笃伯淳朴、善良、坚毅的面孔，就好像他置身在当年炮火的闪光中似的。我望着坐在我面前的这位朋友，默默地对自己说：这是一个多么坚强的战士呵！

在我称赞他时，戴笃伯感慨地说："你知道，一九五二年我那次打反击负伤后，昏昏迷迷地在阵地上躺了三天三夜。是领导上专门派了一个班，穿过敌人的炮火封锁把我背回来的。每当我想起这事，我就觉得自己没有理由不好好工作。我经常想，他们救出我来，决不是要我去享清福，是要我坚持革命，党派我做经济工作，我也常想打仗的事。在朝鲜战场上，为什么敌人坐汽车，我们用两条腿跑呢？为什么敌人的飞机大炮那么凶恶，我们却拿着石头跟敌人拼呢？这都是经济问题。今后仗还是要打的，我们没有雄厚的经济力量，这怎么行？我经常下乡搞调查，看到我们许多山还荒着，心里就很难受。旧社会，我们没有土地，想种什么也种不成。现在土地是我们自己的了，而又是烈士们用生命和鲜血夺回来的，在这样的土地上为什么不多种些东西，让它们为社会主义服务呢？……不把经济搞上去，我们是没有出路的。"

我提到他坚持革命到底的精神很强，尤其是在不正之风流行的几年中，能坚决顶住，这是非常难得的。戴笃伯谦逊地笑了一笑，说：

"我原先认为，思想改造无非是为共产主义奋斗，经过战场上的生死考验，也就差不多了。我在药材公司当副主任，有一次买了一个竹壳暖瓶。别人的竹壳暖瓶都是刷了漆的，有人也把我的暖瓶拿去漆了。我一瞧果然好看些。可是事后很不舒服，因为用的是公家的漆呀。从这件事你可以看出，就是经过生死考验，思想改造也没有结束。从此，我就处处检查自己，在严峻的政治斗争中，在荣誉地位面前，检查自己，是否合乎共产党员的标准……”

夜已经很深了，雨还没有住。因为我们住地很远，就向戴笃伯同志起身告辞。出得门来，雨势似乎比刚才小了一些，但天际仍然不绝地闪着电光，滚动着雷声。那雷声非常酷似战场上绵密的炮火，而且在并不太远的地方。车子开出城外，才看出刚才那场暴风雨比想象的更大。一路上，不断有被大风拔起的树木，歪倒在路边。

凌乱的枝叶积满了公路。在低洼处哗哗的雨水，已经埋住了车轮。这使我再一次想到戴笃伯同志，这些年来，他走过的道路是多么不容易呵。他正是挺着他那伤残的身子，昂首阔步，从无边的暴风雨中走过来的。狂风恶浪没有使他止步，险滩激流没有使他倒下，他比以前更加坚强了。他走过的道路，确实不是一条平凡的道路，而是一个真正的战士走过的道路，一个名副其实的共产党员走过的道路。今后在新的长征路上，还是会有风雨的吧，然而我相信，他会继续坚定地走下去，走下去，用自己的生命和汗水，为人民作出新的贡献！

一九七八年六月三十日于北京

# 他还活着

一个死去四十年的烈士又活了，这真是世间的一件奇事。

今年四月，一天，我忽然接到部队一个电话，说《谁是最可爱的人》中提到的烈士李玉安，又找部队来了。我当时又激动又惊奇。我立即说，噢，那太好了，我很欢迎他到我家里来。

过了没有几日，李玉安带着他的女婿来了。他光着头，穿了一身五十年代工人们常穿的那种蓝制服，走进了我的院子。我一看，他的瘦脸上满是白胡渣子，但身板挺硬朗，走路相当利索。我赶上去紧握着他的手说：

"你就是李玉安同志吗？你还活着！"

"活着，活着，"他哈哈一笑，"这不来看你了吗！"

我把他们让到屋里坐下，再次端详着他那张经过一世风霜的劳动人民的脸，那朴实的紫棠色的脸上已经刻满了皱纹。他没等我问起原委就说：

"我在阵地上负了重伤，醒过来的时候，战场上静悄悄的，已经没有一个人了。我就挣扎着往山下爬。爬几步歇一歇。爬到山底下，碰到朝鲜人民军的一个司号员，他才把我背到路边一个老百姓的房子里。后来部队来收容，这才把我送回祖国。"

"你在哪里休养的？"

"我在武汉医院里昏昏沉沉，躺了半年；开了几次刀，总也不好；肺叶上子弹穿过的地方老是化脓。”

说着，他扒起蓝制服，我看见他的前胸右侧，有小茶碗口那么大一个圆圆的伤疤，向里凹陷着。这颗子弹穿过肺叶，从后背穿过去。后背也留下一块类似的疤痕。

我抚着这块美国子弹留下的伤痕，不禁沉入默默的回想里。二次战役中的松骨峰战斗，的确是一次异常壮烈的战斗。记得我事后去访问这支连队时，原来参战的人不是牺牲，就是负伤到了后方。他们只找到一个通讯员和我坐在山坡上谈话。幸亏这个营的营长王宿启，他的指挥所正在松骨峰的翼侧高处，一切看得清清楚楚，才向我详细描述了这场惊心动魄的激战。我还记得这个营长是个黑大汉，山东人，向我一边说一边淌着眼泪。

“你养好伤就复员了吗？”我问。

“是的。”说着，他从口袋里掏出他的残废证，这个红皮小本本已经十分破旧了。

我打开一看，上面记载着他的姓名，残废等级，还有一张英姿勃勃的相片，并且简略地记载着他在解放天津、渡江等战役中也立有战功。我不禁问道：

“你为什么这些年连提都没有提呢？”

坐在旁边的女婿抢上来说：

“家里几个孩子都把课本拿到家里来，给他读这篇文章，问上面写的李玉安是不是他。他总是说天底下重名重姓的多得很，要我们不要张扬。直到这回小儿子要参军，把他逼得实在没法儿了，这才拿着残废证和课本找到老部队……”

“我怕给组织上添麻烦。”老人仍带着几分歉疚地说。

“这怎么能算是添麻烦呢？”女婿立即反驳了。

老人冲着我叹了口气，缓缓地说：

“这些年轻人不了解，当初我们连一百多人，死的死了，伤的伤了。我复员以后，还成了个家，现在有六个儿女，都有吃有喝，想想那些战友们呢，他们二十几岁就牺牲了，他们得到了什么？我哪里还能谈什么功不功呢？我现在不敢想他们，一想起他们就难过。特别是我们的指导员杨少成，他的两条腿都被打断了，他拖着两条断腿，从火里爬过来爬过去，大声喊着：'我们是毛主席的好战士，守住阵地呀！'还有熊官全，他抱着敌人活活被烧死，死以后还瞪着眼睛……"

老人说到这里哽咽了，流下了眼泪。

我们也都低下头去。沉默良久，老人又说：

"再说，我负了重伤，组织上派了四个女护士来护理我，饭水都是一口一口地喂，喝完一口，小勺儿又伸到我嘴边了……没有党哪有我呀！"

我再一次被他崇高而深沉的情感打动了。这是一个战士的灵魂在向我低低倾诉。我见过许许多多战士，他们身上都有一种淳朴和谦逊的品质。他们有功不居功，是因为他们把英勇战斗看做是自己的本分，把视死如归看做是战士的道德规范，把流血牺牲看做是革命必付的代价。从李玉安我立刻又想起《谁是最可爱的人》中讲到的马玉祥。就是我说的那位像田野里一株红高粱那样淳朴可爱的青年。他转业后一直在通辽橡胶厂里默默地工作，好多年我都不知道他在哪里。后来该地的民族师范学院讲我的这篇文章，提到马玉祥的名字时，下面有人说："马玉祥不就在我们这里吗？"这才发现了他。多么可爱的战士！他们身上都有一种多么宝贵的品质呀！

谈到这里，午饭已经熟了。我们立刻移席就坐。我满满地擎起一杯酒来，祝这位淳朴的战士健康长寿。老人也回敬了我。我们两个老家伙开怀畅饮，谈得十分相投。喝了几杯酒，李玉安的情感放开了，谈起战场上的拼搏，他不禁站起来，神采飞扬，比比画画，很有战士的风度。他特别提到他们的戴连长，这位山东大汉，面对着围上来的三个美国兵，被他刺死了一个，用脚踹倒了一个，第三个的脑袋被他用手榴弹砸开了花。

席间，我问起李玉安这些年的生活。女婿插嘴道，他直到现在仍住在一米多高的地窝里。几次分房子,他都让给别人了。他复员时,工资只有四十几元。因为他是党支部的组织委员,升级也是一次又一次地让给别人。直到退休还是六十几元。听到这些,我心里热辣辣地很是不安。我主动提出,给他们的县委写一封信,希望在可能的条件下,给以适当照顾。而对这些艰苦,李玉安却很坦然,一笑置之。

饭后,我捧着精装本的《东方》和《魏巍散文集》送给这位可敬的战士,扉页上写上了“您永远是最可爱的人!”

老人走了。我站在一棵柏树下,一直望着这个光着头穿着一身蓝布制服的背影,心里默默念道:伟大的中国革命造就了多么优秀的战士!这样的战士在现在是多么难得呵!

一九九〇年八月二日于北戴河

## 鸭绿江情思

呵,鸭绿江,我又来到了你的身边。今天,我看到你那碧盈盈的江水,在孩子们的钓鱼竿下安静地流去。锦江山上半山红枫,半山金黄,你的秋光是多么的明艳啊!碧空里传来一阵阵的鸽哨,比好听的笛声还要悠扬。江上的白鸥在绿波上怡然自得地飞翔。对岸新义州的烟囱安详地冒着黑烟,和丹东市像姊妹一样地应和着。

呵,鸭绿江,我又来到了你的身边。回顾五十年前,对岸新义州的大火烧红了你的江水,妇女儿童的哭喊声随着漫天的黑烟卷过江来,它震动着千百万中华儿女的心。"中国人民志愿军"(一个响彻历史的名字!)就是从这里跨过江去,迎着弥天大火,披着漫天风雪走向胜负难知的战场。

谜底不到三年就揭晓了:一支具有最现代化装备的敌军,徒然拥有可以将一个山头削低两米的威力,却不能逼使我军后退一步;而一支装备落后的军队,却可以将强敌打得屁滚尿流,在美军历史上被称为"黑暗的十二月"。这真是一场富有戏剧性的奇妙无比的战争!对于唯武器论者,对于唯技术论者,这将是他们永远无法理解的。

呵,鸭绿江,我又来到了你的身边。许多志愿军的老战士也怀着深厚的情意来到这里。我们漫步在鸭绿江大桥上。

空军战斗英雄韩德彩和我走在一起。他已经六十七岁,但还显得很年轻。在当年的空战中，他曾先后击落五架敌机。其中击落美国“双料王牌”飞行员哈罗德·爱德华·费席尔，尤其引人注目。原来按美国空军规定，击落五架可称为王牌，击落十架就可称为双料王牌了。

我问韩德彩：“那时你多大年纪？”

“二十岁。”韩德彩说，“我第一次击落两架敌机，才飞行了不过几十个小时。”

“你是怎么把这个‘双料王牌’费席尔击落的呢？”

“说起来还真有趣，”韩德彩笑着说，“我本来就要返航了，不料飞到大堡机场上空，正好与费席尔驾驶的F－86飞机遭遇。当时我看见费席尔击伤我一架战机，我再也压不住心头的怒火。我就猛扑过去，不过一分钟，我就把瞄准环紧紧套住了它，猛按炮钮，我这一炮打得也够狠的，三炮齐射，一气打出八十多发炮弹。这架F－86就着火坠落了。我看见飞行员跳了伞，就报告地面：快点抓俘虏！等到我的战机停到跑道上，好险！已经一滴油也没有了……更有趣的是，四十四年之后，一九九七年十月，我在上海又见到了这位费席尔。”

“怎么，你又见到了他？”

“是的，这时费席尔已经弃军从商，他到了上海，非拜见我不可。他见到我的第一句话就说：‘我此生最大的愿望，就是见一见你这位优秀的飞行员。我对当年的一切记忆犹新。将军，您胜利了，我很敬佩！’我连忙说，你的技术比我高。他摇摇头说：‘不！如果我的技术比你高，怎么会让你打下来呢！’这次会面，费席尔送了我一架他当年驾驶的F－86飞机模型，我也回赠了一个恐龙模型和我书写的一个条幅：‘着眼未来。’”

韩德彩讲完了这则有趣的故事，然后带着深沉的感慨说：“技术很重要，我看勇敢更重要。朱总司令曾说：勇敢加技术就是很好的战术！我以为他的话是很深刻的！不重视政治，只看重物质是不行的！中国人民志愿军那种伟大的革命精神是用金钱买不来的!”

韩德彩的话使我再次陷入深深的沉思。我认为他的话是对抗美援朝战争的某种概括,也是对这场战争奇妙性、戏剧性的一个注解,一个回答。

在这里,我看见张立春老人也来了。五十年前,我在汉江南岸的阻击战中访问过他。那时他是三三五团的一个排长。他曾率领突击排最先摸上敌人的阵地。有四个美国兵正钻到北极睡袋里,他首先打死了一个,然后用脚踏住了一个,另两只手摁住其余两个,然后狠狠地骂道:“过去中国人是在你们脚底下,现在你们该低低头了!”……我曾把他的这段事迹写在《江汉南岸的日日夜夜里》,我还说,你看我们的战士哪一个不像个小老虎呢!可是几十年来,我一直不知道这位英勇战士的下落。没想到不久前,我忽然接到他从朝阳市托人捎来的信,还有一幅戴着旧毡帽的老人的照片。信上说:“魏巍同志,我们已经有五十年没有见过面了。那天你采访我是在一个防炮洞里,外面战斗很激烈,洞子又小又黑,我也没看清你的面貌,我很想念你,什么时候我们能再见上一面呢?”我凝视着他的照片,望了很久,也想了很久。我立刻回信说:“我不久要到丹东,我们就在那里会面吧!”结果,他真的来了,我看见他穿着军衣,挂着军功章等好几枚奖章,还是戴着那顶旧毡帽,我喊了一声:“张立春!”他立刻跑上来,热泪盈眶地抱住了我,说:“我真没有想到在这里能见到你。不容易呀!说实话,我当年真没想到能活着回来!”我挽着他那双粗糙带点紫色的终年劳动的手,默默地漫步在大桥上。在中朝友谊桥的桥头,留下了我与这位战友的合影。

我在《谁是最可爱的人》中写到的马玉祥也来了。我曾说他当年像秋天田野里一株红高粱那样淳朴可爱。如今也七十岁了。我们一同站在抗美援朝纪念塔下一幢黑大理石的纪念碑前。长期以来,他也像“活烈士”李玉安、井玉琢一样隐姓埋名,不事张扬。退休以后他自任宿舍楼的楼长,每天清扫楼道,清除垃圾。他还自购图书，从自己有限的居室里辟出一间作为少年儿童的阅览室，从不嫌烦。他作为关心下一代的委员，还经常到学校作报告，从来不要车接车送，总是骑着他那辆破自行车随时赶到。令人高兴和激动的是一九九二年的八一建军节，我和马玉祥、李玉安、井玉琢，还有他们的营长王宿启在哈尔滨相会了。令人惋惜的是，几年之后，两位活烈士和王宿启已经先后去世。一九九三年抗美援朝纪念馆落成的时候，前中国人民志愿军副司令员洪学智将军曾建议说：《谁是最可爱的人》这篇文章很有教育意义，应当刻在碑上留传下去。经过纪念馆的同志多方筹措资金，直到一九九八年才让我把这篇文章的全文用行书书写出来，这幢宽二米、长十八米的黑色大理石纪念碑，终于经过精工巧匠之手在抗美援朝五十周年的前夕完成了。在碑下我想到，如果李玉安、井玉琢和王宿启等同志能亲眼看到，该有多好啊！可惜他们已经看不到了。也许松骨峰连仍旧健在的战士只有马玉祥等少数人了。想到这里，我把“献给最可爱的人”的红领巾系在马玉祥的脖子上。让中国人民志愿军伟大的爱国主义、国际主义和革命英雄主义精神永远传留下去吧！让中国无产阶级和中华民族不畏任何强敌的硬骨头精神永远传留下去吧！

在离开丹东的前夕，我拜谒了志愿军的烈士陵园，向这些为正义事业献身的英烈们深深地鞠躬致敬。在青松与红枫之间，我默默地走着，注视着这些墓碑。我没有忘记，还有更多的战友和同志长眠在朝鲜的国土上。这时，我再次望一望山下鸭绿江平静的流水，望一望江边怡然自得的白鸥，耳边又传来一阵阵比笛声还要悠扬动听的鸽哨。我心中不禁默默喊道：鸭绿江呵鸭绿江，如果不是当年血与火的斗争，如果不是无数英雄的鲜血，怎么会带来眼前的这一切呢！

二〇〇〇年十一月五日

# 不可淡忘的历史经验
## ——抗美援朝战争的回顾

一

今年是中华人民共和国建立五十五周年。纪念这个日子不能不说到抗美援朝。因为新中国成立不久，在我们东邻爆发的朝鲜战争，是对新中国最严峻的考验。那时新中国犹如一个新生的婴儿，是否能够战胜汹涌扑来的世界头号强敌，具有生死存亡的意义。但是中国人民在中国共产党和毛泽东同志的英明领导下，一场伟大的抗美援朝战争终于以胜利而告终，使我们新生的祖国在东方巍然屹立，以其强大的生命力继续蓬勃发展。回顾这一胜利，可谓鸦片战争以来中华民族反帝斗争史上最辉煌的纪念碑。比起抗日战争的伟大胜利似乎更为辉煌。抗日战争的胜利，尽管我党我军起到中流砥柱的决定作用，但毕竟是在国共合作的条件下进行的，苏联红军出师东北，击溃日本关东军，也是一个重要因素。而抗美援朝战争却是在我党独立地领导中国人民与朝鲜人民并肩作战取得的。这一个胜利不仅沉重地打击和削弱了美帝国主义，维护了朝鲜的独立，赢得了世界的和平，且使我国雄踞东方，立于不败之地。其历史意义是巨大的和不可磨灭的。

去年，在抗美援朝战争胜利五十周年之际，我看到一篇访问记很有点意思。那是美国西点军校一位高级教官的谈话。他说：美国在亚洲进行过三次战争：一是参与了二次大战中的对日战争，二是朝鲜战争，三是越南战争。这三次战争，美国在国内最热衷宣扬的是对日战争，越南战争次之，但却讲得不多，唯独对朝鲜战争很少提及，因此有人称之为"被遗忘的战争"。为什么呢？因为朝鲜战争他们在军事上完全失败了。他最后的结语是："我们不怕中国军队的现代化，就怕中国军队的毛泽东化！"我认为这位美国西点军校的教官还是很有点眼光，也说出了一点真理。因为中国军队的现代化，固然很重要，是绝对不可忽视的；但短时间内怕还难以达到美国军队的现代化水平。可是用毛泽东思想武装起来的军队却是不可战胜的。美国人正是在这方面吃尽了苦头才领略到这个真理的。

## 二

抗美援朝战争已经过去了半个多世纪。当年的参战各方，都有许多专著来总结各自的经验。那么对我们来说，从战略上看，我们究竟取得了什么历史经验呢？

我认为，至少有下列两点，是绝不可忘记的：

第一，要牢牢记住，美帝国主义的侵略本性是不会改变的。这是由帝国主义的反动本质决定的，对他们绝对不能抱一丝一毫的幻想。

第二，对待帝国主义的威胁和侵略，必须有起码的硬骨头精神，也就是说至少要有"不怕"二字。既不怕帝国主义的恐吓，也不受帝国主义的欺骗。从战略上要敢于藐视它，从战术上又要重视它，在这方面毛泽东无疑是最光辉的典范。

朝鲜战争发生之后，尤其是当美军不顾我之警告，悍然越过三八线，占领平壤，向鸭绿江边疯狂推进的危险时刻，中国当时究竟如何处置，是否应当立即派兵出境作战？这无疑是一个最难决断的问题。当时的条件是明摆着的：对方是帝国主义阵营中的头号强国，其军力与经济实力都是头等的；而我国却是一个满身战争创伤、经济上尚未恢复的弱国。当时解放战争还处在扫尾阶段，全国尚有百万残匪仍在各地活动，进军西藏的部队尚在中途，全国范围的土地改革正待展开。在这样的情况下，能够出国作战来帮助别人吗？能够顶得住，打得退汹涌而来的敌人吗？如果顶不住、打不好怎么办？岂不是要引火烧身吗？岂不是要打碎我们自己的坛坛罐罐吗？那么，我们的建设又如何进行呢？岂不是自找倒霉吗？当时，难怪不少党外民主人士提出种种疑难，即使党内又何尝不是这样呢？不说别人，就像林彪这样统帅过百万大军英名盖世的人，在毛泽东委以出国重任之际，也以有病推辞了。在讨论是否出国作战的会议上，他曾摆出，美军一个师有多少炮，我军一个师有多少炮，那自然无法相比了。我可以说，没有毛泽东那样惊人的胆略，没有毛泽东那样雄伟的气魄，是不可能作出出国作战那样的英明决定的。

毛泽东的不凡之处，不仅在于他具有惊人的胆略，还在于他具有深刻的马克思主义的洞察力。他不是仅仅从武器装备上看问题，也不是用静止的形而上学的方法看问题，而是用辩证的发展的观点看问题。正是如此，别人没有看到的，他看到了。这里我可以打个比方，一九九一年我去云南游龙陵等地，当地的温泉露出地面，从远处即可看到热气蒸腾。当地杀鸡不用煺毛，只要放在温泉里片刻即可。陪同的朋友告诉我，此地及腾冲的地下有一个庞大的热海。我立刻感悟到，毛泽东不就是能看出地下有一个热海的人吗？别人没有看到，他看到了。这就是人民中蕴藏的潜力，伟大的创造力。只要能把人民充分发动起来，这个地下的热海就可以发出无穷的力量。正是他那句话："战争的伟力之最深厚的根源，存在于民众之中。"

回顾抗美援朝的全过程，完全验证了毛泽东的预见。我们由弱而强，愈战愈强；而敌人却由强而弱，愈战愈弱。这说明强与弱不是一成不变的，是必然要起变化的。同时强与弱并不是绝对的，而是相对的。敌方虽强，但强中有弱；我方虽弱，但弱中有强。在朝鲜战场上明显看到，敌人装备虽然比我军优越，但因为他们从事的是侵略战争，士兵并不理解也不相信他们上级所宣扬的什么“防止共产主义的威胁”，而从内心里是厌弃这个战争的。作者曾访问过碧潼俘虏营，同许多美军战俘谈过话，对此有深刻印象。这样，武器和人就难以做到完满结合。相反，我军装备虽然比敌人差，但我军的斗志却十分高昂，且战斗经验丰富，战术灵活，被敌人称为“打仗专家”。再加上毛主席是世界上罕见的统帅和指挥艺术的大师，彭老总又是久历沙场，战争经验十分丰富的战场指挥高手，麦克阿瑟一类人物岂可望其项背。这样也就弥补了我方的不足，而屡战屡捷。尤其是第二次战役，我军一举歼敌三万六千人，被美军称为“黑色的十二月”。等到战争第二年后期，战争便在三八线上稳定下来。从东海岸到西海岸形成了巩固的“地下长城”。一九五二年春我第二次入朝时，见到了老首长杨得志将军，他就指指地图信心十足地对我说：“以后就是我们向前进的问题了！”说着用脚尖点点脚下的土地，“今后不会再向后退了！”那年冬季发生在东线的上甘岭战役，敌人把山头削下了两公尺，并付出二万五千人的代价，也未能越雷池一步。第三年，金城反击战，我一举突破敌阵数十里，歼敌七万八千人，使得胡搅蛮缠的敌人不得不乖乖地在板门店的停战谈判桌上签字。因为再打下去，形势将对他们越发不利，事情就不好收拾了。

至此人们已经清楚看到，这场战争和某些人的看法相反，我们不仅没有被打烂坛坛罐罐，不仅没有破坏建设，反而激发了全国人民热火朝天的积极性和最活跃的创造力，前方与后方，国内与国外，像两个齐头并进又互相推进的战场奔腾前进。不仅前方捷音频传，而且国内的经济恢复工作、土地改革、镇压反革命等几项革命运动都顺利完成，西藏也如期和平解放了。那真是全国人民斗志昂扬，精神面貌最好的时期。

这一切都证明了毛泽东思想的伟大和正确。反过来说，如果当时我们在野兽面前表现出丝毫的怯懦、怯战、畏战，采取妥协退让政策，我们的锐气被敌压倒，那就完全是另一种结果了。一种可能是我们的部分地区（例如东北）被占领，因为当时疯狂的麦克阿瑟说过，鸭绿江不是最后的边界；一种可能是，即使东北不被占领，敌人以鸭绿江与我隔岸对峙，我们的建设怕也是无法安心进行的。万万料不到，事过多年，时至今日，仍有人对这场伟大的正义战争说三道四，说什么当时就不应当出国作战，结果死伤了多少人，把美国人也得罪了，如果不是这样，也许中国早就进入联合国了……这真是纯粹的屁话！那些当时出生入死奋战在朝鲜的战士们，以及用自己的鲜血和生命换来祖国的尊严和世界的和平的英烈们，他们听到这种话当作何感想呢？这种人，说他们是中华民族的不肖子孙，恐怕不算过分吧？如果他们不是患了先天的软骨病，也是秦桧的遗毒深入骨髓了。

## 三

朝鲜战争结束至今已经半个世纪过去了，我们再看，美帝国主义的侵略本性改变了吗？没有，一丝一毫也没有。应该说反而变本加厉了。

朝鲜战争之后不久，便是美帝侵略越南的战争。一九六五年越南战争升级，美帝开始轰炸越南北方。老作家巴金与作者曾受周总理之命赴越南访问。那真是一个绝好的机会，使我有幸亲眼目睹了胡志明主席领导的极其出色的人民战争。这场战争，继抗美援朝战争之后，极大地削弱了美帝国主义的实力，使他们后来不得不乞求中国帮他们从越南脱身。这场战争一直像可怕的梦魇笼罩着侵略的士兵，使他们多年后仍旧“谈越色变”。但是即使如此，美国统治者作为垄断资产阶级的代表，其反动本性改变了吗？人们看到，随着苏联解体，东欧一系列社会主义国家变质，世界共运进入低潮，美帝国主义称霸世界的野心便更加炽烈了。它公然以世界霸主自居，不是制裁这个，就是颠覆那个，再不就明火执仗杀人杀到别人的国内。一句话，美帝国主义是当今世界一切灾难和恐怖的总根源。

即以近年来的事件为例，侵略南联盟和轰炸我使馆的烟云还未散尽，便又燃起了侵略阿富汗的战火，去年又进行了规模相当巨大的对伊拉克的入侵。这次开战是以惩办伊拉克拥有大规模杀伤性武器为名，结果把伊拉克弄了个底儿朝天，连这样武器的影儿也没有找到，完全证明是布什总统先生制造的一派谎言。这不仅欺骗了世界舆论，也欺骗了本国人民。再加上虐待战俘的恶行，其丑名传遍了全世界。其实这场战争的真实目的，说到底不过是为了掠夺中东的石油。掠夺中东的石油，又是其称霸世界的战略的一部分。现在他们又开始制造不利于伊朗的种种舆论，恐怕下一步就要对伊朗动手了。总之，美国垄断资本，为了掠夺别人的战略物资，是不会怜惜那些善良人民的鲜血和孤儿寡母的眼泪的。自鸦片战争以来饱受帝国主义侵略和种种灾难的中国人，如果有哪一个至今仍相信狼可以改变吃人的本性，那他恐怕是天底下最天真的人了！

今天，值得中国人特别关注的是，美帝国主义的战略重点已经东移。从两年前开始，美国的航空母舰与战略轰炸机已集结日本关岛，近日美国国防部宣布，又将其三至四艘后勤航母调往东亚。这种船是四万至六万吨级的战略储备船，每艘将承载一个重型旅的装备，包括一百三十多辆坦克和步兵战车、一千一百多辆其他各型车辆、大批补给品及弹药。一旦爆发战争，美国本土的美军，可以在短短数小时内乘运输机飞抵东亚海域，拿起武器立刻投入战斗。此外，美国还准备把太平洋三军指挥部都移到日本。这表明它对中东和中亚一些国家的控制更加收紧了。不可淡忘的历史经验告诫我们，要随时提防侵略战争的发生，否则迟早是要吃大亏的。让我们还是虚心地学习毛泽东吧，好好学习毛泽东思想及其风格吧！

二〇〇四年八月四日

# 辉煌的纪念碑

## ——纪念伟大的抗美援朝战争五十周年

伟大的抗美援朝战争,至今已整整五十个年头了。

朝鲜战争是第二次世界大战以后规模最大的战争,也是对诞生不到一年的新中国最严峻的考验。战火已经烧到了身边。在当时情况下,中国人民究竟应作何种选择?也就是说,这个仗该不该打?能不能打?打而能不能胜?这曾是当时从上到下考虑的头号问题。当矛盾尚未充分展开,本质尚未暴露,自然容易议论纷纷。幸而我党在东方巨人毛泽东明亮如炬的目光下,以马列主义的慧眼,看见了地层下蕴藏着的正义战争的地火,这才毅然决然地作出了胆略惊人的决定。高举国际主义、爱国主义旗帜的中国人民志愿军就这样雄赳赳、气昂昂地踏上了鸭绿江桥。然而,风雪弥天,胜负难知。尤其"唯武器论"、"唯技术论"的迷雾,是更浓重的迷雾。

人们,全世界的人们,还不能不用既是期冀又是惶惑不安的眼睛,注视着他们。结果如何呢?谜底不久就揭开了。正如作者为丹东抗美援朝纪念馆题诗中所说的:"中华好儿女,何惧风雪狂。一战惊天下,大败兽中王。"中国人民志愿军,一连三个战役,就把美国侵略军及其仆从赶过了三八线以南。以后我军愈战愈强,国内建设不仅未因战争而停止,反而因正义战争的激发进展得速度更快了。这是人们想也没有想到的。美国人在痛楚的教训中看到，如果他们不停下手来，将会失败得更惨，这才在我军1953年夏季的金城大反击后，被迫宣布停战。停战线仍旧在美军当年气势汹汹地大举越过三八线的那个地方。这就是事情的全部答案。

抗美援朝的伟大胜利，是中国人民近代反帝史上一座辉煌的纪念碑。它是在中国人民虽然站起但尚不壮大的情况下进行的。它所显示的中国人民志愿军伟大的国际主义精神、爱国主义精神和革命英雄主义精神是可歌可泣的，他们的伟大功勋是人民永远不能忘记的。抗美援朝战争伟大的历史意义是不可磨灭的。至少下述三点是至为明显的：

一、它有力地维护了我们新生祖国的安全，并保障了国力的恢复和建设。志愿军出国之际，我们的国家还带着满身战伤，经济并未恢复，大陆还未完全解放，土改更未进行，全国尚有几百万残匪不曾肃清，新生的政权还不是很巩固的。经过三年抗美援朝战争，我们的经济不仅迅速恢复到战前最高的水平，且胜利地完成了土改、镇压反革命等各项任务，并开始了大规模的建设。全国各地、各条战线，一片欣欣向荣。这不能不说是正义战争所焕发的伟力。事情还可以反过来看，假若我们在大敌当前之际，采取的是怯战、避战、对友邦的存亡置之不理的态度，帝国主义者见我软弱可欺，很可能乘胜掠取我东北一块领土，或重新帮助蒋介石反攻大陆，这不是不可能的。即使不越过鸭绿江（麦克阿瑟说，鸭绿江并不是不可逾越的边界），只占据北朝鲜进行骚扰破坏，我们的建设工作也是无法安心进行的。

二、与朝鲜军民一起，有力地捍卫了朝鲜民主主义人民共和国的独立。当中国人民志愿军向朝鲜境内出动的时候，正是美军攻陷平壤向鸭绿江疯狂推进的时刻。据美国俘虏亲口告诉我，那时他们的脸上充满了笑容，把麦克阿瑟看成了圣诞老人，以为战争立刻可以结束，他们很快就可以回家了。而这时朝鲜人民军的主力还隔断在南方，正是朝鲜人民政权生死存亡系于一旦的严峻时刻。

可是，霹雳一声震天响，中国人民志愿军出现了！接二连三的打击，立刻扭转了危局。随后中朝军队并肩作战，一直打到最后胜利。这场战争不仅捍卫了朝鲜人民的革命事业，而且同朝鲜人民结成了生死不渝的友谊，这是很可贵的。

三、有力地保卫了世界的和平。美国军队在世界上没有碰过很大的钉子，因此他们往往以胜利者自居，狂傲得很。抗美援朝战争是给予他们最严重的打击。在朝鲜战场上，他们最优秀的部队，像美国骑兵第一师、美陆战一师都尝够了苦头。经过这次战争，他们才认识到了真正的"打仗专家"，才认识到"在错误的时间、错误的地点同错误的敌人"打了一场错误的战争。应当说，美军涉足的越南战争，是对他们第二次最重大的打击，至今他们仍心有余悸。尽管他们在越战期间使用了一切灭绝人性的手段，但最后还是以可耻的失败而告终。第二次大战后美国在东方受到的这两次打击，从中吃到的苦头，使更大规模的战争推迟了好多年。这就是朝战和越战对世界和平作出的贡献。否则，我们的日子是不会过得那么自如的。

上述抗美援朝伟大的历史意义，本来都是中国人民所公认的，但在当前席卷一切的翻案的黑风中，有人却站出来翻案了。例如广东的《随笔》杂志就抛出这样的文章。文章大意说，美国政府本来是不准备同中国打一场大战的，也更无意侵占中国的台湾，而对朝鲜只不过是"仓促参战"。毛泽东也仅仅是感到唇亡齿寒，加上斯大林的"一再鼓动和提供无偿武器的许诺"而下定参战的决心的。"战争并不是迫在眉睫"，本来是不应该打的，但是却打了三年多，使"中国流了很多血，损失了很多财产"；同时也搞坏了中美关系、国际关系，使"中国二十年不得参加联合国，阻滞了中国社会和经济的进步"；"使中国无限期延缓了统一台湾的目标"；并且使南北朝鲜的对峙状况固定化了；尤其是牺牲在朝鲜的几十万中国人，他们都是在不明"真相"的情况下死去的，简直是一些冤死的鬼魂。作者为这些冤魂深沉地悲哀，并且要求中国人对这场战争有"新的思考”。我在抗美援朝五十年后看到这样的文章，感到比那位作者更加深沉的悲哀。不过我悲哀的不是烈士，而是五十年后中华民族怎么会出现这样一批说鬼话的不肖子孙！也许说他们是不肖子孙太不够了。正如有人哀叹的“汉奸情结何时了”，这些人如果不是秦桧转世，也是汪精卫复生了，再不就唤他们是“洋奴”或“西崽”！

我们正告他们：在中国人民的心中，抗美援朝的历史，是庄严而神圣的，是值得中国人民骄傲的一段历史，它是不允许任何人来亵渎的。谁要胆敢翻案，谁就会受到全中国人民的嘲骂！在纪念抗美援朝五十周年的时候，我们向牺牲在朝鲜土地上的光荣的烈士们和他们的家属深深致敬！向尚健在的参加那次战争的整整一代人深深致敬！我再次说，抗美援朝的伟大胜利，是中国人民近代反帝史上辉煌的纪念碑！

二〇〇〇年七月二十六日

# 我怎样写《谁是最可爱的人》

我能写出《谁是最可爱的人》，最基本的原因，是我们的战士的英雄气魄、英雄事迹，是这样的伟大，这样的感人；而这一切，把我完全感动了。

“谁是最可爱的人”这个主题，是我很久以来就在脑子里翻腾着的一个主题。也就是说，是我内心感情的长期积累。我在部队里时间比较长，对战士有这样一种感情，觉得我们的战士是最可爱的人。每当我和他们坐在一起，不知道为什么，我就觉得满心眼儿地高兴。

这次我到朝鲜去，在志愿军里，这种感情更加深了一层。我更加觉得战士们的可爱。我看到他们在朝鲜战争中，虽然面临的任务是这样艰巨，作战环境是这样艰苦，但我们战士的英勇，比起我过去在抗日战争和解放战争中所看到的，还有着更高的发展。特别这种英勇的普遍性，更是空前的。譬如，我在某步兵团曾了解到一个令人惊讶的数字，这个团，至第三次战役结束止，伤员随队作战的比送到医院休养的数字还要大。这恐怕在世界战争的历史上，也是一种奇迹！这些事实督促着我，使我有一种更加强烈的愿望来表现“谁是最可爱的人”这一主题。

现在，回过头来看，使我更明确了这一点：在现实生活中的深入感受，对写作的人是多么重要！你感受得深了，写出来，也就必然有那么一股子劲，人家读了，也就感受得深；你感受得浅，人家从你这儿感受到的，也就浅；你根本还没有感受呢，那就用不着说了。这儿，我还要强调一句，就是深入的感受，跟深入群众火热的斗争是联系在一起的，跟不断地改造自己的世界观是联系在一起的。就拿在战士中的采访来说吧，你跟他们交上知心朋友，你对他们了解得深，他们的气质、思想、感情，就会感染你，使你也沉入到他们的情绪中。也就是说，才能使你感受得更深些。

我怎样来表现这一主题呢？首先，我希图追求着最本质的东西。在朝鲜，我脑子里经常想着一个问题：我们的战士，为什么那样英勇呢？就硬是不怕死啊！那种高度的英雄气概是从什么地方来的呢？为了找答案，我和人谈了好多话，开了好多座谈会。我细细跟他们谈，让他们把心里的话谈出来。跟我谈的，有指挥员、战斗英雄、一般的战士、干部、新参军的学生和过去曾经是落后的人。我了解到，他们由于锻炼与认识的不同，虽然有些差异，但是都有着共同的一点，即对于伟大祖国的爱，对朝鲜人民深厚的同情，和在这个思想基础上产生的革命英雄主义。于是，我了解了在毛主席和党的教育下这种伟大深厚的爱国主义与国际主义的思想感情，就是我们战士英勇无畏的最基本的动力。我想，这不是最本质的东西吗？这就是最本质的东西。我肯定了它。我一定要反映它。我毫不怀疑。一切其他枝节性的、片面性的、偶然性的东西，都不能改变我对这个问题的认识。

问题的本质找到了，那么，应该怎么样反映这个最本质的东西呢？在朝鲜时，我曾写了一篇《自豪吧，祖国》的通讯，里边写了二十多个我认为最生动的例子。带回来给同志们看了看，感到不好，就没有拿出去发表。因为例子堆得太多了，好像记账，哪一个也说得不清楚、不充分。以后写《谁是最可爱的人》，就只选择了几个例子，在写完后又删掉了两个。事实告诉我：用最能代表一般的典型例子，来说明本质的东西，给人的印象是清楚明白的，也会是突出的。

写战士怎样才写得生动？我觉得不仅应写战士的英雄行为，

还要写出英雄的思想感情。譬如写一个激烈的战斗场面和战士的英雄行为，如果仅仅写敌人炮火多么厉害；敌人如何凶猛地往上冲，经过我们战士的一阵手榴弹，把敌人打下去了，接着敌人又第二次冲锋，第三次冲锋，我们的战士又是第二次、第三次地用手榴弹把他们打下去了等等，很可能使读者感到我们的战士不像一个活的人，而煞像一个投手榴弹的机器。这就是只写了战士的一层皮，没有写出英雄的灵魂。把活的人写死了，把英雄的人写成了纸人纸马，再出奇惊人的事迹，也觉得不太感动人。可是，如果我们写出了战士的思想感情，那给人的感觉就会大大不同。他们会感到：原来做出这样英勇行为的人，是跟自己一样有血有肉的人。即使例子不太突出，仍然会感人的。比如负伤不下火线的事情，这在革命队伍中，几乎是最平常的了，但如果能把一个伤员负伤却不下火线时的思想感情写出来，是会感动人的。何况我们的战士的思想感情是如此的崇高而美丽，它本身是具有多么感人的力量！

这篇东西的经验，又告诉我：一篇东西的目的性，要简单明确。一篇短东西，能把一个意思说透，的确不是一件很容易的事。可是，动起笔来，又总爱面面俱到，想告诉人家这个，又想告诉人家那个。结果呢，问题提得不尖锐、不明确，更别说深入地解决问题。因为哪个意思也没有说透，怎么能给人以深刻的印象呢？我写这篇东西之初，原也想说好几个意思，最后没有那样做。

至于为什么以通讯的形式出现呢？说到这里，又牵连到过去自己的一个老毛病。我原是个喜爱写诗的，虽然在抗战期间写过些通讯，但对通讯，总不是那么看重。这次回来，又想先写别的，但又老想：这样伟大的斗争和伟大的战士必须要很快写出来啊，如果慢慢在那儿钻长的、刻细的，最后又弄不成，怎么对得起战士们呢？这样，就着笔写了这篇通讯。这篇东西的写作经过及一点点浅薄的体会，就是这样。

一九五一年五月

# 二次赴朝日记

## 一九五二年六月四日至一九五三年一月八日

**作者注**：一九五二年六月四日至一九五三年一月八日

我第一次入朝，是中国人民志愿军出国后的一九五〇年十二月至次年三月。一次入朝只记了些访问笔记，未记日记。这里的日记系二次入朝的记事。自一九五二年六月至一九五三年的一月。

### 一九五二年

#### 六月四日

夜十一时由京乘车赴朝。秋华[①]送别。她在人们面前似乎很不好意思向我招手，可终于向我招了招手，然后跑去了。

我坐在车窗前，凉风吹着，我一直想了几个小时，我竭力使自己了解这一次行动的意义，增加我这次行动的力量。我想着，我这是带着许许多多人们的愿望，真挚而热诚的瞩望去的，我是去参加作战，用我的笔参加作战去的。我兴奋而又严肃。很晚才睡了一下。

#### 六月五日

下午二时到达沈阳。趁空和谷世范[②]同去看了电影高尔基的

---

① 作者的夫人刘秋华。

② 作者随行的警卫员。

《我的童年》，又引起自己对这位非凡的作家的景慕。夜深，至东北招待所，房间异常漂亮，真使人想住下去，但我知道此行是带了多少人的愿望，仍决定第二天走。

## 六月七日

晨抵安东[1]，住锦江山，与蔡部长所率实习团又相遇。锦江山风景宜人，绿树鸟鸣，与远方[2]游玩了一趟，登上一块高石，遥望南岸朝鲜，虽然高射炮不断，但儿童们自由快乐地游玩，使人更易了解朝鲜战争的意义。

天色微阴，蔡部长决定提前出发。十时，汽车开动。到郊外野餐，他又动员了一回。坐上车继续走，看到一个岔路，插了一个牌子："由此路开往朝鲜"。不断地看见小孩子，望见我们的汽车，就扬起小手。其中一个五岁左右的小孩，也立在门口向我们扬手。大家很感动。十二点五十分跨过鸭绿江。水平而静。

过江后，即不断地看见穿白衣的朝鲜人，赤脚在田里插秧除草，小孩子在水里摸鱼，在学校的门口玩，妇女顶着东西，在路上行走。一路水明山幽，稻田水光倒映着山影，树林茂密，村头的垂柳，房舍的东方风味，引人入胜。

中午，在一户农家休息。小孩的腿上有伤，房东女人说，是美国"边机"打的。接着她告诉我们，这里昨天打下了一架美机。朝鲜人刚一接触，是不容易看到他们的热情的，可是只稍相处一会儿，就可以看到他们的热情了。老妈妈的两个儿子参加了人民军，大儿子牺牲了，还有一个活着。老妈妈垂着一只膀子，在我们跟前静静地坐着。她摸了摸干枯的眼睛，并没有掉眼泪。在这静静的目光中掩藏着一种看不见的，但是可以感觉到的抵抗灾难的强大力量。

我和远方在房里休息，房东的姑娘穿着一件粉红上衣，一条黑

---

① 现丹东市。

② 姚远方——时任华北解放军报社社长兼总编，一九五二年和作者一同赴朝鲜。

裤子，坐在我们身边，语言不通，她拿了铅笔和小本子和我们笔谈。她告诉我们她是平壤特别市的人民学校的教员。她看我嫌炕热，就把她家的被子给我铺上。还掏出一个身份证一类的东西给我们看，她二十二岁。她几乎不愿向我们谈什么灾难方面的事情。后来甚至不愿离开我们了，给我们写了她的地址，叫我们回来到她那里去。临走时，她又帮我们拿东西送行。我想和她握手，但没有握。

下午四时，汽车又开动了。目的地只离我们有六十里。山路更窄，但公路修得很好，两边的树几乎要接在一起。在绿阴下大家谈笑。这一车人都是干部，有一两个年轻人特别活跃。一个政治干部，他特别爱发议论，唯恐别人对当前的现实不懂或了解得不正确。在村子里时，他给房东一些罐头和饼干，又给大家解释，在北京下饭馆，一次多找了六百元，他马上送还了掌柜，当时整个屋子里的客人都用惊奇钦佩的眼光看他。他说：花六百元就买了个好影响。现在不一定所有的人都了解我们，很需要让他们每个人都有这样的切身体验。和他开玩笑的对手说："那么，你给我一千元，叫我对你有个好影响吧，这是应该的，并不是用钱买的！"说得大家都笑了。他的对手是个天真的人，老爱在他的周围发现可笑的东西。他本来已经哈欠不断，但他一看到人们打盹的可笑的样子，马上自己哈哈地笑起来了，笑得也不困了。

黄昏，到了目的地，志愿军总部。房子都东倒西歪，屋里散乱。可是街上却有些热闹。还有中国和平理发馆、中华料理食堂等。朝鲜女人也穿得很整齐地在街上走。这里的工厂遭到部分的破坏，变压器、铁轮子在一边扔着，矿石的斗子在空中的高架线上停着。

晚上，我们住在一个大矿洞里。洞子里还流着水，岩石上潮得也向下滴水。但挨着一边，却钉起了木板房间，亮着电灯，还有很大的饭堂。吃过饭，小屋子挤满了人，蔡部长、叶部长、邱参谋长（邱蔚①同志），还

---

① 邱蔚——曾任20兵团副参谋长，67军军长。

有王洁清[①]。我上去和邱握手，大家就闲扯起来。邱问我第几次来，我说第二次来，他说，变化可太大了。接着，他就谈起这次战争的残酷性，说有的阵地落了几千发炮弹。战士修工事的木头，一支支接起来，可以到四川成都。现在战士一天不停地打着洞，敌我阵地最近处只有一百多米，双方阵前的尸体都没有办法弄下来。战士在洞里也没有灯，下来时是被担架抬着，看不见东西。我问起杨成武[②]司令员，他说，杨司令员害了失眠症。见电灯一亮，脸就变了颜色。我问怎么得的失眠症，他讲，杨司令在上次战役中，打得很紧，最后一个团战斗力只剩一百多人，只好几个团编在一起，后备力量也只剩下两个营，杨讲，没有我的命令谁也不准用。他彻夜不眠，有时叫：邱蔚同志，我们要研究！那时陈坊仁[③]不断来电话："不行呀!"这样好几个团编在一起，守一个主要阵地，才克服了危机，从这以后杨就失眠了。以后又扯起了许多人的情形。蔡问，你怎么样，邱说也没啥。以后邱谈起换班时，要求学习的事，又说，我什么时候当过参谋长呢，我干不了这个事。蔡说，参谋长还不是打仗吗？……他还是说老马不能拉火车。叶部长是一个可爱的人，遇到可笑的事情，他就爽朗地笑一阵。不知为什么他爱拍腿，好像不断有蚊子爬上他的膝盖，拍了以后也毫不觉得疼。王洁清，过去我听说过没见过，谈起话毫无拘束。

不知不觉又到了十二点。他们性格的直爽明朗，又给了我一个鲜明的印象。

## 六月十二日

翻过山去参加政治工作会议。看到路扬[④]和廖鼎琳[⑤]，我和廖

---

① 王洁清——曾任军委干部部科长。

② 杨成武——时任20兵团司令。

③ 陈坊仁——入朝作战，任66军副军长，后任68军代军长、军长。

④ 路扬——时任19兵团宣传部长。

⑤ 廖鼎琳——时任36军106师政委，是作者在八路军总部随营学校和抗大一分校时的领导。

几乎拥抱起来了。虽然他是我的上级，但我们有亲密的友情。他朴素、老实、肯干，就是文化低些。西征绥远时，我的衣服少，他曾把他的粗布褂子给我。西征绥远，是我的工作经历中满意的一段。

今天听甘泗淇[①]副政委的报告。他批判了严重的官僚主义，提出反对政治工作的空喊主义，要给战士以尽可能好的物质生活与精神生活。在物质生活上，他提出物质是决定精神的，战士每天守坑道直不起腰，见不到阳光，连烟也抽不上。而在精神生活上，领导只是不断地冷冷地批评。政治工作不合乎人情，不给人以温暖和安慰。今后一定要使战士快乐，使战士们乐于抗美援朝，乐于视死如归。他并且说：古来用字，多么气魄，如归，比如明天咱们的李部长要回去了，有什么可怕呢？说到这里，大家哄然大笑以后，他又谈第二个问题，就是建设支部工作。许多领导干部的歪风，连上级也无法整的，这次都让支部整出来了。他盛赞支部的伟大力量，这力量可以克服一切。他说今后他不多抓，就抓这一个环节。整个讲话的精神，就是反对政治工作中脱离群众、脱离实际的倾向，贯彻爱党的观念。他讲话爱笑，两个鬓角深入，脑袋上只有一小撮头发。

讲话中陈赓[②]将军不断地插话。甚至有时抢着讲起来，不知谁是主讲。他的鬓发也秃了，可是面色赤红，胡子浓黑，十分健康，扣子解开，露着怀。他像一匹没有受过拘束的骏马。说话热烈、俏皮，他的补充把内容强调得非常明确肯定，不容怀疑，而且丰富多彩。他的话，总使听众大笑。当甘主任讲到后勤某首长处理一件恋爱事件异常过分时，陈赓立刻插话发表自己的看法。虽然如此，但透过这一切，使人深感他的疾恶如仇和维护真理的热烈精神。这个人一直到他胡子变白，也变不了这个性格。晚上看过电影与黎娜同归。

---

① 甘泗淇——志愿军副政委兼政治部主任。

② 陈赓——志愿军副司令员。

她，很热情，有着女同志可贵的东西。

## 六月十三日

见普金。他是我少年时抗大的同学，一块上前线的，他的恋爱史和愿望都给我讲过。现在他是志愿军新华分社的社长了。他几次三番让我给他的记者们介绍经验。

在他那里喝了一点酒，就过山去找苑星。在山坳坳里听见朝鲜小孩子念书的声音，乍看看不见，仔细寻找，三三两两，有在大石头后边的，有在布篷子外边的。他们拿着油印的课本，赤着脚在那里读、背诵。小女孩子也是这样。我又到一个小石洞里，她们穿着很脏的小白裙子，坐在地下，小胶皮鞋子放在一边，用整整齐齐的声音念着。我叫她们唱歌，她们就唱。她们会唱五六个中国歌。正中墙壁上，中间是朝鲜的国徽，一边是斯大林的像，一边是毛主席的像。这都是用血换来的呀！

放学了，我和她们一起走。她们回去吃点菜饼子，就又来学习，她们度着艰苦的日子！

到了志愿军司令部作战处，和几个军及兵团的作战处长都见到了。

和苑星谈了约两小时，他对我很客气。他曾在189师当参谋长，他说他和师长蔡长元[1]有两次几乎被炸弹炸伤。他是一个很聪明的人，在北平郊外和傅作义军队谈判中他谈得很好。他现在是志愿军司令部作战处长。

晚上看20军文工团演出。在一个地下的石洞里，舞台用红丝绒幕布搭成，给人以很愉快的感觉。演出十一个小节目。还有几个战士的节目，具有浓厚的战斗色彩与生活色彩，很受大家欢迎。有一个剧描写战士打石头，把石头拟人化，宣称谁也动不了他，志愿军战士要想动他不过是妄想。有两个志愿军战士想了很多办法都弄不动他，最后终于战胜了他。这剧有相当的艺术性。另外，有

---

① 蔡长元——63军189师师长。

一个炊事员自编自唱的炊事员四季调，传达了他们愉快的心情。另外，还有对唱快板《化学炮与昆明造》，把炮与炮弹人格化，也传达了炮兵战士的心情。还有《小小军工厂》表达了战士打铁制造工具，解决困难的决心。我几乎目不转睛看着我们战士的演出。文工团员们那么年轻，在激烈的火线上为战士服务，使我感动。他们战斗的风貌也给我以鼓舞。

全场都热烈赞美他们的节目，20 军的主任坐在我们身边，乐得只是说：都很仓促！

夜与曹欣[①]科长同归，并托曹把上面几个剧本给《解放军文艺》寄去。

## 六月十四日

上午，新华社记者编辑与《志愿军报》的人员召开座谈会，请我报告写作经验。我现在简直好像成了大人物，都对我这么尊重和客气，弄得我自己在人前很不自在。

我跟他们谈了真和假，细心和大胆，集中和提炼了几个问题，虽是我不成熟的艺术思想，但却是我的体验。

但他们又提出很多问题，主要是要我告诉他们一个什么秘诀。

下午，到作战处找林副处长谈，他很负责地把作战过程告诉了我。他是一个很年轻的作战处长，颇有朝气。

晚上六时，乘吉普车奔自己的老家——63 军。在幽幽青山中行进。自己有名了，人家对自己的企望大了，派专车送。自己的创作，不知是否能和这些汽油，司机的劳动，大家的企望相称。

这一夜过了几道敌机封锁区。防空哨在黑夜中宛如战斗，枪声不绝。汽车灯光中能看到他们坚定的身影，小白旗很有力量地一指，汽车才能通过。

一路汽车特多。司机的眼最尖，夜色中不知他们凭什么一下就发现了熟悉的伙伴，一边亲热地招呼着，一边停下车，或者拉住

---

① 曹欣——志愿军政治部文化部文艺科长。

手，或者互相亲热地踢对方一脚。然后送给对方一支烟，就又各自驾着车背道驰去了。每遇到对面有车来，汽车的大眼睛亮一亮，好像打招呼一样。然后变成黄色合上，显得亲热而有礼貌，引起我极大的兴致。

过栗里时，敌机封锁得紧，两辆车都开到桥上各不相让，车拥挤起来。山上是敌机打着的火，被飞机又扫了两梭子弹。后来终于未遇到什么危险才开过去。

给我们开车的司机姓朴，是朝鲜族。他曾在四野工作，后回朝鲜。曾驾坦克打到釜山。

车未到新溪，天已大亮，才三时半。司机着急，就发了疯地开起来。

天越来越亮，太阳也快出来了，地形也不好，于是决定隐蔽。汽车拐入一个小村庄。这座小庄傍山，树木浓密，鸟声悦耳，朝鲜女人到井边汲水。几个朝鲜老人抱着小孩子在那儿抽烟，看见我们的吉普开来，都满脸堆着笑意。汽车隐蔽到他们这里，本来是有危险的，可是他们却这样乐意地笑着，使我感动。把车隐蔽好，一说找房子，一个男人马上就顺手指着他的房子。一个中年女人背着小孩，拿着瓢走来，给我们淘米做饭。她的孩子又黄又瘦，两只小手抱着母亲的背，嘴窝里眼窝里就有一疙瘩蝇子。哭的时候，母亲就伸过手去扫他一下。不一会儿，给我们做熟了饭，她就又去舂米。另一个强壮的中年妇人赤着很脏的脚坐在那里去拐磨。这是新近在村里借的麦子。

我在树荫下睡了一会儿之后，就和他们坐在一起扯谈。由老朴翻译。了解到：朝鲜人去年春天地没有种上，有时夜里去种（黄昏后和黎明前），造成了饥荒。几个月没饭吃，幸得志愿军救济。一个老太婆吃树叶脸肿得很大，快要死了，得到了粮食，她说如果不是志愿军我早就死了。现在苏联又救济了一些麦子，和麸子、树叶拌着吃。他们说：小鼻子（日本鬼子）在时，连现在的生活都不如，能吃上豆饼就是好的。可见朝鲜人的命运太悲惨了。

下午五时，继续出发到达仙女洞。路经市边里，此处我上次经过，已炸得没有一处房子。这次遍地青草，已掩盖了焦土的痕迹，但坑坑洼洼是掩饰不住的。

路上遇到老上级王道邦[1]同志，他坐小吉普迎面而来，是他先发现了我，他叫："老魏！"车停下来，我向他敬礼，他招呼我到他那里去。他现在任 65 军政委。

折进一座清幽的山沟，就是 19 兵团部。介绍信也未用，吴志远在这里当管理处长，他亲热地拉住了我。说他住到这里五个月了。他用电话通知了李志民[2]政委说我来了。

房子只有一半突出在地面，上面都是松树，真是"空山不见人，但闻人语响"的境界。给我安插在一座小洞里，四处都是木板，放了一张行军床，通讯员搭了一个铺。扯了一阵闲话，睡下，盘算明日的工作。

夜里，林中有几声黄莺的啼声传来。

### 六月十六日

早晨，吴来叫我一块去吃饭。爬过绿阴中曲折的山径，到了伙房。看到了杨得志[3]司令员、李志民政委。我以为是和科长、处长一起吃，不想兵团首长都在。我向他们敬了礼，他们看样子很高兴，很欢迎我。这两个首长是我过去所尊重的。杨是一个有战士风度的将军，李则像慈爱的母亲，给过我许多有益的教诲和温暖。杨、李的爱人也都在座。另有一个副参谋长，一个作战处处长、一个机要科长，围了一桌。杨让我坐到他们身边，他很结实健康。李留了分头，显得比过去还年轻些。杨说："你又来搜集材料写文章吧？"他们表扬了我过去写的东西，并说："你比当团政委贡献大！"饭后，他们俩带我去一起洗澡，我嫌拘束，他们说这有什么，一定要

---

① 王道邦——65 军政委。曾任晋察冀军区第一分区第一团政委，作者 1938 年抗大毕业后，就到了一分区第一团。

② 李志民——时任 19 兵团政委，后任志愿军政治部主任、志愿军副政委。

③ 杨得志——时任 19 兵团司令员，后任志愿军副司令员、司令员。

我去。还亲自打电话，让通讯员把我的衣服送来。

我们在一个池子里洗了澡。李先给杨擦背，接着杨又给李擦背，这两人的友情真让人羡慕。

洗过澡，杨要理发，我就和李先谈。李的屋子里铺了地板，很清洁幽静，床上挂了蚊帐，一边放着暖水瓶、洗脸具，一边架上放上一些文件和书籍，墙上贴了毛主席的像。

他十分和蔼可亲地给我介绍了入朝作战的情形。送来电报时，他就戴上花镜来看，沉思，签字。

吃午饭时，李下午有事，杨就叫我下午二时来到作战室看地图。并让人先交代一下，免得不准我进去。

回来休息了一个小时，已两点半，赶快跑去，已误了十分钟，杨果然已坐在那里看电报。我说迟到了，杨说"我也刚来"。杨看了报告，把地图的幔子拉开，我方的红旗和敌方的蓝旗，从东海岸弯弯曲曲地摆到西海岸，两条线几乎纠结在一起。这是光明与黑暗势不两立的两道防线。他指给我看，敌我兵力的布置，还有火力配系图。由西到东，敌人是美陆战一师，英轮班师，美 45 师、伪一师等。我过去所在的 63 军正面对着最顽强的敌人。

杨又指给我看我军的纵深，他说："这道防线，敌人要想突破是困难的，定要他付出极大的代价！"

看了地图，杨就招呼我到他房里去，这时，39 军报告说，我某阵地被敌占领后，战士们还在敌人脚下的坑道里进行着顽强战斗。这真是战争的奇观！杨立即指示用炮火打击山上的敌人。

他的房子几乎和李的一样，只是桌子的位置不同。墙上也挂着毛主席像，不过，另有一张敌人的武器装备统计表是李所没有的。

杨给我谈了五次战役和五次战役以后的情形。饭后又给我谈了作战经验，还谈了一点他的历史。他说他的身体非常健康，小时吃奶吃到四岁，小孩打架，打不过他。他是一个贫农的儿子，当过两年雇工，当过半年修公路的工人，挑石灰能挑 160 斤，来回数十里，一天挑好几趟。湘西暴动时，他和三十六个工人一齐参加红军，他和他的亲哥哥在一个连里，哥哥当班长。师长是朱总司令，林彪当连长。在井冈山，一次他站过八个小时的哨。由战士、班长、排长、连长、团长、师长、军区司令、纵队司令一直到现职。长征时他当团长强渡大渡河，抗战时东渡黄河，他担任先锋打平型关。抗日战争是晋冀鲁豫军区司令，解放战争参加邯郸战役，活捉马法五。他说他的特点：一个是由战士逐级干上来，除了两个月的指导员外，全部是军事干部；一个是始终未脱离战斗。只有在红军大学学了几个月，另外在西安住了一年，其他时间全部是参加了战争。他谈他的生活很有规律，早晨起床很早，每次吃饭都是两碗，也不多吃，也不少吃。结婚是在三十岁后。

谈到十一点多，他的爱人回来了。志愿军司令部又不断地打电话，我就告辞了。临走时，他又赞美了毛主席领导的正确，说如果不是毛主席，革命不知还要有多少年。一次他给李政委说，如果不是毛主席，你能坐上这个吉普车？谈起过去的艰苦，他认为现在的困难算不了什么。

对杨的认识深了一层，可惜谈的经验多、生活少，睡在床上总结了一下。

### 六月二十九日

昨夜大雨使洞子灌了水，李蕤的两只鞋像船一样漂起来。文工团的孙加林起来向外舀水，我把通讯员也喊醒去舀水。一会儿，战士们过来给我们挖排水沟。战士们的墙报和书也都打湿了。我们既懒，又无经验。

晨，到营部。钻过曲曲折折的黑洞，看见副教导员王良才。从电话里得知阵地前发现敌二十余人，并有坦克，正在放烟幕。参谋命令打。忽然副教导员又接到电话：说有两个小战士为报名打坦克争起来了，一个人原是反坦克组的，一个不是，但后一个说，我不是我就不能打吗？……隔一会儿参谋又接到电话，说已经打住了两个敌人。参谋又指示，不要让他们抬回去。

我们的军队永远是可爱的争先恐后的洪流。

副教导员，唐县人，年轻，眼睛大大的，很有神。他充满朝气，给我滔滔不绝地讲起他们的英雄故事。说到一个叫张国礼的小青年，梦见立功去见毛主席，后来他捉到一个俘虏。

接着，他领我们到观察所去看，从指挥所洞子的另一端往上爬，爬到顶，有一个小棚子，旁边树枝上挂着望远镜。他指给我们看哪是敌方阵地，哪是我方阵地。雨雾灰茫茫的，只能看到对面浅浅的山影。敌炮稀疏地打到我军阵地上。

政委来了，带着我们去看159高地。这是今年四月我军夺取的阵地，现在又往前挤了。通讯员领我们到连部。弯曲的交通壕有一人深，有的里面积了水，翻了一个山头，来到了一块平地。山坡上的小矮松树丛都被烧成了黑的，但平地上的稻田还都种得很好。问起通讯员，说在山头上还能看见老百姓种地。到八连阵地，连长徐春带着一个通讯员毕易革（山东人，年轻而漂亮）出发了。他带我们走了一大截交通壕，到了川里，一条小河涨了水，没有桥过不去。要走桥的话，又远又有敌炮封锁。这时连长问怎么办，我主张走桥，因我不想涉水，弄得满身是泥。李蕤说：反正一个是自然的障碍，一个是炮火的障碍，我们宁可选择前者。巴金也主张这样。这时通讯员早已勇敢地跳到河里，河水快没了他的大腿，但他又转了几下，找到了一个稍浅处。我要背李蕤过，他顽强地一蹿一蹿的，我真不习惯他这么顽强。我又去背巴金，结果孙加林把他背起了。

过了河，又过了一座小山，沿着交通壕向前走。这正是前些时激战的地方。连长讲拉开距离容易对付封锁。到了159高地，看到草烧黑的很多。这是紧密炮火封锁之地，不宜停留，李蕤等还未上来。我等了一刻，真怕他们走错，连喊几声也未见上来。我怕炮打来就往前走了几步。他们上来了，我感到自己还是做得不够。应该更多地想到别人。

到九连坑道，开始进去很低，几乎要蹲着进去，进去一节，向旁边一拐，才在黑影里看见有一个小炕。徐连长抓起电话给什么人讲："你吃了饭么？吃了，你吃什么了？刚才给你们送饭的和我们一同来，我刚到便吃了，呵，吃了早晨的了？"他哈哈笑一阵，他与他的同志打趣。这分明是我们同志亲热的表示，骂一句，打趣一番，谈得很愉快。他们的感情常是靠这些来交流。副连长见连长来了，随手从口袋里掏出一团白丝巾，大概是用敌人降落伞做的，说，我送你一块手巾！连长接过说：哈，你这小子还送我礼，好，我不客气，说着也就接过放到衣袋里。

接着，我们钻到外边观察所，看了敌人阵地，和鼻子前我们的阵地。凡是我们的阵地，山头多是黄土，这显示敌人的炮火还是比我们强。又去看了炮阵地、单人掩体等等。连长指着前面两个较小的山说，上级本来没有要坚守，但考虑到如果不守，就不能巩固159高地。那里也曾出现一个英雄，他一个人坚守了三面……敌炮不断地射击着那两个小山。

在洞里，我们都向战士们道了辛苦。他们在洞里靠边坐着。有一个小战士还对我说：告诉人民，请他们放心吧，我们没有什么困难。我真爱他。我抓了抓他的手掌，粗拉拉的，不像一个年轻人的手，这都是修工事修的。前面有两个战士，守住一个小油灯挖工事，一镐一镐地敲着石头，火星在冒。从这里我才知道，这些铁镐是怎么由一尺多长变成几寸长的。

回来，又经敌炮火封锁区。房子多被打坍了，但老百姓均喜形于色。有披蓑衣种稻者，有向前眺望者，有妇人做饭者，均从容之甚，深感朝鲜人之胆大。

到连部，连里的同志一定留我们吃饭，还拿出了缴获的美国烟。连长极爽快，给我们谈起他拼刺刀的事。他说拼了以后，他害了几天的眼，他刺死两个敌人。入朝后，还打死敌坦克手一名，坦克手死前身上着了火，钻进坦克，坦克也着了火。

我和巴金、李蕤等同志计划明日事。

## 六月三十日

晨，雨。丁克同志热情地帮助我们召开战士座谈会。事先挑选好的六个战士来了。一个是热情饱满梦见毛主席的新战士，一个是外号叫“三面山”的河南籍战士，两个曾负伤归国的战士，其中一个是中学生出身善编快板的欧阳忠。会议开到下午二时。战士们都毫不胆怯地谈了他们的心情。他们的觉悟确实是高的。

我到邻近一个班里，见战士们在看书，有两个战士在嘀嘀咕咕地写家信。我看了看其中一个的家信，家信上说他们实行了土地改革（四川），分得了土地，移住在地主的正房，得到了代耕，自己十八岁的妻子也当了妇女会的干部，父母不满意的情绪也改变了，全家更加团结。我问他高兴不高兴，他羞怯地说高兴。据说战士接到这样的来信占全部来信中的百分之九十。这真是抗美援朝战争中可喜的现象，战士们从他们的父母妻子那里获得了鼓励与支持，怎么会士气不高呢！

临走前，我又看了看战士们的铁匠炉（每排一个），又看了阵地。我们正指手画脚地看板门店的气球，挨了几炮。

晚六时回师。和刘梦麟、肖炳华、张涛扯了很长时间。他们让我扯苏联和祖国建设，可见这是大家的心情。

和姚显儒住在一个房子里，他是189师的起雷英雄。

惜无时间，未及谈。

## 七月一日

到开城看板门店。见到摄影记者孟庆彪[①]——这位永远带点孩子气的同志。他很热情。王健[②]同志帮我交涉，给了我一个黄条子。九时半到板门店，看见了双方谈判的帐篷和那些险恶的家伙。那些家伙摇头摆脑，带着令人憎恶的深绿色眼镜。相距五六米，帐

---

① 孟庆彪——后为新华社摄影记者，1951年以志愿军19兵团政治部摄影记者身份参加抗美援朝，在朝鲜战场上报道了五次重大战役的现实场景。

② 王健——朝鲜停战谈判朝中代表团联络官，志愿军上校，后为志愿军政治部遣俘处处长。

篷分两个门，分别站着人民军和美军的哨兵。我方的上着刺刀，敌方的带着手枪，戴着红白两色英文字的钢盔，叉着八字步傻瓜似的一动不动。最滑稽的是宪兵联合办公室，敌我两个兵，相离两公尺而坐，我们的战士器宇轩昂，敌人却低着头。从这里也可看出敌我不同的士气，看出战争的正义属于哪一边。

帐篷外停着敌人的直升机，两边分摆着敌我的吉普车。一个敌人举着望远镜乱看，孟庆彪就给他照了个相。会议结束，哈利逊[①]上飞机时，孟庆彪说："我照个哈利逊逃出会场的相！"说着勇敢地冲到敌人近前，给他来了个特写。

见到了名记者阿兰[②]。阿兰漂亮、潇洒、自然，显出是一个老练的战士。在各国的记者群中坐着，引起我对他的注意。

这座帐篷已有一年了，哈利逊一直满不在乎地吹口哨，脸歪在一边。

会议结束后，我看了帐篷内的情形。谈判桌上分别摆着朝鲜和"联合国"旗。

回来途中，听工作人员介绍今天谈判的情形。

到开城停下来，看了这座被毁的秀丽古城。朝鲜市场上还很热闹。

中午回来，和李克忠同志谈徐信的情况。晚上看文艺骨干的演出，其中有一个知识分子战士的朗诵诗。四处炮声隆隆，可是晚会开得很热闹。

夜，离开189师，李克忠同志很热情地送我。

敌机活跃，不时有轰炸声。

### 七月三日

晨，二时半起床，和张政委乘车往前方指挥所去。雾气很大，

---

① 哈利逊——朝鲜停战谈判美方代表团首席代表。

② 阿兰——阿兰·威宁顿(Alain Winnington)英国共产党党员，1948年来华，曾任新华社英国专家，记者，1959年后定居柏林。

打湿了衣服，脸皮也觉得潮润。站在山上看，山谷中一片白气，山头只露出黑点，如海中岛屿。

在前线指挥部见到徐信同志。已略显苍老，头发不白，而鬓角微秃，额上皱纹深陷，眼睛里因红丝而显得深奥。他是个在深沉思考中度着日子的人。

指挥所设在望海山的背后，是一座极陡的陡坡，坡上的树已经被炮弹烧黄了叶子，张政委说草也是才长出来的，但是炮弹很难打中指挥所。不是打在山顶，就是打在山下。洞前另辟了一条小路。坐在这里的树丛中，面对着前面的山峰、远山和白云。

徐一边洗脸，一边说，他昨晚出来解手，头一晕，四肢瘫软，坐倒在地上，好半晌才起来，被哨兵架到屋子里，又晕了一阵，脑子就跳着疼起来。显然，这是他用脑过度的缘故。

徐虽同我是老相识，但对我并没有说很多话，像仍然埋在沉思中。他喊警卫员叫团的一个参谋来，先问了那个参谋的历史，接着他就给参谋布置后一天出击的事情。他说得极有条理，完全是考虑成熟的话。从交代任务中，我知道他是为对付敌人而想的对策。前几日他们曾举行了一次攻歼战，歼灭双叶山敌五十余人，在占领敌阵地时，还抓到了六个俘虏，但却遭到敌人炮火的猛袭，我伤亡百余人，俘虏也被砸到炮火中。为了对付敌人的这种炮火反击，他想了两个办法，一个是压制敌人的火炮，一个是加强各处的佯动，以分散敌之炮火。他对这参谋布置的任务，就是要599团以佯动攻面前的地堡。指定他们攻两个或三个，打死几个敌人，抓两三个俘虏。但伤亡决不能超过敌人，起码是一比一，烈士、伤员一个也不能丢，谈完后，他让参谋复诵一遍，复诵后，那个参谋说："争取不丢一个伤员。"他打断他的话，"不是争取，而是一定，一定不能丢！"

参谋走了以后，徐指着地图，给张和我讲明了战斗部署。刚结束，他又喊作战科的参谋交代到另一团的任务。徐让他去检查攻击部队的信心，不是空喊的信心，而是真实的信心，不是干部的信心，而是战士的信心。徐又要他检查技术战术的装备，指出胜利的关键是速决。并要求他在战斗后，吃过早饭回来，马上总结。

徐一直让参谋把主要关节都弄清了以后，才示意他走。当他发现那位参谋稍有犹豫，又说，“你不很乐意去吧？”那参谋声言没有，他才说，“是的，你不应该有一种思想，说自己是侦察参谋，今天当作战参谋使用。”

吃早饭，徐把友邻的参谋、连长都找来一个桌上吃饭。

饭后，他又找两位教导大队队长和侦察连连长来汇报挖工事的情况。都交代得十分肯定明确。我已经有些疲劳，但他还像在沉思中。中午，我劝他睡一会儿，自己休息了两小时。

下午起来，与张到山头上去观察阵地。

吃了晚饭，张政委正提议打扑克，徐又说，我们听听×参谋的汇报吧，他是检查另一团的准备工作回来的。在听中间，他把帽子摘下来，摸着将要光秃的头顶，用指头轻轻地搔着，像要从那里搔出什么东西。听了一阵，就抬起头来说，你说的有矛盾，又追问到底是为什么。自己弄了一片纸记录着。

汇报完了，他说你去吧。参谋走了以后，他瞅着政委说，部署有毛病，没有重点，某某太笨！政委说，参谋们下去总是看人家的缺点，好显示自己对人家的帮助。

徐决定打电话，再去贯彻他的精神。他不允许在执行这个任务中，有和他的精神抵触以至游离的地方。

他走了，我想听听他究竟布置什么，就跟着走去，看见他在房子里，正对着他的那片纸思考，一会又拿着笔补充着什么。我怕扰乱他，就假装看报纸。他看着我说，今天最恼火的就是压制敌人火炮的斗争。——敌人想把我赶走是不可能的，我想歼灭敌人一个营是困难的，可是敌人想歼灭我一个完整班也是困难的。

张政委来了，我们谈起指挥员精力集中的问题。他说，是的，在作战里头，指挥员也同他的客人扯谈，可是这是敷衍你的。他并不是真正跟你谈。

说着，他忽然笑起来：“美国鬼子这么凶，现在白天也不敢在山上随便走，他们撅着屁股爬，哈……撅着屁股爬！”

今天，敌人向我一个班的阵地进攻，被我打伤打死不少。参谋报告，说敌正抬死尸，徐马上站起说，不要叫他们抬！参谋说敌人放了烟幕，徐说放了烟幕，就不好办了么？朝烟幕里打！你一定告诉他们。参谋们答应着走了，他又说，“告诉他们：一个也不能叫敌人抬走。抬走一个就要他们负责！”

一会儿有人报告，说某部今天被炸伤两个人。他就说，他们是否挖了工事，参谋说挖了工事，他说挖了工事为什么伤了？参谋说挖得浅。他又为部队的管理松懈，埋怨他们的干部，说：你马上打一个电话，叫他们今晚七时一定写报告来！参谋有些犹豫，显然以为七时是来不及的，但他说：不行，一定七时以前写来，不然还有什么教育意义？

整个一天，我没有和徐信同志谈什么，但他的工作，给了我深刻的印象。

整个一天敌机不断。

准备明天到561团去。

**七月四日**

凌晨两时起床。和通讯科科长李景湖及团里的通讯股股长等几个人，正准备起身，敌人一阵炮火急袭这个山头，在洞中也感觉颇为沉重。决定天明再走，一会又是一阵炮火。

天亮后，我们跨过了炮火封锁区，在草丛里看到有很大的未爆炸的炮弹，弹体有两尺多长，很粗，足有八英寸。前面有一个村子被炸起火，火势已弱，灰烟升天。不知房子里是否有烧死的人，但附近的老百姓有的整装下地，有的做饭，仍然安谧之至。

因大家走得急，流着大汗。

过一座山，山上净是敌人撒的宣传品，我拿起撕了几张，又拿起一张看，上面写着“反共抗俄”，不知号召人到何处去抗。

到团部，附近有炮弹坑，是刚才打的。

团长、政委他们还正在睡，未起床。

这里的空气和师部不同，不像那里严肃，也不像徐那样用脑筋。不过团长的脑子很活，他准备在次要方向用步行机大谈假情况，虚张声势，迷惑敌人。并说昨天打落了敌机，并让我看美国飞行员的表和金戒指以及他的手册。

饭后，我提出去看九连，这个明天就要出发攻击的连队。我和团政委一块去了。路上沿着山坡走，敌炮不断地打，政委却好像散步一般大大咧咧的。路上经过一片稻田，田里水光照人，稻子种得很好。朝鲜人就在被炮火震坏的房子里做饭，志愿军都称赞朝鲜人民的勇敢和坚忍，好像放上千斤重担他也是那样，放上万斤重担他也是那样。据不少人谈，孩子被炸死了，母亲就把他埋起，又去修路，种田，哭也不哭。多坚忍呀！多日来的印象，勾起我的诗情，想以“插秧啊”为题写一首诗，有些诗句已在脑中缠绕。

到达九连的洞里，看战士们正在缝手榴弹袋子，因他们一个人要背十四个手榴弹，一个反坦克雷，还有飞雷。他们把夹被拆了，缝成背心的样子，装上弹试一试。这些战士都是二十四岁以下的青年，我真想摸一摸他们。我让他们抽烟，他们不抽，说不会，实际是怕把我的烟抽完了。他们缝着还唱着，有个别新战士比较沉默，但总的都很愉快。特别是经过战斗的老战士还不断说笑话。有一个战斗组长学首长腔调：今天开一个大会，很有意义，××同志立了功，咱们大家欢迎他讲话。班长的声音，像在抖动着，也许是责任，也许有对战争的恐惧。我在这时刻想不起怎样来问，我只是在想，这些人在明天晚上，也许已经不能回来了，他们或者当了英雄或者战死，可是他们也许想胜利想得多些。最后，我又参加了他们的战斗方案讨论，他们差不多按照排长的话复诵了一遍。有许多人说：如果班长不在了，我来代理，死打硬拼！……这些原是徐信的话。讨论告一段落，我鼓励了他们，问他们有什么困难和需要，大家都说没有，说祖国人民太好了，我们要什么给什么，捐了飞机和大炮，天上飞的也有了……都说祖国太伟大了，流露出感激的心情。一个战士还说，因为光荣也就不觉得苦了，立国际功嘛。自然又谈到毛主席，那个战士又说，为毛主席增光，一切胜利都是和毛主席分不开的。我就说起一个战士梦见毛主席的事，他们说做这样梦的人不少。一个战士说，他没梦见毛主席，但梦见过立功，他们班的人都抓了10个俘虏，开庆功会给他们庆功，说他被鼓掌声惊醒了。

下午四时，到营部吃饭。营长外号牛子，他胖，有些憨直。听说在铁原阻击时，他和教导员各带了几个通讯员和卫生员守住阵地，叫他下还不下来。饭后我和政委返回。敌机在转，炮不断地打，很近的路走了五十分钟，他还是大大咧咧的。

回来后，华东参观团的同志也回来了。他们很称赞前线战士的艰辛，大胆，敌炮弹落到附近，瞪眼瞧瞧又接着挖工事。又说前线战士对干部异常爱护，甚至说：首长，我服从你的领导，可是在这里你得服从我。团政委说，一次他要走汽车路回来，战士一定要他走小路回来，还执拗地说，要打到你谁负责呢？有一次，一个司令员到前沿阵地看地形回来，因为太胖总是走不快，慢腾腾地，恰恰又走到一段炮火封锁区，战士没有办法，就从口袋里掏出两个蒜瓣把鼻子堵起来，司令员问这是干什么，他说毒气，毒气！快跑！说过便一溜烟跑了，后边都跟他跑，过了封锁区，他才取下蒜瓣。司令员说，怎么没闻见什么味呀？他就说，首长，对不起，那一段太危险，不用这个办法，我实在没有别的办法。司令员说，你可把我累坏了。政委的故事，引得大家大笑。大家都称赞战士太好了。

晚上睡觉前，看苏联画报，有几处是自己到过的地方，但感觉颇为不同，更感觉那里的幸福和战争贩子的可恨。记了一段日记睡觉。

向政委提出，跟团长到前沿指挥所去。他说最好不要去。心里又想明天早晨起来跟团长一块去。

几日来，因自己工作太急，感到责任重大，怕写不出东西，脑子已不十分清醒，眼也睁不开。叫别人看了一下，说眼睛红了。

我需要清醒，沉着一点。不然工作成绩也许更坏。

## 七月五日

晨四时醒来,本来还困得很,但脑子里一斗争就起来了。穿好衣服走到外面,跟团长说:我们一块去。他说,还是不要去吧。我说没关系,哪里就碰到我呢。他说工事不好,要防万一。我说我自己负责。他说,我还负不了责哩。我还说要去,他就带几分命令的口气说:“你不要去!”我就这样留下了。自己想,不去是很大的损失。

饭后,新的计划没想好,只有写日记。直写了三个小时,才睡午睡。醒来以后,想起执行任务的战士们就要出击了,他们现在在做什么?自己感觉没有参加是很大的损失。晚上,我一边看报告,一边等着攻击开始的时间。慢慢地到了九点三十分,听见阵地后一阵炮弹出膛的声音,忙出去一看,只见火光闪闪,照亮天空,是我们的炮火开始射击了。接着,前后左右的炮兵阵地,像打闪一样全都开始了急袭,炮弹嗞嗞地从头顶上掠过,只是听不见炮弹的落音。天又落下小雨,我想我们的战士们现在该是如何紧张地在运动着呀!我到了作战室,参谋长方淑玉同志说,九连已经进了三道铁丝网,敌人尚未发觉。我兴奋地走出来站到山头上看,只见前面敌人一线山头,都不时闪着红光。敌人接连打起了一个个照明弹,悬在半空。敌人的探照灯,更把山头照得雪亮。有些炮弹像是空中炸雷,在离地面一丈的空中放出血红的火团。敌人的炮除了某一角外,全被压制住了。这是出乎指挥员意料之外的。接着,敌机出动了,在头上哼哼着,各处炮点的闪光本来目标很大,但是敌机一遇到下面高射炮和高射机枪射出的一串串火花,就转移到别处去了。前面打得很激烈,它就到最后面去转,把炸弹不知扔到了什么地方。

又回到作战室,方淑玉同志还抓着电话机。他告诉我部队已经撤回了,歼灭了敌人。我心里兴奋得很,把纸烟掏出来给每人一支,庆祝他们的胜利。

显然,对敌人炮火的压制是成功的。这是徐信同志用脑子的结果。

虽然无大情况，大家还是兴奋地坐到很晚才睡去。

### 七月六日

晨，蒙眬中听见团长陶河同志谈话。知道他回来了，我起来见了他，并不像很疲劳的样子。他认为打得不好脸上无光，因撤出战斗太快没有缴获。他翻来覆去地谈，可听出他深深地遗憾。他甚至因此怨他的下级，说战士见了武器都不拿，连长扛了一支重机枪又扔了，政委也觉得没大劲，特别是连排的干部大部分阵亡了，因他们是阵前指挥。这已是过时的方式，不知他们为什么还采用。

吃过饭，陶河还要到九连去检查。他已经两天没睡了，大家劝他休息，他还是要去。我和他同去，一路上他和副团长还是谈的这个问题：没有缴获。

到了九连，战士都已睡了。没地方睡的在外面谈，其中一个光着膀子，其余几个，脸色发黄，裤子被挂得一片一片的，两脚是泥，裤腿都湿了。我们先找几个战士谈了谈，其中有一个伤员，有一种痛苦的表情，叫他休息，他还说不要紧，尽量在坚持。从谈话中得知，他们副指导员嫌前面上得慢，打了枪，骂了几句，一排就落到敌人绊脚索中间，有了些伤亡。三排又上去同二排一起打了一阵，故增加了些伤亡。战斗开始的动作是迅速的，可是后来撤退仓促，敌人的武器也没有拿下来。我到过的二、三班，三班只回来了一个小江苏。那个自动报名抗美援朝的老战士，是个麻子，手指有些抖，负伤了。还有那几个站着唱歌的青年团员，也许不在了。二班还回来得多些，但是伤了五个。那个给战士绑飞雷的班长，口头语爱带“方面”，他负了伤。我正想去看他，他和他的副班长来了，因为担架要抬他们到后方去。他面孔没有什么变化，脸色稍黄，眉头稍锁，不让自己露出痛苦的表情。他的右臂上中了卡宾枪子弹。副班长被炮弹炸伤，他也竭力忍受着，但却显出痛苦的神情，像病人的样子。我给了他一支烟，他还客气。我问副班长是怎么伤的，是不是咱们的炮弹皮炸伤的？一个战士接过来说：大概是咱们的炮弹皮子炸伤的。班长张绪坤瞪了一眼说，怎么是我们的炮弹皮子炸伤的呢？……这些战士确实是唯恐我们的党受到一点损害。我正想找话说，忽然听见他叫："沈廷贵!"沈廷贵是一个小鬼，四川人，坐在交通壕里，班长坐在壕沿上，就吩咐说：我和副班长都负伤了，我顶多一个星期就回来，你是个青年团员，在家里要好好工作，首先弄好团结，让负轻伤的同志少做点事，自己多做点；再一个，给大家解释，不要散漫，不要说打了仗了，就吊儿郎当。最后又说，如果不弄好，等正副班长回来，就不好了。末尾又叮嘱把他的裤子等给包起来，把鞋拿出来换上。以后他又去取党的介绍信，给指导员汇报思想情况。据说他以前对战士很好，曾有战士母亲之称。他是在兰州被解放的。什么时候都记挂着工作，这就是战士共产党员的形象。

接着，又开了两个座谈会。坐在我面前的几个人，裤子都被剐破了，有些疲劳。二排只剩了六个人，很没有精神，这是新战士遭受了战火以后的样子，衣服也穿得不整齐。但老战士就不同，声音还是那样清爽洪亮。团长、副团长在那里分析着事情的原因。

最后，我又到了二班，他们见我亲热了些，给我讲战斗经过。我让他们讲昨天到了工事掩蔽时的心情。他们说有的睡了觉，有的睡不着，只是想怎样抓俘虏，怎样炸铁丝网，遇到敌人多了怎么办，敌人少了怎么捉，俘虏不走怎么喊话等等。我又问他们是否恐慌，其中一个说不恐慌，其他则说开始时恐慌，后来不恐慌了。

谈得很热烈。他们有的还唱着歌，一点也不沮丧。是他们因为自己活着而欢乐吗？还是对死满不在乎呢？一个叫高圣文的战士说了两段快板。和战士一块吃饭，大家吃得很饱很香。

晚上到连部问了一下，共伤亡九十二名，加上侦察连的伤亡，共有一百名。这个战斗，组织是好的，只是不该使用这个一年来都没有打仗的九连。

黄昏，从运输排调来的战士，还有从其他处调来的干部，坐满了连部门口，热热闹闹、吵吵嚷嚷的。指导员忙着编队，队编成后，大家就背着枪和背包漫不经心地唱着歌子走去了。

战士的英雄气质是这样的高，甚至比慷慨悲歌都高出一步。这正是中国人民视死如归的伟大气概。

## 七月七日

早晨，罗金友营长回来，他的一条腿，被铁丝网剐出一条条红印。

坡上面有一个脸色苍白的青年战士，四川口音。他在前天的攻击中迷失方向，曾摸到敌炮阵地，在稻田的小水沟里躺了一天。也许是经受了过分的惊吓，声音都变了，但他却背了三支枪回来。

饭后，正准备到九连，霍然一炮正打中了山坡下的一座朝鲜人的小屋。通讯员急问：老乡被打中了吗？接着一个朝鲜人从屋子里跑出来。敌人的炮又接连不断地落到我们山上，每隔一分半钟打一发，共打了十二发，臭了九发。我想，也许这是美国工人的暗中支援。此事虽小，却使我更深刻地认识了美国的工人。

在我和年轻的副教导员同坐时，他谈起九连的副指导员。说他坐担架下来时，还唱歌，兴奋愉快，不像负伤人的样子。他经过自己的阵地洞口时，还说：“你们不要当我昏迷了，我知道这就是我住的屋子！”副教导员怕惊动他，没说话，他就喊：“副教导员！我没有关系，保险过不了一个星期就回来。”他平常很羡慕559团的两个英雄，一个是爬行九昼夜归来的伤员张渭良，一个是被堵住了洞口从容牺牲的副连长李江海。李江海在被挖出来后，人们看到他率领的一个班，都穿得整整齐齐的，在炕上身子正正地躺着，像班里晚上睡觉一样。他自己在桌前坐着，面前摆着他的遗书。遗书的字开始很清晰，最后几个字有些模糊。人们判断，在死之前，他一定对全班都进行了热烈动人的号召，而后从容死去。它告诉人们什么是视死如归。

这就是我们的阵地不可战胜的力量啊！

和副教导员同去九连。九连已经恢复起来了，新的干部又忙碌着，又开起了战评会。有一个叫李江州的战士，他说自己打死了十一个敌人，声言有人证明。这人很有些个人英雄主义的色彩。指导员说，他是五次战役后逃跑被抓回来的战士。

午睡，睡了三四个钟头。时间不够，没有到九连去。下午参加了他们的营党委会，主要是布置交接工作，对兄弟部队要如何热情。不要把好东西、好吃的带走，把坏的留下。还要把潮湿的粮食晒一晒，把用坏的桌椅修理好。叫人家老大哥。我觉得有一股无产阶级的思想在会场上流动。

开完会，我要去最前沿的七连，教导员立刻气喘吁吁地赶来，建议我到八连。后来我还说要去，他就说要向团里打电话请示，我估计不行，也就算了。睡在我旁边的通讯员到七连去了，又来了一个东北青年，那样温和，我真想搂搂他，可爱的青年战士。

### 七月九日

今晨随教导员到八连去看。这个阵地原来是该营的前沿阵地，向前推进后，成为该营的二线。我们沿着一条小沟走着，走不远，就进到炮火封锁区，弹坑大的小的在田里触目皆是，但朝鲜人还在安静地生产。大的炸弹坑直径有一丈五到两丈，里面灌满了水。教导员说走快点，这地方封锁得紧。这地方正是我们的炮兵阵地，阵地后简直像绝壁似的。爬过了山头，又过了一个山坡才到了机枪连阵地。指导员迎接我们，我回头一看，刚过来的山坡，炮弹坑和炸弹坑密得真像是麻子脸一样。都是圆圆的黄色土坑。周围呈草绿色的，是去年的弹坑。周围呈灰褐色的，是近期的弹坑。草被烧得变了颜色。正说话间，嗵的一声，离得很近，吓了我一跳，原是我们炮阵地发射的炮弹。发射了几发以后，就看见那个山头上升起黑褐色的浓烟，隔了一会儿才响。敌人的炮也接连地打着，想打我们的炮兵阵地。

他们正开支委会。在炮打得紧时，主人说到洞里坐吧，而谁也没有动，我当然也没有动。在英雄的部队里，谁也不愿叫别人看着自己胆小。

指导员先让我看阵地，他们的洞口极深，进出都不方便，里面曲曲折折，黑得很。爬了一阵，顺梯子下去一层，又是一条坑道。再往前走，听见里面"咚咚"响，一个战士正拖着一筐土往外拉，拐过弯，一盏油灯，一个战士正在那里拿着小镐挖。我喊："同志，辛苦了！"拿烟给了他们每人一支。从东海岸到西海岸的坑道，就是他们一镐一镐挖出来的。以后又看了他们的机枪掩体，射程只能射到前面的山梁，还不够方便。

下来，到了机枪一班的洞里，人们都在睡，他们昨晚到供给处送东西去了。我事先找好的几个人，一个是一班班长，他是和杜根德[①]等四人守阵地立功的机枪射手。人很聪明，二十四岁，能很清楚地回答问题。他分配战士任务，显得很干脆。他家里有一个老婆，他在村里是民兵。他回答问题很正确，使人不好更深地追问他。还有一个是新战士何加友，他是挖工事立功的，四川人，也是一个民兵。他话说得不太好，只说干什么都得卖力气。还有一个是学习组长，是个高小学生，谈话清楚，他是感觉在家里没什么前途才出来的，会编快板。我们在一起谈了几个小时，没有得到什么更深刻的东西。

三时许，到连部看了他们的工事，教导员正和指导员谈连队工作，谈完后一起回来。

回来时我们走的汽车路，路上敌人向我们打了几发送行炮。我们卧倒一次。回来后，洞前面乱嚷嚷的一群人抢着看画报，忽然一株松树的树头吱的一声歪倒下来。通讯员说，这是昨晚敌人的炮弹片打中了的缘故。大家都很不在乎。

师里告诉我跟团主任一块转移。跟我来的通讯员谷世范吃苦耐劳精神很差，别人背大行李，他提一个小包。跟他谈过几次，还不改，这次又是这样，弄得我气呼呼的。

到团里见到陶河等同志，陶极和蔼亲热地注视我，我说到新地

---

① 杜根德——抗美援朝绀岳山阻击战中一个人坚守阵地 6 个小时，打退敌人 4 次进攻，荣获志愿军"孤胆英雄"称号。

方再见。陶说:“到那地方你可以自由,可是在这里你要受管制!”

临走,他们派出两个通讯员护送。到后勤,见昨晚敌机轰炸后的弹坑极大,有两三米深。一会儿炮弹又打到附近。汽车前来接我,感到自己一个人的活动,消耗的人力、物力太大。

到常鹤洞,和周树青同志[①]一起坐车到西海岸,路上扯了些闲话,他说故事的本领真好。

到时天已快亮了。

## 七月十日

早晨,副参谋长周峰同志的说话声把我吵醒,我就起来了。正洗脸,刘崙来了。他稍许消瘦些,但却很精神。饭后看了他的画。晚饭后,和周、刘去散步。这是一个地形复杂的山谷。人家也不少。朝鲜女人穿得很脏,背后汗污,显然是背小孩子背的。她们正赤着脚锄地,一片和平气氛。刘崙边走边赞叹他所看到的画面:“喂,你看这多好!”他又说,“没有战争不知和平的可爱,这里没有炮声了,看着这些村庄真可爱!”“呵,这个色彩,多明朗!”“呵,明天我要留在这里画!”他四十岁的人了,倒蛮有精神。真是干什么说什么,如果是一个参谋,他会看出这个山头,那个避弹面,而画家他所看到的是色调。

回来坐在院里,又天南海北地扯起来。扯起老战友周振恒的四件宝:骑的马是三条腿儿,卜壳枪是没有子儿,警卫员爱打盹儿,自己的老婆是小脚子儿。没有想到这个人还能给自己编出这一套。

又扯了罗金友、陶河、王震、潘永堤、徐成功等等的故事。他谈陶河爱简单,很有意思,简单得一张通知都看不完,只看一半。

## 七月十一日

早晨散步,见朝鲜小孩出早操,在栗子树下,土洞边游玩,旁边是敌人的飞机残片,破碎的机关炮,是个好画面。

---

① 周树青——时任63军187师政治部主任。

一路走，一路想。想起阵地上的那种精神，实在令人感动。战士们在残酷战争面前视死如归，快快乐乐，实在是太伟大了。哪怕今天下午就死了，就离开他所亲爱的、留恋的人们，而现在他仍然是满不在乎的，快乐的。人生的意义到底是什么？是为人民光荣地英雄地生活，哪怕生活得并不长久。是灿烂的火光，而不是欲明未灭的火星。

自己走着，想着，见刘嵛在那里写生，正画两个朝鲜妇女推磨。那里有战士修防空洞。

## 七月十三日

白天与周谈五次战役。他的谈话很具体生动，很知道我需要什么。他的气质很和平，很能团结人。

晚上，我们到小学校玩，一个女教员正指导孩子们跳舞。孩子们穿得破旧，脸也很黄，多数赤脚在草地上跳，只有个别穿鞋的。女教员穿着有花边的粉红色的裙子，虽然没有风琴，但她用歌声代替了琴声。我和周树青同志呆呆地看着，触动了我的诗兴。我马上想起去年入朝时，我在某地看到学校空荡荡的大屋里，只有一架破风琴，空无一人。当时是怎样地刺痛了我。而今天这里又有了歌舞，虽然没有风琴。我想写一个题名“草坪上”，或“栗子树下”的诗。与我在阵地上想写的“插秧呵”来表现同一个主题：朝鲜人的顽强。

## 七月十七日

上午，和文工队的郝瑞颖、郭金标二人谈部队英雄事迹。下午与赵勇、曾明道谈，可惜他们都没和功臣直接谈过，所以听来不很动人。他们自己也有些不好意思。

和文工队几个女同志谈她们的进步过程。她们开始怯生，我也想不起更多的问题来问。虽然她们并没有什么突出的事迹，但我站在祖国人民的立场上，对她们一点一滴的工作还是感动的，感激的。她们不够典型，思想还不够坚强。但年纪很轻，都是十七八岁，愿她们继续进步吧。

下午，和刘纪斌科长谈徐信师长的材料，不知道他为什么谈得吞吞吐吐。最后，我把了解的材料告诉了他，并鼓励他写作。

黄昏，和周、刘到小学校，几个教员都是青年，听说我是作家，马上用另外的眼光看我，弄得我有些不自然起来。他们还说，他们的文学和文化人士牺牲得太多了，我安慰了他们。

## 七月十八日

早晨，准备到司令部去，刘崙来了，他打算要回国，我就乘机写了几封信。

马早已经拉来了，真把人等得不耐烦了。

下午二时，到了司令部，见到徐师长。

我发现他正在写报告：对美陆战一师作战的体会。我发现他一边招待我，一边好像想事情。正谈时，他又忽然打了一个电话。我问了他近几天的工作计划，他都有安排，我感觉到搜集他的材料，确实很难插进脚去。我说，你一定要把我俩的谈话放进你的日程里去。

见到柳青，这个青年作战科科长。

徐的稿子写完了。我们才闲谈。我劝他写些文艺稿子。以后我们就扯了几个零碎的心理问题。我问他看见战士与干部伤亡时自己的心情，他说，有几种情形：一种是战斗取得胜利，一些干部战士牺牲了，自己对他们是怀着感激的心情，因为他们的血换来了胜利。他并且说，有许多烈士比起现在活着的英雄来，所经历的要更为艰险。第二种是虽取得胜利但伤亡极大，自己内心会受到深重的责备，心里是非常难过的。因为自己指挥不当使他们多流了血，感觉对不起他们和他们的父母妻子。三是因自己大意而致伤亡的干部，自己则感到惋惜，也感觉到平时对他们的教育不够，没有嘱咐到他们。四是对因怕死而致阵亡的人，自己则感到愤恨。并且他举出一个例子，在大同战役时，他看到一个营长带了一个突击队去反击一个重要阵地，那个营长自己拿了一把小铁锨，一边走一边自己挖坑，他当时想，这样的人能不能攻击成功呢？他马上叫他回来。这时来了一阵炮，他不趴下还乱跑，就被打死了，自己感到非常的愤恨。

另外，在九连战前，我举出二班长、三班长，以及沉默和唱歌的战士的表现。他说，在战场上战士的主要心理，是想怎样完成自己的任务，怎样抓俘虏。那种沉默的和颤抖的，多是缺乏战斗经验，心里慌张。那种唱歌的是有战斗经验的，这种人善打仗，希望自己立功的机会到来。我又谈起负伤不下火线的一般心理，他说这种负伤不下火线的人，是最优秀的战士。其心理一般是：英雄的心理，显得自己更顽强，一种是完成任务的责任心，怕阵地上人少；一种是别人劝他下来，引起他的感激，要更好地打。他也赞美战士的觉悟高，我特别感觉他第一个问题解释得好。

## 七月十九日

早晨，与徐谈入朝情况。

他们今天开师党委会，布置今后工作。各团团长政委都来了。干部间一片愉快的气氛，非常融洽。师长、政委在干部间走动着，同大家握手，还招呼大家打扑克，他们站在一边鼓动，说笑。559团团长周土豹子的声音最响，在上级面前满不在乎，其他的则很规矩，这显然是比较强的团长。团政委刘波、王紫健等则稍嫌苍老消瘦，这是干部们在前线辛苦操劳的颜色。周树青主任在那边聚精会神地下棋。等了好几个钟头才开会。

张政委身体颀长而健美，他先布置工作。他首先强调这是战备练军，要大家认识这一点，其次提到反对和平麻痹等等。他的政治工作经验丰富，领导有敏锐的预见。徐最后发表意见，他的声调明朗肯定。张政委对此次行军接着作了讲评，指出哪团好，哪团坏，毫不含糊。

党委会开完，徐又招呼下午召开前次攻击座谈会的事，我回去休息了。

下午，我赶到树林子里去，座谈会已经开始。徐坐在凳子上，摸着头。参谋们在记录。罗金友也来了，战士们拘束地坐在一排长凳上。靠近徐信的那个战士更拘束。他讲，我没抓到俘虏，感到极对不起祖国，对不起上级。令人感动得心灵震响着，战士们看着自己面前摆的烟，不好意思抽。本来是讲战斗经验，但战士们不管需要不需要把自己的情况都讲了，徐也耐心听着。讲完后，徐站起来，他开始总结，他的脑子是快的。他首先讲到这次战斗的优点，接着就讲起战斗的缺点。他不大讲究方式地说："罗金友同志，你的后撤太早了，这是不对的，你应该最后撤下来。"罗金友马上显出局促不安的沉重的表情。徐又鼓励了战士们一番。会议散了，他叫住罗金友问："你认为我讲得怎么样，你今后一定要注意。"罗金友很难堪，不知说什么。吃饭时，罗的心里还在斗争着。大概徐也发现了这一点，故意叫他："罗金友，你要多吃点，你不是爱吃面条吗？快吃！"我为减少罗的负担，讲些别的话。饭后我给罗烟，他也不自然。战争，对于勇士，牺牲、吃苦都不算什么，只是在打不好受到严厉批评时是难过的。徐虽然熟知指挥员的心理，打不好，你不批评，他也是难过的。但按他的习惯是不能不讲的，这是他的责任。

晚饭后，我怕时间误了可惜，就去找柳青谈。几个小参谋全在，他们希望我能写些小说。

又接到一信，这是杨淑清来的。信是热情的，完全是一个天真的、无忧无虑孩子的信。她竟向我要一枝什么松树枝和野花，还要我和一个朝鲜女孩子照的相，真不知道为什么。

## 七月二十日

今天早晨起得很早，与徐谈到吃饭后，他又给参谋团介绍坚守经验。从谈话中可以体会到他的负责、积极与思想能力。

正谈中，十二架敌机来了，来得突然，低空盘旋，丢下了炸弹和汽油弹。徐招呼大家进洞，他却不进洞，爬到山头上去看，比所有的人都显得镇静。我们藏到洞里，我马上想到，我要去看徐信干什么，这是我的工作呀！我出去一看，徐信回来了。我说，我猜你一定去打电话要各团注意防空。他说，我刚给他们打电话叫他们打！

狗日的飞这么低，还行？他要制服敌人而不能被敌人制服的性格显示出来了。他曾跟我说过，部队没打好，失利是自己最难过的，说明在敌人的面前栽了跟头，这是很耻辱的。我了解了他的责任心，还未充分了解到他这一点。等一会儿飞机又炸起来了，他往房子里跑，我犹疑了一下，也跟他走进房子。只见他正拿着耳机，面带怒容地说："你问他们打了没有？什么，如果低飞就打，敌人飞得这么低，什么如果！"他又给各团打电话，电话不通，他喊："马上找王科长来，为什么不通？"电话通了。他又找直属队的各科长来，说："明天敌人一定还要炸，限今晚一定挖好防空洞，不挖好不行！你听清了没有？"接着，他又在后面叮了一句："伤亡了，你负责！"

他的负责、积极和勇敢，使我感动，觉得他可爱起来。我们本来晚饭后谈，但我觉得他工作一天，实在很累，心有不安。但他说可以谈，我们又继续谈起来。

## 七月二十一日

早四时，听见徐说话，我也马上起来。在山上转了一趟，朝鲜的早晨是可爱的，我的胶皮鞋上沾满了露水。我们又谈了一早，昨天徐派出去调查轰炸情形的人回来了，他听取汇报。然后又给各团长打电话，问防空洞挖了没有。我发现他每布置一个工作就及时检查，他总要找出部队的缺点，这几乎成了他的习惯。

又听到他报告作战经验，特别对涟川阻击，看来他是满意的。

晚上，他说，咱们今晚不要谈了吧，我说再搜集部队一些情况。他的工作虽有一些事务，但确实是及格的。

晚饭后，我去散步。站在山冈上，听到一阵胡琴声非常美，走近去看，一位年轻的译电员正在拉胡琴。他脸黑黑的，裤管挽到膝盖上，他沉静，细手指很灵活，拉得很好听。另一个吹口琴，还有一个敲着马蹄铁奏乐。

晚，记日记。跟我来的通讯员谷世范最近工作好了，等着我睡。战士们在挖防空洞，铁锹声不断响着。

## 七月二十二日

四时起床，比徐起得不晚。起来后到山上散步。昨天我睡得很晚，又想了一下自己的工作问题。我的主题更加明确了一步。现在美帝国主义是我们民族的最凶恶的敌人，也是东方民族及全世界凶恶的敌人，抗美援朝对我们的民族和全世界有着巨大的意义。我国的优秀儿女在战争中表现了非凡的勇气，不少人献出了自己的生命，同时也取得了宝贵的经验。这种勇气和这种经验，对提高民族的自尊心、自信心，对全世界人民，特别对东方民族是一个伟大的实际的鼓励。而其经验，则对保卫和平的事业和未来的世界战争有很好的参考价值。我应当写一本书，这书符合于这个战争本身所具有的意义。这本书，应该使我国的青年及东方的青年，以至于世界人民在反对美帝维护和平（及防止未来的战争）中取得斗争的信心和活生生的榜样，取得经验。这就有助于当前及将来的斗争。我如果能完成，也就是我对世界和平事业的贡献，对人民的贡献、对党的贡献。为了这样，就必须真实地反映出我军在劣势装备下，如何以英勇无畏的品质和智慧战胜了凶恶的敌人，并成长和壮大。同时也写出敌人凶恶残暴与腐朽的本质。为此又必须熟悉一年多以来各方面的丰富生动的斗争过程和创造这些业绩的人。在方法上，则要把这种过程，这种人集中化和典型化。

这样，我就必须在这里待一年的时间，而用另一年时间去完成书的写作。我在想着给陈部长①写信的词句而睡熟了。

## 七月二十六日

今日早晨，与徐谈，我提出支持他工作的动力，一谈谈到保卫祖国和世界和平上去，谈得枯燥，而事后自己一想，给这样的同志谈话是不该正面问这个问题的。

上午，到协理员处交党费。回来与柳青谈了几个小时。

---

① 陈沂——总政文化部部长。

下午，又与徐谈对祖国的感情。

午睡起后，大雨，起来去解手，看见修防空洞的战士满身是泥，正疯了似的把草连泥块铲起放到防空洞上做伪装，衣服像贴在身上，干得很起劲，真使我惊讶这种劳动热情。徐说，你看可爱不可爱！我已经告诉他们停止，他们还不停止，又告诉了指导员，才使他们停下来。背着家伙和伪装圈摇摇摆摆回去了。

晚上，考虑自己的创作问题。

## 七月二十七日

上午，与作战科刘副科长谈话，他谈不出什么显得很窘，就和他谈一些绘图的知识。下午与徐谈几个简单的问题。晚饭后，准备到 188 师去参加庆功会。徐见我的通讯员病了，又派了一个同志来照顾我，还亲自送我上路，又送了我两条烟。我乘吉普走了，多日来忙于谈话，一路看看周围景色，显然心情舒散些，道上遇一朝鲜七十老翁，他坐了一段我们的吉普，警卫员让他把赤脚和一只包布的脚放在自己身边。老者说："快把朝鲜解放了你们好回去！"他的第二句话是："我一辈子也没坐过吉普车！"警卫员对他的热情直爽很有兴致。

天黑后到师部，见到师长张英辉、政委李真、副政委陈英等同志。他们很热情地招待我，称赞我。谈到写作问题上来，他们对此很有兴趣。谈了很长的时间，我劝他们写。从周围人们的言谈中可以看到，人们都希望我能写出一点长的东西，都认为我写军队的东西有条件。可是我自己还不知该怎么办。我一直埋头搜集材料，倒很像个散文家的样子。

## 七月二十八日

又见到巴金、李蕤等同志。上午举行庆功会开幕式，在国歌声中看到英雄，看见张英辉同志干瘦的铁颜，异常英武地立在毛主席的像下。这时的国歌声常使我的心情激动，容易下泪。

他们一定叫我讲话，我就把苏联的情形介绍了一点，最生动的发言要算王永章[1]，这位打坦克的特功排长，叙述了他回国见毛主席的情景，毛主席用右手握着他的右手，用左手拍着他的肩说："好！好！"王永章又高兴又紧张咽喉里像憋了一个大疙瘩说不出话了。毛主席又对他讲："我们是不怕帝国主义的，全国人民要很好地支援你们！"他说他永远忘不了这句话。

下午，去参加他们的小组会，我们的战士都不太会说话，无特殊收获。冒雨回来，军文工团一位女同志，从举动中看出对王永章很有好感，两人走在前头，保持一定的距离，但可以看出谈得很亲密。

晚会，完全是战士演出，节目却很精彩，可以感受到战士浓厚的可爱的感情和创造才能。也感到文学工作者没有深刻的体验是不行的。好的文学艺术，必须是在这些基础上的加工。

晚与巴金同屋。扯了些闲话。我应有计划地从他们那里获得教益。

## 七月三十日

继续听功臣报告。一个叫郭恩志[2]的青年连长，报告很好，我倒找到了一个革命好战分子的典型。我该继续了解他们。

还有一个五十九岁的老头，长长的白胡子，在里面坐着，他是兽医，很想了解，惜无机会。

晚上看朝鲜北延白郡女性同盟及小学生演戏，他们是为功臣庆功来的。特别是那些小孩子真可爱极了，虽然他们赤着脚，他们的衣服是旧的，虽然他们缺乏营养，但他们那天真的姿态，歪着小脑袋，是极美丽的。这些小孩，最小的不过五岁，和我的大女儿一样大。其中有一个孤儿，也在里面跳着，他在空隙里跳下台来，坐

---

① 王永章——63军188师563团1连排长，第五次战役痛击英军29旅，所在部队荣获"王永章智歼坦克英雄排"称号，王本人获得朝鲜民主主义人民共和国二级战士荣誉勋章。

② 郭恩志——河北任丘人，63军188师563团8连连长，第五次战役铁原阻击战中以伤亡16人的代价毙伤美军800余人，荣获志愿军总部一级战斗英雄称号，并获朝鲜民主主义人民共和国二级独立自由勋章。

在师长张英辉的身边。孩子们永远让人爱，他们可爱的姿态，逗得人甘愿为他们去流血。永永久久吸引着人们的感情！

晚上与巴金扯谈，他也很兴奋，我说你们多帮助我们这些人吧。我们扯了很多，最后我提出了性格问题。这是我最感头疼的问题，没有性格人写不活，可是性格是多么难写。他说，靠日常的观察和储蓄。十一时睡了。

## 八月一日

上午与郭恩志谈话。这个人实在聪明得很，可是外号却叫傻郭，是一个革命好战分子的典型。谈起战斗时他瞪起眼睛，狠得厉害。可是对母亲却是一个孝子，对同志是特别能让步。他的性格实在是鲜明得很。他一练兵就生病，一打仗病就自然好了，连他也不知道原因是什么。

敌机来袭，将西边开功臣会的村子打着了火。晚上听说伤亡了老人、孩子十一人，其中老人是四个，小孩是七个。妈的，可能有特务！

晚上与张师长扯谈。我与他是一团的老战友。他在家很穷，扛小活，在毛主席召开的群众大会上入了伍，当过电话员、警卫员、上士、卫生员。从一九三〇年入伍，已有二十二年的战斗历史。言语间流露出他落后了。他说话的声音真响，灌满整整一屋子。

## 八月二日

今天，巴金、李蕤和我共同和翟国灵①谈话。他是跳崖八勇士之一。从狼牙山五勇士到八勇士表现了我们军队的特质。他是获鹿人，个性很温和，身材很拔挺。谈完后，我又与段德臣，一个政策纪律模范连的指导员谈。

下午闲谈，天南地北，海阔天空。后打扑克，张师长在打牌中，吆吆喝喝也和作战似的，就这样！

晚上与李、巴等谈写作。

---

① 翟国灵——63 军 188 师 563 团战士，第五次战役铁原阻击战中“狼牙山五壮士”式的“高台山八勇士”之一，是幸存的三人中的一个。

黄昏，政委和师长在逗房东的孩子。我们门前是一小片平地，有一口泉水井，井边有一棵小枣树。师长拿了一枝小树枝追打一个小女孩，小女孩往树上爬，越爬越高，爬到政委够不到时，就摘下小青枣掷师长，师长还击。小女孩十分机灵，在被击中时就装哭，她下边的枝杈上也有一个与她仿佛的女孩，穿着蓝裙，树根处还有一个二三岁的小孩子。当时忽然感到这是一幅多好的画面，可惜我并非画家，不能将它画下，但愿能将它的美丽永远存入我的记忆中！

**八月三日**

今天与张师长谈五次战役等情况。中午老兽医来了，他的小银胡分在两边，银发露在军帽下，裤子口袋里露出手枪的穗子。师长让他坐下，他又抒发起感情来了，说到他小时候扛长工，干了六个年头，三十而立，才找到了毛主席的队伍，才到了自己的家。他还说，别人觉得我年纪大，我觉着自己还年轻。如果我活一百六十岁，我现在还可以入青年团呢，我还想看看社会主义、共产主义社会呢。他还说，他参加这次大会，回去要好好宣传功臣的事迹。有这么多的功臣，别说一个美国，就是八个美国也不怕。

**八月四日**

今天到政治部去，和功臣陈三①谈了以后，又和563团宣教股股长杨顺德同志谈了“老模范”的故事。这人的革命品质实在令人赞叹！而自己和他比实在有些惭愧。今天敌机活跃，一天不断。晚又和老兽医扯谈。他幽默而有风趣，话说得没个完。我们在栗子树下，直谈到天黑，李蕤同志还是唯恐不详地询问着。

政治部主任叫弃里三。我问他名字的来历。他说是针对着自己参加革命时的毛病而起的，就是决心弃掉自己的乡里，“三”是表示什么呢，是表示自己思想问题最严重的第三阶段。

---

① 陈三——63军188师564团战士，第五次战役时，临津江畔坚守战中全排仅剩他一人时，孤胆作战，击退敌人一个连的三次进攻，守住了阵地，是志愿军特等功臣。

政治部在小山的一侧，山顶有条小公路，我们三人踏月而归。因一天紧张工作，胸中窒闷，一路高歌，为近年来少有的现象。自己的嗓音太难听，多年已不唱歌了。

沿途见院落中志愿军战士与小孩玩耍，朝鲜妇女顶物赶牛而归，有的牛在山坡吃草。

## 八月六日

昨晚被一种声音惊醒。原来，巴金在被窝里念朝文，一边用电筒照着。这老先生真不得了，是一个有毅力的人！我整日睡眠比他多，他有空就抓紧学朝文和俄文。

今天与张师长谈他的战斗历史。特别谈到百团大战袭击三甲村的战斗，使我很感兴趣。

晚上和巴金、李蕤到被炸的村子去看。顺山径和稻田埂走了三里多路，赶到那个村子一看，有几间房子被炸毁了，全是被汽油弹烧的。附近一棵大树，枝叶都烧成了黄的，叶子卷着。附近半块地的庄稼也都烤黄了。一个五十岁的朝鲜老头，在那里搜索什么，把枯树枝拖到一边。李蕤给了他一支烟，他蹲在那里抽着，也不说话。这种神色，我看见过，就是那种朝鲜人惯有的坚忍的神色。李蕤、巴金瞅着他。以后又看了我们吃过饭的地方，那地方落了三颗炸弹，炸出的水泥飞溅到近处地上。小学校的标语牌也歪倒了。小学校的房子，整个被震坍到地上，房檐前那两株木槿花还有一株露在外面。我们一个人摘了一朵，我摘了两朵，准备送给我的朋友，告诉他们这花是哪里的。旁边另一所房子，像一个不能支持的人要坐倒在那里似的。这原来是一所学校啊。

一路归来，谈生活方式问题。巴金的生活方式也是值得参考的，他是一个比较自然的观察者，而我则是一个人为的挖掘者。

晚上听敌台广播，知道志愿军司令部驻地金矿被炸，这几天的空战是激烈的。怪不得每天那么多敌机飞往北方。

## 八月七日

今天上午去执行李蕤同志的计划，看附近的朝鲜孤儿院。可是到了那里，孤儿院早已搬了。就临时改变计划，和该村的中学教师们谈谈。屋里铺着席子，中间摆了两张小桌，桌上有两个罐头盒子插着野花，一瓶是野百合，一瓶是红蓼和其他小花。他们围着桌坐着，一个戴近视镜的青年拿着红蓝铅笔像在改卷子，有的看苏联画报。一边墙上是金日成、斯大林和毛泽东的像。

他们的生活是困苦的，每人每月只有 18 公斤粮，家里每口人 9 公斤，每月 1800 元朝币。扣去粮钱一百多元，只能吃点稀的。据说县长也和他们的生活差不多。这个学校原有三百多人，朝鲜战争爆发后，差不多全部参了军。教员多是从军队中回来的，学生现只有二十六人。谈到朝鲜开始向南推进时，他们扬眉吐气起来，以后遭受挫折，看到美国飞机，即认为胜利不可能了。自中国人民志愿军出国直到今天，他们认为敌人这么长时间没过来，现在是过不来了。我们在屋里谈话，外面的学生们在树下唧唧喳喳地不知说什么。里面有一个女学生穿着西式黑裙，光着腿，穿着红皮鞋，胳膊腿都黑得很。还有一个穿着很厚的春秋季才穿的灰褂子。他们在外边似乎在听我们讲什么。

朝鲜人正处在困苦中。

晚上又和张谈话。谈了抗日战争中的几个战斗，都是几个很好的战例。可以了解到他确是一个很勇敢、沉着、机警的指挥员。天黑时，谈到他的苦恼，不能学习，文化低，谈话中流露出想学文化的强烈的愿望。

晚上，李蕤劝我多写些小的、战斗的文章，我接受了他的忠告。好的长的东西要瓜熟蒂落。

我俩又住到一个屋了，本来要谈十五分钟，结果谈了两个钟头。

### 八月八日

自踏上朝鲜的土地已经两个月了。在 63 军也一个半月了。

上午本来应与张师长谈，因他们开会讨论干部调整未果。只听张师长在外间屋里高声说，往学校送那样的人，是自己骗自己，不行，应该送中等的，他反对送差干部的做法。可以看到他在原则性上还是很好的。当讨论到有些干部（如郭恩志）文化低，不能担任营参谋长的时候，他就低头不语。下午张谈解放战争中他经过的战斗，但谈得太简略了，也许他真忘了。晚上本来该继续谈，因打扑克耽误了。

今天有一个参谋长因不负责任，砍伐了老百姓山上的树，引起政委尖锐的批评。张的声音更大，说，你这是不负责任，早讲过不准剃光头，你不知道吗？

晚饭时，某同志不断探询我在北京的待遇和生活，流露了对和平生活的向往。其他人也谈起类似换班的话。可见人们是很想祖国的。

在这两个月中间，计：志愿军政治部一周，兵团一周，前线十天，187 师政治部一周，司令部十天。188 师十三天。工作是紧张的。

其收获是：

1. 对徐信同志的材料有比较完全的印象。

2. 对前线阵地有一点浅薄的印象。

3. 对郭恩志这个连的指挥员有一点印象。对写连级指挥员有帮助。

4. 对老模范这个人物有了印象。

5. 罗金友的材料甚好，但对其个性了解还不完整。

6. 邓世军的材料比较富有个性。

7. 宋长福打飞机的情况还详细可用。

其缺点是：

1. 对坚守防御的材料搜集太少。过去多，现在少。

2. 听得多，看得少。

3. 上层多，下层少。

4. 方式生硬。

5. 战斗方面的多，其他方面的少。

6. 事迹多，人物个性少。

总的缺点是，间接得来的多，直接经验的少。当然过去对上层了解不够，这次给以弥补，这也是好的。根据这种情形，还应到前方阵地再去一个月才好。

## 八月十日

按每天早晨的习惯，在美丽的清晨中散步。

上午与张谈开城之战，中途，副师长又来让他布置侦察任务，谈了一个多小时。我就退到小屋里看他桌子上的照片。照片是他几个孩子的，用镜框装着，其中一个小孩很大，我问他这小孩怎么这么大，他说是以前的。他把这些统统摆在桌子上，表现了宽大的胸怀。

我们正要走时，他忽然接到电话，562 团遭受了空袭，副团长负伤了，参谋长和华东实习团的一个团长牺牲了，保卫股长也负伤了，共牺牲五个，伤了八个。张把电话机一放，脸朝外看，手指上的烟卷冒着烟。沉重的感情也把我们压住。昨天那个低个子的参谋长，临走不让警卫员扛行李，自己扛上就很快走了，还同我握握手，谁知不过十多小时后就牺牲了。我转回来，这消息的确给人以震动，李、陈的脸也都不好看，在房檐下站着。接着张师长赶过来，他们共同研究了处理的办法和今后的防空。张很快明确地总结了大家意见，分一二三讲出来。李蕤好像受到了震动，我因困极了，睡了一觉，战争有许多地方要碰运气。

吃晚饭时，他们买了酒杀了母鸡为我送行。为毛主席干杯。席上和饭后谈起对死者的感情。张说他看的死人不下一万，当时感到悲痛，生活还得继续……就是 563 团副团长张某某在上下店的牺牲，很疼，而又不安。因事先怕打不进去，就告诉张说："我们团是大功团，这是大功后的第一仗。如打好了还好，如打不好，对部队的情绪是很不利的。"这样一讲，张到前沿去了，没多长时间就牺牲了。这使得张英辉同志有自责的感情。本来不是要他到前沿，而只是说一说，却因此而牺牲了。所以自己对某营退下来更恼火，副师长说，他在战斗里，牺牲得越多，牙咬得越紧，打得越猛。

李政委说，长期的军人生活，几乎掉不出眼泪。陈则说，他在革命前，母亲死了也没掉眼泪，等棺材一盖，一想见不到了，还是哭了。

晚上又和李政委谈五次战役。

天黑以后，大家又扯谈。说指挥员最重要的是决心，决心要狠要硬，犹豫就是死亡。徐谈了张的特点是：直爽、热情、战斗经验丰富、决心果断、快、狠。

## 八月十一日

今天，人们特别注意防空，张师长也搬到离村子稍远的地方去。上午结束了我们的访问。

下午正式与徐成功副师长谈张的情况。他言语中流露出对张的倾慕之意，并说过去他嫌张不条理化而有所争执，现在感到是自己的不对。可以看得出，他现在是把张作为自己的榜样尊重着。张发表意见之后，他很少反驳。徐呢，寡言，坚毅，重视战斗的狠，重视训练的纪律性，对吊儿郎当的非正规表现，是不可容忍的。一天早晨，参谋给他报告一天的部队问题和工作，不是立正姿势站着，他就把头歪在一边。

大家对张尊重，只是有时偶尔同他开玩笑。下午打鸡毛球，张说："老魏，你来换我吧。"别人趁机就说："呵，该回去了，再回去晚了，军管会主任就不答应了。"张马上感觉到不好意思，我也说："我这几天也看出了门道。"张更不好意思，好像小孩似的忸怩。夜晚，听广播，本来很晚了，可是他还陪着我们，虽然大家早已忘了"军管会主任"的问题。

## 八月十二日

上午与李政委结束了五次战役情况的谈话。他很能谈，谈话很形象，叫文艺工作者有一种内心的喜爱。下午与陈副政委谈，他送给我和李蕤每人一只朝鲜铜碗作为纪念，他忸怩了很久，左推右推，才给我们谈坚守防御，谈了不很久，归国代表们就由团里回来了。他们七八个人，嗓子已快哑了。今天是设宴招待他们的。可是在会中我和李蕤倒成了目标，喝人参酒，喝得有些醉。

喝完酒，我们和他们几个首长又打了一场扑克，总是我的分数少。张则打得很好，那次“赶毛驴”也是这样，证明他的决心很坚强。打就是打，不打就是不打，所以“赶毛驴”的分数极少。

张偶然打错了一张牌，发觉不对又拿回来，李政委说不行，他则把牌紧紧握住，收到胸口前面，像小孩子似的撒起娇来，耍赖，晃着膀子，好像小孩子一定要吃一块糖果一样，流露出他的纯真。

晚上，他们让我们都留下了字。临走时一直送到村外汽车边，非常热情地同我们握手，别了，别了。政委因为割了脚上的鸡眼，拐着脚送我们。与归国代表同车到187师，同车还有打坦克的特功排长王永章，还有两个女的。有一个女文工团员说到她回到内蒙古时，蒙古族人对志愿军很热情，很有觉悟，要代表把羊带回送给志愿军。

## 八月十五日

本来想多睡一会儿，早五时就被吵醒了。因为院里是小伙房，警卫员也都起身了。我也就起来了，浑身无力，后悔睡得太晚了。

房东小女孩穿起朝鲜的小绿裙子，下面仍然赤着脚，叫人觉得怪美。

送我的牲口来晚了，派的引路的饲养员也不能去了，我只好查看地图免得走错。

周主任听说这种情况，忙起来，穿着小裤衩、背心，瘦猴似的，给我画路线图。他对我的友情，使我真切地感到温暖，我对他更加难忘了。

李蕤也挣扎起身，困得什么似的，还要送我。

马背用树叶伪装了。

炊事员给我们炒了饭。

一路走来，走过一条小山径，不断地看到一丛丛的野花，其中有一种是很香的。像是丁香，香气很浓。有人说叫“假梧桐”。绿色的林莽里，有两个战士沉静得像妇女一样坐在那儿劈条子。又走一节，经过两间房子，有一个朝鲜妇女，背着一个背架，白衣白裙，赤着脚站在垃圾堆里，大概她负载的东西刚刚倒下正在休息。她的头发黑极了，脸虽在烈日之下，可是白得很，泛着一层红，看去真像仙女一样的美丽……太阳晒得热极了，两旁都是稻田，他们劝我骑马，我也不骑，只是看着周围盛夏的美景。白云，绿树，稻田，草地，蝉鸣。慢慢走了十五里，我们在一条小河边浓阴下休息。我在发热的飘着水草的溪水里洗了脸，把头发也洗了，坐在辎重营的大车上歇着。一会儿看见几个战士杭唷杭唷地拉着砍伐的大树走过去，隔一会儿又空着手走回来，敞着怀，有一个身体特别健壮的战士穿着一条白灯笼裤，光着膀子，圆圆的肩膀厚极了，闪着汗光，皮肤又黑又红像红铜一样的好看。真美丽极了。我们休息了一会儿，又继续走，走了半公里。一个小村，那浓荫真诱人，栗子树上青色的果实又肥又大，毛茸茸的，偶尔落到地上。用脚一踩，还是毛茸茸的。今日的美感，整个沁入我的心灵。忽然灵感激动了我，我想起了《栗子树下》最后结尾的诗句：

栗子树呵，你沉默不语，
可你却被这琴声微微惊动，
你那毛茸茸的圆球，
像古代英雄冠上的盔缨……

下了一个小山，有两条岔路，草丛里黄黄的路，美的路。饲养员很会说朝鲜话，可以跟朝鲜人聊半晌。他找了两个小孩给我们带路，他俩赤着脚拉着手领着我们，小脚掌走在发热的路上、草上。不知怎的我对赤着的脚总感到特别的美，即使他脏一些。

谁知路走错了，图上标的石隅，却走到了石手里。在那里又碰见一个朝鲜小孩，让他带路，他戴着一个草帽，我拍了拍他的胸脯。

他送了我们五里地，回去了。我们到了连峰。看见男女都收拾得很讲究，女的上衣洗得很白，下身束着各色裙子，头发都仔细梳过。老头子也穿得很干净，自自然然地走路，腰里的烟口袋游打着。这天他们是庆祝“八一五”啊。他们要去喝酒、庆祝，心里很想去看看……远远看见绿丛里摆的桌子，桌旁围着层层的男女。

一路上都隐约有房舍，听见说话声，正如古诗所写的“空山不见人，但闻人语响”。

到了蜀洞，见不到一个军人。有一个朝鲜老人领着才找到了。路上，经过老人的家宅，我看见有一棵大梨树，果实累累，极像祖国的沙梨，实在爱人。正想忍渴走过，老者连忙走到树下，揪了六个，双手捧着给了我们。这是多么美的画面，多么叫人感激的情谊。我真愿将它画下。我忙抽出了三支大生产纸烟给了老者，老者鞠躬。朝鲜的老人，有极高的文化教养与令人起敬的风度。

见到了团长周成河。他粗体大膀，胸脯敞开，赤脚，含着内在的野性。外号叫“土豹子”。隐约流出一种魄力。

因为我们比较生，开始找不出什么话说。

下了大雨。他们说副团长张润臣（张黑子）到连里参加民主会晕倒在路上了，警卫员忙去接他。雨很大，屋里的电线不断爆炸。一会儿雨小些，副团长回来了，披着雨衣强挣扎着走，团长喊他，他也没听见。

团长也下去刚回来，政委刘波还未回来，这团的工作看来是紧张的。这使人想起徐信。屋子里挂着两面锦旗，团长说：“这是政治委员同志弄的，他喜欢这一套。”我看出他和徐信的口吻一样，真是一级学一级——军队的微妙关系。

黄昏时，刘波政委回来了，团长周成河很热情地招呼刘吃饭。从这些小事上看出，他对政委的尊重。

晚上听谁喊：“嘿，小蛤蟆跳到我靴子里来了！”真是山上宿舍的风味。

晚上八时休息。

今天是很疲劳的，但给我的美感是无尽的。和周住一个屋。

## 八月十七日

早起和周谈。饭间大家爱给张主任开玩笑，因为他还没有结婚。

饭后到一营。见到教导员康振洲同志，因为他在我当副政委的教导队学习过，以老上级相待，但多少有些拘束。我问起以前教导队那些学员的情形，他说只剩了他和561团的李若鹏。我从这里了解到战争的残酷，我也就不再问下去。

这个营我过去待过一个多月，可是现在已人物全非了。

午睡后到机炮连。

机炮连在小山冈上稠密的树丛里。连部搭在小松树下，屋子里不大整齐，电话机在一个柱子上放着。战士们散在山坡上，他们正在改选党、团支部。我热得什么似的，把军衣脱了放在一边的树上。

我看着战士们，我又看到他们了。

无后坐力炮和火箭炮都在队前摆着，我没见过无后坐力炮，就到跟前去看，副教导员把炮衣拉开，黑油油乌亮，真让人喜欢！上面写着一九五一年造。这是祖国造。他比另一门美国造的好看得多。有一个眼睛红红的河南战士也来到这门炮旁边，因为我们在谈论他的炮。

指导员很年轻，帽檐下还微微露出一缕黑发，鹰钩鼻子，名叫宿炳和。副指导员更年轻漂亮，二十三岁，身材挺拔，一样的鞋袜衣服，他却穿得格外整齐，很有点老通讯员的样子。副教导员介绍他是过去营里的号目，司号员。

他们开完会，我们就扯谈起来。我首先问起李江海同志牺牲的情形，因为这个连就是李江海同志所在的连队，是过去的模范支部。副指导员热情地说，他们俩是最要好的，在一块无话不谈，跟连长、指导员倒谈得很少。连长、指导员爱严肃，常批评他俩乱打乱闹。当我问起他听说李牺牲后的心情时，他说，我们俩用东西都不分……虽没有下泪，但声音是哽咽的。

晚饭吃高粱米，菜也不甚佳。营里打来电话：你们要好好招待，他是我的老首长……其实我和他们在一块吃，觉得非常舒服自由，非常愉快，我吃了两大碗。

## 八月十八日

早晨四时起床。在连部睡懒觉是不可能的。我这人一定要这样逼才行。昨晚八时睡觉。他们把最好的床，编的软软的条子床让给我，自己支一块门板儿。我躺在蚊帐里。房子除后山接房檐外，其余都是切的半截山坡，南面没有修，好像一个棚子。房外面有两株松树，我的床头外有一株松树，虽然夜色深浓，但也看得见这些树干。空气十分新鲜清凉，使人十分愉快。睡在这样的地方，身体一定会健康的。

上午与张德明谈。又与打飞机的几个人谈了谈，可惜打飞机的人谈得很不精彩。可见想收集材料有多困难。

副指导员对指导员很尊重，极像一个才任新职的干部，零碎事情他处理得很周到。有时还帮助收拾碗筷。说话处处带请示的语气。

谈完打飞机，很困倦，睡到下午三时。这种松懈现象是因为我对采访方式的动摇。我不敢相信这种方式能有多大的收获。下了一天的雨，躺在床上，雨飘进来，于是就把蚊帐放下遮雨，在雨声哗哗中睡了很久。

饭后，我利用空隙到战士演出队去，因为他们快要分散了。战士们马上热情地演出了。因为外面下雨，他们都打了赤脚，和我在一起挤着，只剩下几平方尺大的一小片地方。节目有快板、坠子、四川的金钱板等。我注视着他们黑红的脸和赤脚，觉得那么那么美，美得迷人。我若是个女的，真愿嫁给他们。我也不知道为什么，那么喜欢他们皮肤的颜色。有一个电话员，脸儿圆圆的，说快板时脸仰着，天真得像父母面前的小孩子。指挥员呵，你们是幸福的，你们有着这样可爱的战士，你们有着这些金子也不能换的宝贵的财产。如果说你们是战士的父亲，你们拥有多少优秀的可爱的儿子！他们演奏完了，我又提议，让他们每人都来一两句家乡戏曲。一位身材粗壮的河南新战士，另外，有一个修工事的模范和一个班长，班长是过去的解放战士。立刻来了一段河南曲子。这是我小时候听过的，令人入迷的宽大和谐的声音。我要是一个音乐家，我会把这些音符纳入我的乐曲中。那位脸黑黑的战士，拉着弦子，头微微偏着，他的姿态就是一篇朴素的诗！此外山东人、东北人、四川人、西康人……都来了一段。熄灯号吹过了，我表扬了他们。这时，通讯员和副指导员张德明接我来了，我跟他们回去。张德明没带雨衣，在灯光下，我见他淋了一身的雨点。兄弟！我感谢您！

## 八月十九日

睡在这里，完全像睡在森林野莽中。听着雨声，风声，多好啊！

早晨，屋子正中出现一汪水。屋门口很高，为什么会进来这么多水啊。原来，墙角里有一个泉眼，在开始修建这座草舍时没有注意，快修成时才发现了。通讯员们只得把水舀出去。这真是志愿军生活中的趣事！

按照计划，今天与几个打坦克的功臣谈话。这个连曾经在一天之内打坏敌人五辆坦克。其中有我第一天碰着的红着眼睛的河南战士，还有一个也是河南战士。谈得很生动有味，了解了他们可贵的求战的心情。

他们练兵学技术，是按兵器分类集中的。张德明挎起手枪带着重机枪走了，各营的火箭炮和无后坐力炮由各连副排长或副指导员带着来了。战士们在小树林里坐着。下午去看打靶。这是我第一次坐得这么近看打火箭筒。战士瞄着二百五十米远的小旗射击。这种武器在射击时前后都冒出一溜烟火，炮筒的后坐力把战士推出好远。这都是祖国造的武器。六发炮弹没有一发打中，只有几炮打在附近。他们都是第一次打，没打的人，请求要打。

又到一个小山凹里看无后坐力炮射击，一个副排长黑黑的脸，黑眉毛，双眼皮，帮着战士瞄准时，他的黑脸贴在黑油油的炮身上，多美的形象。

晚上到班里转，只因自己不是战士出身，彼此生疏，很难一下接近。到一个熟悉的班里，那个红眼的战士正接待我，一声哨响喊他去背木头去了。又到一个班里，一个湖南战士正在那里砍树枝搭炕。另一个往炮架子上绑树条。搭讪了几句，看他很拘束。又到一个班，看见一个年轻的战士（后来知道他叫刘生春）正在那里吹他怎么俏皮的故事。因为他资格老，又是班长，别人也不管他，尽他吹。我虽然去了，他吹的兴致一点也不减。

## 八月二十日

今天说要听归国代表作报告。战士们都全副武装，自动地穿得很庄重，戴了纪念章（平时不舍得戴），背上伪装盔。会场设在一个山凹密林中。前面搭了一个小土台，周围布置着标语，挂着祖国人民赠给的锦旗。由贾震仓同志报告，他嗓音很大，一直讲了七个小时，后来声音都哑了。我面前的战士，瞪着眼睛静静地听着，不断地鼓掌。尤其听到毛主席对王永章的嘱咐时，都热烈地鼓起掌来。报告完后，是自由讲话。有两个战士（一个是那个红眼睛的河南战士）虽然讲得干巴一些，但能听出战士的心声。营长一定要拉我去营里吃饭。这位营长个子不高，黑黑的，今天也穿了新衣。他走路敏捷灵活，走得很快。吃饭时，到另一处作报告的赵慧先也回来了。她脸上有两个酒窝，老是笑，在北京曾见过我。她嗓子也哑了。她说那边会后有五六个讲话的，一个原来落后的战士讲着还哭起来了。讲到祖国人民，眼里的泪滚着。营长本来很热情地照顾大家，一见有女的来了，忙躲到一边去了。吃饭时，他怎也不肯到女同志这个桌，勉强拉过来，他脸一直朝一边看。他是多么的害臊啊。赵慧先不断给我拿饼，弄得我也不好意思，但我感谢女同志的热情善良。

晚上回来，副指导员布置讨论，参谋长布置明天练兵的编组，营长召集班排长开会，搅到一块儿去了。

不管怎样，我争取时间去听讨论。到一个班，讨论尚未开始，正在胡吹乱唱。一个年轻战士，上次我让他唱河南曲子，他说不会，现在乱唱一气。等到发现我时，又不唱了。我催他们讨论，他们都讲:祖国进步很快,自己感觉落后了,特别是觉得战绩不大,对不起祖国人民。这就是战士的伟大之处!他们在前线出生入死,还觉得战绩不多,贡献不大,对不起祖国人民!

## 八月二十一日

早晨来了一大卷报纸,忙抢着去看,感觉分外亲切。看着祖国,真是一片欣欣向荣,心里不由得一阵高兴。每看到报纸就给人以力量。特别看到各方面的突飞猛进,觉着祖国正在飞跑,人人都在竞赛。不要说停步不前,就是走慢一些,你也就落后了。我也觉得,我们这些人,是不是能保持作家的称号!从报纸上仿佛能听到祖国的步伐,我应该把我的这种感觉写在通讯中。

上午去看战士操练火箭筒的取炮放炮动作。战士很卖力气在那里练,班长很和蔼地在那里教,练一阵还研究一会儿,真像个友爱的大家庭。那个笨战士,直出汗。

有一个副班长,名叫刘文贤。他是个见面熟,一见就说起他的历史,邓世军当连长他就在他的连当兵。他说他打仗并不胆小等等。又问我是什么干部。后来一个班长告诉我,他打仗不行,一打仗就病。班长说,打了那么多的仗,一个功也没有立过,你问他立过功吗?可见他是受到鄙弃的。

我和这个班长谈了很长时间,他说西康战士很勇敢。他班里有两个西康战士,一定要到前边去看,很有股蛮气。那时炮打得很凶,问他来干什么,他说,来看看。

收操了。我在班里喝了两碗水,看见战士们躺在炕上,很累,人还睁着眼睛微笑,非常幸福和谐。

晚上又到各班去串。那个俏皮的班长,好像要把所学的东西都吹出来。我听不下去,走了。又到我熟悉的班里,听到了战士的心声,我好像吃了顿美餐一样的满足。

## 八月二十二日

师里通知我23日回师,我到营里打算住一天,一来认识认识营长,另外也和康振洲谈谈。

今天大家吃高粱饭，又给我烙了几张饼，我吃了一张半。要了一把战士用敌机残片做的小勺，准备送给我的朋友。指导员送我很远，送我到河边。

到营里，人们正围着听留声机，非常有兴致，给清静的山谷增添了欢快的气氛。原来营长不在，到师里开会去了，听徐做三个月的防空总结，他抓得真够紧呀。康教导员也要到团里开教育准备会。我只有看新出的《解放军文艺》《中国青年》，上面有立云①评价我们的小说《长空怒风》②。

下午到木匠组去看。五六个人正在叮叮当当地忙个不停，有的做枪架，有的做黑板，有的做刨子。有一个西康战士，他粗壮得很，只穿着一个裤衩。我和文化教员坐在一边看着，想同他们扯扯。拉锯声，钉钉子声，刨木声，弄得听不清。他们在家都是木匠，因为是工人，土改时都是村农会的负责人，是带头参军的，觉悟都很高。开始集中时，都怕耽误了练武不愿集中，说清了道理，都来了。从天亮干到天黑，一点不休息，盖了屋子，又给大家做腰鼓。我问他们将来干什么，他们声音爽朗地说，抗美援朝胜利，把美帝国主义打垮，还去当木匠，给工人修工厂。我又问，大家都走，叫你们留在朝鲜帮助老百姓修房子，怎么样？他们说，那也很好呀！咱们抗美援朝本来为了帮助朝鲜人嘛。他们工作得很起劲。我问木匠是不是善于瞄准，确实他们瞄准很好。

据文化教员说，他们战斗热情很高，在阵地上曾想将铁匠炉立起来，但没调查出谁曾是铁匠，因为都怕打不上仗。

开饭了，我们才回去。

饭后，我又利用时间到一连去了一趟。因为过去在冀东作战，我曾跟这个连一个月。这次去看看熟人，了解了解材料。谁知到那里只找到三个熟人，两个当班长，一个是排长。由此可以看到四

---

① 张立云——总政治部《八一》杂志社编辑组长，《解放军文艺》评论组长。

② 《长空怒风》——魏巍、白艾合著，反映抗美援朝空军生活的中篇小说。

年之间已有多大变化。我们谈了谈，实际上他们已经记不得我，而我也记不得他们了。谈了些过去的情形。那边战士集合一起听留声机，大家静静地坐着。

黄昏回营。营长开会回来，说敌骑一师和另外一个师又入朝，可能在秋季组织攻势。

### 八月二十三日

本来今日早走，天下起小雨，就决定和营长杨茂祥谈一个上午，下午再走。杨也是一个“好战分子”，谈得很满意。谁知下午雨又大了，时间在犹豫中过去。后来决定不走，可是团里却转来师部电话说英模们今晚走，如果有汽车不走，明日走浪费汽油不好，就决定走。

今天走时骑的一匹黑马，饲养员老黄说是邓世军英雄的马，它被邓在北大流缴获后一直为邓所用，直到邓死时才到了一营。可惜马太老了，一路磕磕碰碰的。

一路风雨，时大时小，雨烟满山野，雨点打得我眼都睁不开，慢慢我的胸前也湿透了。因背后未湿，还不觉得太冷，我让朱长福同志给我折了一根小棍，赶着乌锥马紧走。回头望，老黄和朱长福二同志紧紧在后跟着。我怕走得太快把他们累坏，朱长福又紧催我。有时一阵大雨袭来，夹着风声，庄稼和树叶一阵哗哗响，马在这时也不禁紧紧放快脚步，好像战马听到枪声一样。

慢慢自己的座下也都湿了，水流在袜筒里，两条裤腿也全湿了。我是奔驰在朝鲜的风雨中呀！

对黑暗的袭来，我是感觉讨厌的，因为我的眼睛不好，我怕在荒野风雨中迷失了道路。可是渐渐灰蒙蒙的夜色降落了，很想走进一个村庄，问问老百姓还有多少里。远远看见黑糊糊一片像是村庄，走近看又不是。天黑时，到了一个村庄，屋门口坐着几个朝鲜老百姓，一问还有十里。指示我们下小公路，抄到一条小路上，小路就在深草丛中。这十里路走了很长时间，朱长福喊，注意，下坡了，过水沟了，我感觉像是走进一座什么神秘的魔窟中似的。忽然一根树枝碰在我的头上，枝叶上的水又淋我一头。马也一惊。

看见灯光了。到了。听到了热情的呼唤。朱长福走到徐师长的门前说："魏巍同志回来了。"原来徐不在，他去训练队训练干部，要一个月。他总是抓得这么紧。他是多辛苦！

我下了马，到了我原先住的小屋。周身只背上是干的，其余全湿了。马褡子里的衣服也湿了，我正愁没法，张政委来了。他赶忙招呼人把他的衣服鞋子给我拿了一套，又找人打水给我洗脸，吩咐人把他的鸭绒被给我拿来。几个警卫员忙着拿这拿那。联络员车成龙给我铺好了铺，多好的孩子，长了一头茂盛的黑发。我摸了摸他的黑发。政委又招呼给我做热面汤，我说不饿，他说不是饿不饿的问题，现在的雨不比前些天的雨，这是秋雨！也是咱部队的传统。我洗过脸，他一看这屋子门窗的纸都破了，又让小车把他的屋子给腾出来。我在精神上感到十分温暖。

我换了衣服，热面汤就来了。我招呼老黄、朱长福都吃了，又给了老黄一件大衣。

这一晚，我整个被革命同志间的温暖感动着，很晚很晚才睡。这是我们所以能够战胜敌人的力量！我必须用同样的热情去对待人。我躺在鸭绒被中，听着外面的雨声。

## 八月二十四日

早起，看胡征同志的《红土乡记事》，写得真好，真好。把群众的革命热情、革命精神写得甚为真切，特别写出了劳动人民的品质，语言也颇佳。

上午，睡了一会儿，说要走。忽然，雨又下大了，军里又通知不走。补写了几天的日记。

朱长福同志跟我工作将近一个月，他在我们刚到时征求我的意见，我说我很满意。他特别给我补了袜子和衬衣，使我感动。他们做的是勤务工作，但这是崇高的母亲的工作！我想给他件纪念品，手头又没有。他说什么也不要，就要我一张相片。他说："你的脾气太好啦！"

与张扯了半日。饭后又扯了陈赓将军的逸事，他是干部摆龙门阵的主人翁，他好像小说中福将一流的人物。大家谈他，从中也看出对这位饶有风趣的将军的热爱。他是这样开朗，豪爽，落拓不羁！胸怀宽广！可是仅仅是这样，人们不会这么热爱他。还是因为他经过了真实的考验，在做地下工作被捕后，有着威武不屈，富贵不淫的英雄气概和对党无限的忠诚。敌人曾千方百计诱惑未果。这种人物的性格是确实可爱的。

晚上听广播，在张政委新盖的小木房里。夜深雨大，谈起祖国繁荣。小金线蛙在屋中跳，政委不断用电棒打着，感觉甚为有趣。

大雨，大雨……风……

## 八月二十五日

雨又下了半日，下午放晴，火烧云。军部通知会议改到月底，我拟改变计划，先去炮兵团，可是又接到电话，仍定在明天走。

看了一天报纸杂志。读了金日成将军的传略，金日成自然是朝鲜人民优秀的儿子，一个勇敢的战士。

晚上，他们欢送我们，喝白兰地，微醉。

黄昏，去看本村炸坏的房子。房子坍倒了，炸弹坑灌满水。有的屋子虽然未完全倒下，但也半伏在地上，只有某一角还顽强地支撑着，像一个佝偻的老人。门窗架子被挤扁。有的房子中了火箭炮弹成了一团灰。我回忆着，那个半倒伏的房子，是我们第一次来，在房檐下吃第一顿饭的地方。那个完全炸倒的房子，是我到作战科路过的地方。曾记得路过此处时，一个穿红色衣服的年轻姑娘在用脚蹬铡铡草，老年人当下手。可是现在呢，听朱长福讲，两个老人炸死了，只留下一个小孩。他的姐姐下半年就要出嫁，不知是不是这一家？

## 八月二十六日至九月二十二日

已经近一个月没有记日记了。简单地补记一下。

二十六日上午，天仍小雨。冒小雨乘车奔军部，张迈君政委道上遇见我又送了一段。他穿了件美国雨衣，是此次对我最热情的一人。和英雄同乘车到军司令部。见张德彬、郑希贤、李际亨等同志在亲热地打扑克，互开玩笑。彼此相互攻击对方怕老婆。李西恒同志回来了，将北京来的七八封信给我。其中有一封信，一张相片。同志们互相传看。秋华也来了信谈了孩子的情形。还有其他读者的信。第二天，我几乎用了一整天的时间复信。从二十八日至二日开了四天英模会。会场在不远的山坡上，布置得很堂皇。又听了郭恩志等十几个同志的典型报告，与他们合影。本来想留下几个英雄座谈，会议中间说敌人准备登陆，马上停止整训。开会的人也都急着回去，就作罢了。在最后一天会餐时，和英雄们在一起，郭恩志、王玉祥、赵玉礼等都喝醉了。但我是了解这种心情的，心里痛快，一喝也就喝多了，这是很自然的。直到第二天我们吃早饭时，还看到郭恩志盖着一个大衣，在破草房里酣睡未醒。

会议中间接到一个电报，叫我为《解放军文艺》组织稿件，说刊物稿件不多。我当即给在朝作家各去了一个电报，并组织李蕤写稿。四日搬到政治部去。在一个小棚子里住了一晚。夜，大雨，把李蕤的被子全打湿了，弄得他一夜未好好睡。第二天，搬到一个小屋里，朱曦①、丁国材②同志去看我，我们扯了一夜。扯的是关于离婚的事。谈话无结果而散。

从五日起开始构思，想写一篇报道持久防御战，标志着目前战局特点的东西。构思约一日写下提纲。九月十一日成篇。题目《磨死他》后改为《挤垮它》。应当可以反映目前的战场情形，但长而欠精。李蕤同志看后，又着手修改。因自己总嫌时间耽误过多，怕赶不上前方战斗，心安不下来。用十三、十四、十五日三天时间修改，勉强潦草完成。此时，又接到邱岗③同志一信，让我写一篇鼓舞祖国人民建设的文章。再次指出，不要贪写大东西，误了小的。自己当即欣然接受。因搜集材料欠丰富，苦思二日无所获，又放

---

①② 均为作者在当时的战友。

③ 邱岗——时任总政宣传部新闻处处长、宣传处处长。

弃。给英模大会纪念册撰文，初稿甚为粗糙，后经李蕤帮助，始在十九日完成。尚可。

二十一日应支部决定，为军直排以上干部作访苏报告。报告五小时，归来时已疲乏，倒头睡去。

二十二日始离军部。

整个这段写作，一般说还算是比较快的。比过去好像还熟练些，语言也流畅些，通俗些，但自己总觉得劳动的苦重！写作中，敌机日夜袭扰，特别是夜间，在附近投弹，讨厌之至。

参加舞会两次，跳舞有些门了。

将稿子拿走。

二十二日，我要到朝鲜人民军去，李蕤同志也将离此到47军。我用了整一个上午，与李交谈彼此的意见。李提出：我平易近人，热情，积极，责任心强，没有盛气凌人的样子，是可贵的。缺点是个性强，有时突然来一股火气。我也诚恳地给他提了意见。

在这一段生活中，我感受较深刻的地方，就是同院的房东。她有三十多岁，两个小孩，一个八九岁，一个三岁，还有一个小叔子。丈夫被飞机炸死了。她一天的生活真难过呀，得不到一点安慰，做着苦重的劳动。天还不亮，我就听到她的捣米声沉重地响着。把刚成熟的棒子掰下来，把刚成熟的谷子掐下来，赤着脚，用脚掌在木盆里踩谷穗。又烧火做饭，又顶水，她要计划一切，操劳一切。就是这样，两个不懂事的孩子，整天哭闹。她走出门去，孩子跟着哭出门去追她，她跨进门来，孩子又哭进门来。小叔子的头上长了一个拳头一样的大疮，整天疼得咬着牙齿。那孩子虽不哭，但疼得实在难受，还要看管这两个孩子。两个孩子，那么冷还光个屁股。女孩很胖，但身上很脏，没有人去调理她们。她真是整个朝鲜民族受难的象征。帝国主义侵略者给予朝鲜人民的苦难，不只是血肉模糊的尸体，还有对于人心的伤害。朝鲜大嫂的苦难，深深地刺痛了我。唉，有时她操劳回来，小女儿哭得没法，她的心软了，就把盖着胸的短上衣扯开，小女儿就从她的腋下钻过来吃奶，一手还捂着另一个奶，像一般吃奶的可爱的孩子一样。但是，她母亲的幸福呢？

有一天，我看孩子的疮实在疼得难受，就把他领到卫生所开了刀，开刀以后，孩子才像有了些生气。

邻家的年轻姑娘是可爱的，她十八岁，说话有些翘舌，更显得可爱。她忙了一天还要去开会，有时我写东西到深夜，听到她回来的足音。白天她收拾得特别漂亮，衣服洗得整洁，屋子也是因为有她的缘故，收拾得全村第一。可是脚上却是一双志愿军的大鞋，那鞋破了，又那么大，踢里趿拉的。年轻的姑娘穿这么一双鞋，实在叫人心里难受。

想写一诗，“赠阿姊嬷尼”。

西恒送我上汽车……一路不断看到拉木头的汽车向海岸走。我们几乎走到海州。到达延安附近，有563团二营的两个通讯员等我们。到了营部，见到了营长、教导员、参谋长。营长、教导员如此年轻，真使我惊讶。如果不介绍，我还以为他们是通讯员呢！营长孙臣亮称赞了我的文章，说对他的鼓励很大。言谈中很钦佩他们的师长，称师长为老头子。谈到他们的战绩时则说，他们没打什么仗，听说敌人登陆，决心要在这里打一打。这里是一堆求战的旺盛的火。

与教导员同居一屋。

### 九月二十三日

早晨到外面转了转。营部住的这地方，是一座朝鲜的家祠，瓦房建筑很美。院外，汽车路边，全是茴香、波斯菊，粉红的、蓝的、黄的，正在盛开。

饭后与教导员同去人民军26旅团部。到了飞凤山下一座小房里，这就是旅团长住的地方。可是我们只见到有两个朝鲜女同志在家。一个穿军衣，从肩章上看是个军官。另一个穿着绿衬衫，在裤子里煞着，高高的个儿，因上衣没有领子更显得颈项很长，剪发，脸色红黑，与联络员说话时，总想发笑而又竭力忍着，有一种朴素的美。她一手扶着小门，一只赤脚在门槛上登着。她告诉我们，旅团长和大队长以上的干部全开会去了。联络员说她是旅团长的警卫员。

我为了节省时间，马上改变了计划。先看飞凤山的阵地，然后再到人民军三大队。见到志愿军的姜记者，同行总是亲密，很快就谈了许多话。他本来想到三大队去的，又托词不去了，我想是因为我去的缘故。

路上经过被轰炸的延安城。汽车路上，朝鲜男男女女来往不绝，全是赶集的。我和李向明及另一通讯员赶了一个集。在一个小森林中，卖物者席地而坐，卖些杂物和朝鲜的吃食。颇有新鲜之感。朝鲜淳厚的乡俗，坐在那儿卖东西也显得如此文雅，叫人爱慕。晚上到达人民军。礼节周到的作风马上印入脑际。见到政治大队长、参谋长。

晚上吃饭很晚，都是辣椒，颇合口味。

## 九月二十四日至十月二十五日

又是一个多月没有记日记了。让我追忆记下一点吧。

自九月二十四日至二十九日到达延安半岛人民军中。在大队部住了两天，中间冒雨去山上看了一次，和他们谈了一下各自的历史。了解了他们战争前的快乐生活和战争中的遭遇。第二天，又去看了一下他们战士的驻地。坑道塌了，战士穿着薄薄的衣服，坐在坑道中。坑道上搭了几块板子，上面盖着几块铁皮。他们是多么冷。在电话室里访问了两个小孩。其中一个小孩，母亲被杀，他曾和父亲同去乱尸中找母亲，看到了母亲的尸体之后参军。两日后，车龙石大队长归来，人很热情，是东北籍的朝鲜人，他说自己有两个祖国。很爽直，很快就同我谈了他个人的私事。第三天，他派了两个战士把我送到三中队。在一个月夜，再次通过延安到达一座山下。年轻的中队长和政治中队长迎接了我们。他们善良的面孔使我想起一些熟人来。第二天就到了海边，又见到一个活泼的排长。坑道口竖着一个牌子，上面贴了些标语、画片。坑道里很整洁,木板壁,木板炕,门口放些军事书,里面铺得非常整齐,一个枕头,一个白被单。到山上已看见海,在海边看了机枪工事。战士们修着工事,有人唱着歌,看来士气是高的。回来又去吃饭,他们吃饭前在鲜花下唱歌,然后排队进入饭堂,随口令脱帽坐到餐桌旁。吃得虽不好,桌上还放着一瓶花。饭后和他们在树阴下开了个座谈会。最后我鼓励了他们,看样子,他们十分感动。他们心底里深藏着对中国人民的深厚友谊。在暮色深浓中返回连部。第二天早晨未起床,敌机即来轰炸。这天看到他们的支部委员长和民青副委员长,特别是后者给我以极可爱的印象。在座谈中向我提了许多问题,知道他们的政治觉悟是很高的。吃饭时,第一次喝了朝鲜酒。晚上归来。二十九日白天又和几个战士谈话。谈话中,敌机轰炸,轰炸中那边几个志愿军战士喊:“打死他!打死他!”去一看,是打死了一条毒蛇。

晚在月亮光中与他们分手,临走时送给他们大衣及裤子一条(他们有人没裤子穿)。又是两个战士送我们。深夜到达563团二营。和教导员同居一室。

在人民军中虽只六天,但印象是深刻的。他们艰苦的斗争生活和觉悟,使我难忘。在这期间最大的收获,是我脑中的人民军形象具体了。我十分爱他们,像爱我们的战士。

## 九月三十日

早晨一起床,敌机就来炸,炸的是四连。电话也不通,营参谋长、教导员都去了。不一会儿,杨顺德同志来了,他是从土里钻出来的。指导员负重伤,他臂上有指导员的血,但他精神很好。饭后谈起搜集材料的事,他不慌不忙的很健谈。他感情极丰富,说话也很生动。我想乘空去团里过国庆,同他多谈谈。我们俩就一路走了。路上遇见两个朝鲜人,一男一女,男的头缠绷带,慢慢地走。一见杨,非常亲切,大家马上坐下来,女的掏出笔来交谈。原来他们是刚才在一个洞里被炸的。中朝人民友谊的深厚,到处可见。

走了将近四十里,才到团部。见到刘砚田[①]政委,又见到人民军车大队长。车非常爱漂亮,穿了一件汽车司机的蓝制服。大家谈了一阵。

## 十月一日

早晨和战士们一块听广播。战士们说,听到里面喊毛主席万岁,真想随里面的人一块喊。晚上又听广播,是国庆大狂欢。为完成邱岗同志给我的任务,思索了两天,即开始写作,至十日完成。题目《前进吧,祖国》。此稿颇费力气,天天饭后即写作。房东有一个小姑娘,穿黄褂黑裙,没牙,能唱中国歌。一张嘴就唱:“嗨啦啦啦……”真可爱。有时送我几个枣。

在这期间,天天与他们团长、政委夫妇一块吃饭,有如家人。同政委老婆谈了后方妇女的情形。在分别之际,政委与其妻十分缠绵。我心亦极为同情。团长马兆民[②]的妻子要在次日黎明离去,而他还在埋头写第二天开会的提纲。他是一个格外聪慧的人,有“小诸葛”之称。

晚上和他们分手。去坐了一坐,我以“春宵一刻值千金”为由,要赶快离开,他们还再三挽留……军里汽车来接我们了,一夜车上寒冷,已是深秋。凌晨一时到达。安管理员赶忙起身,还给我留了一暖瓶水,使人深感温暖。

十三日,起来刮了脸,见到祖国人民慰问团,很亲热。认识了几个印象很深的人物。辛树之,是五十九岁的农学院长,老学者,拄着一根拐杖。他谈起中国人过去被人欺压,幸有毛主席领导,到现在才抬了头。谈起民族自信心的增长,充满了爱国主义的感情。

## 十一月一日

为了继续体验第一线的生活,到了 40 军。这是第一次到该军来。

---

① 刘砚田——红军 188 师 563 团政委。

② 马兆民——63 军 188 师 563 团团长。

昨晚在月光中与团长孟灼华[①]、耿政委同乘吉普车赴355团。下了汽车路，拐进一个小山沟，在一个斜坡上的树影里，我进了他们的小土房。在团长的外间屋里，给我安置了一个行军床。我因和他们生疏，一时没有谈什么，只劝他们不要客气。

据师里介绍，团长是一个师范学生，当过小学教员，忠厚直爽，但脾气有些暴躁。政委则是一个过分严肃的人，是要求别人过高过苛的人。政委新婚，团长的老婆死了，还未再婚。据说这个军营干部均未结婚，团级干部结婚也是个别的。团长患失眠症，每晚卫生员要给他打针，服安眠药片。他今年已三十七岁了，完全像个老农民，一点也没有学生气味。他也自称老粗。在师里，我和他初识，副师长问："你打算怎么个打法?"他在上级面前非常谦逊，他不说自己而说"他们"认为这样打好些。好像因为年龄关系，已经显出老成。

晚上睡觉时，我问他什么时候开始失眠，他说是打海南岛以前练兵时。

这是一个极可尊敬的人，很快就可看出他是这个团的核心。一听说他回来了，副团长很快来了。副团长是个青年人，实际是长得很年轻，也三十岁了。他极为亲密地和团长交谈，谈的事情没有什么重要，但可以看出感情的亲密。

早晨六时即开团干部会，研究情况与任务。政委作了传达，然后进行分工。团长掌握情况，副团长掌握训练，主任掌握动员及后勤，政委也掌握动员。会开了一个早晨。饭后又参加了他们的办公。由各个参谋报告了近几日来的情况及需处理的问题。参谋们用怯生生的眼光看我。会议上反映，近日来因敌人不露头，杀伤的敌人很少。

他们的任务就是要夺取面前的无名高地。这个无名高地是敌人英联邦师，澳大利亚的一个连。从面上看来，是敌完整防卫体系

---

① 孟灼华——山东沂源人，40军119师355团团长，曾率部参加砥平里战斗。

中的一个阵地。两边有两道沟,仅仅因为与纵深阵地连得不紧而被副师长夏克选中。但整块阵地是被一个椅子形的阵地维护着。攻取这一阵地,恰似从敌人怀里把一块肉挖出来。应该说是比较难攻的,但这也证明了他们作战的积极性。

下午,我和政委参加了政治处的动员准备会议。干事和股长都很年轻。主任二十九岁,他所制定的计划,证明是有政治工作的经验。他提到以欢迎祖国人民慰问团作为一个有力的口号。他说动员的力量来自四面八方也提得很好。一些年轻的干事,都提得颇有道理。从政治工作来看,我军的政治工作,已发展到很高的程度,不仅仅是一般的动员,而且深入到解决每一个人的顾虑,和保证战术技术的提高。在干事们的发言中,感到这些青年的纯洁可爱。

关于政治工作的力量,不仅是一般号召,而是深入地根据具体对象解决顾虑,不仅解决愿意打,而且能解决怎样打得好。这些方面,应在将来的写作中给以体现。

我在思考究竟到哪个阵地为宜。

晚上,团长在灯下准备次日的会议发言。卫生员又来给他打针。在一个小凳上,酒精灯冒着小小的火焰。

此处炮声不激烈,没有我上次进入阵地时的紧张。

## 十一月二日

一早,还未起床,王东保[①]副军长、中南军区组织部刘部长及副师长都来了。王是一个老干部,有慷慨爽直与干脆的军人风度,新从南京军事学院毕业。刘是一个大胖子。我赶快起床。团长听说他们来了,忙跳出去迎接,他是对上级极为尊敬的。早饭给特别做了一点,让我和他们一起吃。下午还杀了一只母鸡。我们都感到不过意,独副师长以主人自居,大叫鸡汤好吃。他还命团长,“去找你们理发员给我理发。”显然,是一个年轻将军的风度。晚上人散,

---

① 王东保——江西吉水人,时任40军副军长。

独剩他二人，很亲密地交谈起来。一会儿谈情况，打法，一会儿又说，你为什么不买个衬衣穿呢，为什么还穿这个粗布衬衣？穿，就一定穿好的，至少里面要穿好的，粗布多磨得慌。以后又谈自己想做个绒上衣，我忽然想起他们政委也是爱谈表、笔等，使我一下想起许多事情。我们的干部不是不好，但还有不少干部精神境界有些不广阔。钢笔、手枪，衣被等等成为谈话内容。这些东西当然也是应当改善的。

整个一天举行了一次会议，有营长及准备参战的四六连排以上干部。我很想从任务的动员中看清楚他们的表情，但很难。

他们的内心，真如爱伦堡所说，中国人从表面上看，你不知道他是高兴或者不高兴。

孟、耿都讲了话，最后副师长又指示了一番，介绍了357团的歼敌经验。在分析问题上水平还算不错。但和徐相比，总感精神的高度集中不足。

可以看出，这么些人都谈这个任务，但负担最重的是团长。

晚上在月下独步。黄黄的，红红的，带点血色的月亮，很不令人愉快的月亮，在山头挂起。消灭战争制造者，永远使得这样的月亮不再升起，不要让人们看到。这里一家老百姓也没有，高粱穗收了，高粱秆还凌乱地长着，一座被震得将要倒塌的茅屋，多难看！

### 十一月三日

四时半起床。满月当空。团长忙着找人帮我们背行李。出去后浓雾满谷。约走二里许，天才亮了些。团长在前面领路，我和刘、王相随而行。爬小山时，刘因体胖气喘吁吁，王开他的玩笑说："这可比跳舞费劲呀！"刘说："你刺激人。"实则刘很爱跳舞。一路走来，走到马安里附近，见一大炸弹坑，满坑的水，有的战士在里面洗脸洗衣。听说有的阵地也是这种情况，战士们本来要到很远的地方取水，这样反倒方便了。再走一阵，炮弹坑愈来愈多。某一处，团长指给我们说，原来这里还有二三十家人，现在被飞机炸得只剩了一家。我看到山崖上，妇女在场里用扇车扇稻子。还有一处，仅剩的几家人，靠山边搭了一些小窝棚。有一对像是母女两个，相倚而坐，在那里望我们。

这是敌炮打得最少的时间，我们走得很累。王确是一个老兵，到弹坑密集处，即走得快些，而且等前边走远，才走。刘部长却早走到我们前头去了。王又开他的玩笑："你看胖子刚才走不动，现在走得多快！"

谷世范今天又把我气坏了。他并没有背自己的行李，而只是背着我的行李。我马上问他，他还辩驳说，我到那儿一窝就睡了。这人懒得够呛，真没法改了。"宁肯受罪，不愿受累。"

我们顺着一个山坡上去，就到了 155.7 高地。猛一进坑道，什么也看不见，满身大汗。坑道里因为执行任务，有师的侦察排，团的侦察排，还有四六连小组长以上的干部，是准备察看地形熟悉地形的。介绍了许多干部，一时也认不清楚。

炮打到山顶上像擂小鼓，超过了我以前看的坑道。两边都是木头支着，里面有一个个的房间。甬道边还有一个汽油桶做的小炭火炉子，红艳艳的火烧着开水。

这里因为首长的到来，还另外做了饭。一个炒鸡蛋，一个炒豆腐，一个炒山药丝，一个卤咸萝卜条。他们是很费力气弄来的，把团长忙坏了。首长长，首长短，找这找那。吃饭时，他却坐在离着桌子远远的地方。我饿了，吃了很多。

饭后，他们休息去了。我很想到外面看看。由一个通讯员领着上了楼梯，真所谓楼上楼下，上去又是一层坑道，到处都是战士。一侧有小洞。东拐西拐又往上走，看见一小点亮光。出口处支了一个炮对镜的架子。他们赶快让开说，首长来了。我上去坐在一个小凳上，对着炮对镜，看见了对面的无名高地。上面的工事我却看不见。只见一道郁郁葱葱的山峰。他们讲，上午因阳光关系，敌人看我们清楚，我们看不清。下午我又去看，果然看清楚了。看见无名高地的两侧是两道沟，一边是六号沟，一边是四号沟。都是我们取的名字。六号沟的沟口有一株叶子黄黄的大杨树，再往里看又有几株这样的树。四号沟比这沟还宽一些。一侧有一个小青山，上面长的是小松树。整个无名高地，果然像在怀抱中。主峰上是一个大圆圈，像是一个很大的工事。向左伸下一个短腿，向右伸下一个长腿，上面都是黄黄的地堡，大小共有二十多个。两侧山上也有类似的地堡，纵深的山像是更高些，上面有交通壕，还有几辆坦克，其中一辆上面还支着架子，露着蓝天。

下来以后，看见团长给侦察连布置任务，让他们捉一个俘虏。侦察连副连长是一个极有精神的人，穿了一套褪色的衣服。团长说，你们能捉一个俘虏吗？他说，不成问题！一定能捉一个。副师长说，光有决心是不行的，要有办法才行。洞里黑，也看不见他的脸孔，只觉得很年轻。他们把我安置住在一个地方，两边两个床，中间还有一个子弹箱垒起的小桌。上面挂着一个油灯。我想休息一下，看见坑道里有一个战士，正趴在凳子上写字，我问他写什么，他说写应战书。原来二班向他们挑战，我一看上面写着不怕牺牲流血，坚决保证捉到俘虏。战士的求战情绪，的确是很可爱的。

天黑的时候，我出去解手，看见下去侦察的战士们，肩上背着枪顺着交通沟出发了，一个个很有精神。侦察连副连长站在洞口边说，胆子放大一点！有的战士边走边应，放心吧！我看了看副连长，满脸都是信心。我问是你们的人下去吗？他说，是呀，等一会儿我也下去。

有人给我介绍他外号叫"彪子"，是个一身是胆的人。二次战役，曾经抓住过几个俘虏。坑道里有人打扑克，有人吹口琴，吹的是舞曲，可惜坑道窄跳不起舞来。

沸腾的万花筒似的生活呀，我要在这里待一个月。我究竟应当怎样深入呢？我思索着：第一，这是很宝贵的时间，我应当抓住，这是战争，我不应当胡混，我应当不怕疲劳、不怕危险地去生活，拥抱生活。第二，我应当首先熟悉一下，先把人弄得很熟，争取首先认识他们。

我到连部去了一下，这里特别忙乱。文书与文化教员在那里抄写什么。连长指导员都在，随便扯谈了一下他们的生活和敌人的情况。他们说开始到这阵地时，很不习惯，头痛、憋闷得慌。渐渐惯了，不是觉得日子很长，而是觉得很快，完全是“洞中不知日早晚了”，不知不觉就是一天。见到通讯员打饭来，才问：“天又快黑了吗？”白天黑夜是颠倒过的，战士白天除警戒的以外，全都睡觉；夜里加修工事，输送弹药、给养，向山上扛木头……干部也是晚上一二点钟睡，白天开饭时起。敌人的炮弹把这山头的土炸得翻过来又翻过去。他们还给我说，洞里漏下的水，是炸的一个大弹坑，里面存的雨水渗下来了。我才知道洞里流出水的缘故。这真是一种奇特的生活。

晚上，我找连长谈连里的情况，介绍了几个干部。但一下怎么也记不住，我也困极了，就结束了谈话，睡下。虽然周围都是木板，但老鼠的活动却极为激烈，到处乱叫。

我脑子里在盘算，怎么才能和他们打成一片。

睡前，老团长又来看了我们一下。他能在这样疲累的状况下来看我们，使人了解到他是一个懂得人情世故的军人。

临睡前，我和王副军长又到观察哨上去了一次，在一片朦胧的月色下，能看到敌方阵地。据说往日有探照灯，但今天没有。我探出半截身子去看，想看看自己的阵地是什么形状。钻到洞里，连自己的阵地是什么样子反倒闹不清了。王副军长劝我不要尽看，他最后把我拖下来。我想，战争就是撞运气，敌人怎么能那么巧地打住我呢，假若真是那样，那是命该如此。

和观察员谈观察哨的情况。他是个很聪明的人，谈了敌炮的规律。

前面敌阵地上响起很脆的轻机枪声，可能是与我们出动的侦察部队遭遇了。但他们说不是，敌人因为恐慌，每晚都是这样。

这一天仅从现象来看也是丰富多彩的生活。

这一天坑道的人真多，军的侦察参谋和摄影记者也来了，他们是来拍摄敌人的阵地。

## 十一月四日

团长的脸今天已显得消瘦了。他昨晚只睡了两个小时，说电话很多，不是这里要就是那里要。他还提着个手提电灯跑来跑去。战士在他的后面悄悄说，这就是咱们的老团长。老团长十分像一个年高而有威望的当家的，我发现他很喜欢年轻人。他见到一个专线电话员就说："小马，你现在干什么？""专线电话员。""你能行吗？""将就着干呗。"显得十分亲密。

昨晚一个通讯员向营里报告情况，因为首长都在座，脸红红的，胖胖的手握着耳机，报告得十分清楚。他说敌人前后两班出来二十六个，还有十几个向前沿来。他特别强调说，数字是完全精确的，是经一个个数过的。

敌人像提高了警惕。团长马上估计说，是敌人怕我夜间攻击，临时增加的兵力。

军炮兵室主任也来了，炮兵团的一个干部也来了，他们正和团长研究。

据团长告诉我，昨晚出去的侦察部队，在小青山上，同五名敌人遭遇，敌人跑了。我方怕炮火袭击也回来了，侦察未成。

今天刘部长、王副军长召开一个支委、小组长的联席会，我也参加了。大家的脸孔都看不清，挤在一个连部的小洞子里。谈了敌人步兵炮火的规律，阵地管理，阵地联合支部的情况。从扯谈中，知道敌人的步兵，基本上已被我压在地下，不敢动。交通壕也修深了，而且也有了半坑道的工事，夜晚才敢出来动一动。敌人的炮火几乎是例行公事，这是雇佣兵的特点。大家竞相发言，每一个问题都谈得非常仔细。

在会议中，以二排副孙广义发言最多，这个年轻人，满口术语，能分析情况，是个脑子清醒的人。

关于党的领导，内容也谈得丰富。在带领新战士方面，在克服不良倾向上，在揭破敌欺骗宣传上，党都表现了强大的力量。

开完饭，团长说副军长去参加炮兵的研究。军炮办公室的主任，很像一个熟人的样子，高个，年长，富有经验。他先分析这地方与357团所打三点不同，然后提出进攻此处不能摆开架子，要施行偷袭。他的分析极合我的心意。他提出，就是炮兵摧毁侧方火力点比较困难。副军长也发了言。团长在他们发言时，精神高度集中，好像期待着一种闪光的思想，得到更多的支援。他的担子的确很重。最后谈到侦察，敌人也不还击。这些个敌人伪装得很好，工事很低，比美国人似更灵巧些。

今晚又派出侦察排，分两道沟进行摸敌。从四号沟进去的，要求到达梧村，看看梧村是否有敌人。

大家谈了一阵，又回到侦察上。

晚上，我和王闲扯，王不断赞美中国人聪明、勇敢、有为，他连说："中国有前途！"他谈到军事学院毕业生的测验中，是友人最满意的。伏龙芝学院的毕业生，满分的只有三五人，不及格者有三分之一。但在我们四百多人中，满分的有十五六名，不及格的只有十五六名，其他的都及格。他说的话，很使我满意。到处都可看到中国民族自信心的生长。

据侦察干部说，美俘与英俘很不同。抓到的英俘很不愿意说，但说了情况以后，还可以签字，也说得比较确实；而美国人一问就说，说的竟是不确实的。由此亦可看到有差别。晚上，我看到战士们又忙着背面粉向前边阵地上送。一趟又一趟。我十分想到上面去看看，他们不允许。我只有到观察所去看。今天有两个巨大的探照灯，在敌人的纵深阵地上，射出两道白光。红月亮刚挪到山头上。天色很暗。敌方无声息。极静。

写日记。

忽听外面一个人进来说："哈哈，我的好好营长在哪里呢？"原来是老团长跟一个战士开玩笑："杨得禄，你来干什么？……"我知道这是一个很活泼的战士。我招呼这个战士坐下，他毫不怯生地就跟我吹起来。言语之间，很像一个干部的口吻。他说他们昨晚下去，可惜敌人跑了。他嘲笑敌人把哨位不设在山头，而设在山头后的山腰处。他说我们刚往下一压，敌人就跑了，根据这种情况，我考虑，下次不截他们的后路捉不到。听他的口吻，我也不好意思问他是什么干部。我和他闲扯起来，他谈雨季中的坑道生活很有意思。那是很艰苦的。坑道中全是水，有膝盖深，整天往外抬水，往里背木头。干部也不能休息，视察什么地方有危险，就马上顶。晚上睡觉，顶上支雨布，雨水流满，倒在桶里拿出去。衣服一天湿在身上，有时干脆脱了个光屁股往外挑水。哪一处没漏，就挤得一塌糊涂。

又谈起老团长，原来他当过指导员，那时就有个外号叫“老汉”。每次到团里开会，人们就找他说：“团长，你有了糖也不让我吃!”“呵，祖国慰劳我一点糖，你们都算计我。去吧，在我屋里，横竖我不给你们当通讯员，我不给你拿!”

确实是一个老家长，遇见不能完成工作的人就叫来骂一顿。过后，也就完事，大家也不记恨他，好像应该挨骂，过后也就忘了。

我临睡前又到团长那里去看，他刚躺下，又马上坐起来。我赶快扶他躺下。来了电话，侦察排刚进四号沟，就出现了好几股敌人在那里修工事，人过不去。团长马上给营长打电话，吩咐迫击炮打个六七发，来杀伤敌人。争取夜一时能够再下去。

组织一个战斗是多么地难啊。

本想把日记写完睡觉，但疲乏已极，即睡倒。

## 十一月五日

本想早点起，乘拂晓观察敌人阵地，但起得晚了，也没人领，就自己到主峰上去。因不熟悉，不便贸然乱闯，下来找通讯员带，结果营长又不让去了。到小五号去看也未看成，阳光耀眼。不管怎样，今天总算沿交通壕走了200米，看到山头上都是炮弹炸的弹坑，把土都打暄了，青草很少。因为快到打炮时间，赶快走回。

团长今天到了小一号去了，这里显得清静。

只有回来补日记，一下记了四个小时，可见补日记是多么讨厌的事。

一边记日记，一边听战士在那里扯谈。这些战士真是心地纯洁，心里什么事也没有，扯扯没什么扯了，就唱一阵，几乎把会的歌都唱一遍。扯谈时，扯着他们朴素而真挚的幻想，如："我将来回了国，我的津贴费什么也不买，我买一个口琴，一支钢笔。"唱了以后，没可唱的了，不由得又谈起很遗憾的事情："他妈的，英国鬼子他要跑，他要不跑该多好呢！""排长，快去问问吧，今天咱们还下去吗！"这都是他们的心声啊。

战士们真聪明，听过的广播，看过的电影都能唱了。

营长叫他们回去的命令传来，一个个又都呼呼嚷嚷地走了。战士们某些地方像纯真的小孩一样，好像俘虏在那里给他摆着，好像他去收割庄稼一样。我就问："你有把握捉到吗？""有！""他不出来你怎么办？""到他家门口去。"这么有信心，有意思。

记完日记到营部，团长看地形回来了，他告诉我，今晨357团方面又以两个班的兵力向敌阵突袭，一下歼敌两个班，我伤亡两人。上级看到这种有利形势，准备继续向该处开刀。这里的任务推迟执行。团长精神上比以前轻松。一听说王副军长送了扑克，就马上催营长找扑克。找来打时，他不断地向营长嚷："申怀亮！你不要偷牌，你是惯于偷牌的！"而他则发明了抢牌。在打牌时，还骂："打住你这个狗日的！"显然他活跃多了。本来确定三点半走，却一直打到四点多。他走后，正是敌炮最激烈时，今日炮打得特别多。我出去解手，也叫他们制止了一会儿。等我出去时，炮声甚为密集，嗖嗖从头上穿过。

回来后与左、申二营长还有通讯员又打扑克。小马，真聪明俏皮，偷看牌，一张口一嘴小白牙，真年轻可爱。好多通讯员都当了我的参谋，这是这里最活跃的时刻。玩牌时乱嚷，"唉，一个大的也没有，净是儿童团。""唉，只是机枪架，没有机枪身。"

我们的炮打住敌人两名。文书打电话回营报告。

打扑克后，申怀亮营长问我能不能看到毛主席，他感叹地说，真盼望能见见他，什么时候才能见见他，想了多年还是没有见。深深流露了对领袖的向往。

我回来休息时(又搬到和政指白绍山同屋),本来很困,他与我扯连队情况,有的听清了,有的未听清,自己为什么这样困呢!只记得这里有一个文化教员,是地主家庭,情绪低落,在人家准备庆祝国庆时,他睡大觉,并且把话匣子的把儿给拿了去,使大家乐不成。这是值得引起警惕的。

今晚有寒流由东北来。

## 十一月六日

今日起来得早些,企图看主峰上面的阵地。恰巧,守二号阵地的副连长来了,小伙子不像他们连长对我那么担心,他慷慨地领我出了第一层坑道口,太阳还没有露头。我们顺交通壕钻着,我拼命地吸新鲜空气。一出口就看到了两个迫击炮阵地,像半口锅似的扣在那里,八一迫击炮在那里面支着。细看,旁边有一个小门,不用说是通到坑道里。小木门还关着,有二尺多高,他们打炮时就从这里钻出来。向左前方一望,是山的左腿。再那边是五连的阵地,山峰的背坡灰蒙蒙的。早晨做饭的炊烟微微冒着。前面就是一条沟,沟那边就是敌阵,也有几处冒着烟,副连长指给我那个比较高的山头是高旺山。这是指挥员们很眼馋的阵地。还有一个我们取名叫"飞机山",因为那里落过被我击落的敌机。顺着交通沟又往前走,比较清楚地看见自己山峰上满是炸弹坑,炮弹坑,这里不像背坡,背坡还有些小树茬子和枯了的草,这里都是黄黄的一片。起伏不平,奇形怪状。看见了100高地和无名高地的侧影。他怕敌炮开火,就领我转回来。看见有一两个战士在捡柴火,这是他们每天的经常工作。除了送弹药外,就捡柴,直到天明时还不休息。

本来还要到小五号去看,因太阳出来反光,就又折回来。副连长又指给我看后面的九华里,那里烟气较浓,是我上次上阵地时敌机最活跃的地方。现在敌机的活动消沉多了。那边山坡上,太阳一照有一个发亮的东西,就是我们打下的那架敌机。

坑道里,因为任务推迟,显得清静多了。"高彪子"又来了,这个圆圆脸一笑还露着金牙的副连长，往铺上一坐又吵吵起来：“我看就是干掉那个山腿！”我趁空和他闲扯，问他怎么有这个外号，他说是过去跟的一个团长起的。人们说他跟老美摔过跤，手上还有被老美咬破的印子。安东人。

因为自己睡眠不足，就又困起来，这是近年来产生的弱点，莫非是自己的精力真不足吗？

回来休息了一会儿，和大家扯了一下三排的情况，就开饭了，这天早晨吃的是饺子，自己真感觉对不起这顿饭。

晚上连长按我预定计划，领我到一号阵地去。天刚擦黑，顺交通壕走，敌人这时不断在前面打炮和打机枪。连长告我每天如此，敌人怕我小部队趁天黑下去。我边走边看，到了后四号阵地钻进小坑道，这里坑道很低，直不起腰。

一进去，热气熏得眼镜也看不见了，耳边却听到许多亲热的声音。有人给端水，有人给我拿烟。我们的战士真是亲热得很，他们对我这样一个所谓“首长”（这个部队叫首长叫得真亲热）流露出深深的感谢。他们说：“听说首长们来了，知道你们要来看我们……”我一看，这条小坑道，上面挂着棉鞋、小包袱，滴里嘟噜的真像农家的屋檐上的棒子种一样。我和他们都握了手，有的战士还不好意思握手。然后又继续顺交通沟走，这一下都看不见了。交通沟曲曲弯弯，深一脚浅一脚，连长还说，不要用手扶，小心长虫咬了。我们走了很久，谷世范跟我跟得很近，听到他喘息的声音，我知道这不是由于累，而是由于胆怯，或者就是紧张。走了很远，足有一千多米。我们是沿着主峰的山坡向它的右腿走。这个山竟这样大。终于看见一个黑山头。我们就进了坑道，这坑道口比较科学，是在一个深的交通沟中。一进去，坑道很低，积土也很薄，显然是前期的战斗坑道，需要弯着腰走。里面的热气很大，门口就是伙房，灶里烧着炭火。两边是小窝窝，挤满了人，是挖坑道下班的，唧唧喳喳，一下听不清说什么。我坐下稍休息了一下，就先同大家见面，表示慰问之意。有的战士在和我握手时，低声地说，哎，我们又没打什么仗，实在对不起祖国人民……他们感到很抱歉，伟大的士兵的良心到处可见。侦察排的一个班也在这里，我在这亲热的人群中也坐了一会儿。又回到坑道后部。坑道这样低，两个人就挤得没办法通过。

连长走时，还吩咐了排长几句。我知道他交代营长的话："如发生问题（即我被炮打住等等）就要他负责。"这是一句似是而非的话。我觉得好笑，我被炮打住，请问他负什么责呢。排长是一个二十六岁的青年，白胖脸，他说他文化很低，出国时是个战士，工作没经验。从他的脸上很快可以看出，他一边和我谈话，一边心不在焉地听。一听炮声响得多了（炮声在这里果然比后边沉重，震得洞子瓮声瓮气地响），他马上像战马发现了什么征候，不自觉地竖起耳朵，说："首长，请你在这里休息，我到外面去看一看！"一看他的脸色，就不像一个普通排长，他大概是这一小块阵地（三四十人）的最高指挥员。

这里碰见了一个机枪班长姚崇林，他是这里的党员小组长，已将近三十岁了。他是个解放兵，很快可以看出是个有社会经验的人，我说要出去看看，他先说外面看不见，没出月亮，又说敌人正封锁。一看我不听，又说你坐一坐，我看月亮出来叫你。排长到外面转了一趟，提了个手提电灯回来了，经过我一再请求，才让我去外面看了看，看到了沟下边一条发光的小河和敌人的探照灯，又叫我回来休息。回来时，我又参观了他们坑道里的铜铃，这是用山炮弹的弹壳做的，里面有个铁东西，一条细铁丝系在铃上，通到坑道口外的哨兵那里。一拉就是发生了情况。

姚崇林要我在他的铺上睡，皮褥子，把被子也给我，一定叫我休息。我和对面的炮兵班长又扯了一阵，才睡了。在睡梦中，听见姚崇林又去督促挖工事，他说自己不能马上睡，今天侦察排下去了，一定要等他们回来把机枪撤回才能睡，排长也是这样，他们是多么辛苦啊。

睡梦中，觉得他们睡了，一个战士坐在我脚边猛力擦重机枪身,我睁眼看了看他们,又睡去了。

感觉到在最前沿接近战士的幸福。

敌炮打得很多,洞子不断沉闷地响着。

不知什么时候,有人又来叫姚崇林,好像要交代什么事情,姚呓呓怔怔地说:“你让七班长替我看看吧!”……我知道他困极了,但等了一会儿,他还是起来了。

## 十一月七日

早晨起来,洗了脸,不想今天,他们给我弄的饭这么好。油饼油多得好像从水里捞出来似的,还做了三个菜,心里很觉得不过意。排长还不好意思跟我吃,我强迫着他才跟我吃。

吃过饭概括了解了一下他们排的情况。大家都不愿下阵地,且都希望敌人来攻,或是能到河沟里去攻敌或打伏击。

外面下了雪,下得很大。

我出去一看,地上已落了一层。我又吵着出去看,排长不让,我说,现在你不让出去,天晴了你让我去吗?他考虑了一下觉得还是现在好,就去了。结果被我骗了。可是他又骗了我!把我领到一个不重要的地方(侧方)。一出来他又犹豫了一阵,我催他,才顺交通沟走了一段,然后掀开了几根木棍,跳到一个“暗打火”①里。他把草袋子扯开,我才露出头去看,更清楚地看见了六号沟,沟下一片荒草,有一人深,山头蒙着雾气。看了一会儿,我们才又回来。这是战士们经常站岗的地方呀。他们的岗位,危险而光荣的岗位就在这里。

回来,朱排长不在,我又想到下面正挖的二层坑道里去看。一出去,看见敌正打炮,我停了一下,就回来了。但我又接着走出去,我想这有多么远呢,马上出了交通壕跑了一截,下了坡,就到了坑道里。不久,排长就追来了,他们——我的阶级的亲兄弟,他们对我是多么的爱护。如果在以前,前方部队专看你是否胆小,而今天

---

① “暗打火”——战争俗语,指交通壕里一侧的掩蔽洞。

却证实了部队阶级觉悟的提高。

今天坑道里没有挖，只是架顶柱和运土，架顶柱是姚崇林的主意，这样可以一步一步巩固，也不因木头在外招致空军的目标。排长是极为虚心的人，脑子来得慢，而姚恰恰成了他的“参谋长”。

两个青年小伙子推着木箱，木轮做的小推土车，一人牵绳拉，一人推，推起来都是快跑。

回来休息时，听说炊事员老段很活跃，是个乐观派，就找他谈。他正蒸馒头，我听他唱河南梆子，就喊他老乡，他就来了。一来就嘴里噙着两支烟向灯上对火，对着就塞给我一支。我说我有，他说，你有是你的，我这烟是我的。给了我烟，马上就倒在铺上和我扯起来：“哎，我这是个老落后啦！”“怎么老落后呢？”“入朝一年多了，连个俘虏也没抓到还不落后？”我问起他家的情形。他说他是河南商丘的，一听说李承晚进攻北朝鲜，标语贴得满墙是，就知道战争爆发了。我说：“你为什么要参军呢？”他说，“我也受过国民党的压迫呀，他们抓我当兵，弄得我坐牢。解放后，饭碗刚上嘴边，谁愿再让人踢了！”我说：“你家有什么人？”他说：“家里有一个媳妇，一个九岁的孩子，媳妇也不知道是成了党员了，还是妇女主任，还跟我挑战哩。挑就挑，谁怕谁！”我说：“你参军时，你老婆愿意吗？”他说：“第一次我们开会，说动员抗美援朝。我说，我行不行，行了我算上一个。人家说怎么不行。我说，不是说不要麻子吗。人家说，麻子怎么能不要。我说要，敢情好啦！谁知跟老婆一说，老婆说，你去当兵，想把我们娘儿俩饿死呀？我说，房是房，地是地，怎么摆弄摆弄还不够你娘儿俩吃的！她说，我不会怎么办？我说还有政府照顾。她又说如果不照顾怎么办？我说，你对政府一点不了解，以前那政府你吃的什么，现在你吃的什么？她又说，你去当兵，你去我也去，你当男兵我当女兵，我也不在这个家。我看没法，就让大娘动员了她，才说通了点。大娘说，年轻人，你光把他拉到家做啥，叫他到外头欢乐二年吧，抗美援朝，光荣也难得。大娘说通了后，她又说，你去你就去，可得一个月给我打一封信！我一看她答应了，也就不跟她争，我说一定做到。我到了区里，半个月她去看了我三趟，又给我说，到了队伍上，你们几个还能在一起吗？我说在不在一起怎么？她说，在一起，要有个三长两短的我好知道。我说，别说丧气话，有个好歹的，你还改嫁？……临走，她送我，我说，你回去吧，一定给你写信。我走了，到了东北，一下车，有好多小伙子骑着骏骡子大马，戴着花怪高兴的，这时候倒哭了，真没出息！还有一个十五岁的小孩，他跟队长说，队长，我眼看快娶媳妇了，我回去娶了再来行不行？弄得大家都笑了。队长安慰他说，你才十五岁。着什么急，再等几年也不晚……”

我看了看他的脸，果然有几颗麻子，真是直爽热情。

“到了部队，在炮兵连一年，以后到这儿，连长看我身体棒，就说，你身体怪好，你下伙房连挑文件箱子。我开始不愿，他说，你先做吧，以后我再换你，我就去做了。开始真扫兴，做的馒头，不是酸就是煳，人家有意见……以后慢慢摸着门。来到阵地上光想打枪抓俘虏，一次我要求去抓俘虏，排长说，不行。我说，我算不算个兵，队长说，你是兵，你不是这个兵，你改善好伙食就能立功。我说，好，我一星期叫他们吃两次饺子。有时我又催问说，我要不要立功呀？队长说，敌人来你光堵住后洞口，就立功。有一次我看别人打机枪打得哇哇叫，我说，我打一打，我接过来一打，就叫个小疙瘩给卡住了……反正什么时候战斗，我得打一打。”

说到这里还问我：“排长对我是什么意见，我征求了多次，也不知道是不好意思呢，或是什么，老不说。”

说没说完，他忽然站起，说：“你坐坐，我看看该揭锅了。”

他现在做三四十人的饭，给他添人，他不愿意。他一走出就给大家说起《响马传》，说薛仁贵征东等等小说，不然就唱。

在他蒸馒头时，又爹呀娘呀跟另一个年轻战士笑骂。

这的确是很令人喜欢的人物。晚饭又做了四个菜，恨不得把油都让我喝了。我说了几次都不管用。和姜日盛排长、班长一块吃。我吃了三张饼。

天一晚排长就催我回主峰，三番五次催，显然，我在这里他的负担太大。可是他不知道我的工作呀，亲爱的排长！天黑敌人又打了一阵炮，正说话，有人报告说一个战士被炮打伤了。我急忙过去一看，他的脖子被炮烟熏黑了，手也负了伤，连卫生员正在给他洗去泥土。伤很严重，头震得有些昏。大家挤得透不过气，班长给他端着灯，先后上了消毒药，包扎上。大家纷纷劝他到主峰休息两天，他活动活动手指说，你们看这很轻，不用下去。这个战士不是一个头等的战士而只像一个中等的战士，他的口气里并不那么坚决。但是负伤不下火线，已成为我军的风气，谁也不能说下去，可见我军的道德水平之高。最后那战士还说，我下去，我们班的人那么少……这战士本来不该他的岗，他早吃了饭，要换别人去吃，才赶上去的。最后，副班长给他打好背包，让他下去了。

排长还是提着灯，在坑道里来回走，一会儿又到外面去看。

一会儿十二班的一个战士报告，在下边河沟里，好像是一个人跌倒，有枪碰到石头上的声音。马上空气紧张了些。侦察三班长马上对十二班长说："这下好了，送上家门口了，今天该完成任务了，你们一打，我们马上就反击，从上往下压最好压，打了五〇式，上去就摁倒！"别的侦察员也说，不成问题，听听还没有响动，一个侦察员就说，我去听听，挂上梭子袋，拿着枪就下去了。

我和侦察员们扯了好半天。这些兵和普通战士的确不同，活泼大胆，在首长面前不拘束，爱说话，不像战士那么规矩、拘谨。

我又到了十班，班长宋治起，看见我去了，亲热地拉我进去，说我看你就像看见了祖国似的。我想叫他说说战斗的情况，他像很惭愧，说没有打什么仗。他二十五六岁了，却像三十多岁，一看就知道是在旧社会里饱受苦难的人。他放过猪，当过长工，每年冬天穿不上一条棉裤，是在解放后参军的。人很温和、谦逊、诚实。他给我打了开水，他本来是可以让别人打的，可是他自己去了，回来给我捧了一碗（事先刷了碗），又舀了一碗端出去，一问，是端给外面的战士小刘喝的。一会儿他又去看，我说你刚出去检查，怎么又出去，他说小刘年纪太小了，今年才十六，一个人站岗害怕，得不断给他去壮壮胆。这个班长给我以深刻印象。

小刘与一个四十岁的战士（做了二十多年木匠）是两兄弟，在一个战斗组。我本来想了解一下他们的兄弟关系，可惜他说不出口。

我睡了。和战士并膀儿躺在一起，看着窗台上一盏幽暗的小汽油灯，随着炮火的震动微微摇晃。

我睡熟了。

这是十一月七日。这是十月革命节呀，可是忘记了。

直到晚上记日记才想起来。去年今日，我在莫斯科旅馆的堂皇居室中，今日在这小黑洞洞中。联起一想多有意思！

## 十一月八日

五时就醒了，起床。

又做了那么四个菜，我心真不忍，只勉强吃了一张饼。炊事员老段同志不一会儿就起来了，我在朦胧中也知道他在工作。

匆匆洗过脸吃了一点，就和排长、谷世范顺交通沟往主峰走。昨天的雪已经化了，今天山坡上又铺上白霜。一边走，我一边回头看敌阵和沟里的小河。这是很长的一道大山，山上是一片片枯草和凌乱的弹坑。

路上有两发炮弹打到我们附近，没有响。吸了些新鲜空气，很痛快。回来，又给做了四个菜，找指导员来吃，吃着吃着，激起我一个多月来的感想。我们文艺工作者的贡献实在太小，而我们浪费的人力有多少啊！工人、农民、司务长、炊事员、汽车司机，还有许多照顾我们的通讯员，到处像花一样捧着我们，吃吃好的，用用好的，打仗时还为我们担心。我们一个人一生可以做的事情太少了，如果像鲁迅一样，他一生写出了多少作品啊，而我们竟然也称起"作家"，一生究竟能写几篇有用的东西！比起劳动人民对我们的抚养，实在太不相称，实在叫人惭愧！

今天，副连长梁青山和高彪子在我屋里，两个人都说，唉，一天完不成任务，蹲在这里，算干什么哩！高彪子说："我的计划，咱们就搞无名山那个山腿。我亲自带一个班插上去，截断他的主峰，找一挺机枪掩护。我往下压，你往上攻，保险成功。"梁青山说："行，我也是这样想，赶快向上提吧。"高彪子又说："这上级真怪，他光在手心里攥着你不放！"说了一阵，又说到最近的伤亡。高彪子说起某一只"鹰"多么好，多么能干，可惜牺牲了。说到痛心处就流下泪来。然后站起身说："走，跟我去听话匣子！"这些人多么单纯可爱！

今日发现报上载有斯大林同志《社会主义经济问题》的文章，以整日的时间精细阅读。我以共产党员的责任心来读。老头子这么大年纪，还这样劳动。斯大林同志，祝你永远长寿！写最后几行，我好像看见了他的笑脸一样。

晚上，通讯员赵小义很热情地说："首长，你听留声机吧！"说着就搬来给我听，同志们太好了。

九时出去解手，看见357团方向又和敌人打响了，炮声隆隆。探照灯射出一道白光，好像天边划了一条白链，曳光弹的红光一个跟一个飞。炮火迎着月光，一闪一亮，机枪稠密地响着，板门店的探照灯孤独地射向天空。对面的敌人一声也不响，大概是他们最恐慌的时候。偶尔响起机枪声。敌人的士气显然已被我们压住了。

补日记至夜深。

## 十一月九日

今日起床稍晚，几个通讯员给我打饭打菜，而谷世范则不见，我追问他，他说插不进手。不知什么时候才插进手。

今天刮胡子。胡子已长得令人不能容忍。实际一计算时日，还不过十天呢。

饭后，独对着一盏小油灯，抽着烟，计划自己的工作。回头一想，自己假若写小说的时候，缺的东西还如此之多。自己真不知如何才能完成。独自在生活的大海里摸索，失去上级和同伴的帮助，便觉孤单。

回来见副连长梁青山在听留声机。这些片子虽然已经在阵地上被磨得如此破旧，但这些演员们可爱的声音，仍为战士们服务。我每当面对祖国的这些歌手，这些人才，不禁油然而生一种敬慕之意，更加觉得祖国的可爱。我自己的爱国主义思想，也在暗暗地生长着。在遇到我们纯朴的人民之时，在遇到我们的英雄和普通战士之时，在遇到天才的作家、艺术家、聪明的演员之时，在遇见孩子之时，在遇见祖国无数可爱的事物之时，这种思想，恐怕也正在大多数的人们的心里生长着吧。

战士们对唱片中的《纺棉花》《妇女自由歌》以及其他都很感兴趣。战士不大喜欢悲的东西，但却喜爱缠绵的东西。

高彪子又来了。他的笑容使他的金牙齿又放光了，梁青山显然也对他很敬慕，同他故意开玩笑，给他喝了一杯水，又递给他一杯，给了他一支烟，接着又给了他一支，显示出浓厚的友爱。高彪子用膀子扛了扛副连长说："我们俩到一块儿工作吧。"我想利用这机会跟他谈谈，就把他拉到我自己的房里。

我怕他拘束，没有记笔记。

我问起他参军的情形。他说："我过去是受压迫的呀！"他的父亲是在伪满压榨下饿死的，母亲是在国民党统治时饿死的。他小时候，冬天只披着一个小包袱皮，夜间盖着一个麻包。他一跺脚出来要报仇。一九四六年参军，现在家里只有一个小兄弟上学。别的什么人也没有。他说："我家里没有什么人了，我什么人也不挂念。"

他告诉我他什么也不怕，他的勇敢的形成有几个原因。一个是旧社会（帝国主义）给了自己这些苦难，自己对它有刻骨的仇恨。即使现在在坑道里，在作战时，还是时时想起母亲被迫害的情形。第二，是党对自己的培养。他说："我是一个穷孩子，知道什么，党对我的培养太大了，如果不是党的培养，我能当副连长吗？自己过去披包袱皮过冬，现在吃的什么，穿的什么，再苦，我也不怕。把我摆在什么地方，我也能活。给我什么难吃的，我也能吃，我也能生存。我只是想，怎样才能报答人民呢。第三，是其他同志做了英雄对自己的激励。我也是个青年人，我为什么就不能够做呢。我原来当通讯员，后来感觉个子也大了，身子也不灵巧了，就决心下连去当侦察员。团长很不舍得我去，但我执意要去。当个英雄是多光荣呢！第四，是战友的牺牲。我出国当侦察排长，我的排有四十八个人，现在只剩了五六个。一出国第一次战役就打掉了我一个班，把我痛得……我当时哭了。我为什么会哭呢！平时我们打打闹闹的，你给我一拳，我给你一脚，弄来的东西大家抢着吃。现在一吃饭，自己一个人坐在那里，也没有人来争了，来抢了。自己把饭碗往那里一放就哭了。如果有任务，就忘了，如果自己坐在那里就想起这些事，想起他们每一个人的脸，每一个人的样子。就觉得冷冷落落，在很长的时间里，自己精神上感觉缺些什么。玩玩也觉得没有什么意思。上级也来安慰我，说，马上给你调人，可是培养一个人是多难呢，就好像扶持一个小孩子一样。一执行任务，完不成，就想自己以前那批人……一想，这批人不是那批人了。后来又热闹了，师里又调我，我也不愿离开。侦察连长说，你在我们连当副连长还不是一样吗？为什么一定要走？……"

当谈起这一段时，他眼睛里充满了泪光，用手摸眼睛，好像风迷了眼一样。

以后，我又问起他们完成的任务，他们连共歼敌二百多人，活捉数十名。打砥平里①时，反复冲锋不能奏效，伤亡很大，他自己爬上去，看好了工事，告诉首长不能继续攻击。他们在突破临津江时，还进行过探冰，在冰上爬过去。

显然说过去的战斗滋味不大，故没有继续谈下去。

晚饭又吃饺子，更加使我不安。

饭后又到山上看敌阵。今天看得很清楚，因西斜的阳光正照

---

① 砥平里——位于朝鲜半岛中部京畿道杨平郡，第四次战役中志愿军与美军在此激战。

敌阵。山头上一辆坦克，炮口指向我方。如果是徐信看见这种情形该当如何呢。生长吧，年轻的师长，他将会在朝鲜干出出色的事情来的。

小马，青年团员的小马，漂亮而伶俐的小马，把炮对镜给我往上起了起，我看到了我将要去的二号阵地。上面打得不像样子。在距坑道口四十五米处有一个很大的弹坑，炸弹起码是五百磅的。就在这个只有很少乱叶子和树茬子的阵地下，隐伏着不可逾越的力量。

下来同小马坐在观察所扯谈。他这么活泼，当一个人坐在我面前时，一下羞怯拘束起来了。恰恰我问的又是他羞怯的题目。他是一九五〇年春天结婚，秋天参军的。我问："你给她去信了吗？""给她去什么信，老落后。""她给你来信了吗？""来了。""说些什么？""她还会说什么，跟我一样傻乎乎的。""到底对你说些什么？""她说，你要我多照顾父母，这还用你说吗？"他的妻比他大四岁，是一个屯里的，是他姐姐介绍的，村妇会主任。我问他参军前两人说了些什么，她说，你走了家里怎么办？我说怎么办，政府照顾。参军来了，她来送，人那么多，她也没有说什么话。"

从谈话的语句里，流露了他对妻子的爱怜。小伙子，一脱离了我，没几分钟，就揪住一个三四十岁战士的耳朵："你说，什么东西怕揪耳朵？" "兔子。是不是？""不是，毛驴也怕。"又活泼起来了。

到处是生活的美！

和副连长同往二号去。这是与敌对峙最近的山腿。今天我要到最前沿。天色朦胧中顺交通壕走，足有一千米的距离。他回头告我哪里是最暴露的，要姿势低些。在黑影里，我看见一个站岗的战士。进了洞，我同战士握手道辛苦，他们的手掌都是粗拉拉的。

进了洞口，这里比一号干净些。拐弯抹角往里走。其中还有一段是石头的，更低，石壁向下渗水。副连长说是前天下的雪化了。

拐到一个最漂亮的小斗室里，刚刚能立起来，中间一个小桌，两边两个床。上面顶着木头，墙壁上、顶上都钉了雨布，白里子向外，乍一看像是帐子一样。靠桌墙壁上挂着一个大罐头盒子做的油灯，灯很亮。棚上的木头被灯火熏黑了。桌上摆了一部祖国造的电话机，黑色的电话线在棚上扭着。电话员坐在那里。

一会儿副排长陈广义来了，我让他们俩给我介绍全排情况。八班是一个很活泼的小鬼班，由一个三十三岁的老班长领导着；一个壮年班，由一个性子急躁的青年班长领导着。小鬼班长是个品质极为优美的人。他和哥哥是一同参军的，真是无巧不成书，他的哥哥是机炮连的八班长。我感觉到在这里我又找到我的人物了，很使我痛快和满意。

谈到十二时，饿了，电话员小罗亲自下手给我们擀面条。据说他当年开过馆子。跟战士在一起，显得特别亲热热闹。这里是被单纯的美充满着，没有那么多虚伪和雕饰。

我们吃了饭，小马和小罗也吃了。

饭后，已凌晨一时。外头月亮估计已出来，我们就沿交通沟到最前沿去。最前沿，一溜暗打火。交通沟白天打坏很多，战士们刚刚又整起。在一个凹口里，我向敌方望去，敌阵是这样的近，正对着敌 100 阵地。右前方是无名高地，中间有一道沟。小河在月色中发亮，听到了小河的水声。沟里一片片黑乎乎的野草，据说有一人深。对于八号沟，猛一看像是一片白蒙蒙的烟，细看才看出是一道沟。我刚站到这里之前，敌重机枪打了一阵子。副连长说他先去看看，他看好了，才让我站在这里。这时肃然无声，一点动静都没有。我站在那里好好地看了看。

一会儿，一个四川的青年战士来报告，说敌山根下有动静，像摆弄铁丝网。八班长在战壕里吹口琴，铁丝网一响，他就吹一声，铁丝网就不响了。战争正在奇妙地进行。

回来，他们劝我休息，我实在困了。副连长把祖国人民慰问的东西拿出来，一件一件赞赏。他宣布：手帕他要保存，不用；日记本他也要保存，不用；牙具袋他也要保存，不用。说来说去都不用，都要留作纪念。

听说其他战士也同样如此。有人把毛主席像寄回家中,有人把缸子用布套包了起来。副连长把被褥牙具全让给了我,还把敌人降落伞绸布,给我铺在枕头上。我睡了。

我舒适地睡在距美帝国主义侵略军不过四百米的地方。

## 十一月十日

睡梦中听见不知谁说:“我刚抓住了一个俘虏,又让他跑了,把我急醒了。”……阵地,在梦中,在渴望战斗的梦中。

又听见电话员在电话里说:“你今天吃什么呀,我吃的粉条,油炸咸鱼,还有……你呢,你吃了吗?你吃的什么,呸!我不信?你哄我!你来这里吃吧!……”我在睡梦里想起几年前也曾听到过这样的声音。这是电话员独守孤灯,整夜独坐,寂寞心情的写照,也是电话员的生活方式。这些单纯的青年怎么忍受得了这样的生活呢,还不是为了一个崇高的目的吗?

九时起床,十时吃饭。饭后记日记至晚饭。下午二时,大家都起来了。我由副连长陪着,到八班去看了一下。八班长王俊峰不在,副连长把他找来。一会儿,来了,坑道狭小,他蹲在了我的面前。他身体魁梧,胖脸,有些麻子,两手粗大。粗看并不漂亮,但可以看出是多么善良。我称赞他辛苦,说他的工作搞得好,他把头低一低,再抬起来,也说不出什么。我说,你的身体还很健康吧。他说他上阵地以来增加了好几斤。这里的战士,真是一心一意站在自己的岗位上。

副班长闫传义几乎和他的体格相等,脸上也有几个浅麻子,不过一下很难看出来。

我让他们领我到前沿看了看,这是看得最清楚的一次。在黑暗里向外望,下面的这一条沟并不宽,是一片片荒了的稻田,一片片的深草。小河清清楚楚,那边还有一泓清水。沟里还有几株松树,发青。沟里一些田地是很不平的,最狭窄处只有二百米。虽光线较暗,但看得还是很清,看见了敌地堡枪眼。我像馋猫见了小鱼一样，舍不得离开。左看右看，忽见一颗烟幕弹落在敌左侧阵地，接着我们的迫击炮单发，正落在敌交通壕里。我们的迫击炮从上空飞过时，有嗖嗖的声音，刚听得见。接着敌炮嗖嗖地过来了。我们看了一阵就回来了。他们三个人陪我回来，还叫我先进去，好像主人让客人先进门一样。这真是客气，也是可贵的友爱。

决定晚上与八班长王俊峰谈。

回来吃饺子，真叫我不安，要副连长陪我吃，他也不吃。真叫我生气。

天晚了，电话员小骆要到连主峰去，我忽然想起墨水未带来。谷世范要去，我心中犹豫了一下，想锻炼锻炼他，又怕因拿一瓶墨水使他遭受伤亡。最后还是让他去了，但现在想起来，还是以不让他去为好。

正在等王俊峰来，主峰上营长的电话来了，副连长在电话里说："他在这里，就是我们没有青菜，把主峰上的白菜拿来些吧。"我就知道是说我。接着说了一句"汉戛基(朝语)"就开始说电话的密语。这密语净是符号，赶快拿来密语表来翻，翻了一会儿，才知道是"六〇炮二十发目标七号山"……军事上的东西确也很有意思。接着高彪子旧棉衣上套了一件新军衣赶来了。我说："我在哪里，怎么你也来哪里。"他头上冒着汗，脸上很紧张，说："我们下去执行任务。"副连长给了他一支烟，他吸着，说："叫我们到八号沟口那里去打伏击，我亲自带着去。现在可以下去了吧。"我说："不慌，你先擦擦汗。"我递给他手帕，他说："我这人不客气，首长要我擦，我就擦！"擦了又递给我。高彪子又对副连长说："他只要下来，不管多少，我都要弄他一个。如果敌一个排我们就打，如果两个排以上，我们就放过从屁股兜，咱们两面夹！"副连长听后很赞成，说："好。"高彪子把怀一拉开，向屁股后挂的一支五一手枪一拍说："你看我准备得怎么样？"我还没有猜中什么意思，马上副连长说："你准备和敌人摔跤吗？"他笑了笑向身边拿着一支冲锋枪的通讯员说："我上去一抱，绊倒他，你就拉腿！"通讯员说："你放心，捺不住他还行!”副连长说,“我马上去给你布置火力。有我这几支破机枪保险你吃不了亏!”……副连长一走,高彪子用眼一扫这座很干净的隐蔽部说:“当个步兵连副连长多滋!”谈话中断了,他忽然说:“首长,我要弄个照相机给你!”真是一个纯洁的青年。接着又说起他过去缴过多少漂亮的照相机,都叫上级要去了。他还缴过小卧车上的小收音机,口袋一装可方便,行军背着它,唱了一星期,叫上级发现了,团长要去了,又让师首长见了,给师长要去了。

正说话,无线电话员叫我去听步行机里美国鬼子说话。他把音量调节器弄好,把耳机递给我,就听见美国鬼子的呼号说话,可惜我不懂英语,也不知在说什么。这声音这么响,就像在身边。电话员说,这就是附近敌人在联络。我借机会学了一些步行机的知识。又看了看他们司令部发下的密语表。可见军队需要多么广泛的知识。第一次见,很是新鲜。不知这些密语,是出自哪个参谋之手。其中在某某情况下的呼号,正是“祖国!”“祖国!”很启发自己的灵感。如果将来写小说,这些该多么生动呢!

回到自己房子里,副连长一边核对密语的号码是否有错误,一边抬起头告诉我,说高彪子已经去了,十点钟上来。我们在他们回来后即下去,进行偷爆,以配合其他部队的攻击。哪个部队出击他也不知道。我问,高彪子现在已经该到了吧?副连长说,用不了几分钟就到了。……我想象着在黑暗中流动的高彪子们。

八班准备下去偷爆,我到了八班。他们正在整理服装,把棉衣棉裤脱下,有的在装子弹。有些战士,可以看得出来是老战士,把身上收拾得干净利落,子弹袋束在腰间,手榴弹四个很齐节,贴在后腰,跳一跳一点响声都没有。壁上点着一盏小灯,靠墙还竖着两个四尺长的爆破筒,像戏上的齐眉棍。一会儿副连长来了,他坐在当中,给大家动员。他已不像在我的面前那样温和了,在说某些字时,是咬着牙齿的。显示出异常的坚决强硬。他说明了怎么去爆破,不许拉绳子,要用手拉环子。又说,下去打敌人,就准备敌人打你,他还举出可能出现的几种情况和处置方法。一、如果遭遇敌人，就要猛扑上去。二、如果敌人伏击，也要猛扑上去。冲锋枪一甩，手榴弹一打，就扑，谁也不能在这种情况下往回跑。他还指出，如果有了伤亡，只要有一个人，就不能丢掉伤员同志，烈士同志。这些字眼他都说得十分肯定，几乎都是咬着牙。听的人都静静地瞅着副连长，谁也不说话。灯光和阴影描画着一个个的脸。战士们现在究竟心里在想什么？动员后，副连长问："听清了没有？"大家用很大的声音齐声说："听见了！"这就是战斗的精神呀！

一会儿，命令又变了，是侦察敌人而不是爆破，副班长闫传义传达，他的声音也像那些指挥员的声音一样，说到"坚决打掉他"等句子充满了力量。班长补充说，大家口袋里不要装什么东西。他划分了小组，又让他组的两个人留下来，说到怎样才能不咳嗽，要噙根草棍或小石子。

我在想，他们几个钟头之后就出去了，可能会遇见各种情况，也有可能牺牲，这个他们也是知道的，可是他们并不颓丧。战士们的岗位为什么说是最光荣的呢，他们比任何人牺牲的机会都多些，即便这些小战斗也是一样。外面有机关枪声，不知高彪子打上了没有。

等到我回来休息时，高彪子他们已回来了，他们没有打上。一会儿又告诉，这个任务也不去了。

与王俊峰谈话，说他弟兄二人的情况。他在七岁就给人放猪，哥哥是九岁放猪。这一对兄弟，受过艰苦生活的磨炼。又谈了他们班的情况。他还是这么温和，他的毅力，他的沉着勇敢，都隐在他这张和蔼的脸孔里。

## 十一月十一日

今天八时起床。二排副陈广义来了，扯了一大阵。他能说会道，是冀中的聪明青年。军事术语说得蛮熟。你问他一件事情，他本来可以直截了当地回答，但必须要分析一下，说给你听。虽然不像那样从"一"说到"十"，也差不多。听他讲了些侦察员的生活，怎么样闹地位、待遇，怎么样不在乎，你规定不准怎样，到时他给你又溜出去了，简直讨厌得不行。所以部队住城市，把他们搁在城外。学习练兵，根本不入脑筋。有时跟上级讲，以前我们班的战士，在这个团里当营级干部的有四个，准团级的还有一个，我现在还是副连长，人家见了我还叫我老首长，你说我怎么说呢！我革命不为升官发财，可是待遇得给我解决一下。有的说，我的战士都背上“二斤半”了，我还背着个大脑袋冲锋枪……可是他们对任务的执行是坚决的，除此以外，一概不管。

他还谈起从主峰到一号阵地，交通沟常出现一种二尺长的毒蛇，这种蛇闻到人的气味就把身子缩成一个圆疙瘩，猛力一弹去咬人，咬了人以后，可以看得到紫色血顺血管向上流，流到哪里，哪里红肿溃烂。我笑着说，那不成了美帝国主义的帮凶了吗！

他说的这种蛇，确实是有的，我也听说过。在我睡觉的雨布后面，除了挖坑道小镐的响声，还有一种唧唧的叫声，不像老鼠，不知道是不是这种蛇的叫声。

昨天敌机炸黄鸡山及 122.7 阵地。

今天一整天天阴，昨晚下雨，交通沟存了水。

和副排长谈话后记日记至晚饭。

饭后又到八班去。今天吃饺子，大家都乐呵呵地去包。独一个人坐到那里抽烟，我忍不住又批评了他。他很不满意。我为了教育他，跟他谈了二十分钟。为了怕误时间，我又过了交通沟到八班。王俊峰在揉面。小罗，一个四川孩子，坐在那里擀片。他是在东北时学会的。他坐在炕上，两只穿布袜的脚对着，在那里擀，他说话有些结巴，别人听不懂，他就着急，什么也不说。别人还爱开他的玩笑。

我约了情绪最饱满的新战士扯谈。一个是小田，一个是小骆，一个是于成。谈了他们的出身情形。小田是工人，干过七年的皮鞋匠。今年才二十二岁。非常活泼可爱，比农民出身的洒脱些。于成和小骆二人是翻身农民，他们在谈到保卫土地的情感时，使我有了一个深刻的了解。在朝鲜战争发生时，农村地主的气焰又起来了，他们是在这种情况下来到部队的。这告诉我，在今后描写农民出身的战士时，与土地问题应是密切联系的。实际上这是反封建与反帝斗争的交织。了解了这点，对今后小说写到农民入伍部分会较合乎客观的实际。

谈到他们班长的情况，他们多少拘束些，未谈得很好。他们快该上岗了，我就让他们回去了。他们今晚还要修交通沟，今天炮打坏的不多，但有些泥泞。

一条新坑道快与我住的地方连接起来了。能听见那边挖坑道的小镐的声音。

通讯员小马明天要去学习了。我要他来坐坐，他这几天给我打饭打水，我很感谢他。他也因我对他的亲热，很满意，他说，不是首长在这里我要说这句话，以前旧社会哪有首长对我们这么好的呢。他不知道我多爱他们，我摸着他们粗粗的臂膀和粗粗的手，真爱他们极了。

坑道口常常坐着一个病号，他一天哼哼唧唧地说他吃不下饭，据说右倾情绪极严重，看来真讨厌，懦夫真不如死了为好。当勇士死又算得了什么呢，而这个样子，人人都不大谈他、理他。我耐着心问了他的经历，他说他给家去了五十一封信还是没有回信，唉！这个人……

## 十一月十二日

今晨，睡梦中听到有人说，敌人由于恐慌，昨晚打了两个多小时的照明弹。

今天利用战士睡觉时间读了斯大林同志的《社会主义经济问题》，在敌人的炮火下读这样的著作，也很有点意思，至少说明，敌人的炮火并不能扫荡共产主义。

主峰上打电话，说敌人今天打炮多，必须引起警惕，还说是否有毒气弹，要注意防毒。说话间，敌炮已开始在头顶上响，今天炮重，震动得桌上的蜡烛不断地跳舞。耳朵也嗡嗡地响。顶上掉下一些土。副连长很有经验地说："这是105！如果是八英的炮弹就会将灯震灭。”接着他又仰起头大声地喊：“打到洞口了吗？叫五班下来！”五班的同志们睡得正香，当时还不愿意起。只听五班长叫：“洞口打塌了，快起！快起！打住你们谁负责？”几个战士才揉着眼下来擦枪。一会儿八班的洞口里落进了一颗炮弹，没有响。八班长王俊峰把它抱出去扔了。

接着，他又找着望远镜到山洞口观察情况。不一会儿他回来报告，炮是敌坦克打的。那儿辆坦克呜噜呜噜开一阵打一阵。这场炮击，直打到五点钟才停。查线的电话员小骆回来说，主峰后面伙房的交通沟也打平了。

晚上我原来计划和七班的小鬼们谈话，进来了一个长着黑髭的年长的军人，他有一双通晓世故的眼睛和一副经过风霜的赤红的脸膛。这就是小鬼班长唐殿君。他说因为自己上了年纪，反倒很喜欢“小嘎儿”，他曾经要求上级给他调个小嘎儿，不想一下把他调在小嘎儿窝里，使他特别愉快。整天哄他们、吓他们，说笑话，吹故事，关心他们。

我很高兴，因为我早有兴趣要描写他们。这将被确定为革命大家庭最生动的体现，写入我的小说中。

一会儿八班长来了，他客气地不愿意坐下，扶着门，端着一个小油灯，请示排长说打塌的洞口，晚上修看不见，明天拂晓修是否可以？排长同意。我本来要继续和七班长谈，发现他很不安，他是惦着那些小嘎儿们。我出外解手时，看见后面的山坡很亮，这是敌人迫击炮打的照明弹。接着东边响起密集的排炮，还有机枪声，好像在进行小战斗。敌炮像进行拦阻射击。今天探照灯照得雪亮，对面敌炮的炮口处小火蛋一亮一亮，接着炮弹带着火光从我们头上飞过去。战士说，这是敌人的自动推进炮，要我赶快下来。

过于困倦，本来还准备想些什么事情，不想因为困也就睡着了。睡梦中听见说，八班长负伤了。到醒来时，八班长已经被送走了，使我感到非常遗憾和歉疚。

## 十一月十三日

早起，出外呼吸新鲜空气。电话员到洞口看着我。昨天卫生员是这样，他们都是这样。无非是怕这位“首长”遇到什么。这是多深的爱护！可是假若真有一个炮弹飞过来，不是多伤一个人吗！

无线电话员的生活也很有意思。他们曾在电波中与窃听我电话的敌人遭遇过。一次，敌人听到我某班长去主峰取电池，就插进来说，班长在那里等哩，你们去接他们吧！实际上，班长已回来了。就说，你不要费心啦。一次敌人呼我们，我就说：“你是中国人吗？”他说：“是。”我又问：“你爱祖国吗？”“爱。”我就说那你为什么给帝国主义当走狗呢？他无话可说，就说明天九点钟见。可是按规定是不准在电话中和敌人乱扯的。

副连长回来，我问起八班长临走说什么，他说：“说我们八班没有完成任务，我自己也没完成任务，也没有打上！”这是战士们多可贵的战争的责任心。

今天到八班去，袁俊康提着一口袋热腾腾的馒头来了，战士苏贵成劝我在这里吃，我也就在这里吃起来。馒头蒸得很好，花生米略有辣味也不错，比给我一个人专做的菜还可口。战士们吃饭很客气。一块儿吃过饭后，他们对我好像更亲热了。

我找到年轻的新战士刘东海，想了解一下八班长王俊峰负伤的情况。因为王俊峰是同他谈话时负伤的。那时刘东海在洞口外面上岗，由于刘东海比较胆小，第二天又要下去执行任务，他不放心，就去同刘东海谈话去了。刘东海说，班长给他讲，明天要去执行任务了，你怎么样，你敢不敢去？刘说，敢。班长又说，好，咱俩一块儿去爆破，把铁丝网给它炸开，行吧？刘又说，行。下面班长又给他讲怎么摸敌人，敌人打枪的时候，要弯下腰。正在这时，敌人的子弹打过来了。班长把头往下一低，不想被击中。可是他当时并不慌，立刻打开急救包，捂住脸，一边说，我带花了。刘东海赶快喊于生出来给他包好，他又说，我去休养以后，你要征求全班对我有什么意见，把意见给我记在小本上。我休养回来你告诉我，我好克服。接着班长自己走回洞里，卫生员给他上了药，他又对副排长很难过地说，这次上阵地没有打上仗，快执行任务了，我又负了伤。我觉得没有完成任务，很对不起上级。我自己天天教育战士小心，结果我自己倒被打中了。这是我的缺点……担架来了，他又对担架员说，这交通沟抬人太不好抬，哪里不好走，你们就不客气地说，我下来走，等好走的地方你们再抬。出了洞，他一直走出交通沟好远，才上了担架……

听了刘东海的话，一个革命战士的良心把我深深感动了。王俊峰啊，你有着多么美丽的灵魂！在这个星光照着的前沿阵地上，你那颗耿耿的忠心，在放射着夺目的光辉。为了帮助一个胆小的战士，你负伤了。昨天你还在这里，现在你大概是到了后方了吧。我知道你心里是难过的。同志，我了解你，我祝福你。

接着，我和刘东海谈起他们班长平时的情形。他说，班长和他平时谈话很多。第一次见面，班长问他："你是哪里人?"他回说，河南人。又问："什么县?"他说，禹城县。又问："禹城县？什么村?"他就说，××营子。接着班长就说："哦，那地方我住过。你家里还有什么人?"他说，父母，哥哥……班长立刻说："哦，我在你家里住过，我好像见过你，你的父母我都知道。"听到这里，我不由得扛了一下身边的五班长笑起来。他怎么会知道刘东海的家呢，这分明是一个有经验的人去用爱——革命的爱去靠近一个没出过门的小鬼，使他在外不觉得孤单。这是生活中美丽的谎言之一，我很喜欢这种充满着爱的美丽的谎言。

刘东海说，王俊峰还给他讲了许多英雄故事。如某战士身下压着五颗手榴弹和敌人同归于尽的故事。很明显，这是他有意用这些故事激发新战士的勇气。然而由于被教育者过于年轻和幼稚，还不能领会班长的苦心。

今天，我仔细地瞅了瞅五班长程纪材，这是一个性如烈火的人物。他二十三岁，湖北老苏区人。他的脸被打红的机枪枪身烫坏了，今天刚把绷带解下来，脸上还是红一块白一块的。他见我并不拘束。他说他父亲是老红军，红军北撤时，没有跟上，被国民党抓住丢在长江里了。他的哥哥也是老红军，牺牲了。他是遗腹子，等到长大，国民党仍然整天来抓。一天夜里，母亲含着眼泪说："孩子，你在家死了也是死，还不如到外面去干革命，就是死了也有价值，娘也算不白养你一场。你在家死了，像你父亲似的连个尸身都见不着。你去吧，有一天革命胜利了，娘也许还能见到你。"母亲说着，哭了，妻子比他小三岁，也哭了。妻子给他拿出了一双鞋，他就这样参加了游击队。先给一个政委当通讯员，没有枪，背着一把大砍刀，人小，跟不上队，苦得很，一想母亲的话，就又有了力量。政委曾想让他回家，他死活不肯，说是死也死在部队上。果然革命胜利了，他又回去见到六十多岁的母亲。他一心想让老婆进步，就把她带出来。还让老婆帮助老百姓修堤筑坝。老婆有点受不了，他就教训她、骂她。老婆说，我吃不了这个苦，说着就往外走，他就抓起刺刀鞘打她，正好被政委看见，一把抓住他，训斥说："你的脾气怪，我的脾气比你还怪，我想杀人，行吗？你政治上比她觉悟高些，可是你们是平等的！你怎么能打人呢？"听到这里，我们都哈哈地笑起来。

人总是有优点也有缺点。一方面程纪材有高度的革命积极性，另一面由于主观性过强，总嫌别人干得不多。比如挖工事，他本人确实很卖力，挖的很多，但别人干不了那么多，他就很不满意，这样也就产生了他同周围人的矛盾。

晚上，在无线电话组那里，和哨兵苏永光扯谈。他害羞，腼腆极了，抱着一支自动枪也不看我，但我要出去解手，他就以保护者的姿态跟着我。他今年才十六岁，去年参军时才十五岁。我问：

"你这么小参军，人家要你吗？"

"我没说真岁数儿。"他答。"那你为什么一定要来呢？"

"保家卫国……"还是很害羞。"有这么多人还不行吗，要你这个小嘎儿来？"

"多一个人是一个人的力量。"

有人插嘴:“别看他小,已经打住两个敌人了!”

我又问:“你怎么打住的?”

“早晨打住的。”他说。

副排长急了,插嘴说:“小苏,你就不会说得生动点儿?比如说你怎么发现的,怎么观察的,怎么打的……”

小苏仍然慢声细气儿地说:“一个敌人在交通沟里走,我就把他打倒了;第二天,又一个敌人在交通沟里走,我又把他打倒了。”

我笑着问:“打住第一个敌人,你感觉怎么样?”

“高兴。”“怎么高兴?像吃糖一样高兴吗?”“比吃糖还高兴。”他回答得总是这么简单朴素,叫人发笑。

“怎么会比吃糖还高兴呢?”我故意逗他。“因为敌人少了一个。”他年轻而白嫩的脸,红红的,简直不敢抬起来看我们。“这孩子就是老实!”副连长梁青山叹口气说。

## 十一月十四日

这个洞子里存在着几种不同的生活方式:

1. 战士们整夜站岗,静听着对面黑黝黝的山冈和河沟里的风吹草动,一直到天亮。吃过早饭,睡到下午二时。起床后唱一阵歌子,擦擦枪,吃了晚饭又上岗。

2. 炮班整夜掏坑道。

3. 副连长和排副查查岗,后半夜没有事睡一会儿。

4. 班长一整夜查岗,给战士有时端碗开水。

5. 炊事班天一黑就睡,凌晨二时起床做饭。

6. 无线电话员晚饭后联络一下就睡,一早起床。

7. 我,晚11时或凌晨一时睡眠,晨8时或9时起床,10时吃饭,然后记日记,直到战士起床进行访问。

今天,在小鬼班进行座谈。副连长把两个洞子的人召在一起,很快发现,这样的方式太呆板了。

这些孩子,在家多半是放牛、放猪、拾柴的。有一个小李是水手,小肖是讨饭的。在谈到出身时小肖并不直爽,显然他认为讨饭是丢人的事。小徐是孤儿，在谈到旧社会地主压迫剥削时，在黑影里自己捂住脸，显然受到极大的创痛。我怕伤了孩子的心，未详细问他。王恩先的父母死去时把他给了别人，现在他要求把姓改过来，恢复姓李。

在全部小鬼中，以小水手为最活跃，以小孤儿为最深沉，以讨吃的小肖为最懒散。据说，他上岗打瞌睡，屡教不改。讨吃的孩子虽饱受旧社会的伤痛，但缺少劳动锻炼，因此显得疏懒。我过去在骑兵团工作时，也遇到过这样的人，诉苦时痛哭流涕，平时吊儿郎当，甚至说谎骗人。

今天以小鬼班长唐殿君谈得最有意思。他参军时父母都不愿意。他动员父母说："你老人家不要不乐意。生儿养女，无非是为了孩子孝顺，不愁后事。以前旧社会时候，我巴巴结结一天，还不能给您老人家弄来吃的。现在地有了，就是我在外头牺牲了，也像是在你们身边。你们睁睁眼瞅瞅这地，这地就是我呀！……"他的话使我心灵震动，一句话说透了解放战争的本质。而抗美援朝不是反帝反封建斗争的继续吗？当然又加了一层保卫世界和平、保卫自身的社会主义建设。"这地就是我呀！"一句地地道道农民的话，是作家不易创造出来的。

我们一起吃了饭，小鬼们上岗去了。小苏把子弹袋在腰里煞得紧紧的，又穿上大衣，拿起了自动步枪。他不大喜欢自动步枪，很羡慕别人带的木把冲锋枪。假若他要有支冲锋枪，他就会更加高兴了。

排副陈广义是个老兵，见多识广。他的谈话，虽然不能说全面，但还是很有道理的。例如法捷耶夫的《毁灭》，对矿工的描写与对农民的描写就有差异。这是作家对生活的研究，需要注意的。

我们谈话的这个坑道，被雨季和炸弹弄得歪歪扭扭，很不像样。谈完话，他就送我回来了。

## 十一月十五日

下午，越过交通沟到了八班。与小罗、于生等一起吃了饭。吃的是馒头和花生米。他们老认为，应该给我单独弄吃的，还安排电话员小骆给我做饭，却不知道我同战士一起吃更有乐趣，也更安逸。

今天我的目的是向敌人打几枪。入朝以后，我一枪也没打过，总觉得说不过去，有点别扭。我的行动是向敌人示威，自然这只具有象征意味。这表明魏某人来了，他来到过这个阵地。

谢谢几个战士没有坚决阻拦我。麻子副班长闫传义，给我选好地势，把美造自动步枪给我装上子弹，然后，用棍子把枪眼捅开。我进入暗打火里，瞄准了敌158.77阵地的一个地堡。西斜的阳光正好照着那个山头，在阳光与阴影的结合部有一个圆馒头似的东西。我学战士的样儿把帽檐儿一歪，瞄好了，一连开了两枪。为了凑够中国习惯的数目，又打了一枪，一共三枪。他们催我下来，我才下来了。心里果然痛快。

很快，副连长和电话员都知道了，好像是件大事。

主峰打电话来，叫去领象棋和扑克。不一会儿领来了，大家都很高兴。饭后我们开始打扑克。我和卫生员联手，排副和副连长联手，直打到午夜零点。开始我们处境不利，后来形势突然变化，大获全胜。

这时，有几缕隐隐的诗思透入心中。我把扑克让给小骆，自己靠着墙，坐在皮褥子上噙烟沉思，想为这阵地写几首诗。

### 十一月十六日

早晨，被敌炮震醒。因为它正打中洞顶，声音显得沉重。洞口又震塌了一些。

起床后，与无线电话员闲谈。他说，初上阵地时，为了迎击敌人的秋季攻势，紧张得很，人人都去背木头加固工事。来回六十里，有时一天背两趟。路上和交通沟里全是人，就像赶集的一样。团长、政委也都上山亲手伐木。可见阵地能这样坚固，是流了很多汗水的。

由此又谈到团长，他说师范学生出身的孟团长，特别喜欢青年人。常常一见面就开玩笑:“你娶老婆了吗?有对象没有?没有,好好干,将来给你找一个。”如果路上遇到哪个战士不给他敬礼,他就叫住你:“为什么不给我敬礼,嗯?敬了礼再走。”所以战士们也很喜欢他。

今天,再次到小鬼班去。小鬼朱正堂引着我,通讯员小徐跟在后面。小徐有些胆怯,呼吸的声音有点儿不对。他的父亲是被国民党打死的,母亲做小生意赶火车,从火车上掉下来摔死了。他的三个兄弟都送给了地主富农。他问我,是否可以把三个兄弟要回来?我说,当然可以。他说,给人家写了文书的呀!我说,地主的政权都打倒了,文书还算得什么!

外面天很黑,沟里很滑,我们摸摸索索地到了小鬼班。

小嘎儿们正蹲在灯下数子弹,老班长聚精会神地登记。我们在这里打了一场扑克。晚上十点钟,他们就上岗去了。

外面下起了小雨。小徐和“小王”坐在我的身边。这两个孩子过去都是孤儿。“小王”要求恢复姓李以前,还只能叫他“小王”,他把脸靠在我的肩胛上,我抚摩着他嫩滑的小脸,望着他的黑眼睛……

“唉!”忽然,班长唐殿君长叹一声,“离开祖国两年了!也不知道祖国变成什么样儿了……”我说:“你想祖国了吗?”他说:“唉!比自己的家还想得慌。”我问他想祖国的什么哩,他说:“两年不见了,都说祖国变了,也不知道变成啥模样了,自己也说不清想她哪一点。”

这是他内心情感的自然流露。

我问小嘎子们想不想,他们说,我们刚出国,暂时还没想!当然,他们想的是建功立业,那种十分辉煌的东西!

## 十一月十七日

今天我是被歌声惊醒的。是排副和无线电话员王尚民在那里唱歌。

早晨到洞外活动。雾很大,连后面的主峰和山下麻子脸般的谷底都看不见了。

我想，何不乘此时机到上面看看。于是，谁也没有通知，就沿着交通壕到了一个暗打火。“谁?”一个战士惊喊了一声。他拿着一把小锹守在洞口，看清是我，点了点头。我向敌阵一看，还是满山满谷的大雾，只能隐约看见谷底小河的闪光。交通沟外的山坡上，只有稀稀疏疏的十几株树，叶子都已落净。有的枝丫被炮火打得歪在地上。

我不禁又想打枪。此刻没人管我，这个好机会不可失去。于是，我端起枪来朝地堡和河岸有响动的地方开始射击。大约打了十发子弹，然后把枪交还那个战士。

排副叫我吃饭来了。过了几分钟，敌人就打过来一阵排炮。我说敌人报复了，战士说，这是常事，每次打过冷枪后都是如此。

饭后，无线电话员苗长盛从主峰回来。一进屋就说，今天到团部看了一场电影，看的是《白毛女》，大家都流泪了，我也流泪了，没有不哭的。我家里和白毛女差不多。可见《白毛女》是一部伟大的现实主义作品。

今天，写了首求战曲《连长，你听我说》，反映战士的心情。

晚上同两个青年战士谈话。一个叫杨克清，过去拉黄包车，曾被美国兵殴打过。这个耻辱，至今仍刻在他的心上。他说，他在战场上打倒敌人时，尝到了难以名状的胜利者的欢乐。现在他很想成为青年团员。另一个战士叫胡登煌，对自己的母亲改嫁很不满，认为留下他弟兄二人受了苦。我向他解释了社会原因，要他谅解自己的母亲。

今天，炊事员何喜纯来了。他是河南人，原来是个青年农民，特别爱说爱笑。不一会儿，把他的秘密全告诉了我，现在的心情和自己的缺点，也全告诉了我。我很喜欢他。这样的人物写出来怎么会概念化呢！概念化把劳动人民的优秀素质窒息了。我爱生活，生活的美使我陶醉。

晚十时，八班八个战士下去撒宣传品。他们抱着宣传品与“和平信箱”下阵地去了。

## 十一月十八日

今天，外面很冷。

由炊事员何喜纯引起，副连长给我讲了战士王连喜的故事。这个青年的性格，更加引起我的喜欢。把这些战士优美的性格展开，不就是宽阔的灿烂的画幅吗！中国人民的优美品质是同这些不同的性格结合在一起的。

我应该给“最可爱的人”这个称号作出相应的详细的注解。

昨天下去撒传单的战士回来说，排副看见草丛中有一块白花花的，上去一摸，是一个死者。再一摸，腰里有我们的梭子兜儿，兜里还有一个梭子，只掏出半截儿。死者手边，有一个手榴弹，手榴弹兜里也有一个。很明显，这是我们的烈士。排副说，这是上次打伏击牺牲的六班副。曾下去三次没有找到他，因当时草很深，他穿的新军衣又和草色难以分辨。他的名字叫蔡燕顺，是全连最勇敢的青年。在观音山战斗中，曾掩护全连撤退立过大功。这次下去打伏击，因为同敌人突然遭遇，在掩护别人时牺牲了。排副决定下一次带上担架去抬他。

哨兵报告，八号沟下面的草哗哗响，可能是敌人来拣我们的宣传品了。

## 十一月二十日

晨五时起床。天还没有亮。副连长给我打开话匣子，放了两个唱片。不一会儿七班的小徐、八班的孙启贤，还有其他班的代表都来为我送行。五班的杨凤岐，结结巴巴说了几句感谢“首长”看望他们的话，并表示“一定要多杀敌人”。我也鼓励了他们几句。出洞时，我同地线电话组和炊事员都握了手。外面天色已亮，他们挤在洞口送我。不想敌炮也来为我送行，我怕有伤亡，劝他们回去，他们仍坚持在交通沟里送了我一截才回去。

回到主峰，就像回到了大后方。这里坑道也宽了。

迫击炮连七班长林长清，见了我很亲热。他是工人出身，伴着他的迫击炮已经七年之久。南下打安阳时,中了地雷,全班大部伤亡,他是从土里被刨出来的。提起这事,他就流着泪说:“多好的炮手呀!都是我手把手培养的。”至今他还怕见“安阳”这两个字,见了就难过。这次上阵地,两个月来,他的这门炮消灭敌人一百余名。他一见我,叫了一声“首长”,似有所求,又不好意思开口。我说你说吧,他说,他想托我买一本《太阳照在桑干河上》,给全班人读。我答应买一本送他。可见战士很关心革命文化。

下午,林长清来叫我,说要打炮了。我沿着高高的土梯走上了观察所。这里在山顶上开了一个大天窗似的口子,炮队镜伸出洞口。林长清说发现了两个敌人,我从炮对镜里望去,果然在对面敌纵深阵地上,黄色的交通沟里有两个两寸多长的小黑人,似乎在修工事。我说,怎么不用炮打呢?他说,迫击炮打不到。我说,怎么不用山炮?他说,上级规定,十个人以上的目标才能动用山炮。我叹了气,真是便宜了他们。

在观察所,林长清还向我提起,国内造的炮弹,在引信头处,有一个锡制的堵塞,每次打炮时,就把堵塞拔出来扔了,炮手们都觉得很可惜。如果把它换成木塞子,那对国家建设就要有利得多。听了他的话使人很感动,处处都表现了战士对祖国命运的关心。

我坐在子弹箱上,同一个年轻的炮兵观测员谈话。小伙子学生出身,高中毕业。他说看过我的作品,自己也写点散文。我问他我们炮兵的技术水平如何,他说,如果大家都在睡觉,发现情况,六分钟可以开炮。命中率百分之七十五到九十。在技术上并不逊色于敌人。只是在器材上还欠完善。虽然我们的重炮少些,射程近些,但我们在技术上善于集中,所以适当地弥补了这一缺陷。

### 十一月二十二日

正在睡梦中,国内参观团的张政委把我喊醒。他说,你不是要看打仗吗?仗已经打过了。我以为他在开玩笑,结果是真的。他说,凌晨敌人打了一千发以上的炮弹,他是被惊醒后才起来的。敌人正在进攻一号,现在电话还联络不上。

我看表针正指向五时，指导员的铺已经空了，他们竟没有叫我。很快了解到，敌人是在凌晨二时半开始进攻的，那时我刚入睡半个小时。

我到外面解手，天还黑洞洞的，枪炮声沉寂下来，显然战斗已经结束。我来到连部，看见指挥室里坐着几个人，通讯员端着灯在门口等候。连长两只手都拿着耳机在打电话。从电话中得知，我伤亡七名，其中阵亡三名，都是十二班的战士。他们反击了敌人两次，才将敌人击退。在阵地上捉住了一名负伤的美军，已经把他抬回洞里。

不一会儿，又接到指导员从一号打回来的电话，报告说，今日凌晨，敌人约一个连的兵力，分三路开始进攻。开始前，敌以机枪长时间连续射击，借以掩护他们的行动，我们竟习以为常没有发觉。待发觉时，敌人已经爬到我们后边的交通沟，并占领了山顶。经过我两次反击，才将敌人打退。缴获了敌人三支步枪，三副担架。最后敌人弃尸两具逃跑。报告中还说到，战士尹海云同敌人牺牲在一起，他的枪已摔断，手脚也被炸断，估计是与敌摔跤时，拉响手榴弹与敌同归于尽的。我不禁想起，不久前这些同志都同我握过手呀，想不到他们已经成为烈士了。排长姜国盛也负了轻伤，我立刻接过电话，安慰了他。

不一会儿，营长从黄鸡山赶来。他对未给敌人足够的炮火杀伤感到遗憾。人们对胜利不圆满常常是不满意的。估计到敌人明天还要来拉死尸，准备大干一场。

正说话间，把那个受伤的美俘抬来了。坑道里人们呼呼隆隆地朝外跑。我也跟着走出去。狭窄的坑道被堵塞了，人们都想争先看到这位“来客”。我挤过去，看见这位高鼻子的美国兵躺在担架上，头上缠着绷带，嘴呼哧呼哧地喘气，吐着血沫。他的脸上又是血，又是泥，血已经凝成紫色。战士好奇地敲敲他的胸脯，说是穿着铁片。我上去一敲当当响，果然穿的是避弹衣。有人还想看看他穿的是什么鞋，掀开被子，原来穿的是说红不红的粗糙的皮鞋。这个俘虏听见人们议论他，伸了伸胳膊，表情很滑稽，也许他在庆幸自己还活着吧。可惜周围没人会英语，无法同他对话。我在想，他的确应该庆幸，假若不是遇到这样富有人道精神的军队，不把他抬回来，不给他盖上被子，恐怕早就把他冻僵了。

晚饭后，到指挥室，看见营长正在与迫击炮连长、山炮排排副，机炮连副连长等一群“炮官”们挤坐在一起，商讨炮火拦阻方案，准备晚上敌人来抢死尸时给以更严重的打击。

## 十一月二十三日

昨天营长告诉前一号，把敌尸再往我阵地上拉一拉，拉到三五米的距离，用机枪看守，谁叫敌人抢走谁负责。我很满意他的这个指示，这对敌人是一个精神的打击，因为敌人在前沿会很清楚地看到，而且也是很妙的钓鱼的诱饵。这晚我等了很久没有睡，我要看看这个就要来到的会打得更圆满的战斗。

在观察所，我看着，敌机轰炸二号。他们劝我下去，我也没有下。随着爆炸声，紫灰色又夹着土褐色的浓烟，像烂棉花似的，一卷一卷地升起，这一卷还没落下，敌机又冲下来，整整丢了八颗。我想起我在那儿呆了十多天，和我相处在一起的人们。那些小小的油灯该震灭了吧，他们会在洞里微微地震撼着吧。假若我在那里多好呢，我在今晚可以看到战斗了。

我下来在电话里问，他们说炸得并不碍事，只有一个洞口炸坏了点。

我估计晚上，敌人定会攻击，营长也让他们注意。指导员在今晨战斗一结束，就带一个班去了。早晨，我看他的被窝还没有叠起，晚上回来了，我问起一号战斗的情形，看起来由于长时间没有触发战斗，多少是有些麻痹的。敌人开始打了一阵机枪，接着是炮火急袭，急袭过后，我们的人刚出洞口，敌人已经有几个爬到山头上来了。我们有的战士还认为炮火打这么急，是谁还站到山头上愣充大胆呢。敌人攻击的时间是二时半，巧妙地利用了机枪掩盖他们的脚步声。因敌天天打机枪，我们不注意了。估计敌到了我前沿，他们才开始炮袭。

昨晚上，崔喜德（白天负伤的）下来了。我查看了他的伤口，伤口不重，我去安慰他。拉着他的手跟他谈，他是出洞后，被敌人扔到沟里的手榴弹打伤的。因为伤口疼，他显得有些不安，我拉他下来吃了几个饺子。我劝他吃，他在灯光的暗影里，眼红红的像是很激动地说，我明天要回去。我说，你休息两天吧，为什么要回去呢？他说，我们班里的人也不多。我看他不安，就让他睡去了。

昨天晚上，因为等候战斗的到来，我显得颇有精神。我告诉别人，有情况了一定要告诉我。后来到指挥室看了一看，见营长已经睡了，小油灯，只剩豆粒大，要灭不灭的，昏昏沉沉的，非常静。全洞的人，除了坐班的通讯员小辛（辛殿学）以外，都睡了。我也就睡了。

今天十时才起，一问，敌人昨天并没大动静，只摸到一号附近，一发觉有人，就又跑回去了。我游动组为了引敌人上来，没有开枪。

今天，画家罗工柳同志来了，引起我一种敬佩之情。因为他在出国的作家团体中，是坚持性最大的一个。我见了他，不由得对他亲热起来，称赞了他。这也是我们民族的优秀儿女呀！

问了他一些情况。

接到友人一信，谈到他找到两个满意的女朋友，他让一位朋友挑选一个，某人则让他先挑一个，这真是革命友情的佳话。

今天整天敌机骚扰，又在黄鸡山投弹数枚。

天黑以后，我出去解手，忽听敌人的炮火急袭又开始了，像是开始攻击。我赶快回来去告营长，营长问一号，说还没有看见什么动静。我静静等待着，又到观察所看，我以为敌一定要来，等了很久又没有来。我只有在黑洞的观察所里学一点测敌炮位的常识。

晚上，和罗工柳、指导员、林长清谈得很晚，到了十二点多。我本拟明晨离开，执行原计划，但心中犹豫不定，想再看一次战斗，他们一劝，我决定再待一天。

看了几张报纸。

## 十一月二十四日

早晨一问，昨夜敌向黄鸡山侦察了一下，未敢轻动。但情况显示无名山高地和100敌人增加了两个排。

山炮连副排长提着个小油灯紧张地走到我屋里说，敌人汽车运输紧张，一夜没断汽车响，不知道为什么，刚才左看右看，才发现无名山高地左首的山坳里有三堆很大的东西，用苫布盖着。他急得不行，说要打，化学迫炮连也要打，他们请示营长，营长批准了。他们决定到前面，带一部无线电报话机去指挥。说着连忙去了。我到观察所去看，他们经常封锁的那条公路，有六七个人在那儿走，穿着大衣，个子很高。观察员说，要不是炮转了方向，是多好的目标！还说刚才一个是小军官，走过这里，士兵不走了，都停下了，他脱下大衣让后边的人拿着，猛跑，后边的人才跟上来。我又看了一阵，又是一个人过来，这人没有跑，好像很沉着的样子，但走走看看，看来精神是紧张的。观察员数着一个、两个、三个，过去了二十一个，真太可惜了。他们交班时，把这些都登记上去，非常认真，因为这是他们的职责呀！

天黑了，我看不清，走下了这很窄小的土梯（有时得屁股先出，像水浒传沂岭的老虎一样）。一下梯，就看见洞口无线电在联络，山炮排副拿着有线电话和炮位联络，很热闹。只听电话员喊："101号，101号，请讲""请回答""请复诵！""大米开始了！""大米等候，黄豆开始了！"他传过来偏差，由排副再告诉他们修正。可是大米（山炮）究竟命中了没有呢，正要问，敌人干扰了，又讲不通，真把电话员急坏了，他只有瞅敌空讲一句。可是对方讲话不干脆，说些次要话，等说重要话时，敌人又破坏了。只有瞅空进行。我在静静看着，电话员拿着耳机在灯影里喊。排副喊打炮时，可以隐隐听到炮弹出口声。"大米发射了。"后来只有黄豆发射。

天黑了，只见化学炮连长（像个伙夫）回来了，说射了二十多发，中了十七发，那三堆东西有两堆都打起了火。另一堆没起火，估计是粮食或洋灰。我去打听消息时，他们已经回来松心地打起扑克了。

昨晚林长清领我到主峰的顶上转了一趟。交通沟里都是被炮火翻起的虚土，走到顶上，坑坑洼洼，也都是虚土。我亲自用脚踩了踩这被炮火打了一年多的虚土，交通沟都是千修万补的，很不整齐。我转了半圈，觉得我快要离开了，还该多走走，又要他领我转了另外半圈。转完后又站在前沿掩体上面看了看山下的陡坡，和在黑影里的暗火力巢。和站岗的战士并排在那里走了一会儿。一会儿又见一个战士出来把虚土铲出去。天上有月亮，照着战士们站在交通壕里的身影。

自己很满意自己的这种行动。

上午听了姜国盛和几个战士的座谈。从座谈中得知，十班长不大好，这次佘汗南(广东的)和一个老木匠出身的广西人，起了很大作用，在反击中将手榴弹打到敌群里，把敌人打退。他们还讲一个战士不敢出去，老木匠说，你不去我打死你，他才去了。看来还有不够坚强的，但他今后会锻炼得好些。我鼓励了他们。营长对他们的总结是好的。指出他们发觉敌人慢，信号没发好，姜指挥乱跑，没掌握突击力。他责问姜，姜承认。

因为明天走，晚九时就休息了。

但盼晚上能有事，还没有决心离开。

### 十一月二十五日

昨夜临睡前，征求政指对我的意见。他给我提了两点：一、下边反映大家很担心首长的安全，可是不让首长去，首长要去；二、首长艰苦朴素，大家还说首长勇敢。有人说，也许这样的人有经验吧，不然毛主席派出他来怎么会放心呢，看首长是经过锻炼的人！哈哈！哈哈！人总是爱听好话呀，特别说我勇敢是让我高兴的。我懂得人家这样说我，并没有把我当做普通一兵来要求！

三时醒来，通讯员说外面下起小雨。还说敌炮从十二时就打，直到现在还打。我想情况一定到来了，就想起来，但又太困，想了一个办法，才挣扎起来。到观察所去看，炮火果然打得激烈，却打的是 217 高地。看风雨洒洒，天沉黑得很，又回来躺在铺上休息。

天发白时雨才住了。

收拾好行李，喝了豆浆，大家送我出洞。我和他们握了手，离开我呆了二十余日的阵地——155.7 高地。这时敌炮又打，给我送行。我们很紧张地在交通沟里猛走。本想和伙房的人郑重告别，也只有草草告别了事，乍一脱离工事，觉得敌人炮猛，炮弹嘶嘶怪叫。谷世范也不说行李重了，只是快走。送我们的小辛在前头，在交通沟外走。又看到那家怪沉着的朝鲜人。

也许经过一个时期锻炼的缘故，心却并没有紧张起来。

一气走过黄浦洞，到了马成里山下。在绑扎所看了看，小洞、太平室、小卫生员……

一路尽是弹坑，坑，坑。沿途不断看到战士扛木头上山和到前边去的人。

终于又到了团部。因行李重把小辛他们累坏了，自己也累得很。团参谋长慰问了一番。

晚上，招待我在黝黑的树身支起的小洞里，在汽油桶里滑稽地洗了澡，理了发。他们为我服务太多，而我为他们服务太少，这是我每次的感想。

晚上在主任处扯谈。鱼，猴子，道士，香蕉树，棉花树，仙人掌，吃桐油拉肚子，不知扯到什么地方去了。

九时休息。整天想在外面，怕在洞里。

## 十一月二十七日

昨天晚上，补日记到十二时，很疲劳，故今晨八时才起。昨天的日记也粗略之至。近年来精力似嫌不够充沛，往往感觉疲劳，难道年龄真是大了吗？真是笑话！

昨天临走时，又是炮声送行，打在前面的要路口。因为给他们签字留念，炮团的司机把小车开到伤员的临时待避洞里等了半小时，车开到河边，正是两道山谷的交叉处，有很深的雾，仔细一闻，是火药味，原来是刚才炮弹爆炸处。车子穿过后，才觉得太平了些。

一路走来，我看见战士扛木头在道边休息，有一个战士说："歇歇吧？"这是一个有趣的战士。一路走来，发现有了房子，虽然是歪歪斜斜的，也感到温暖和惊奇。好像没有房子像是正常现象似的。

山上也渐渐看到有些树了。猜想这里驻了部队，果然已经到了。

走进一条小沟，接我们的通讯员引我们上了一个山坡，看到一座小房。娄参谋长——一个河北人，迎我进去，一会儿主任也来了。他们说，团长、政委都到军里开党委会去了。主任是沧州附近的人，说话同河南口音差不多，人很热情。一见我就滔滔不绝地说起炮兵的情形，并说他最近作了总结，分析了炮兵政治工作的特点。一看就知这人很热中于政治工作，而且不断称赞自己的炮兵部队。我也向他们说了我此次活动的愿望。他答应为我组织座谈，并在明天就和我谈……睡时，他又给我安置在与他们相似的一座小屋里，也许可以说是隐蔽部。炕是已经烧热了的。我趴在炕上，在烛边写日记，感觉到幸福和温暖。

敌炮不断在前面响，可是我睡得很惬意。有时会忽然忘了是在前线。

今日起床后，看了看近处的地形，这个地形的选择，一看就知道是个很好的死角。到山上一看是个鱼脊山，狭长，很窄。一溜坟头。朝鲜的坟地多是这样。

吃早饭，与主任、参谋长还有协理员、教练员、股长在一起。他们多有些拘束。我感到"名人"真不好，给人以拘束。

饭后和主任谈。他拿出糖烟招待。他的谈话，好像给我作汇报，完全按照他的总结，没有昨晚谈得活泼。我只得那样去听。慢慢有些疲倦。

他打算召集二十余人的座谈会，包括营连干部和炮手，并要他们到我处。我很感不安。决定明天就开。

晚饭后，为了克服前一时期的缺点，先和大家见面，目的是拉近距离。到政治处，干事全来了，差不多都是二十出头的青年，自己心里很喜欢，还和一个教书匠出身的宣教干事开了玩笑，以求气氛活泼起来。幸有人提出叫我谈谈苏联情况，慢慢更活跃了。然后他们又要我签字，我给他们写了“打碎战争贩子的骨头”“扫清人类前进的障碍”“开辟幸福的道路”“让炮声给人类带来和平”“祖国在后，炮口向前”等。有的青年还让我写两个，很热情。我在他们不舍得用的、祖国人民赠的纪念册上留了字。我在他们纪念册前页上写有“对祖国对党负责”“我最亲爱的母亲——祖国，为了你我们到了为正义而战的战场——朝鲜，今后……”等等的决心。虽然句子平凡，却力求表达感人的决心。我并要求他们给我谈一谈。今天晚上的见面，是十分叫人愉快的。是他们，是群众不断给我以力量。使我向前，向前！在疲倦时，在不愿坚持时，在想回国时。

早些睡眠，精力充沛迎接明天的工作吧，老魏同志。

## 十一月二十八日

昨晚因睡得太早，反倒睡不熟，炕也有些烫人。计划了一下今天的会怎么开为好。又想了一下将来的作品问题，故事仍勾连不起来。就又想标题，原来自己想用“志愿军”为名，后来想用“火与火”也好，这可以标出这两种力量的斗争。又以《祖国，你催我向前》为题构思了一首歌词。在十二时睡熟。

三时醒了，闻炮声激烈。

八时起。听说参加座谈会的人来了。一个营长，一个副教导员，两个连长，三个政指。其中有一个连长名陈希荣，虽是平静的座谈会，也可以看出他的性格，他屁股坐到那儿老像受委屈，光想动。我老用微笑看他，以便使他能较安心说下去。他们今天的谈话，特别是关于炮兵对炮的感情一节，内容甚为丰富，也使我最感兴趣。在炮兵入朝以来的成长过程上，也使我很惊讶，过去我们的炮兵的确水平很低，而今天已达到很高的程度。我们在政治上的优越，的确是一个强有力的决定因素。在谈到他们作战情况时，好像唱戏一样热闹。大声喊着各种口令:“为我们的母亲——祖国开炮!咣!”确有炮兵的气魄,很可以增加我将来作品的色彩。这使我感悟到:了解多方面的生活,会增加作品许多画幅,会减少作品的枯燥。毛主席指示要分析一切生动的斗争形式,怕是这个意思,宽与深会有连带的关系。

晚上,我提出让他们谈战斗经过,他们怕回去过晚,有些不安心,就结束了会议。留下的政指一个劲儿要我谈写作经验,他对这有很深的兴趣。从写作谈到他对今天战士奋不顾身惊奇不解。他说:“你说这是什么原因呢,一个电话员在刚打过的炮弹坑里接电线,炮弹刚炸,炮弹坑里还冒着烟,可是他就在那里接线。这是干部的监督吗?不是。一个人单独出去执行任务,并没有什么人看着他,他就是那样,他非去接不可。什么战斗任务不叫去,还闹情绪。你说这是什么作用呢,是政治觉悟吧,可是具体来说,是什么给的作用呢。是个人荣誉吧,个人荣誉难道有这样强的力量吗?——我真想不透!”可是他自己本身就是一个模范人物。我问:“那么,你为什么这么够格呢?”他说:“是呀,我总想把任务完成得好一些……”今天,战士的觉悟,确实叫人惊讶。不,不仅是战士,全国人民都是如此。那么,这真是一个奇异的问题,他的这个问题正是我在将来的作品中应该阐述与具体分析的问题,他曾带着一个战士挖工事,体重减轻了许多,脖子也细了,累得拉稀。可是你问他,他说:“不累呀,我没有拉稀呀!”——我们的祖国,最光明,最灿烂,最令人振奋的日子到来了!到来了!谁再感觉不到这点,那真是“蒙洞古里”(朝语:糊涂)呀!

战士天天在我门口盖房子。我来后,已经盖成了一座。

敌炮不断轰击前面的九华里。

## 十一月二十九日

今天七时起床。起床后到坡下去看,这里山上树还不少,山下是收过耕过的稻田,已不像从前给人以荒凉之感。顺山坡走了几步,就看见一个十三四岁的小女孩和一个更小的孩子在那里蹲着,大孩子着海军服在那里演算草，我走近想说话，一想我不会朝鲜话呀，想了半天想了一句“当心吉比”？好久没见朝鲜人，想亲热些。孩子是漂亮而可爱的，特别是他那双明澈的眼睛。

一会儿谷世范找我，说这里的文化教员找我签字。我回去一看是个女同志，因开饭了，她把本子留下，饭后又添了一本，名字写着“沈季昂”，也是个女同志（译电员）。她们的本子都包着玻璃纸，表现了女同志的特性。

今晨开会时，到的都是各营的观测员、电话员、炮手和一个司机。其中有一个观察排长名叫张林的，二十二岁的青年，诗写得还很不错，不过他不愿摊开他的感情。是我在追问中得到的。其他两个炮手都很老实，端坐在那里动也不动，真像一门炮。有一个观测员较急躁，多少影响我谈话的情绪，其他方面收获不大。他们还要来回走六十里路，我真感抱歉。

晚上七时回来。一会儿文化教员雪鸿来了，她十分拘谨，说完我写年轻人的文章外，很难找出话说。我想和她扯几句，也觉拘束得很，就给她写了“在火炮发射中，我看见，有你的青春的光芒”。她临走时紧张得把凳子踢倒，砸住了我的脚，而后又推门进来，她又忘了手电。

这也难怪，一些男同志还拘束呢，难道我今天真成了什么伟大的人物了吗？我自己感到很不舒服。

### 十一月三十日

早晨与主任计划到前边看炮阵地的事。又为白天走好晚上走好，计划了半天。要是前方同志，这还有什么值得计划的呢？饭后本和政治处座谈，他们有事，故乘隙和主任顺山沟到主峰上去游玩，拿了个望远镜去看前方阵地。因天气阴，只能看到灰蒙蒙云气中的山峦。近处的山，在森林中，有浅色的圆坑，那是敌人打过来的炮弹坑。山上是残破的交通沟。栗子树叶落得有一两寸厚。凉风习习，颇为爽快。待了半日，才往山下走。

溪边，朝鲜老妈妈和战士在一起洗衣，她洗的也是战士的军服。她边洗边和战士乐呵呵地扯谈，她真像母亲一样，说着音乐一般的语言。不知说什么说得那么有趣，打着手势，还把她苍白的头靠在战士身上。她大概是那个女孩子的祖母。这老妈妈使我多么留恋她。她多么善良，好心肠，这样的人就该让她有好的生活呀！

又看了他们的大礼堂，舞台后有一缕叮叮作响的泉水。这里吃的就是这个水。它是顺着一个成凹形的树干流下来的。

和主任谈起军民关系。他说他们已动员前边的老百姓搬家，这几乎是每个人的心意。上级规定，饿死一个要负责，死、伤都要负责，死者负责掩埋，伤者负责治疗，和我军伤员一样待遇。现在老百姓给我们做豆腐，以此给他们一部分粮食。

看了几张报，晚上和干事们座谈。他们了解情况似不充分。晚上罗工柳来了。他精神愉快，商量好明晨五时半离此到炮阵地去。

## 十二月一日

晨五时起，主任也早起来送我们。政治处的人全来了，实在叫我们感谢。车走时已六时多了，走了一个多钟头，才听通讯员说到了。晨风吹着，很愉快，我很喜欢这样的风来吹我。

这地方原是187师的后方，有一处我仿佛走过。路上敌一架轰炸机出现了，我们看见高射炮连发，我们也没理会这大笨东西。

快到时，炮弹坑出现了，过了几个山头通讯员叫停下，忽听一声炮，打在左前侧山头，接着一片锣鼓声，指导员来接我们来了。我说这是怎么搞的呢，敌人一边打炮，你们一边打锣鼓，我还以为你们准备什么过年的节目呢，原来是来欢迎我们。接着又一声炮，我们沉着地走到战士的队列前，我喊了一句："同志们，辛苦了！谢谢同志们。"我们走过去了，还听见他们敲锣鼓，我怕他们有伤亡，叫他们散去。进了一个小隐蔽部，正中有一个炭火炉子。我们坐下，小通讯员余炎斌喜滋滋地从我面前经过，满脸喜气，一个小金牙，我一拉他的手，他就劈头说：

"毛主席健康吧！"

我为他突来的问话而感到深厚感情的冲击。我说:“很健康!”心里有一种说不清的滋味。

他又问:“祖国的父母身体健康吧!”

他连问了我这两句。

他十分活泼,从我们身边走,故意忍住笑,一走过就哼起来唱起来。我说这小鬼真高兴呀,指导员说,昨天听说你们来了,他一夜没怎么睡,起来好几次。还问,祖国的作家来了我要和他说什么。一时把我感动得什么似的,战士是多么纯洁富于感情!

我想和大家见见面,慰问一番。和指导员谈了一会儿,教导员也来了,他像很抱歉。接着我们就去看战士。他们都在学文化。我们把十二个班全看了,不管他们怎么拘谨不敢伸出手来,我和这些炮手们全握了手。又看了他们住的坑道。坑道较浅,但很整洁,墙壁都用炮弹箱板子镶了。接着,又到炮阵地去。山谷里有一个小村,名店村,刚才炮弹又落到那地方去了。这里老百姓不断有伤亡,九月份被炮打伤六名,亡了一名。我们往山上爬着,就看到几个新炮弹坑,背坡上有几个很了草的隐蔽部。一个老妈妈孤单单地在那里坐着拣粮食里的什么不洁的东西,怀里放着簸箕。再走两步,有一小堆新土,很小的一堆,一问原来是一座新坟。原来是被炮打死的一个二十七八岁的朝鲜媳妇啊,她辛勤的两手停止操作了。她将不再等他在人民军中的丈夫而到别的地方去了。

走过新坟,山上草还很深,不远就是炮兵阵地,人民复仇的阵地。人们拨开伪装的干树枝叶,才看清这里将山坡劈开了,露出一个大梢门似的洞上,里面由很粗的落叶松的树干支撑着。果然有比步兵更大的气派。我们进去,听到喊敬礼,我们答礼并和炮手握手。这是一门三八野炮,两个大铁轮子,架着一个很长的炮身,炮身是绿漆漆的,有些地方有些疤痕。我扶着它的车轮,情不自禁地说:“它走了多少路啊!”这是座半坑道式的工事,整个被炮占去了,一侧有一个小洞,可以睡两个人,又一侧是放置炮弹的地方。有五六发明晃晃的上了信管的炮弹,在那儿并排放着。墙的一边贴着射表，后侧的壁上设有自做的标灯。柱子上贴着标语：

敌打我打，谁硬谁胜；打败美英，保卫开城。

还有“杀敌立功”“为祖国开炮！”的字样，白纸写着红字。壁上的小台子里放着小油壶。旁边放着一本一本的识字课本。炮手站在他们各自的位子上。为了当场给我们看，炮车长站在炮的右侧立刻发出“准备”的口令，二炮手说了声“好”，炮车长喊了装填，三炮手就把明晃晃的炮弹，左手护着信管装到炮膛里去，完全和“预备——放”的“放”字同时，嗡的一声，坑道顶震得哗哗地落下土来，一开炮栓，冒出极浓的灰黑的烟。副排长在耳机里问，打得怎样，观测员在耳机里传过来说打近了，接着又打了一发。最后接连发急速射，我看得清清楚楚，第二发炮弹正送进冒出浓烟的炮膛里。

大炮的射击，使人振奋。洞子里充满了浓烟和瓦斯的气味。

打的结果是第一发命中敌堡，其余各发则打在附近。如果不是观测员让修正，是全部可以命中的。

我们和炮手分别。炮手们又把干树枝盖住了坑道口。

附近是炮弹坑与炸弹坑。

指导员领我们向回走，天下着小雨，他告诉我们几天以前这里打下了一架敌机，驾驶员也捉到了。

回到连部休息了一下，教导员也回来了。给我们做了饺子，小余给我喜滋滋地端来。指导员可能是怕不够吃，为了陪我们，一个饺子分几口吃，夹菜只吃一小点。

晚上，我们在坑道里转了一下，战士们想让我们签字。小余扭扭捏捏还不敢说，只在一边端着蜡烛。我主动地给他写了一个。

一会儿，文化教员给我们拿来了许多信，都是折着三角，拆开一看是给我和罗工柳同志的。上面写着祖国的画家、作家同志，你们不避艰苦危险来看我们，我们说不出的高兴，见了你们就好像看到了毛主席，看到了祖国的父母一样。指导员也说，他白天走过战士的房门口，也听见里面这么说。劳动人民出身的战士们，他们的感情多么的真挚，使我越来体会得越深刻。他们不像某些知识分子那样，懂得许多真理，却不能完全做到；而这些人懂得一点就变成了战斗力。

和工柳计划了明天的工作，休息。我睡的床，是连长陈希荣的。今天教导员给我很详细地谈了这位乐观主义的典型人物，是我今天很大的收获。

教导员使我感到很亲切，整整陪了我们一天。可惜我没时间了解他。他是一个木工出身。

### 十二月二日

昨晚后半夜感到寒冷。早晨听通讯员说下了大雪。我们起得较早。

我出去一看，雪下了两寸厚，山岭变白了，山下的被炮弹烧得乌黑的林地也变白了，那位二十八岁的朝鲜妇女的新坟也被盖住了，被炸毁的房子也盖住了，一切炮弹的伤痕都盖住了。但是我知道哪一块是战火打黑的土地，那里有被打塌的房屋，那里是二十八岁朝鲜妇女的新坟！

小余用炮弹箱给我们打洗脸水，警卫员的洗脸水，他也去打，牺牲了文化课。好像我们在这里一天，他就是兴奋的、高兴的。

你对谁感情深，他的一举一动都进入你的灵魂中，这就是有生命的艺术形象。因此，可以说形象是主观感情与客观事物的融合凝结。我永远记得这个小金牙发光的、有酒窝的、十八岁的、湖北省的、还没有成为青年团员的、但一定会成为青年团员的小余子。

他今天还穿着单裤，我越催他穿棉裤他越不穿。

早饭后，在连部洞里召开了以六班为主体的座谈会。谈了他们的经历。直开到下午二时。其中谈到连长时，大家不由得扑哧一笑，才开始介绍他的情形。我相信我寻找多日的乐观主义的典型，已经找到了，可惜未能直接交谈。

会议结束，我们预计和店村——这个炮弹下的小村子的老乡谈话。他，四十多岁，只穿着薄薄的坎肩，脚下是志愿军的解放鞋。我问到他本村在炮下伤亡者的时候，他回答说，在炮火下种地危险是知道的，但是种地和作战一样。他的回话，使我的心微微震动。这些不屈服的人，是多么叫人尊敬。临送出他，他和我们握了手，这个穿着薄薄衣服的朝鲜人，又走在雪地里。我望着他走下坡去。雪在落，我看着对面的店村。这个村子的九十多口人，已在敌炮下伤亡了一小半，里面大半又是孩子们。

愿朝鲜的苦难和英勇，永远点燃着我心中的火焰，没有这种火焰，我的作品也不能写成！

又吃了饺子。我们马上就要走了。我们和这块阵地的别离，在小余的脸上看得最明显。他已不像昨天那么有精神了，我知道他的内心，他是为我们的离开而伤神。小卫生员也来了（他叫刘文海），棉衣上套着黄色的单军衣，脸红红的，和我过去见过的马玉祥长得一样。他是在敌炮下抢救了七个朝鲜老百姓的青年。可是他还不是青年团员，我问为什么，指导员说，他个性太强！咳，下层往往是这样掌握，使我想到自己假若现在还没有入党，不知是否能成个共产党员……他让我题字，我翻看了他的小本，这个小本不是日记，而是最感动他的散文的片段，共五六节。第一节写的是与可爱的妈妈、小妹的分别。第二节写的是在江边看到小孩给出国志愿军跳舞而引起他的保卫祖国的感情。第三节写的他看到被炮弹摧残的愤恨，感到朝鲜的妈妈也是我的妈妈，我应该让朝鲜的妈妈不要受苦。第四节写的是朝鲜妈妈给他酸菜吃，给他缝衣服所引起的感情，并问朝鲜老妈妈你为什么这么喜欢我谈笑呢。最后就是记他抢救的事情……他朴素的语言和歪歪扭扭的字，是多么真挚，简直就是优美的诗，表达了战士们一般的感情。

我记得他，这个卫生员。

汽车来了。我们走时，又敲起锣鼓，在雪地里，我们和战士们又握手告别。在分别前政指杨晋枝赠了他和连长的照片。为了报答他的盛情，给他买一本《论毛泽东思想》的书。

小余，分别了，我握着他的两只手，他还争着要送我们。

我们按计划到九连去。这是部中卡，由于司机的粗心，几乎在炮弹坑里翻了车。一路上还看到有搬家的老百姓,是炮团的汽车在帮老百姓搬运。

沿着贴山边的公路,白雪月光下走到了一处峭立的山峰,旁边是一条较宽的临津江岔子……正是这里。我们顺江边走到一处洞口,出来几个人迎我们。一个是教导员,一个是指导员,一个是文教。这是一个石洞,很大的口子,里面是弹药和打过的炮弹壳。中间一盆火(也是炮弹箱)。他们很热情地说,就等着欢迎我们打炮哩!我们很兴奋。又回到原来那座峭立的山峰。月光下他指给我们:这儿有一门,那儿又一门,我一看,指的是山坡上很乱的树枝叶。教导员又说,这里落了一百多发炮弹。我们走着,忽听一阵锣鼓声,知道这又是欢迎我们了。这里乱树枝叶已分到两边,露出一个很大的口子,里面透出灯光。这个口子,比野炮的口子更大。我们跳了下去,灯光里一时也看不清。“我们的作家、画家来了!”锣鼓一停,我和他们都握了手,站在别人身后和黑影里的,我也都握了手。这里炮大,洞也大,青石凿成。据说这洞敌八英寸炮弹打上,也只是一个白印。洞里设置和野炮阵地类似,不同的是挂了一块木板,上面贴着五六张战士用各种不同颜色写的决心书。炮后还有一道沟,里面有水。坑道向一边一拐,是放炮弹处。一边散乱地丢着锣鼓、胡琴。工柳同志的兴致上来了,给大家照相,又照了一个推炮的姿势。然后正式把炮推向前去,一人喊“一二”炮前进一步。将架尾一分,放在沟里,像一个巨人蹬紧了两只腿。我又招呼他们慢打,把炮又看了一遍。这是二次战役缴获美军的。骡马炮变成了近代化。十时发射。炮手各就各位。先打了一发单射,随后是三发急速射。在射击中,炮将灯震灭,火光一闪,地下飞起灰尘,瓦斯刺鼻,在火光中,看到三炮手装填炮弹的雄姿。炮口吐出火舌。三发急速射后,我们离开了那里,炮手们高喊:“欢迎作家同志对我们的关心!用战斗的胜利回答他们,祝作家同志身体健康!”这声音给我一种强大的力量,我也不知不觉地声音大了起来,高声叫道:“谢谢同志们!祝同志们身体健康!祝同志们成功!”还有一个炮手说:“一定实现你们的希望!”我们在精神十分振奋下离开了工事。今天使人兴奋得很。战士的炮声,应该震醒我,更加认识当一个祖国人民作家的光荣,永远和战士们在一起,和战士们的炮声在一起。

虽然文化教员告诫这里敌炮落得多,但是由于兴奋不慌不忙起来。

顺江走,在勉强可走下人的山径上走。跌下去就要滚到江里。文化教员小心招呼我们。月色江水,清明之至。

又走了五百米,才到了他们的小隐蔽部。睡在观测班的房子里,一摸被子上结了冰团,原来是洞上向下滴水。已十二时了。估计夜间更冷,随将一切都盖上。

## 十二月三日

八时起床,夜间很冷。工柳说,观测班给咱们腾了房子,不定睡在多冷的地方呢!我马上感到他比我锻炼得好。认真说来,这算得什么。

饭后,按计划去慰问战士们。由一班到炊事班走了一遍。

见了这些高大的炮兵们,他们都在学文化。慰问了他们,时间已很晚了,文教对我们很热心,战斗也勇敢,是个知识青年,但他的话实在使我索然乏味。一点生动的东西也说不出来。为了不辜负他的好心让他说下去。

说完,又和三个驭手变炮手的同志谈,因为他们体现了炮兵的成长。他们大概是农民出身的缘故吧,在改装时,还非常眷恋他们那不会说话的“战友”,而一下扭不过来。即使他的马曾是调皮的。和他们谈了这一段感情。

又到老百姓那里看了看。那个矮小的屋子,里面摆满杂乱物件。一个小孩,我握着她的小手,她还认生,穿着小棉袄、小胶鞋又跑去了。我到朝鲜人的另一屋子,他们正吃饭,老伯伯马上端过火盆来,他们真热情。

团主任电话,让我们再留一天,说他们政委回来了,因时间关系，我们没答应。汽车沿着九华里的废墟走去，这里是有名的炮弹窝和炸弹窝，可得感谢大雪，冻得这些懒虫们没有射击我们，在夜间赶到119师师部。

## 十二月四日

晨，迎着冷风小吉普向40军开去，汽车飞快冻得脸如刀割。到时忙了韩秘书一大阵。本来计划在此停三天，找狙击手（击中敌一百个以上的）谈谈，可是李副政委没答应。我本来也不习惯找人来，这样一说，计划遂作罢。

与罗同见温军长[①]。我要求和他谈谈前几次战役情况，他说他不会谈。可见生人不如熟人好。温今天给我谈起63军，说该军作战积极性高，有朝气，并没有敌在阵地上跳舞的情况，我心中对他十分尊敬。

和王副军长、刘部长扯谈很久。因为他们的热情，使我第一次在40军打开了话匣子。

晚上补数日来日记。

今天天气虽晴朗，但很冷，山坡上的雪有些化了，但有些圆圆的白点，这是冬季炮弹坑的形象。松树上的雪已被风吹落下一些，还有一些，像大杨花树，风一吹来，洒落着雪粉，飘人一身。这是我看到的朝鲜第二个冬天。

近日来，前线沉寂。

## 十二月五日

今天我们准备走，韩秘书下午来了，吞吞吐吐地说，小车去修理了，回不来，走不走不一定。我看出他是想让我们明天走，又不好意思说。我们催他快修。

今天约好的潘迪同志和报社社长来了，和潘迪谈了他的创作与工作矛盾问题，还有诗的创作问题。自己觉得约他们来谈有点架子大，实在应该去找人家才对。

---

① 温玉成——时任40军军长。

晚上与工柳同到田涛[①]、杨桦[②]处，未见，回来和朝鲜小孩玩了一阵。小孩子穿得单薄得可怜，父亲被敌杀害，他戴着一顶去年的志愿军帽，上衣小衫上结着带子，上面露脖子，下面露肚皮，怎么会不冷。我问他干什么，他说正在玩呢，他已会说了不少中国话。白天我看到他被一个志愿军逗哭了。现在的美真是和国内差不多。

晚上杨桦来谈，自己和他说话，不能集中精神，这是我忽然感觉到的，难道我真目中无人了吗？警惕吧！

今天将国内一个团小组美好的照片赠予严柏林，一个二十二岁的共产党员。我并且附了一封信，他已经射杀了满一百名的美国野兽。

## 十二月六日

日间杨桦、田涛来扯谈，并在朝鲜草舍边摄影留念。工柳给我照了一个抱着朝鲜孩子的相。我抱着这些穿着薄薄衣服的、戴着志愿军帽子的孩子，他的小腿还乱跷呢，还张着嘴装老虎来吓我呢！孩子们，等到你们长大，等到战争的风暴像雾烟一样地过去，等到你们穿着美丽的衣服，长成美丽的少男少女时，我也记得你们今天的苦难。

晚上出发赴志愿军政治部。让我们和一个胥干事坐一辆中卡。可是这个中卡一来，我看到上面净是灰尘、垃圾，我们问："就是这辆车吗？"司机说："就是这辆破车！"还说，"走这么远，还走得到。"我一听就知道他情绪不对。我让谷世范把车扫了扫放行李。他又说，行李不要乱摆，等我把汽油桶放好，你们再摆，俨然像对才进城的乡巴佬。五时开始走，他又埋怨，你看，要走就走出一百多里啦。遇见飞机，他停下来，谷世范一催他，"你坐你的车吧，同志。"别人也说，由他开吧，谁也别乱说。走了不远就听谷世范说好险，接着就听对面一个司机和他理论起来，他差点撞翻了那辆车

① 田涛——作家，曾任河北作家协会副主席。

② 杨桦——音乐家，曾任广州文工团副团长。

子，如果那辆车子不猛刹一下的话。那个车头在一边歪着，吵了一阵各自开走了。不远，只听“吭”的一声，撞车了，那边汽车上下来了几个人：“出来是叫你撞车的？”他说：“你为什么不闭灯！”“不闭灯你就看不见？”总之，他除了不闭灯外，找不到别的理由，我劝干事下去劝解，我的怒火已经烧起，真是一个流氓。我大声说：“没什么可说的，向人家道歉！”他还和人吵，干事给人说好的，对方说，他不该不讲理，并要他打条子回去好交代。我下去看，果然车的一侧碰了个大口，把小灯都碰扁了。我看事情解决不了，只有劝胥干事给打条子。那天的条子是一个抄写员写的，也是个令人讨厌的家伙，一上车，就和司机拉拢，得以坐到司机旁的优越位置。他竟然还吩咐我的警卫员专听防空枪。现在胥干事让他写条子，一个人给他打着电棒，直写了半点钟。人家又要手章，谁也没带，这时谷世范拿出自己的手章，在那里精心地打了好几个。还是回来说主角吧，主角闹了这件事还安坐在驾驶室里，满不在乎，听见对方吵，还插几句。这时不由得我怒火上升，大发雷霆。因这时都是客人，谁也不好意思开口。我就说：“你要检讨！”他说检讨吧，还想顶嘴，我说，“你必须检讨！你不要以为出来没有上级，我是总政治部的，我就要管。”对付调皮的人，必须以强大的魄力把他压倒。他显得老实许多。一会儿，汽车又开起来，开了不多远，拐过一个山脚，我只见谷世范的身子一歪，我的身子也歪下去，我知道不好，但也来不及想别的，就翻了车。人们倒出去，我被汽油桶压住了脚，身子在雪里躺着，腿抽不出来。先出去的来拉我，我觉得压得不重，反倒不慌不忙，是哪个人把汽油桶抬起，我才起来了。我起来后谷世范还被压着、叫嚷着。这时司机慌了，问压得怎么样，我没有说什么。

我到汽车路上一看，车翻在三尺高的土岸下，车的一面贴地一面朝天，朝天的花胶皮轮子也不动了。

这时，从后面来了几辆车，一见这车翻了，就停下，帮助拉，拉了几次也未拉上来。将中卡又挂到树上才拉出来。直到拉出来，那几个司机才离开把车开走。那几个司机的团结精神叫人可敬。

不料,车行不远,因刚才摔的关系,发生故障了。司机这里扒扒,那里摸摸,也不知毛病在哪里。想让别的车拉拉带带,就去招呼人家的车,但人家不理,一辆一辆地过去了。我说,你现在才知道团结一致了吧。直修了几个小时,中间飞机又轰炸了一阵,还是没修好。这时音乐家杨桦同志也下手去修,使我也觉得杨桦可爱起来。四个小时过去了,后边这时来了一辆车。一看见我们的车就停下了,下来一个青年司机,他问了情况,就极为慷慨地说,我帮助你们拉。还多方安慰,不要紧。铁绳拉断了,他招呼助手又拿出铁绳来拉。拉了一截子还是不行,又拉了一截。他又动员我们在后推,“同志们,咱们帮助推推吧!”到一个上坡,怎么也推不上去拉不上去,这时他说,不要急,我知道这玩意儿最急人,我等会看见一辆重车,帮助你们动员他来拉。一过来车,他就来动员,可是人家一辆辆过去了。幸亏后来过来一辆重车,他就说,你们放心,我截也把他截下来。可是那辆车怎么也不愿拉,说拉了就赶不到地方,他就扒到车上,那人还是开,我们后边站着人,他也硬开,一直把他拉了好远。实在没办法,才跳下来说,好小子!他就不知道什么叫团结。这时我就建议还是检查一下毛病到底在哪里。这时他就和司机把车厢盖打开,一边还安慰司机说,这跟人不同,人有病会说,他不会说,你难得知道他的病是什么。试验了电不行,他又安慰,不慌,不行咱们再找别的办法。又试验了一些办法,把输油的零件拿出来烧,他就待在上边。我对这位工人留下很深的印象,问起他的名字叫孙耀先,是汽车三团六连的六班长。这完全是一个共产党员的形象。问起他的出身是一个工人,在汽车学校学习过。不知我们的这位司机对他的感觉怎样。

修理一个多钟头还不行,这时,他给我们说,附近楠亭里有招待所,我把你们拉去,明天给你们交涉人修车,交涉不成,我明天还来帮你们修。饭后,我们决定把车隐蔽在附近,他就把我们拉到楠亭里。在月色朦胧中,我看到孙耀先年轻的脸和中等身材,我们全体同志都对他油然而生十分的敬意。他又帮我们找到了招待所。在招待所里有一位招待员无论如何也不起床，我们只得在一个冷洞子里休息。

孙耀先同志，给了我写工人出身战士很重要的形象。

## 十二月九日

今天兵站临时决定排除蝴蝶弹（绊脚雷）。昨天敌机在十里外的公路上撒了很多，朱股长通知我们今天去看。我们沿着高山上的公路走着，过了那座像马鞍形的山，听到公路旁的一个隐蔽部里闹嚷嚷的，进去一看，原来正上文化课。那位教员很有经验，教得很有趣。他领大家念："尊重的尊。""热爱祖国的爱。""啊，是你呀！"战士跟他复诵，盯着书本，整个身子却晃动着。听着他们的声音，看着他们的姿态，想着这一群虽然穿着军衣，但却是广大祖国山南海北的放牛放猪的孩子。不知怎的，我几乎滴下泪来，让文化属于他们吧，党啊，是你给了他们这一切。又行数里，猛听一声爆炸，到了要去的地点了。我们被引着看了公路边的蝴蝶形弹，弹体有如带双翅的小甜瓜，连系着绷簧。满田都是。中间一个像小缸那么粗的母弹，被炸开两半，里面还有子，它是在天空炸后分裂出来的，计划在躲炸弹的人向路两边隐蔽时，绊响杀伤我们的。可是战士们却像家常便饭似的排除他们，上面套着绳子，一拉就响。我们看着拉了一个。杨桦给他们照了相。战士对照相很感兴致，还要求在拴绳时照一个。

下午经过高射阵地，看了高射机枪，战士们在旁边学文化。

## 十二月十日

今天开始了解医院情况。与两个女同志，一个叫刘玉梅的见习干事，和一个被称为"假小子"的怀柔的李静珊谈了一天。了解了女同志的一些生活，但是她们害臊得厉害，所以收获不算理想。

晚饭后到医院，我们正赶上转运伤员到后方去，都是重伤员。其中一个头部负伤，当女护士把他们抬出来时，我看见他的眼睛已经发灰了。他睁开眼睛，看见周围的人，就问："那些穿军衣的是谁呀?”护士以为他是38军的,就随口指着我说,他们是38军的,和你一个部队。他即说:“38军是我的老大哥! 老大哥! 老大哥!”他叫着,伸出一只断了的手臂,“来,你们和我握握手!”我上去和他握了手以后,护士连忙把臂帮他放在被里。他又看见罗工柳,又说:“老大哥,你也和我握握手。”他的臂又伸出来,“同志,他们给我立了功啦。”停了一会儿,忽然又像嘱咐他的战士似的说,“我回去好好休养,你们好好地完成党给你们的任务! 嗯?”泪水把我的眼睛蒙住了。护士不要他说话,他又说,“同志,你们缺什么不缺? 缺了你就说话,嗯,我到祖国去,给你们捎一个话去……”他被抬上车了,这个同志,看来是快要牺牲了。

接着又一些伤员,被抬上一辆敞篷车。一看车上还有许多面粉,又没有铺的,就喊,这还不把人颠死吗? 我们看得也起了火,我就说起批评的话,教导员还强词夺理地说,比上次战役还强多了。

我怒火不息,到了洞子里,我又把这事情提出,工柳等一起帮腔。姓崔的院长说了很多困难,如没有大车拉炭,洞子夏季漏雨等等,令人甚为懊恼。

晚上参观了病房,看了伤病员。体验到战争的残酷。他们在战争中是最痛苦的人。洞子里有电灯,伤员铺着皮褥子,有炭火点,洞子很宽敞,还叫人感觉不错。又参观了药房,都用白布蒙壁,壁上还整整齐齐挂着护士服。以后又看了手术室,更加漂亮,都完全用白布蒙起,好像进入雪洞。里面很宽敞,装着电灯、电炉,水桶用电气烧水(这是余义海的作品),一边还有一根绳,搭了一溜橡皮手套。很令人舒适和愉快。此后又看了医生的房子,也很漂亮,桌上一面大镜,是我入朝从未见的,桌上放着《内科学》《战伤治疗选集》等许多洋装书。桌上还有几张彩色画片,一个女医生和那个男医生正在谈笑。我们在那里和他们谈了一阵,工柳今天特别高兴,给丁凡女医生画了一张像。

某家送子参军时,母亲取出其丈夫的血衣,扯下一块给她的儿子,嘱咐他到朝鲜讨还血债。

志愿军在朝鲜国土上种树五百余万株，助民春耕，修堤筑坝，都应写入将来的小说中，最后结尾时应提到这树长得很大了。

十二月十一日

饭后下山，今天和余义海、郑秀英，还有一个朝鲜的小女孩谈。余义海问一句，说一句，很不善谈，但他做电气工人十四年所养成的工人阶级的品质，是相当突出的。他的棉军衣上套了一件紫白的旧军衣，虽是三十八岁的人，但看来却显得年轻，脸红而宽。他什么时候都为别人着想，他什么时候见到一个什么东西，就琢摸它，改造它适合于人的享用。我们特别参观了他的床铺，床头上放着一个箱子，一打开，里面装着电线、雷管、钳子、一双银筷子（他想截开做两双）、铁丝、铁片、螺丝铁刀、书等。床下有自造的一个电炉子，还有一大盘电线。他给我以工人出身的战士形象。看来和二连的八班长王俊峰，及炮一连连长（大车工人）出身的陈希荣有不同的优秀特点。生活本身确实丰富多彩，使我将来描写他们时不致雷同。

郑秀英和几个女同志开始谈话时很羞怯，使我不能更透彻地了解。她虽然工作积极和抢救勇敢，郑秀英不算很漂亮，她军帽下有一抹黑发，遮住半个额头，下巴尖尖的，脸色红润，两个大眼睛，长长的睫毛，很细很细的眉毛，看来是美丽的。特别当她向下看故意不瞧人时，是美丽的。她也许是泼辣大胆的，听说一个护士班长想介绍她入团，亦不可得。

晚上在余义海制造的用灯烧热的澡堂里洗了澡。他是为所有同志谋幸福的人。我的几个电池没有电了，他也给充上了。我摔坏的电棒玻璃，几分钟他就安上了。

晚上又和一个朝鲜的孤女（她弟弟被炸死）谈。当她谈到她去找弟弟，只找到弟弟的血迹与衣服的破片时，使人心碎。工柳的脸型都有些变化。灾难的朝鲜，无尽的仇恨！我说要带她到北京，她说就去，我说叫她上前线，她说只要有命令，今天就去。

## 十二月十二日于楠亭里

饭后，下山。到院部见到余义海，他今天脱去了那件发白的旧单衣，戴上了一个单帽。昨天赶大车的同志出发时，他把自己的棉帽给了他。

和工柳、杨桦、田涛等同志到电气工人那里去。电线昨天又被炸坏，停电了，一连两天来都是这样。可见平壤仍天天在轰炸中。

沿积雪的路一路走来，余义海给我们介绍，不断地叙说，哪里原来是发电所，哪里是楼房，哪里是热闹的商店，可是现在都成了一片废墟。余义海为大家修的压水的龙头又被炸毁，他不得不给它再安上一个辘辘把。爬过一座山，看见两条轻便的矿山铁道，也被积雪盖住了，铁道通过山洞伸到前边，这是朝鲜有名的金矿。不远，就看到一座庞大的铁架子，房子没有了，铁架子长了厚厚的红锈。旁边一个大水池，壁上都是机关炮的弹痕。

从山腰往下看，听人讲，原来是多好的地方。虽是一道窄窄的山沟，却有两条很漂亮的公路，路两侧都是树木，山上都是楼房。这里是有过鸟儿歌唱的美丽的早晨，存在过工人快乐的家庭，可是，现在，只是一片被白雪掩盖的废墟。

谁见了我们，谁就给我们介绍它的过去，可以想象人们的心境。

发电所原来在外面，现在已经搬到洞子里去了。外面有几个大的高架线，上面有大瓷瓶，洞口有铁丝连着，写着“危险电气”的字样。

我们进去一看，里边摆的都是机器，有两个电气工人，一老一少，正在那里打电话。我们进去好半天，才看清楚。同朝鲜工人谈了一会儿。他们每月1400元朝币，每月30斤粮，家属、小孩10斤。余义海安慰他，他说：“慢慢的，没关系！”他们现在正在苦日子中。

看了此处，通讯员把我硬拉到执法连休息了一阵。他们几乎不让我们说话，把他们怀念祖国的心情说了很多。

回来时，听到近处高崖上一个朝鲜中学的钟声和学生们的念书声。这钟声，正像朝鲜人民一样淳朴，一样宽厚，一样坚强地响着，激动着我的诗思。

下午回到院部，看了看病房，38军的几个伤员听说我是记者，和我交谈。

暮归。

## 十二月十三日于楠亭里

今日参观军械库。……临参观完时，装卸连的一个战士向教导员报告说，刚才一个同志被大炮弹把两个指头砸劈了。教导员问，“现在他在哪里？”那战士说：“现在又去推‘轱辘马’了。”教导员说：“怎么不让他下去休息？”那战士说：“他不下去。”战士们在这里的精神，竟像在前线一样，我虽没有见到这位战士，但却了解了这里的精神。

参观完毕，又去看了其他设施。歇后又去看工人——朝鲜原来的矿工挖山洞。他们把导火索像瓜藤一样盘在石壁上，一放一百二十多炮。向里压的空气和向外震动的气浪冲击着。我们在里面时间不长，就觉得瓦斯和灰尘呛得难受。

我们和三个工人（劳动党员）席地坐在碎石上谈话。他们穿着很薄的破棉衣，像是志愿军的旧棉衣。他们比矿上的工人待遇还好些。问起被炸坏的工厂，他们说没法说啦。他们在解放前，连住处都没有，工作时间从天亮到天黑，还吃不上；解放后，新修了许多房子，还有工人福利，但工厂被炸毁了。现在的生活虽然困难，但比日本时期还强些，那时山上的松树干都是白的，把树皮吃光了。现在怎么也比那时强。他们对将来很有信心，认为有以苏联为首的人民民主国家的支援，修复会快得很。他们的希望，就是“祖国的统一”。认为只有彻底把美国人打出去，才能过好日子，对暂时的和平不感兴趣。这是朝鲜人中最坚决的那部分人的要求。我说了一句“可罗斯米达”，他们笑了。

临归来，又到一家小朋友家看了看，两个木板搭成的小棚。他们正在吃饭，里面坐了一个嘻嘻哈哈的司机。一个小朋友给我说了许多中国话，真让我高兴。

晚上听广播，恰巧广播我的《前进吧，祖国》，感到力量不足，恐怕不能满足人们的要求。这是压缩后广播的。这次如果真的写不出什么，那该让人如何失望。

**十二月十四日于楠亭里**

今日到高射营。营部在金矿的一个洞里，里面不知多么好，也许这是厂长的办公室。在和平的年月里，这里边到处攀着翠绿的葡萄藤。

这个营确实是不错的。他们在五月八日的战斗中击落敌机七架，击伤敌机十多架。稍谈后，即由文教带领到一连的高炮阵地。三里路都是残破的机器，还可辨认出一座水泥工厂的土门。阵地上，晒了许多衣服，显然是由胜利所引起的。高炮阵地上，炮筒长长的颈子，探射着天空。有几个战士正在炮盘边擦炮弹，有人在炮基上擦炮。有几个口音是四川的，这些新战士，已经掌握了这样的武器。他们没有防空洞，都是简单的小房子，一天就守在这里，不能离开他们的炮。这是和步兵不同的地方。

和副连长谈了一下，就顺着他们修的简便公路到四班阵地。阵地是在积雪的山头上，开了一个长圆形的阵地，一个很长的长匣子，装着预备炮身。阵地上插了一面小红旗。一问，这是他们学文化争得的旗子。这个班立了三等功。访问了他们八号的战斗情形，又让他们操作了一下。他们的动作很熟练。特别我看见三炮手直视着瞄准镜的眼睛，是那么动人。一炮手管方向，二炮手管瞄准发火，三炮手管距离，四炮手管航路，五炮手管装弹药，六、七炮手管传递弹药。

炮身的旋转，甚为有趣。

在和他们座谈时，又接触到战士的良心。

三时许开饭，吃了他们的油糕，弄得战士们不够吃了。

落小雨。暮色中，傍着高炮阵地的公路上，响起不绝的汽车马达声。天黑下来，公路上的汽车灯一串串迎面而来。雨中赶回营部，谈了战术思想的发展过程，使我很满足。

## 十二月十六日于楠亭里

今日无预定活动计划。上午参加了一个公审会，一个地主出身的“会计”谋害了一个人民军的副营长，判决书说他骗财害命，据我看是阶级异己分子破坏朝中友谊的罪行。

石洞内，人很多。空气很坏，我们即出来转。恰好参谋处战勤股的房子里，挤了一群地方妇女，她们要选楠亭里妇女委员长。我们几个推门进去，约有三十多个妇女。有一个小女人，很活泼，穿着薄薄的黑衣服，她在那里唱着，我们进去了，她也不害臊，一直唱完，才蹲下身子，大家唧唧喳喳笑一阵。她们让我们进去，我们到里面坐下了。外面很多年轻的，里面有中年妇女，还有一两个老婆子。里委员长长着一点黑胡，上身穿着破呢子衣坐在那里。面委员长红红黑黑的脸，穿着中国援助的蓝色新棉衣，是一个农民妇女的容貌。她看见我们来了，提议在正式开会前，举行半小时的娱乐会，另要大家推选一个临时主席。停了半小时，主席如人所料地落在那个穿黑衣的小女人的身上。她用两只纤小的手搓搓脸，说我先唱，我唱了，点着谁的名字谁唱。马上就唱了一支短歌。她的歌是柔美动人的。可以看出朝鲜女人开朗的性格，不像有些女人那么忸怩。唱完了，马上指了一个年轻的束白裙的妇女唱。这个妇女方脸，很白，嗓音很宽，可是她顶得太高了，顶不上去，有些嗄哑，惹得她自己笑了，掩着嘴，大家也笑了。稍停一下，她又唱下去。唱完又点了一个中年妇女的名，这位妇女快四十岁了，也许是我们在乡间常见的愉快的大嫂那样的人吧，她唱了一曲《多拉基》，唱时，不由得肩膀耸动着，好像要跳起来的样子，她唱完，就真的跳了一阵，虽然她的身体已经不十分灵活了。她又叫了一个十五六岁的女孩子，这孩子是一个高中生，上衣穿的是黑制服，下身是很肥的长裤没有束裙。她上来向我们很可爱的可以算是鞠躬，也可以算作点头的行了礼。虽然比较害羞，把脸背着我们，脸向外，很好听地唱了一个《祖国进行曲》。会场上一个五六岁的小孩向我看，戴了一个尖尖的帽子，翻着眼看看这个，看看那个。朝鲜民族虽然贫穷困苦，他们可爱的姿态，深深印入我的脑中。

正式开会了，提了几个候选人的名单。候选人站到大家面前。有的说，有小孩子没法做；有的说，忙不过来；一个老太婆说，我什么也不知道。这把里委员长激怒了，很老练地站起来，训了她们一顿。他讲的道理很精彩。最后由面委员长着急地指定下来了，说："有什么办法呢，你们说我官僚，我就官僚。"虽然如此，但还是可以看出朝鲜民主主义人民共和国的民主生活，在三八线那边的火线上响着炮声，而民主制度还在这边放出歌声。

会后，我们留下了几个妇女座谈，因为时间短不能多谈。但是面委员长钟喜顺这个女人的遭遇，给我以难忘的印象。她家三十口人，现在只剩她一人。她说，全郡的妇女干部，现在都成了寡妇。朝鲜人所遭到的悲惨情况，是历史上少见的。美国大资本家为了高额利润，夺去了这里的一切。

## 十二月十七日

早晨，因无固定计划，我又去找钟喜顺，她还在村女盟委员长那里，和她约好，吃了饭谈。

饭后，把她找到政治处，我看见她上身虽着我们祖国给他们的蓝棉衣（里面还套着农民的粗布褂子和很破的黑裙子），下身穿的是很薄的绒线裤。这哪里会不冷。

她很讲礼貌，先去见了见王主任。

我问了她许多话，她的表情淳朴而真挚，她原来和她的丈夫不和，而现在想起这一切，却后悔当时为什么要那样。

在谈话中，我发觉她很不安心，她在惦念着她的工作，我几番提示，才谈下去，并留她吃了晚饭。这是故意留她吃晚饭的，因为她的生活是多么苦啊，我把炒得发黄的油饼放到她碗里。别人也这样做。她多少有些怯生，我知道一个劳动妇女，绝不止吃这么少，又硬让她吃了一个包子。金干事（朝鲜族）又送她一个本子。这多切合她的心，她也像我们的战士一样，对学文化产生了甜头，一有点空，拔出笔来就写。晚上我们走时，政治处主任、干部处处长王瑞同志和政治处全体同志都下山来送。钟喜顺也送了我们，还给我们一个条子，诉说了对我们的感激。

天未黑，汽车即开动，这个司机大概是艺高人胆大，令人有乘风破浪之感。

栗里、三登是敌机重点封锁的地方，过了一道大桥，看见了很高的铁架子，知道三登到了。飞机扔弹的地方还有很远。

夜到后勤一分部，见一个大石洞，正在开会，里面电灯辉煌。管理科科长热情招待我们，安排了住处，又见了分部孔部长。他的屋子里还烧着一个小电炉，有两把软椅，是打坏了的汽车上面的。

### 十二月二十二日

早晨睡梦中，听到有人站在床头上跟教导员说话。教导员向他交待去取定时炸弹。他说："教导员你放心吧，我去。"我听他的声音是坚决的而略带颤抖的声音。教导员显得缺乏一个军队干部的魄力，说："那么先取哪一个呢，先起外面那一个吧，先把它挖开可别乱捅！"他的犹豫不定，使得参谋说，我先去看看吧，我睁开眼来看那参谋，也没看清楚。

八时起床。到外面散步，工兵的劳动习惯多好，雪中打靶的一条小径，扫得真干净。战士们正在那里跳舞，小孩围着看。

十时团长、政委来了。两人都很高大，他们能够来看我们，使得我们心里很感动。两个人都穿着红色的马靴。政委边固，团长王凤阶。政委比团长面貌老，但话却说得多，而团长则是庄重整洁的军人风度。虽然政委抢着和我们说话，团长也毫不觉得政委抢了先，仍态度从容，心理平和。有时在团长说话时，政委还纠正他，但两人仍显得很和谐。

政委给我们谈了很多。他首先埋怨文艺工作者对工兵平凡的劳动不感兴趣，因而使工兵未能得到应有的荣誉。接着，又要求我写如下的一个主题：即战士的婚姻问题。他说他们部队战士结婚和定婚的约占半数，但每连都发生了六七件女方来信要求解除婚约及离婚的事。他要求我写一个东西来教育妇女。教导员也给我拿出来一封法院的来信，代为征求一个战士是否愿和其未婚妻解除婚约。战士看了很生气，写了一封回信表示同意，但写了又后悔了。这问题确实很复杂。一方面，妇女本身可能有受压迫和婚姻不合理的情形，但也确实存在着妇女觉悟不高的情形。这是战士的切身利益。无疑，应当保卫！

以后，我们又谈了一些中国封建意识的存留问题，这是在吃饭中一件事引起的。有两个女同志，很想看我们，但又不敢进来，我说不要害臊进来吧，给她伸过手去，她俩忸怩得很。政委给我说，他为了和封建意识作战，首先批评跟他去检查工作的女同志，不跟连长握手。女的下连，他也嘱咐几件事，其中一件，就是要和战士通信，可是女的到了连里，给战士开座谈会，一会儿走一个，一会儿走一个，慢慢走得剩了一个，像怕被老虎吃掉一样地溜跑了。听到这里，大家哈哈大笑。后来，通信总是通了，可是来信是“第七班”，而回信也是三个同去的女同志共同的签名。政委在营干集中的时候，强迫女的教跳舞，脸都红着往外跑，团长、政委就说：“回来，我管不了你们！”这样逐渐才好了些。

由此可见，一个女同志是多么难。

教导员也说，要不是政委，过去谁给女同志说一句话。她们来了，谁也不理。

晚上，和团长、政委谈了一会儿与洪水作斗争及工兵的心理。他们在九时才走的。

他们真是热情，他们俩都很想写作。我给他们鼓了气，并约定他们在明年三月寄给《解放军文艺》。

晚上，飞机来了三四批，对附近轰炸甚烈，栗里的确是敌机封锁的重点。

今天去取的定时弹没有了，并不是上面炸下面未炸，而是未炸，竟成了笑话。

## 十二月二十三日

今日晨，与团里两个女同志扯谈。一个是十九岁的收音员刘昭琳，一个是文教刘为莲。刘昭琳湖北人，一九四九年入伍，是青年团员，脸孔红得鲜明，眼睛又黑又亮，从眼睛看来是一个聪明人。另一个则不很健康。我特别问了她们是如何战胜封建意识的惯性来进行锻炼的。从她们谈话中得知，她们在开始下连前是有些害怕的。为了教歌子，关起门来练习打拍子，因为教歌子不能不在战士的面前呀。直至下了连队，正如政委所谈过的那样，那里的人群正在谈笑，一去便鸦雀无声了。跟战士们在一块吃饭，战士们给她们另外打一小盘菜。后来说一定在一块吃，开始还有人陪着，人越来越少，最后只剩下几个女的。干部更严重，她们一来，有的躲出去，有几个在那里还搭讪几句。如果是一个人在那里，则早早就跑了。她们本身也是这样，特别对干部，则坚决避免一个人与干部谈话。这真是多么奇特。我问她们是否因此而感觉懊恼，她们认为是这样。特别是到了团里，自己一个人坐在那里，只有看看书，什么话也插不进去，孤寂得很。她们看了苏联电影女拖拉机手时说，你看人家多好。在女同志之间也是这样，尽力表现自己的正派。如果哪一个与男同志多谈了话，则将遭到所有女同志的不齿。即使同你说话，也是为了敷衍。在这种情况下，面对男子群中无数个张三李四，一个女同志要保持的关系完全都是四两，即使超过半两也不行。可是女同志也真有这种本领，竟然真能够做到这样，不知背地里费了多少心血。

后来，她们在“艰苦奋斗”中，与战士们熟悉了。能够达到一个班战士与她们在一起而不跑了，而且乐于在一起了。但是如果一两个还是不行，写信签名也必须是全班。但是和干部，特别是与营的干部简直毫无改善，她们认为与营干在一起嫌疑最大，故用百倍的努力来争取清白。孔老夫子造成我国人民之间的男女关系，是如何的奇特而令人不解。这些东西，在我印象中近年来是如此之深，使我感觉不能不在文艺作品中与工作中坚决地斗争。

据为莲同志谈，她在和战士同志的接触中，战士躲避别人而不躲避她，原因是她头发剪得短，而被误会成男同志之故。这一点在我未来的小说中，可以加到我的女主人公身上。

这个题目谈过之后，我又启发她们谈了自己的婚姻观，藉以了解一些我所不熟悉的东西。据云：各人有各人的想法，不愿找年龄大的，就是过去所谓“不愿找个爹”。我特别问了她们愿不愿与战士结婚，愿不愿与战斗英雄结婚，而她们说要看各种条件，意思是还想找个投合学生气味的人。很明显还不愿！即使说，在理智上，甚至在感情上，我可以敬佩他，但在结婚上却不可能。让我也在将来的小说中，记下并且纠正这一点吧。

随后又谈了一些她们斗争的故事。女同志就是这样，她们是互相不听对方的谈话的，而只愿自己发表，这大概是“三个妇女一篮子野雀”的主要原因。

她们的斗争事迹，这些平凡的事迹，是让人感激的。她们曾经同样“参工”和战士们一起背木头、背石头，架桥时向木笼里填石头。她们俩都能背动一百多斤而并不觉得如何累。和男同志一样，穿着裤衩在水里干。中午，铺点草赤着小脚丫子睡午睡。天气热得石头发烧，她们的光脚丫也就踩在石头上。人家唱，也随着唱。心里要强得很，光怕战士说不能吃苦。现在她们俩都有妇女病，来了疼得很，但是她们心里并不觉得是牺牲了自己的青春，而是竭力忍受着尽力不告诉别人。个别哭哭喊喊的，还遭到大家的白眼。她们在这些锻炼中，都是说说笑笑的感到很愉快。现在她们是来检查文化学习的，为了战士们多识一个字而奔跑着，奔跑着，祖国优秀儿女们。我在将来的作品中表现她们，这是无疑的了。

刘昭琳是老火车司机的女儿。

她们有时想想妈，挺坦白，写信写上父母亲，而父亲只是形式。

一直谈了数小时，感到有些累，而她们似无倦意。教导员说，九连战士很希望我们去，我们义不容辞地在临走之前赶到那里。战士们敲着锣鼓。我给战士们讲了话。杨桦拉了小提琴，战士们给我们跳了工兵舞，给了一些生活的鲜明印象。特别其中有一个战士简直是“小炮弹”，脸圆，满面红光，脖子粗而短，腰粗，腿也短。很有些像喜剧中的角色，善于表情，他将要成为我一个角色的形象。如果我会画，真想把他画下来。

乘摩托车到另一个连去。第一次乘摩托车，搂住通讯员的腰，下午三时开始奔驰。沿途看见一些炸弹坑。于晚上到达了三登芳华里桥边。指导员、副连长率领几个排长欢迎我们。主人给我们腾出一所大屋。炭火、白桌布、四盒前门烟、一大盘苹果，真如招待嘉宾。干部动作拘束，不苟言笑。完全是我们朴素的战士在他的父母那里，接受的标准的中国式传统。吃饭时，他们只吃一小口。我一边吃一边思索着中国生活方式的问题。我们一方面要保持好的传统，一方面要去掉过于拘谨的部分。

不知怎的，很累人，订好了次日计划，在热炕上睡去了。热炕炙人之至极。同志们的热情，真使我感到像从去世祖母那里得到的抚爱。

## 十二月二十四日

按照计划，早晨到十几个班里，去看望战士，同战士们握手。看到战士们都在那里学文化，屋顶上做伪装用的松枝，都结着白色的冰花。架向山顶的电线，像一条白绒绳飞上天空。

看了他们的铁舟，回返。

又是四个菜，八个人也吃不完。同志们是多么老实。

饭后，干部座谈。大家都像文秀士，斯文得很。中国的礼节把我的小座谈会给封杀了，凭我怎样突围也突不出。一个个老实可爱的农民的面孔，彬彬有礼的姿态，把我压得喘不过来气。头疼。未谈出多少材料，对我有如苦刑。

我只得宣布会议结束，睡了一会儿。

晚上找功臣来，谈了数小时。因谈得活泼，情况大有改善。略有收获。会后签字甚久。

工兵啊工兵，你真有特殊的性格！你完全向我展示了中国人民的淳朴老实。你虽然名为兵，但却一点也没有兵的不羁和火爆！

同志们，唉，同志们。

## 十二月二十五日

分部接我们的汽车并未按照预定时间到来，害得我们等了一天。早晨他们用酒菜来招待我们。我按照我的不知节制的性格，喝到欲醉的程度。给战士们签字占了两小时。战士们拿出了祖国人民慰问他们的最珍贵的本子。

下午出去和几个朝鲜小孩玩。又到了一家朝鲜老百姓的屋里坐了一会儿，因为彼此不懂话，小弟要求他的姐姐们唱歌。杨桦也唱了一支。他的姐姐，害臊不唱，阿妈妮又下了命令，才唱了。汽车到了，指导员和副连长率领着班以上干部来送。一直送到芳华里桥边才罢。我说了一些鼓励的话。我看着他们，这些可爱的战士，我很有些自豪感，这是我的战士呀，这是我的军队呀！

穿越过三登，在很高的铁路桥梁下穿过。这座高的桥梁，也少不了是我将来小说中的一笔。

车在陡坡上停下。山坡上有几间房子，一进去，里面又是一排排小房，电灯辉煌。见到了院长、政委。他们正忙着开会，说会议多得要命。我说了一句打趣的话："现在有条件了，要在五次战役想开还没法开呢！"政委不知我是打趣，又说："是呀，那时是散得简直没法开会。"我将来在小说中也要讽刺一下"开会迷"们。

## 十二月二十六日

今日早晨一道和干部们去吃饭。也许是基地医院讲卫生吧，吃菜是每人一盘。在临去吃饭的时候，医务院长，头戴大蒲公英般的狐皮帽，穿着红牛皮靴，身上很干净，而他边走还边慨叹地说："像志愿军这样打扮的，恐怕在北京街上很难找。"可见这位医生出身的人，是如何地看重干净。

饭后，政委给我们找了一些材料，还派宣传干事李涛来领我们到重伤队。路上爬了一个并不算大的山，可是因为穿得很笨，走不动。在山顶上歇了很大一会儿。我仔细端详了一下朝鲜的冬景。我已经两度朝鲜的冬天，不知将来我能不能写得更真切。

下了山坡，碰见了顶着物件的朝鲜老妇人，冻得哈哈的。

你就看见散散落落的平顶房子，这是医院建设的病室。李涛领我们到了一个"朝鲜洞木"（朝语同志）——那些女孩子的住室。有五六个朝鲜女孩一般的高，好像是用米尺量过似的。听李涛讲，这些同志很好，建房时能顶200斤重的大石头，真是骇人！据说她们的工作比从中国来的朝鲜族为好，而朝鲜族又胜过汉族的同志。我问这是什么缘故，李涛告诉我："是仇恨。"这话是确切的。我相信，仇恨——对敌人的仇恨，使得她们这样。仇恨，是勇敢与忘我的核心。

到了智陵里。这里房舍还较完整。虽有炸弹声，但日光和煦，鸡犬和鸣，朝鲜人在安乐生活，有些后方气氛。

和教导员魏冠华谈了一会儿。晚上去看伤员。我走进了二队的一个苏醒室。一股臭味和药的气味。这洋灰洞有小电灯，床铺分在两边。伤员在上面躺着。有一个头部负伤的伤员，他在那里喊："站在这里的是谁呀！他们都是什么人呀？"队长故意迎合他说话："不要嚷了，好同志，他们来看你来了！"他又嚷："有我们班的人没有？我很想我们班的人呀！"杨桦同志说："是他。"意思是指我们在楠亭里见过的那个伤势很重的伤员，要到祖国给我们买表。听声音真的是他。他大声喊医生，队长说："你找医生做什么？"他说："医生呀，你们用担架把我抬出去吧，我不在这里，我要到前方去！"队长说："你在前方服从命令，你在这里听我的话吗？"他温柔地答应："听。"可是呆了一会儿，他又喊："指导员呀！你交给我什么任务，我保证给你完成！你们别看我这个样子，我打仗可有两下子！"别人又顺着他的口气说："知道你打仗很好，你不是还立功了吗？""立功不立功有什么，不是为祖国吗，你们说对不对？"一会儿，他又喊："把我抬出去吧！把我抬出去吧。"可见他是多么痛苦啊。那面，又一个伤员接着说："指导员在哪里，指导员！指导员，我要向你作一个深刻检讨！……我那天实在是疼昏了，我说了一些糊涂话。我是个共产党员，我说了一些没有立场的话，我还说，什么立场不立场！指导员，请你原谅我吧，我是疼昏了。指导员哪，找我们指导员来，我要作一个深刻的检讨！”他在电灯光下躺着，头不能动，头上打着绷带，他眼眶里满满的两眶滚动的泪水。我解劝他，那是你疼昏了，以后改正就是了。他还是照样反复着：“我难受好多天了，我不作检讨，我成了什么人啦！”我后来告诉他，你对我作了检讨，也就等于给你们指导员作了检讨。你以后注意就是了。他这才像小孩子一样，说：“这样我的心里才痛快了些。”他又喊护士来，一个朝鲜的小女孩子，给他擦了眼泪。我被这战士的伟大的心灵，这个四川战士感动得眼睛湿润了。又一个 47 军的伤员，记得也在楠亭里见过。他留着很长的黑发，指导员鼓励他说：“你看你样子不同了，你好多了。”他的瞳子散发着极为愉快的光芒。说：“天哪，天哪，医生把我救活了呀！”他简直像唱歌一样地说着。

我们又穿过了一些房间，护士们在开会，评选模范。朝鲜的女护士也竟然能说中国话了，虽然说得很蹩脚。她们都说到中国护士对她们学习上的帮助。

看完了，又到祖国手术队去看，见两个人正在看书。火炉边放着一点饭，一个女同志说，刚才她正要回来吃，热好了，她又走了。

看过二队，我们又转过一个山脚到三队。轻伤员在围着火打扑克。重伤室有几个严重的伤员，一个是炮弹炸断了前臂的，他在喊着疼呀、疼呀，显然因为他过度的痛楚，说我要吃饺子你们不给我吃！还责备一个同志态度不好。后来杨桦跑到他面前，他说：“你是医生吗？”杨桦说：“我们是从祖国来的。”这一说不打紧，那伤员（杨永富）哇地哭了！“祖国人民哪，你们来看我们啦！我没有困难呀！什么也没有！我对不起祖国呀，我打得不好呀，打下来，我没有守住呀！”这一下我们着慌了，忙安慰他，他还是哭：“有贡献，有贡献，我有什么贡献呢，不行，医生，我要走，我要走！”护理员问：“你要到哪里去？”“到前线守阵地去呗！祖国人民哪，你们对我太好了，我没打好呀！”护士用手绢给他擦泪，他也不让擦。一会儿他的枕头上湿了一大片。好容易过了感情的高峰：“同志，你过来，你坐下，我睡这么宽的地方干什么呢?”他把自己的身子挪了挪。护士给他擦了泪。他黑黑的面孔，对着我，我想把他的断臂盖上，他也不让盖，就对我讲起他的战斗故事。他有个副班长，东北人，积蓄了五年买了一个表，也让炮弹炸飞了。

另一个伤员，呼吸不出，医生给他做了气管切开的手术，才把炮弹皮吐出来。他十分痛楚，还不断咳嗽，可是他咬紧牙忍受着，一点也不说什么。他有多强的忍受力。

那些值夜班的护士们，给伤员取着大小便器，端着开水，想安慰，又不会说中国话，只得用声音来安慰战士们。真是不到医院不知我军的战斗意志，不到医院不知护士工作的伟大。这样臭脏，而她们能够如此安于工作，如此辛苦，真是可敬。

晚九时始归，被这种医院气味熏得真难受。看了伤员的痛苦，也觉得难受。受伤的比牺牲的要痛苦得多。

## 十二月二十七日

夜间有轰炸声，及转送伤员的汽车声，颇有战地后方气氛。

听教导员说，昨夜送来一大批伤员。还有一辆坐了九个伤员的汽车在松街里被炸，牺牲数名。他们也去抢救了。

吃过饭后，即和杨桦同志到一队。见到阿拉古(蒙古人)队长。一会儿从那边来了一个护士，阿队长就介绍说，这就是你们要访问的于桂芝。她长得很像我的老婆，脸一红，头一低，和我握了手要走。我说你干什么，她说去找钉子钉好门窗。她的棉衣穿得比别人要脏，由此也可见她的工作。她被称为“铁打的姑娘”。

我们转了几个房子，就到她看护的三病室。她给伤员端水，换了药，又马上拿起扫把扫地。别人都穿了皮靴，而她为了方便，穿了一双长筒的瘦溜溜的黑胶鞋。擦了放碗的板子，又去整炉子。我说，你也不跟伤员扯扯，她把身子靠在炕上，也不坐下。回答我的问话。

我们中午去看施行手术。手术室的一边是洗手室，一边是石膏室。一个武汉来的医生，担任主角，医院的医生担任助手。一个女护士长,有四十岁,不说话只是忙着。光准备工作足有一小时。洗手洗了半个钟头,要用肥皂反复地搓,两胳膊白沫。医师只穿了灰毛衣,把袖子挽得高高的。消毒盒子里,煮着器械。一开始,护士走来走去,脚步静静的,说话也悄悄的。医师和助手戴起了橡皮手套,穿上了护士穿的白衣,戴上了有个小红十字的帽子。开始实行麻醉时,病人含糊地跟护士喊一、二、三、四……麻药发出刺鼻的气味。患者全身铺上了白布,只肚子露出一块。“器械拿来!”医生一说,护士长把患者双脚端着摆上了一个小桌,消毒箱打开,拿出了几十把大小剪子和镊子、小刀、钩子等等。医师立刻变得像指挥员一样,变得像另一个人。他声音虽然不高,但沉着、坚定、明确。等开了口检查以后,发现病患在另一处,立即吩咐改变姿势。然后,他又端详起开刀处,两手向上一曲,稍一沉吟,就下了刀。其他的医务人员却用一种敬慕的眼光,看着这位显然较他们高明的医师。

护士们屏息凝视着,想在这上面学一些知识。时间一长,管麻醉的护士已经有些困倦,打起盹了。两小时后,我们困得很,就回来休息。那气味熏得我很疲劳,心头作呕。后来吃了饭才好些。两个文工团员很热情,一个叫史介绵,一个姓韩。史很活泼,很想在这里跟我们学点东西,但文工团要她们回去。临走她还敬一个礼:“你看我像个军人吗?”说过以后,跳着去了。

我们吃过饭去散步,看见于桂芝又在坡上劈柴。她是一点也不闲着。我们散步到山沟里,看见一个煤窑,外面都是黑土,里头搭着架子,是刚开口的煤层,煤发着亮光。这就是护士们常来为伤员取煤的地方,于桂芝满身污黑,大概也与此有关。

回来,我们转了几个病室。转到医护办公室,手术队的两个女护士正在交班。交谈了一会儿,她们都为伤员的精神所感动。

我们又转到手术室,手术刚刚作完。医师这时才脱下衣服,松心地吸着纸烟,又变成温和的知识分子风度和人交谈。护士把斑斑血痕的铺布取下洗着。他们都还没有吃饭呢,我不由得对他们也抱着一种敬意。据他们说，在做手术时，一点不觉饿，有一次持续一天半，也是这样。精神是紧张而集中的，在病情不明，血管出血时，是着急的；结束后，是松心愉快的，有如作战一样。

晚上和护士长冯亮谈护士情形，收获不大。十一时休息并计划今后几天日程。

今天在重伤室，又领略了另一个伤员的感情。他反复称赞祖国人民支援得好，转盘枪和手雷的效率大，敌人如何挂彩。他是第一次参加战斗，他说："我就不相信有什么敌人打不倒！"很有自豪感，口口声声打帝国主义，我打死了几个帝国主义！……当我走出病房时，还深切感觉，我们这个民族，在今天，在党的领导下，变得多么令人不可思议的坚强，这样的民族是不可战胜的。我逐渐地，一天比一天更深地认识了我们的民族。这个民族要永远存在在世界上，繁荣在世界上，在兄弟民族中一天天地放射着异彩！她的潜力是无穷的。

### 十二月二十八日

早晨走到于桂芝看护的三号病房。她正在给一个负了伤的电话员洗脸，她连他的手臂都仔细地洗过，洗了一盆黑污的泥水。洗后又去给大家打豆浆。喝了豆浆，她又去扫地，这个全身黑黑的姑娘就是如此工作。

写日记两小时半，一个上午过去了。下午二时开了一个五个人的座谈会，其中有于桂芝、邵淑清两个女同志，谈五次战役前的困难情况。主要谈了一个女护士在艰苦环境中因累致死的情形，颇为动人。这件事启示我，在将来的小说结构中，我要写一个工农出身的女同志的坚强和知识青年女性在她的影响下进步的情形，而后来这个女同志的牺牲更给她的进步以决定性的影响。

在开始谈话时，我和杨桦用了许多方法使会议得以活跃地进行。开始她们很害臊不大发言，而且挤挤挨挨在一起，留给我和杨桦很大的地方。于桂芝和邵淑清都戴着单帽，把头发塞到帽檐里。因为整炉子使她们的头发脏得不愿拿出来。我们所看到的郑桂英也是这样，这大概是女看护员的一般装束。

晚饭后，我们又到二队去看，看了二队朴光顺的房子，没有遇见她。她的病房里增加了两个美国俘虏（一黑一白），杨桦会说几句英语，被他们给纠缠住了。这两个家伙，竟然谈到冷啦，问什么时候送他们回去啦，他不愿打仗啦。我们的战士在护士看护之下，都有一种感谢的心情，而他们则要这要那，真是没有心肝的。那个黑人也是整天出洋相乱叫乱闹。他们还相信艾森豪威尔会停止朝鲜战争。

看到了朝鲜女护士白孝玉，一个脸胖胖的女孩子。我们和一个负伤的侦察参谋谈了话。

晚上回来又开未完的会议。因冯志来使会议显得不热烈，冯志头偏着，故意不看女同志，而于桂芝也头向外偏着，真是奇怪。他走以后，又使得会议活泼起来，不知何故。

于桂芝的侧面像，真像秋华，真像，真像，连神态也一样，而性格则不相同。

### 十二月二十九日

昨日天真冷，今日又奇暖，朝鲜天气真是三寒四暖。

早饭时与志愿手术队医生扯谈他们赴朝情形，他们也是争先恐后地报名，特别是护士争着要来。要几个人，会来好几百。都挤到卫生局局长那里听候对自己“命运”的判决。在欢送会上，一些老人发表了慷慨激昂的演说。这是祖国面貌改变的另一方面，毛主席所号召的思想改造，使这最难改动的角落也为之转变。祖国的进步实在使人惊叹。

和杨桦同到二队，白孝玉正在扫地。一会儿又给伤员一勺一勺喂饭。另外一个伤员刚行过手术，在麻醉状态中大喊：“美国鬼子呀，我吃了你的亏呀！我……”白孝玉忙把饭碗放下，去安慰那个人。然后又回来喂。

我昨天看到的一个侦察参谋和另一个排长（他因伤痛而眼光昏暗），一定叫白孝玉给我拿他面前的苹果吃，好像吆喝他的家人或他的妻子一样。我推说不吃，他就说，你嫌我们脏呀，还不吃，又说，你不吃，我心里不痛快呀。我只得和杨桦各吃了一个。是白孝玉给我们洗过的。

门口坐着一个伤员，是截了肢的汽车司机，他截肢处在膝盖以上，神色并不沮丧，胸前挂着军功章，谈到他将来回到祖国还想开车。谈他截肢时，医生如何踌躇，而他则劝医生："截吧，我还可以做工作，不要为难。"别人劝他回屋，他说，我坐在这里凉爽凉爽。另外，他还说双拐如拄得好，比两条腿走得还快。说截肢后，负伤的头十天还净梦见在连里和同志们打打闹闹着玩，还有两条腿。

在朴光顺的病室里，一个痛楚的伤员正唱歌，他唱的完全是出于自编："美国鬼子呀！我要……"好像美国鬼子就在他对面。唱累了，又哼起来。

女护士给另一个四川战士（762野炮的一炮手）喂豆浆，一勺一勺的。那个伤员已脸色微红，眼光明澈，异常平静，并略有笑容，这是最优秀战士的状貌。

我和杨桦打算与朴、白二护士谈。张队长叫了白几遍，她迟迟未来。后来来了，显得兴致不高。且说话费劲，只能说中朝协和语。她圆圆的胖脸只是往大衣的领口里低。她是一个支书的女儿。父亲参加人民军后，母又继父为支书，因为她的母亲是劳动党模范党员。最近其母还来信说，一九五二年快到了，你要计划好新的年份里怎样做。看看说不出别的，只得放弃计划。杨桦搜集民歌，再三动员，唱了一个。唱完，她起身跟指导员说，我走吧，指导员要她再坐一会儿，吃过饭走，她不肯。我猜她是惦着伤员，指导员还是不让，急得她要哭了。我说你回去干什么，是否要开会？她说："不是，我还有工作呢，有三个才开过刀。"指导员说："有人护理呀，已交给别的人了。"她还是不肯，显然她不放心，伤病员是如何系着她的心！我看这情形，才提议让她回去。她敬了礼马上出去，我很想看看她的情形，就推门出去，见她小跑似的走着，走几步还小跑一下，已经走出好远了。我跟在她后面，到了她的病房，我看见她一进去，就忙跑到严重的伤员那里，这时有几个伤员问："小白，你到哪去了呀！"这亲近之情，简直像儿子对母亲的感情，真像一个老鸟回窝一样。她一个个地问着，她一来，看出伤病员像增加了许多安慰。她用极其温柔的声音俯在伤员的脸上问："吃饭了没有？"因为她要吃饭，又给伤员说，"我去吃饭了，晚上还是我值班！""唉，怎么白天值班，晚上还是你值班呢，不会把你累坏吗？"伤员也在担心她。

她出去后，一个伤员说，她真耐心呀，不知道累，给她立功吧。

有一个伤员刚行过手术，取出的炮弹皮还在怀里放着。我说："你还保存它做什么？""我要好好保留，我伤好了回来再还给他们。"显得异常仇恨。

晚上，开五个朝鲜女护士的座谈会，只是语言不通又拘束，几无结果而散。她们个子都很低，穿着厚厚的棉军衣，真像一个个的小炮弹。一个姓沈的女孩子，脸胖胖的只是笑，她在战争前两年就参加了游击队。我问她愿不愿到中国，她说，朝鲜解放后去看看。我开玩笑地说，现在去看看好不好，她说不去，祖国现在战争呀。问起她们去年的困难，她们都说不困难，只是话不懂，困难。我问："别的没有困难吗？""没有。"我问："嫌脏臭吗？""嫌什么脏臭呢！"可见朝鲜人，是有着比我们更焦急的心境，更沉重的担子。他们似乎没有我们松心，虽然我们也担着这个担子。

有一个姓安的女孩子十七岁，她唱得真美极了，叫她留在这里唱一唱，她不愿，可见朝鲜人也不太开放。

今天本是专访朝鲜护士，但收获不太大。只是白孝玉给了我很深刻的印象。她不是任务观点，完全是一种坚实的感情。

## 十二月三十一日

今天和于桂芝谈话。这位姑娘是一个苦命人，她跟一般的战士相同，时时想着以前的苦，觉得现在并没有怎么苦，比以前强得多。从心底里感觉如果不是共产党、毛主席，不知会落到什么地步。她是这样的老实，话也不爱多谈，这是在她姑姑严格管教下和苦命的生活中养成的。一直到今天，还是只会苦干而不善言谈。不知怎的我对她有一种衷心地同情。谈完后，我要她一张相片，她答应只有一张也送给我。我问她要什么书，她说考虑一下再答复我。

她的形象将保持在我的脑中。谈过话后，她站起身来。她的绿色的袜子破了两个洞，又套上那双单薄的黑胶鞋走了。这时我听说实行手术取弹片，我去看看。一看又见到于桂芝，已经穿上护士衣，戴上口罩，悄悄地站在手术台的旁边。她什么时候愿意休息一下呢。

昨天我和肖作信等人谈过话后，我一看也是这样，她到了手术室里，她要桂芝去吃饭，而桂芝（穿着白护士衣，细细的身材，显得美丽）不肯。她就抱着桂芝去解她的护士衣，解下一半，桂芝又穿上了。都是祖国优秀的女儿！而桂芝不同的是，她完全是朴素的化身。

夜，大雪。我和杨桦串了几个病房，给伤员拜年。归来，我和杨桦想检讨一年来的工作。因为太疲劳了，不能再多想了。

## 一九五三年

### 一月一日

晨起，雪停，昨夜雪下得很厚。和杨桦去给工作人员拜年。有两个男护士，衣服很脏，在那里洗。他们是很艰苦的。今天虽说过年，但过年的气氛不大，可能是忙于天天如此的工作之故。

饭后和彭医生谈话。可以相信，他是个诚实的人，他讲了他参加手术队的真实经过。他，上海某医学院的学生，毕业后在重庆某医院，抗战中也曾被国民党征调做过战地手术工作。但那时他纯粹为了应付和混文凭。他的家庭是三代基督徒，祖父是一个牧师，从小很害怕共产党。一方面不满国民党的腐败，一方面又害怕共产党的“恐怖”。解放时，听说不杀害知识分子，所以没有到台湾。

政委去后，开始自己课也不想听。但共产党的行动感动了他。例如他岳母的儿子因参加革命被杀，岳母生活十分困难，而医院正在扩大，十分需要技术人才的时候，牺牲了公家一部分工作，把他调到岳母所在的武汉，这事给了他很大的感动。逐渐地看到新中国的可爱，激发了爱国思想。在护士们报名热潮的影响下，他也报了名。

这位医师谦逊、和蔼，有时给他的下级开个玩笑，对大家争论的问题，不轻易发表自己的意见。

正在谈着，这些护士女孩子们来了，头上、小靴子上，挂着一圈白雪。她们蹦蹦跳跳，把屋子吵闹得什么似的，医生分给她们一个人一块糖。她们就又簇拥着到别的什么地方去了。

教导员来给我们拜年，并说罗克贤、李泰顺、袁刚都来了，这是一号我们计划的座谈会。这样的采访，是我今后应竭力避免的，因为这很不合理。她们几个就是踏着雪来的。罗克贤是一个十八岁的女孩子，瘦小得很，脸又黄，你真很难想象在那样艰难的环境里照顾过一百八十多名伤员。这个曾经是小地主家庭出身的女儿，显然是十分脆弱的，现在竟然转变到这样，真是不易。她很聪明，说着带湖南音的普通话，十分快，使你的听觉有点赶不上，而且她说得十分有趣生动。可惜我问起她开始不愿做这个工作的情形，她不愿多说，在这一点上，也是不如桂芝这样人的地方。

谈过话后，我们到大队部会餐。我向功臣们敬酒，而她们向我敬的更多。我是一个酒闹儿，但又没有酒鬼的酒量，因此喝得晕晕的。会上大家要李泰顺唱个朝鲜歌，她扭扭捏捏，怎么也不肯唱。只是红着脸，眨着黑黑的眼睛。晚上和她谈，我以为一定谈不出，但结果她用朝鲜式的中国话，直谈了四个钟头。罗克贤微笑地看着她。我和杨桦怀着极大兴趣，

目不转睛地看着她，她竟能说这么多的中国话！语法上的颠倒，太叫人感兴趣了。例如说，在飞机场待了几天，就说“在飞机场三天的干哪”！她的形象也深入到我的脑中。

最后我还征求了她对中国女同志的意见，她直爽地提出了三点：1. 不是全部同志都工作得那么有劲，还有闹个人问题的。2. 小圈子。3. 看人好一切都好，坏一切都坏。她提出以后引起我深深地思索。她们的全心全意为祖国（甚至全班分不出高下）和团结一致确实是很好的。我问起她的婚姻问题，她说："现在不是谈幸福生活的时候。"谈起困难就说，"一切困难的没有。"她的形象也进入到我的心中。我在给她签字中写道："我尊敬优秀的朝鲜女儿。"

罗克贤自从祖国回来后，受到了祖国人民的热爱与荣誉，感到自己贡献太小，这次回朝鲜是带着心甘情愿的献身精神，这种心情，我是了解了。

## 一月二日

又继续和罗、李谈了两小时，和袁刚长谈了一小时，和袁谈得太少，院部急着来慰问伤员，我们一同离开。给他们功臣同志合了一个影。临别时，于桂芝也不说什么，她是含着深厚的内在真情。我握了握她为无数伤员操劳过的、现在变得粗糙的手。

小吉普车过了松街里。公路紧挨着铁路，路侧有几间歪斜的小空房子，据说这里曾经是一条繁华的大街，现在成了这样。这是敌机轰炸最厉害的地区。政委说，过去罗克贤等就在此处接伤员，伤员没地方放，就搁在这路边的小房里，和火车道的桥洞子里。那时伤员该多受苦啊。

席忠排除定时弹也在此处。

天黑时，又穿过黑岭车站到了内科队。闷了一天的火车从山洞里爬出来，像深呼吸似的冒着黑烟，还叫着，附近是散散落落的物资和搬运人员。

我们准备爬山。政委说，这里有"户外电梯"——电力操纵的轱辘马。可装五六个人，和缆车差不多。山地异常陡。我们坐上，沿着山涧悬崖边，徐徐地上去了。约有三四百米，才到了洞口，洞口修了一个门，门搭彩坊，写着"庆祝新年"的字样。再往里即电灯辉煌，电炉通红，人们吵吵嚷嚷。原来这里是一个大自然洞，成螺旋形，他们根据自然地形，用木柱和木板搭成了六层高的楼房。里面有药房、有门诊（还给老百姓看）、有办公室，都分成单间，井然有序，用白布将板壁蒙上。我们沿梯直到第六层，上面都是休养的伤员，只是空气差些，我们向伤员问了好。最后又到下一层看，过了一个小桥（夏天有流水），小桥还有栏杆，颇有公园小桥味道。凭栏下望，又有一大洞。政委说，下面有多深多远，还不知道，端蜡烛去探过几次，到里面灯就灭了，点不着。过了桥，下面是一个剧场，党员们正在开会。临时将我一军，我讲了几句话，他们很欢迎，还呼口号回答我们。

我仔细看了一下钟乳石，有的宛如流水状，有的如海中珊瑚，颇为可观。

临行前和一个陆教授谈了话。我很想了解他的情形，但时间不够了。只知道他在入朝时，因为先得到了消息而保守秘密，才捷足先登报名来的。来到这里还抬过担架，这真是一个大的转变。

这里还遇到一个百分之百的老乡，一个女孩子名叫"王豫民"。她曾在明新中学上学，离我少年读书的地方不远。因时间关系，惜未深谈。

晚归去时，发现炸弹将来路炸了几个坑，我们在洞里一点也不知道。穿过三登又回到分部，见到孔庆隆部长。他告诉了我一个重要的消息，这消息使我想起在朝鲜的行留问题。

**一月五日**

上午与席忠谈话。他是工人出身，又是一个老兵。显然是一个愉快活泼的人，他很愉快，说最近才把生字突击完，就看了我的《前进吧，祖国》，他称赞我写出了他们的思想。

可惜因时间关系，不能多了解他。

我想把他的事迹和陈希荣写在一起。

在我的计划中，访问平壤是不可少的。

下午一时半，小吉普载着我们几个，还有金干事（他给我们担任翻译），一起出发去我国驻平壤大使馆。这是白天行车，一路沿着铁路走。至石岭车站，江东车站，都是大弹坑，道路坑洼不平。断了的桥梁，倒了的车厢，歪斜的房屋，白雪盖着的瓦砾堆，一路不断。朝鲜人往来，抱着膀子，顶着东西，十分寒冷。一些穿红绿衣裙的朝鲜女人，给这山间增加一些彩色。还看到了一些人民军。过了大同江，水还未结冰，宽阔清澈。渐渐房子多了些，这是到了平壤市郊。"平壤!"司机用手一指，我们向西方一望，有很美的高压线，非常稠密。在低垂的云层之下，看到了耸立在山坡上的仅剩骨架的金日成大学。

三时四十五分到达大使馆。他们问："是从开城来的吗?"我们说不是。这里修的是洋平房，进去一看，地毯、沙发、桌布、烟灰缸等，如到北京。我们坐在沙发上却感到拘束起来。

晚上见到一位熟人，不由得惊呼了一声，他说："喂什么，当了大作家，就不认识我了?"一看，就知道是老战友李石[①]，不知他竟在这里。山南海北谈了很久，谈到访问平壤，他说须经国内批准，还须经朝外务省同意。我瞪眼了。还是金干事想了一个办法。

### 一月七日

今日和李石同志同去平壤。开始只看到路侧被炸弹震得歪斜的小屋，还有一些小摊子。行十余里，才到达了市街。这残破的城市，居然行人很多，两侧是朝鲜商店及标明"中华料理"的一些饭馆。楼房只剩下一些空架，断瓦颓垣中，是一些低矮的土屋。在这种废墟间，电线杆上的广播音乐和广播员的口语广播，震我心魄。这里还有人活着，平壤城没有死，这是一座战斗的城！汽车登上牡丹峰，山上有松树和一座漂亮的小楼，还有一个亭子，名"乙密台"，是隶书字体。中间有警报机，向东西南北四个方向，伸出了四个大喇叭筒。台子的一角中了弹，向下塌落。往下看是结了冰的大同江。往那小峰一望，有一座小亭，右手一望又一个小亭。李石告我，在和平时，此乃青年男女栖息谈情之所，今日则已寥寥数人，令

---

① 李石——抗美援朝时期，任中国驻朝使馆一等秘书、临时代办等职。

人凄凉愤恨。幸福生活被破坏,是多么悲惨。

向西一望,整个平壤的被伤害情况历历在目。纵然某几处,还保持着市街的面容,但屋舍楼房不少是断壁,有的只剩一片瓦砾。烟囱虽然不少,也都没有冒烟。虽然如此,但山下依然有机器声,汽车亦不断行驶。

下山峰之处,看到纪念"八一五"解放,为苏联红军建立的烈士塔,台上有五星,被飞机打得都是窟窿眼。附近亦有不少炸弹坑,但塔依然屹立。

下山之后,游览了市街,看了大同门,练光亭,都有中国风味。练光亭虽中一弹仍安立如故,地板有被燃烧弹燃烧的痕迹。在游市街中看到,整个的市街夷为平地,扔着许多破汽车的车架,有的堆成堆。回来时又到市场转了一趟,米、鱼、猪肉还有多拉基菜。

访友人金路丁未遇。

下午三时返回。整个的印象,幸福生活之被破坏是如何地可怕!我必须在小说中详细描述,以此惊醒我们在幸福中的人们!

朝鲜人的前天固然较我们的昨天更为不幸,而他们的昨天,和我们的今天则颇为相似。但他们的这种幸福却被破坏了。这比死于疆场更可怕得多!痛心得多!

晚到后勤22大站。准备访问平壤。

### 一月八日

今天有两个干事陪同到宣传省。文化宣传省的大楼在牡丹峰下一个高地上。这个四层大楼是全市楼的最高处。附近的楼房全被炸塌,只剩下它顽强屹立。一进大门(只是两根石柱而已)就是一个大炸弹坑,填了一半,汽车从上面通过。再朝里去全是弹坑,汽车左弯右拐才到达楼前。楼四周也全是炸弹坑,有一个紧挨楼房。墙上全是剥落的一块一块弹痕。大楼顶的正中,也许打算写个什么名字吧,但没有题,上面有一块特大的弹痕。近处看,是一幅人民军呼喊的招贴画和一张墙报。我们见了副相,屋子里虽有火炉,没有一点暖气,差不多等于形式。往沙发上一望,下面的弹簧顶着屁股。他们天天坐在这里，天天坐在炸弹之下，这就是他们的岗位。他们没有什么地方可去，他们也不愿离开这里，这就是他们的战斗的位置。想到这里不由得升起一种对他们的敬意。

他打了电话，把我们介绍给文化局，文化局长接待了我们，在地下室，也是一张沙发，不知两年来，怎么一下就坏成这样。为了谈话方便，我坐上局长的转椅，一坐几乎跌倒。桌上只有一支铅笔和一些粗劣纸张，一支蘸水钢笔也不大好写。他们的生活有多么困难。给他们一支烟，他们抽了，给他们第二支时，他们便显得难为情。他们的脸都是沉重严肃的表情。

他们给介绍了一个叫姜英子的女消防队员与我们谈话。这孩子胸前戴着奖章、勋章，后脑上戴了一顶无檐军帽，脸孔红润。她留在这座楼上，在烟与火之中，担任警报员，立在炸弹最密集之地。她说，敌机投弹时，她整个身子被震起落下数次。的确是一个英雄。可是在回答我们的问话时，却不断低下头去。微笑，显得非常温柔。谈话后，她领我们到这楼上去看，一踏上楼梯，原来是很宽敞漂亮的楼梯，门窗却没有了，空空落落，地面都是瓦砾。三层上一颗炸弹穿孔而过，下面一层将要坍落而又未坍落，露着钢筋。冷风呼呼地吹。当初是多么温暖的地方！这里有一座像礼堂的宽敞的大厅，当年又有过多少欢笑和温柔的故事！在那楼梯上，我仿佛看见亲朋们、情人们互别时互约时的微笑。……在楼顶上一看，楼房的一角塌落了但却被粗乱的铁筋连结着，一处侧塌。姜英子说，这里死伤了二十余人。往下一看，弹坑如蜂窝，再下面靠近江边，原来是美丽的楼房，而今一无所有。冷风吹着，姜英子穿着单薄的服装(我知道这是专为接见我们穿的)，手都冻紫了。这位青年，她指给我们，楼顶上的最高处挂着一个警钟，轰炸中她就站在那里。现在还有一个同伴，在那儿同她招呼。

我想像着姜英子的情形，她原是一个普通的中学生，仇恨竟把她变得如此勇敢！这楼对我印象太深了，我是否可以写一个“钟声”的散文？临别时，她还拉着我的手，让我转告她对中国人民的敬意。局长叫我们谈过话回去，晚上看歌剧《李舜臣》的演出，很显然他有苦衷，不能拉住我们吃饭。我们看到了这种情形，就离开了。但杨桦不小心一下把车开到炸弹坑里，玻璃也碎了，他的腿也磕了一大块，显然证明了弹坑之多。杨桦很抱歉，他说有两个小孩经过。到了鸭绿江饭馆，里面还有一个朝鲜女人，给我们端水端饭，据说她的丈夫被炸死了。今天朝鲜人的遭遇，多么叫人痛心！

晚上看《李舜臣》，也同时看了地下剧场，堂皇之至。朝鲜的官员们还穿了他们的新衣到这里看，这衣服也许是他们仅有的。我看见他们一个人向另外一个要烟，我给了他一支。唉……

后注：文中全部注释均为魏猛所注。

# 编后记

魏　猛

散文集《谁是最可爱人》，最初于 1952 年以战地通讯的形式结集出版，后来被译为俄文、朝鲜文、越南文、罗马尼亚文等多国文字出版，前后印刷三十多次。

此次出版，在原版十八篇文章的基础上，又收录了作者抗美援朝战争结束以后所写的关于朝鲜、朝鲜战争的文章和作品，其中包括第一次收入《谁是最可爱人》集子中的那些人物，在和平年代所发生的感人故事。这些战场上的英雄在平凡的生活中以朴实无华的方式继续深化着作者的那个主题，“谁是最可爱人”。

1965 年，作者担任中国作家代表团副团长访问越南，回国后一天傍晚散步时，无意间在长安街旁的阅报栏中看到了报道戴笃伯的一篇文章。站在那里，他止不住双泪长流。

戴笃伯，是《年轻人，让你的青春更美丽吧》作者所写的青年团员，文章发表时是 1951 年 5 月。当时，戴笃伯才 24 岁，是志愿军一个连的文化教员，他在战火中锻炼得十分勇敢。作者看了报栏中的报道，才得知在 1952 年 10 月的一次反击战中，戴笃伯负了重伤，几乎成为双目失明的人。他复员以后，拒绝了在荣军院靠国家抚养，而以惊人的毅力克服了难以想象的困难，参加社会主义建设。戴笃伯的精神，又一次感动了作者，他当即给戴笃伯写了信，戴笃伯也写了回信，双方的通信，在《人民日报》刊载，并在广播电台播出，引起了很大的反响。七十年代以后，戴笃伯来京参加全国财贸会议，作者去看他又写了《风雨路上》，记述这个英雄后来的故事，这篇文章也收进了这本集子。

1977年，解放军画报刊载了《战士、作家——魏巍专访》。不久，画报社转来一封信，魏巍的夫人刘秋华接到信后，兴奋地告诉他，马玉祥找到了！

1950年，魏巍在朝鲜前线采访了一个志愿军战士，他冲进着火的房子，救出了一个朝鲜小姑娘，他就是马玉祥。魏巍把他写进《谁是最可爱的人》一文中，形容他“就像秋天田野里一株红高粱那样淳朴可爱”。越过二十多年的岁月，作者和他文章中的人物，终于取得了联系。马玉祥复员后到内蒙通辽工作，这位英雄从不张扬自己。当地民族师范学院讲课讲到《谁是最可爱的人》时候，下面的学生有人说，马玉祥不就在我们这儿吗？人们这才知道这儿还有一位朝鲜战场的英雄。退休以后，马玉祥担任‘关心下一代委员会’委员，对青少年进行爱国主义教育，一年做报告200多场，每次他都是骑着他那破旧的自行车去，从不要车接送。后来，作者和马玉祥两个人把他们朝鲜战场上的友谊保持到了终生。

《谁是最可爱的人》五十年代就被选入中学语文课本，由此成为千百万人学生时代的深刻记忆。一个学生拿着语文课本中的《谁是最可爱的人》问他的父亲，“文章中的李玉安，是你吗?”李玉安是这篇文章中写到的牺牲在松骨峰战斗中的烈士！孩子得到的回答却是“天底下，重名重姓的人多的是，你们不要张扬。”1990年，部队来电话给魏巍说，《谁是最可爱的人》中的烈士李玉安为了孩子参军找到部队来了？原来李玉安没有牺牲，他负了重伤，被朝鲜人民军的司号员背到路边一个老百姓的房子里，后来部队收容，把他送回祖国，在武汉医院，四个女护士护理他，终于救过来了。

1990年在八大处魏巍家中，李玉安向作者讲述了他后来的经历：他伤愈以后复员到地方粮库工作，担任党支部组织委员，工资到退休时才六十几元，分房子主动让给别人，至今还住在地窝子里。他身上被美国子弹留下的小茶碗大的伤疤，他的残废证记载了他解放四平，天津战役，渡江战役的战功，有知道他过去情况的人让他向上级反映一下时，李玉安说，“我不愿给组织上添麻烦”。作者被这崇高而深沉的感情所打动，写了文章《他还活着》！

朝鲜战争爆发五十年后，作者在丹东与张立春相会了。张立春被作者形容为“就像一只小老虎”，写进《汉江南岸的日日夜夜》。这只“小老虎”转业到地方棉麻公司当股长，他 21 次被评为劳动模范和先进生产者。后来，却因生性耿直，遭遇磨难，七十年代末终于平反。平反后组织上问他有什么要求，他的话让人落泪，他说，我文化低，不适合当前工作需要了，给我办个营业执照，我在街头修鞋吧。战场上生龙活虎的战士，生活中朴实厚道的修鞋老人，在 1989 年长江、嫩江特大洪水时他还到民政局去捐款。自己生活将近维持，可他却多次救助失业下岗的工人，向他们传授修鞋技艺，在平凡的生活中却彰显出一颗灵魂的伟大。

朝鲜战场上的烽烟与以后几十年的风风雨雨，把作者与他文章中的人物命运，紧密联系在一起。魏巍笔下的人物，不再是他写作文章的素材，是他生活生命中的一部分。在和平年代这些战士们的事迹依然深深感动着他，“我见过许许多多的战士，他们身上都有一种淳朴和谦逊的品质。他们有功不居功，是因为他们把英勇战斗看作是自己的本分，把视死如归看作是战士的道德规范，把流血牺牲看作是革命必付的代价。”

作者说过，《谁是最可爱的人》这个标题，不是想出来的，而是从脑子里跳出来的。作者青年时代参加革命，参加民族解放战争，长年部队生活战斗，厚厚积累的感情，在最残酷的战争场景中迸发了。

这本集子，还收入了作者第二次赴朝时所写的日记。从 1952 年 6 月到 1953 年初长达八个月的时间，作者第二次入朝，足迹所至，从志愿军兵团总部、军部、师部，甚至到了阵地最前沿，在距美国人只有二百米的坑道里，作者住了十五天。作者二次赴朝时行程与国内访问团时有交集，日记中还记下了国内作家巴金、画家罗工柳、记者李蕤的活动。如夜里巴金在被窝里打着手电筒念朝文，李蕤的鞋子被雨水漂走等等前线生活的趣事。这些清新的，现场感强烈的日记，真实地记录了那个时代，那个战争的全幅历史画面。二次赴朝日记共十余万字。

作者一生与战争紧密相连，少年时代家乡中原是军阀混战之地，百姓生活惨遭涂炭；青年时代日寇入侵，遥望北国烽烟，作者愤而离乡参加八路军，加入伟大民族战争的行列；解放战争时期，作者战斗在华北；平津解放后，旋往西北剿匪；朝鲜战争期间作者三赴朝鲜；越南战争时，周恩来总理组织中国作家代表团访越，指定魏巍担任副团长。中国作家代表团在越南待了三个多月，在魏巍的坚持下，这个代表团甚至南下到北纬 17 度线。

作者一生饱经战争，描写战争，内心确极为向往和平。朝鲜战争结束五十年后，他来到鸭绿江，“呵，鸭绿江，我又来到你的身边。今天，我看到你碧盈盈的江水，在孩子们的钓鱼竿下安静地流去。锦江山上半山红枫，半山金黄，你的秋光是多么的明艳啊！碧空里传来一阵阵的鸽哨，比好听的笛声还要悠扬。”——这就是几经战争的军人对和平的品味和欣赏。

2017 年 5 月 1 日